BASTEI
LÜBBE

Lucinda Carrington

Der Reitlehrer

Erotischer Roman

Ins Deutsche übertragen
von Claudia Dorf

BASTEI
LÜBBE

BASTEI LÜBBE TASCHENBUCH
Band 14 155

Erste Auflage: Oktober 1998

Deutsche Lizenzausgabe 1998 by
Bastei-Verlag Gustav H. Lübbe GmbH & Co.,
Bergisch Gladbach
Originaltitel: The Master of Shilden
Titelbild: IFA-Bilderteam
Umschlaggestaltung: QuadroGrafik, Bensberg
Satz: KCS GmbH, Buchholz / Hamburg
Druck und Verarbeitung:
Brodard & Taupin, La Flèche, Frankreich
Printed in France
ISBN 3-404-14155-5

Erstes Kapitel

Als Ralph endlich die Tür öffnete, trug er einen Bademantel aus Seide, sein dichtes blondes Haar war feucht und zerzaust. Offenbar war er gerade aus der Dusche gekommen. Elise stellte sich seinen muskulösen Körper unter dem prasselnden Wasser vor, sah die glänzende Haut vor sich. Sie hatten noch nie zusammen geduscht, vielleicht würden sie es an diesem Wochenende tun. Sie freute sich so sehr darüber, ihn zu sehen, daß sie eine Weile brauchte, ehe sie begriff, daß er eher verlegen wirkte. Sein Blick glitt rasch von ihrem Gesicht zu den beiden prallen Taschen, die sie in den Händen hielt.

»Elise!« Er lächelte nicht. »Was machst du in London? Ich dachte, du wolltest deine Eltern besuchen!«

»Ich habe meine Pläne geändert«, sagte Elise. Sie ließ ihre Blicke schweifen. Es war erregend, ihn halb nackt zu sehen. Knallharte Muskeln von seinen sorgsam ausgetüftelten Übungen im Fitneßstudio, dazu die attraktive Bräune von der Sonnenbank. Sein Körper faszinierte sie immer wieder.

Der Bademantel war bis zur Hüfte aufgesprungen, und wie er sich um die Oberschenkel schmiegte, verriet er Elise, daß Ralph eine beginnende Erektion hatte. Das klatschende Wasser mußte ihn erregt haben. Vielleicht könnten sie das Verfahren später wiederholen, dachte sie.

Zuerst die Dusche, dann mein Mund. Sie lächelte. »Öffnest du immer die Tür im halbnackten Zustand?«

Er trat einen Schritt zurück, und sie folgte ihm. »Ich bin doch bekleidet«, sagte er zögernd.

Sie musterte ihn erneut. »Nun ja. Aber wenn du hier eine Briefträgerin hast, solltest du ihr nicht *so* öffnen. Hier, nimm.« Sie reichte ihm eine der beiden Taschen. Es klirrte, als er sie an sich nahm. »Wein«, erklärte sie. »Und ein paar delikate Konserven. Wir brauchen heute abend nicht auszugehen.«

Sie ging an ihm vorbei in die kleine Küche, die glänzte und blitzte. Manchmal war Elise von seinem Sauberkeitsfimmel und seinem übertriebenen Ordnungssinn irritiert. Seine Kleider hingen immer auf Bügeln, nie hatte sie in seiner Wohnung etwas achtlos weggeworfen gesehen. Alle Zimmer waren wie aus einem Magazin für modernes Design eingerichtet; Glas und Chrom herrschten vor. Was für ein Kontrast zu ihrem bunten, unaufgeräumten Wohnschlafzimmer.

»Du bleibst?« Er hörte sich besorgt an. »Ich meine, du bleibst über Nacht?«

Elise stellte ihre Tasche auf dem fleckenlosen Küchentisch aus Stahl ab und dachte: Ich habe ihn durch meinen unerwarteten Besuch aus der Bahn geworfen. Sie wußte, daß Ralph sein Leben ebenso präzise einrichtete wie seine allzu perfekte Wohnung.

Verabredungen waren Termine, die man im voraus traf. Er notierte sie alle in sein elektronisches Notizbuch. Sie hatte sich schon oft gefragt, wie er ihre Zusammenkünfte auflistete. *Liebe mit Elise – 19 Uhr 30 bis 20 Uhr 15. Essen. Wieder Liebe.* Es hätte sie nicht verwundert, wenn er noch hinzugefügt hätte: *Orgasmus dauerte eine Minute und zwei Sekunden.*

Sie wußte, daß sie ein Paar waren, das eigentlich nicht zusammenpaßte. Während sie versuchte, einen Job als Bühnenbildnerin zu ergattern, hielt sie sich als Empfangsdame bei Sellick's über Wasser. Und dort hatte sie Ralph Burns kennengelernt. Sie hatte sich vom ersten Augenblick zu ihm hingezogen gefühlt.

Es war nicht nur sein vollkommen geformter Körper mit den breiten Schultern und der schmalen Taille gewesen, nicht nur das lockere hellblonde Haar. Es war seine Haltung. Er wirkte wie ein Mann, der sein Leben unter Kontrolle hatte, und sich selbst natürlich auch. Ganz im

Gegensatz zu den chaotischen Kunststudenten, die sie bisher kennengelernt hatte.

In seinem Maßanzug sah er so aus, als wäre er einem dieser Modemagazine entstiegen. So ungefähr hatte sie ihn auch das erste Mal angesprochen, um auf sich aufmerksam zu machen. Er schien sich geschmeichelt zu fühlen, deshalb fügte sie noch ein paar Komplimente hinzu.

Tatsächlich, so erinnerte sie sich schuldbewußt, hatte sie mit ihren Verbindungen zur Theaterwelt und zu Modelagenturen geprahlt, um sich bei ihm interessanter zu machen. Geprahlt war noch geschönt – sie hatte ihn belogen! Er schien mehr als nur oberflächlich interessiert zu sein und hatte sie seither schon ein paarmal nach Einzelheiten über ihre Verbindungen gefragt.

Jetzt schaute sie in sein besorgtes Gesicht, und auf einmal war ihr bewußt, daß etwas faul war.

»Es tut mir leid, daß ich deine Pläne durcheinanderbringe«, sagte sie. »Ich dachte, du würdest dich freuen, mich zu sehen. Du selbst hast immer gesagt, daß wir mehr Zeit miteinander verbringen sollten. Und daß ich auch einmal ein ganzes Wochenende zu dir kommen sollte. Nun, hier bin ich!« Sie schaute ihm forschend ins Gesicht. »Es sei denn, du willst mich nicht haben. Du brauchst es nur zu sagen.«

»Natürlich will ich nicht, daß du wieder gehst.« Er fummelte an seinem Bademantel herum. »Aber es ist nur … also, es trifft sich nicht so gut … Eh … Ich muß nämlich weg.«

»Dann gehe ich mit dir.«

»Nein«, sagte er rasch. »Das geht nicht.«

»Warum nicht?«

»Quetsch mich nicht aus, Elise.« Er wandte sein verkniffenes Gesicht ab. »Es ist eine Junggesellenparty.«

»Oh, wer heiratet denn? Jemand, den ich kenne? Jemand bei Sellick's?«

»Nein. Ein alter Schulfreund von mir.«

Es hörte sich zu glatt an. Und Ralph war zweifellos nervös. Sie wußte nicht, ob sie ihm glauben sollte oder nicht. Sie entschied, daß sie sich im Zweifel für den Angeklagten entscheiden sollte. »Ich wünschte, das hättest du mir vorher gesagt«, murrte sie. »Schau mal, ich habe doch extra die Delikatessen gekauft.«

»Die halten sich doch«, sagte er. »Wir stellen sie in den Kühlschrank.«

Sie folgte ihm in den offenen Wohnbereich und betrachtete die Bewegungen seiner Pobacken unter der anschmiegsamen Seide. »Habt ihr einen Striptease für euren Freund organisiert?«

»Ich weiß es nicht. Ich selbst habe gar nichts organisiert. Die anderen werden es vielleicht gemacht haben.«

»Ich meine, so etwas gehört doch dazu, nicht wahr?« Sie trat auf ihn zu. »Und wenn sich der Bräutigam genug in Verlegenheit gebracht hat, schnappt er sich die Stripperin und zieht sich mit ihr zurück. So läuft das doch ab, oder?« Noch einen Schritt näher. Jetzt berührte sie ihn fast. »Wirst du nicht neidisch sein?«

»Nein.«

»Du kannst dein eigenes Mädchen haben«, murmelte sie. »Deine eigene Stripperin. Ganz für dich allein.« Sie fuhr mit einem ausgestreckten Finger über seine Brust, teilte den Bademantel noch ein wenig mehr. Sie ließ beide Hände über seinen Brustkorb gleiten, dann fuhr sie leicht über die Brustwarzen, die sich unter dem weinroten Stoff aufgestellt hatten. »Würde dir das nicht besser gefallen als die Junggesellenparty?«

Er blieb reglos stehen. Die forschenden Hände hatten seine Hüften erreicht und setzten ihren Weg nach unten fort. Sie wußte genau, wie sie ihn reizen konnte. Sie kannte die Stellen, an denen sie streicheln, drücken oder zwicken mußte. Sie konnte es kaum erwarten, ihre Hände unter seine Hoden zu schieben und sie zu massieren, zunächst behutsam, dann kräftiger, bis er zu stöhnen begann. Mit beiden Daumen würde sie dann den harten Schaft entlang reiben, kleine Kreise beschreiben und ab und zu die samtene Spitze zwischen Daumen und Zeigefinger drücken. Manchmal tat sie es so heftig, daß es ihm eigentlich weh tun mußte, aber sie spürte, daß es ihn dann noch stärker erregte.

Ja, er genoß die rauhe Tour. Sie erregte ihn damit viel schneller als mit den zärtlichen Streicheleien bei ihren ersten Begegnungen. Was er brauchte und was er wollte, war leicht zu durchschauen. Zuerst war sie überrascht gewesen, und auch ein bißchen enttäuscht.

Sie liebte die Abwechslung, das Unerwartete. Ralph dagegen reagierte nur auf ganz bestimmte Liebkosungen und schien darüber hinaus nichts zu vermissen. Variationen waren nicht seine Sache. Wie auf allen anderen Gebieten seines Lebens mußte auch der Sex in einem bestimmten Schema ablaufen. Alles mußte seine Ordnung haben.

Sie richtete sich nach ihm, denn sie wollte ihm Lust bereiten. Und es machte alles viel leichter für sie. Der Erfolg war garantiert, denn sie wußte genau, was sie zu tun hatte.

Unangenehm war, daß er glaubte, ihre Bedürfnisse wären ebenso beschränkt wie seine. Er hatte sich an ein bestimmtes Schema gewöhnt, und weil es zu funktionieren schien, veränderte er es nie. Er streichelte ihren Rücken (aber nie lange genug), wandte sich dann den Pobacken zu und massierte sie. Dann hoch zu den Brüsten, die er abwechselnd küßte (aber nie lange genug), bevor forschende Finger in sie eindrangen, um festzustellen, ob sie für ihn bereit war. Weil sie seinen Anblick, den Geruch seiner Haut und die Nähe seines wunderbaren Körpers sexuell erregend fand, war sie fast immer bereit für ihn, aber trotzdem wünschte sie sich sehnsüchtig, daß er sie mal mit Variationen, mit einer spontanen Bewegung oder einer neuen Position überraschte. Bisher hatte sie vergeblich gewartet.

Vielleicht würde sie es später mal vorschlagen. Aber jetzt nicht. Sie wollte keine Mißstimmung aufkommen lassen, er war schon verkrampft genug. Jetzt reichte es ihr, daß sie ihn verwöhnte, erforschte und entspannte. Sie wollte, daß er länger blieb. Sie wollte erreichen, daß er seine Pläne fürs Wochenende in ihrer Nähe vergaß.

»Ich besorge dir den besten Höhepunkt deines Lebens«, versprach sie mit heiserer Stimme. »Geh ins Schlafzimmer. Du brauchst dich nur aufs Bett zu legen und zu genießen.«

»Nein«, sagte er unglücklich. »Ich muß gehen. Ich muß mich anziehen.«

Aber er ließ zu, daß sie ihn ins blasse und spartanisch eingerichtete Schlafzimmer schubste. Ein niedriger Doppeldiwan nahm fast das ganze Zimmer ein, dessen Fußboden aus hellpoliertem Holz bestand.

Ihr fiel auf, daß er sich noch keine Kleider zurechtgelegt hatte, was er sonst immer tat, bevor er unter die Dusche ging. Von der Unterhose bis zur Krawatte, alles säuberlich aus den Schränken geholt und ordentlich hingelegt.

Sie drückte eine Hand gegen seinen nackten Oberkörper und schob ihn rückwärts. »Aufs Bett«, sagte sie. »Das ist ein Befehl!«

Er setzte sich langsam hin. Sie bemerkte, daß sein Widerstand nachließ. Mit einer Hand streichelte sie über seinen Brustkorb, sie beugte sich vor und umschloß mit den Lippen eine Warze, während sie die andere zwischen Daumen und Zeigefinger zwirbelte. Sie hörte ihn stöhnen und protestieren.

»Bitte, nein … Ich habe keine Zeit.«

Es hörte sich nicht sehr überzeugend an. Sie nagte mit den Zähnen an seiner Haut, und er stöhnte wieder, und diesmal hörte man, daß es ein lustvolles Stöhnen war. Sie drückte stärker gegen seinen Brustkorb, und er fiel rücklings aufs Bett.

Sein Seidenmantel klaffte auseinander. Elise kniete über ihm und bewunderte die harten Stränge seiner

Bauchmuskeln, Ergebnis der vielen Stunden, die er im Fitneßstudio verbrachte. Sie streichelte seinen Oberkörper, verharrte eine Weile dort, ehe sie hinunter zu den Innenseiten der Unterschenkel ging und dort von den Kniekehlen hochstrich, bis ihre Finger gegen den gespannten Hodensack stießen.

Während sie ihn immer stärker erregte, konnte sie sich nicht gegen ihren Wunsch wehren, daß die Rollen vertauscht wären. Daß er ihren Körper erforschte, zunächst zärtlich und behutsam, dann entschiedener, fordernder, mit besitzergreifender Autorität. Er mußte ihr das Gefühl geben, unwiderstehlich zu sein. Sie saugte wieder an seiner Brustwarze und wünschte, auch sein Mund würde sich um ihre Nippel schließen.

Sie umfaßte sein gespanntes Glied und rieb es langsam, die Finger hart um das geschwollene Fleisch gepreßt.

»Nein«, protestierte er schwach.

Sie spürte, wie er zu zittern begann. »Du meinst nicht wirklich nein«, flüsterte sie, beugte sich tief über ihn, öffnete den Mund und spielte mit der Zunge. Sein Körper wurde geschüttelt. Sie wußte, daß er empfindsame Brustwarzen hatte, und das machte sie sich zunutze. »Was du wirklich sagen willst, ist: Ja, bitte ... gib mir mehr ...«

»Ich muß ausgehen«, ächzte er.

Sie ließ die Zunge über seine Brust wandern, rutschte tiefer, tauchte kurz in seinen Nabel ein, wanderte tiefer. Ihre Hand glitt vom Schaft zu den Hoden und massierte sie mit immer schnelleren Bewegungen. »Willst du mir sagen, daß du eine Junggesellenparty mir vorziehst?«

»Nein, aber ich habe es versprochen ...«

»Ruf an und sage, daß du es nicht schaffst.«

Sie nahm das Glied zwischen ihre Zähne, nagte neckend daran, dann ein bißchen intensiver, denn sie wußte, daß ihn das erregte. Er wälzte sich auf dem Bett herum, beinahe so, als hätte er die Kontrolle über sich verloren.

Sie liebte dieses Gefühl der Kontrolle über ihn. Sie war stolz darauf, daß sie es war, die ihn in diesen Zustand versetzen konnte. Seine Hüften zuckten hoch, ruckten ihr entgegen, um tiefer in ihren Mund einzudringen. Sie richtete sich plötzlich auf.

»Ich meine«, sagte sie grinsend, »wenn du wirklich willst, höre ich natürlich auf.«

»Nein!« bettelte er. »Du weißt doch, was ich mag! Komm, mach mich fertig. Bitte.«

Sie ließ die Zunge über die Länge seines Schafts gleiten und leckte einmal kurz über die empfindliche Eichel. »Bist du sicher, daß du noch soviel Zeit hast?« neckte sie ihn.

Als Antwort packte er ihren Kopf mit einer Hand und drückte ihn nach unten. Sie umschloß den Schaft mit den Lippen.

»Ja«, murmelte er. »Mach weiter ... Schneller ...!«

Die Türglocke schlug an.

»Oh, Gott, nein«, stöhnte er frustriert.

»Mach nicht auf«, sagte sie. »Wer auch immer an der Tür steht, wird gehen, wenn du nicht aufmachst.«

Wieder die Türglocke.

»Ich gehe hin.« Er versuchte, sich aufzurichten, aber sie wollte ihn zurück aufs Bett drücken, weil sie glaubte, das gehörte noch zum Spiel. Er würde doch nicht wirklich in einem solchen Moment zur Tür gehen? Es war Abend, wer sollte um diese Uhrzeit noch klingeln? Vielleicht einer der Zeugen Jehovas.

Sie rangelten kurz miteinander, doch Ralph gewann. Die Türglocke schlug wieder an. Ralph sprang hastig auf und zog den Bademantel zusammen. Seine Erektion hatte noch nicht nachgelassen, sie drückte gegen die rote Seide.

»Du kannst doch *so* nicht zur Tür gehen«, sagte Elise kichernd.

»Kann ich doch.« Er war nervös. »Du bleibst hier. Ich sehe nach, wer es ist, dann werde ich ihn schnell abfertigen.« Er ging zur Tür, wiederholte dort noch einmal seine Instruktionen. »Bleib im Bett, Elise.«

Sie legte sich zurück und schloß die Augen. Sie hörte, wie die Tür geöffnet wurde, hörte Ralphs Stimme. Hörte eine wütende Frauenstimme. Elise setzte sich auf. Mit wem redete Ralph? Wieso mußte er sich mit einer Besucherin um diese Zeit herumstreiten? Ihre Neugier war nicht mehr zu bezwingen. Sie trippelte zur Schlafzimmertür und blinzelte.

Eine junge Frau versuchte, sich Einlaß in die Wohnung zu verschaffen. Ihr dunkles, maßgeschneidertes Kostüm wirkte in seinem strengen Schnitt fast maskulin, ein zweireihiges Jackett und ein glatter Rock, der bis zu den Knien reichte. Und doch sah es unwahrscheinlich sexy aus, zusammen mit dem glänzenden schulterlangen Haar, den langen, schlanken Beinen und den schwarzen Lackschuhen mit hohen Absätzen.

Ralph wehrte sich immer noch gegen ihre Versuche, an ihm vorbei in die Wohnung zu gelangen.

»Hör auf mit deinen albernen Spielchen, Ralph.« Ihre Stimme klang scharf und autoritär. »Ich habe mich extra für dich in Schale geworfen, und jetzt läßt du mich endlich rein.« Im nächsten Augenblick hatte sie es geschafft, sie stand im Wohnzimmer und sah Elise in der Tür zum Schlafzimmer stehen.

Sie starrten sich einen langen Moment an. »Also, wirklich?« Man hörte die Zähne der fremden Frau knirschen. »Kein Wunder, daß du mich nicht in deiner Wohnung haben wolltest!«

»Ich kann es dir erklären ...«, murmelte Ralph kleinlaut.

»Ich bin sicher, daß du das kannst.« Sie griff an seinen Bademantel und besah sich seinen Zustand. Seine Erektion hatte immer noch nicht nachgelassen. Sie streckte eine Hand aus und packte zu. »Und dafür hast du auch eine Erklärung, was?« Sie verdrehte die Hand, und Ralph stieß einen Schmerzenslaut aus.

»Jemma, du tust mir weh!«

»Klar«, sagte sie und ließ ihn los. Sie lächelte. »Und das gefällt dir besonders, was? Nun, du wirst später noch mehr Grund haben, vor Schmerzen zu schreien. Wenn wir unter uns sind.«

»Ralph?« Elise trat ins Wohnzimmer. »Wer ist diese Frau?«

»Ich bin Jemma Harrisford.« Kalte, braune Augen musterten Elise. »Und ich weiß, wer du bist. Elise Soundso, das kleine Mädchen vom Theater.« Jemma drehte sich zu Ralph um. »Kannst du mir mal sagen, was das soll?«

»Ich kann es dir erklären«, sagte er wieder.

»Kleines Mädchen vom Theater?« Elise funkelte Jemma an. »Das ist ja stark, daß sich ein Flittchen so was herausnimmt!«

Jemmas Gesichtsausdruck veränderte sich. Aggressiv, als wollte sie Elise im nächsten Augenblick anspringen, fauchte sie: »Ich ein Flittchen? Also, das finde ich ja lustig! Was hast du denn getrieben, kurz bevor ich klingelte? Oder hat Ralphie sich seine Erregung nur durch schmutzige Gedanken geholt?«

»Ich kann es dir erklären«, sagte Ralph noch einmal.

»Das will ich dir auch raten«, sagte Jemma. »Das sollte unser langes Wochenende sein, erinnerst du dich? Ich meine, ich weiß, daß du mit dieser Person aus einem bestimmten Grund ins Bett gehst, aber nach einem Dreier mit ihr steht mir wirklich nicht der Sinn. Also, was soll das alles?«

»Was ich mit meinem Freund anstelle, geht dich überhaupt nichts an«, sagte Elise, die vor Wut fast kochte.

»Freund?« Jemma lachte rasselnd. »Nun komm aber mal zu dir, Kleine. Nur weil Ralph es gelegentlich mit dir treibt, heißt das noch nicht, daß er dein Freund ist.«

»Ralph«, sagte Elise, und sie war erstaunt, daß sie sich so gut unter Kontrolle hatte, »sage dieser Person, daß sie verschwinden soll.«

»Ja, Ralph«, sagte Jemma höhnisch und imitierte Elises

Stimme. »Sage mir, daß ich verschwinden soll. Und wenn du es sagst, kannst du sicher sein, daß du mich nie wiedersehen wirst.«

»Großartig«, sagte Elise gepreßt. Sie bemerkte, wie Jemma sie voller Häme musterte. Am liebsten hätte Elise sie an den Haaren gezerrt, zu Boden gerissen und mit Fäusten traktiert. Sie wartete, daß Ralph etwas unternahm. »Ralph, warum wirfst du sie nicht raus?«

»Ich kann nicht«, sagte Ralph weinerlich.

»Natürlich kannst du das nicht«, schnurrte Jemma. »Du nimmst Befehle entgegen, Ralphie, aber du gibst nicht selbst welche.« Sie wandte sich wieder Elise zu und grinste breit. »Du hast es noch nicht begriffen, was, mein Schatz? Schwer von Begriff, würde ich sagen. Ich frage mich, wie Ralphie es geschafft hat, bei dir eine Erektion zu kriegen. Aber wahrscheinlich hat ihn die Hoffnung angetörnt, daß du ihm einen Vertrag als Model besorgen kannst. Er hat sich schon immer viel auf sein hübsches Gesicht eingebildet, und für ihn wäre es so gut wie ein Orgasmus, wenn er seinen nackten muskulösen Körper auf zwei Seiten Hochglanzpapier bewundern könnte.«

Elise wandte sich an Ralph. »Du hast geglaubt, ich könnte dich als Model vermitteln?«

»Klar hat er das geglaubt«, antwortete Jemma für ihn. »Deshalb habe ich ja auch gestattet, daß er sich mit dir abgibt. Ich dachte, wenn er sie denn vögeln muß, um einen Vertrag zu bekommen – was soll's, das konnte ich ertragen. Schließlich weiß ich, daß du ihm nichts bedeutest. Aber jetzt sieht es so aus, als wenn es mit dem Vertrag nichts wird, was?« Ihre roten Lippen verzogen sich verächtlich. »Du kennst wahrscheinlich gar keine Fotografen. Du bist nur eine kleine Versagerin mit einer großen Klappe. Es ist Zeit, daß Ralphie dir einen Tritt versetzt.« Sie stemmte die Fäuste in die Hüften und starrte Elise herausfordernd an. »Verschwinde endlich. Und laß Ralphie in Ruhe. Von jetzt an ist er wieder nur für mich da.«

Elise schaute Ralph an, als könnte sie ihn mit ihren Blicken zwingen, sich auf ihre Seite zu stellen, dieser frechen Schlampe zu widersprechen. Aber er stand nur da, wich ihrem Blick aus, indem er den Kopf senkte und zu Boden schaute. Und da fiel es ihr wie Schuppen von den Augen – alles ergab Sinn. Kein Wunder, daß er so entsetzt war, als sie vor der Tür gestanden hatte. Er hatte gar nicht vor, zu einer Junggesellenparty zu gehen. Er hatte auf diese Schlampe gewartet.

»Da ist die Tür!« blaffte Jemma sie an. »Verschwinde!«

Elise überlegte, ob sie Jemma mitten ins Gesicht schlagen sollte. Für ihren Gemütszustand wäre es Balsam gewesen, aber ihr Stolz hinderte sie daran.

Sie schritt in die Küche, denn sie wollte dem Pärchen nicht die Dose mit dem teuren Kaviar und die anderen Konserven mit exotischen Früchten überlassen, die sie in ihrer Vorfreude gekauft hatte. Sie packte die Taschen und überlegte noch kurz, ob sie eine Weinflasche auf die Küchenfliesen fallen lassen sollte, aber dann setzte sich ihr Verstand wieder durch. Geh mit Würde, sagte sie sich. Das wird Jemma, diese Schlampe, viel mehr ärgern. Warum soll ich ihr zeigen, wie wütend und verletzt ich bin?

»Endlich!« rief Jemma ihr nach, als sie die Wohnungstür öffnete. Noch bevor sie zugefallen war, hörte sie ihre barsche Stimme, wie sie Ralph befahl: »Zieh dich endlich aus, du Miststück! Du bist mir noch etwas schuldig für diese Szene. Auf die Knie! Und krieche zu mir, aber schnell!«

»Also, ich glaube, es ist das Beste, was dir überhaupt passieren konnte«, sagte Janine. Sie saß Elise gegenüber und kaute auf einem Bissen eines Burgers. »Er war nicht der Richtige für dich. Ich habe mich die ganze Zeit gefragt, wieso du das nicht einsiehst. Ich weiß nicht, was du in ihm gesehen hast. Also, einen langweiligeren Mann kann ich mir nicht vorstellen. Er ist nur an sich selbst interessiert. Ich kann nur hoffen, daß er eine heiße Nummer im Bett war.« Sie schaute ihre Freundin forschend an. »War er?«

»Nein, war er nicht«, gab Elise zu. »Ich war einfach nur entsetzlich in ihn verknallt, und deshalb war es auch im Bett gut mit uns.«

»Fatale Leidenschaft«, sagte Janine. »Daraus beziehen diese Bastarde ihre Macht über uns. Mit mir und Brett war es genauso, das hat mein ganzes Leben versaut. Er wußte, daß ich alles tat, was er verlangte. Und frage mich nicht, was er alles verlangte!« Sie biß wieder ein Stück des Burgers ab und leckte sich Ketchup von den Fingern. »Aber du bist jetzt drüber hinweg, oder? Ich meine, du träumst doch nicht von ihm oder so?«

»Natürlich bin ich drüber hinweg«, sagte Elise, eine Spur zu laut. »Er hat mich nur benutzt. Ich bin froh, daß ich ihn los bin.«

»Du wirst einen anderen finden«, sagte Janine. »Aber dann mußt du cool bleiben. Du sollst deinen Spaß haben, aber du darfst dich nicht sofort wieder verlieben.«

»Ich weiß nicht, ob ich einen anderen finden will. Lieber wäre mir ein anderer Job. Irgendwo weit weg von London.«

»Jobs sind nicht so leicht zu finden, vor allem dann nicht, wenn man nicht viel mehr zu bieten hat als einen Schrieb, der besagt, daß man eine Bühnenbildnerin oder eine Schauspielerin ist – das wissen wir doch beide, oder? Und die Arbeit bei Sellick's ist immer noch besser als kellnern. Nein, gib deinen Job nicht auf.«

»Und dann soll ich Ralph jeden Morgen sehen, wie er in seinen eleganten Maßanzügen in der Firma herumläuft? Bei jeder Begegnung müßte ich an diese Schlampe denken, mit der er lieber ins Bett geht als mit mir.« Nein, sie wollte nicht jeden Tag an dieses Fiasko erinnert werden.

»Ich habe die Schnauze voll von Sellick's«, sagte sie. »Es

ist nicht gerade eine Herausforderung an dein Gehirn, dazusitzen und zu lächeln und von morgens bis abends ›Guten Tag‹ und ›Auf Wiedersehen‹ zu sagen.« Sie schlug die Zeitschrift *Plays and Players* auf, ein Fachblatt für alle, die mit Theater, Film und Fernsehen zu tun hatten. Sie hielt Janine eine Seite mit Kleinanzeigen hin. »Schau dir mal die Anzeige an, die ich eingekreist habe. Was hältst du davon?«

»›Designer gesucht zur Neuausstattung eines Schlosses in Northumberland‹«, las Janine. »›Wenn Sie kreativ sind und viel Phantasie haben, rufen Sie uns jetzt an ...‹« Sie schaute Elise an. »Ein Schloß? In Northumberland? Du machst doch Witze!«

»Nein, ganz und gar nicht. Es hört sich großartig an. Es ist weit weg von London. Und von Ralph.«

»Und es ist weit weg von jeglicher Zivilisation«, ergänzte Janine. »Und du bist eine Bühnenbildnerin, hast du das vergessen? Wieso sollten sie eine Bühnenbildnerin anheuern, wenn sie ein Schloß neu ausstatten wollen? Du wirst nicht einmal zu einem Vorstellungsgespräch eingeladen.«

»Warum sonst haben sie die Anzeige in ein Theaterfachblatt setzen lassen?«

»Weil sie verrückt sind«, mutmaßte Janine. »Oder weil sie sich einen Scherz erlauben. Vielleicht ist es eine jener geheimnisvollen Botschaften, mit denen Spione sich Informationen mitteilen.«

»Weil sie jemanden brauchen, der kreativ ist und Phantasie hat«, berichtigte Elise. »Weil sie keinen gewöhnlichen Innenarchitekten haben wollen. Sie wollen jemanden, der ihr Schloß ästhetisch und originell ausstattet. Und das kann ich ihnen bieten.«

»Nehmen wir einmal an, daß du – durch irgendeinen verrückten Zufall – den Job tatsächlich bekommst«, begann Janine. »Willst du wirklich in den Norden emigrieren? Wenn dort oben mal jemand mit ein bißchen Sex-

Appeal gelebt hat, ist er schon vor zwanzig Jahren nach London gezogen. Willst du dich wirklich mit einer Meute von Typen umgeben, die einen komischen Akzent sprechen und Kappen und Ohrenschützer tragen? Das wirst du nicht aushalten. Und du wirst keinen umwerfend gut aussehenden blonden Schauspieler treffen, der dein Liebesleben auf Trab bringt. Du wirst dich zu Tode langweilen.«

»Ich langweile mich auch hier zu Tode«, antwortete Elise. »Ein Schloß neu auszustatten hört sich nach einer großartigen Sache an. Ich werde mich melden. Mehr als nein sagen können sie nicht. Und was Männer angeht – mir ist es egal, wenn ich mein ganzes Leben lang keinen gutaussehenden blonden Mann mehr sehe.«

Aber das stimmte nicht ganz. Ralph war ihrem derzeitigen Ideal eines Mannes gefährlich nahe gekommen. Wenn sie von einem Mann geträumt hatte, war er immer schön gebräunt und blond gewesen. Ja, sie hatten alle wie Ralph ausgesehen.

In dieser Nacht träumte sie auch. Er stand vor ihr, tadellos wie immer in seinem dunklen Geschäftsanzug. Dann begann er sich auszuziehen. Das hatte sie sich immer von ihm gewünscht. Der Gedanke, daß sich ein Mann langsam und aufreizend auszog, weil er wußte, daß er beobachtet wurde, erregte sie. Aber sie hatte sich nie getraut, ihn darum zu bitten.

Jetzt benahm er sich genauso, wie sie es sich immer gewünscht hatte. Er schlüpfte aus seinem Jackett und ließ es achtlos auf den Boden fallen – undenkbar, daß er das im wahren Leben tun würde. Er knöpfte sein Hemd auf, es glitt von den breiten muskulösen Schultern und glitt ebenso zu Boden. Die Haut glänzte golden von den Stunden unter der Sonnenbank. Er hatte keine auffällige Körperbehaarung; die Nippel waren klein und fest.

Sie sah aufgeregt zu, wie er den Reißverschluß der Hose aufzog und aus ihr heraustrat. Er trug einen engen schwarzen Slip, der sich straff über seine Genitalien spannte.

Sehr langsam glitten die Hände unter das Elastikband und schoben den Slip hinunter. Aber als er dabei war, seine beträchtliche sexuelle Ausrüstung zu entblößen, beschrieb er eine halbe Drehung, und sie sah, wie er den Stoff über die Wölbung der Hüfte schob. Sie bewunderte die festen Muskeln seines Hinterns. Er bückte sich, immer noch mit dem Rücken zu ihr, und stieg aus dem Slip. Er posierte für sie, spannte die Schultern, wandte sich ihr halb zu, und in der Drehung erhaschte sie einen kurzen Blick auf den leicht schwingenden Penis. Am liebsten hätte sie geschrien, daß er sich ihr ganz zuwenden und präsentieren sollte, damit sie alles von ihm sehen konnte.

In der nächsten Szene ihres Traums war sie nackt. Seine Hände streichelten über ihren Körper. Sie spürte eine pochende Erektion, die gegen ihre Schenkel preßte. Ihre Brüste bebten vor Lust, als er sie mit dem Mund verwöhnte, und dann spürte sie, wie er zwischen ihren Schenkeln forschte, zuerst mit den Fingern, dann …

Sie wurde mit einem Schlag wach. Das Gefühl des Eindringens war so stark, daß sie für einen Augenblick geglaubt hatte, Ralph wäre tatsächlich bei ihr. Ihre Hände glitten hinunter, und mit fiebriger Hast berührte sie sich. Der Traum hatte sie so stark erregt, daß sie im nächsten Moment im Orgasmus geschüttelt wurde. Danach fiel sie zurück in einen befriedigenden, erholsamen Schlaf.

Als sie sich am anderen Morgen an den Traum erinnerte, war sie alles andere als glücklich. Sie wollte nicht, daß Ralph sie in ihren Träumen verfolgte. Sie wollte ihn vergessen. Sie würde ihn nie sehen, wie er aufreizend langsam seine Kleider abstreifte, obwohl ihr jetzt bewußt wurde, daß sie ihn dazu hätte bringen können. Sie hätte alles mögliche von ihm verlangen können. Der tüchtige Ralph Burns, der nach außen hin so machomäßig wirkte, fuhr auf Frauen ab, die ihn herumkommandierten.

Elise wäre nie auf die Idee gekommen, auch deshalb nicht, weil sie immer einen starken Mann haben wollte. Wenn sie mehr wie Jemma Harrisford gehandelt hätte, wäre Ralph dann bei ihr geblieben? Hätte sie die ganze Zeit so handeln können wie Jemma? Es machte ihr nichts aus, ab und zu diese Rolle zu übernehmen, aber sie glaubte nicht, daß sie immer die Domina sein wollte oder könnte. Beim Sex kam es auf Geben und Nehmen an, aber Ralph hatte ja nie versucht, herauszufinden, was ihr besonderen Spaß machte.

Es war einfach, jetzt zurückzuschauen und zu erkennen, wie leicht sie es ihm gemacht hatte. Kein Wunder, daß er so umständlich gewesen war, wenn es darum ging, sich zu verabreden. Er hatte seine Zeit zwischen ihr und Jemma einteilen müssen. Vielleicht hatte Jemma sogar seine Verabredungen mit ihr genehmigen müssen! Er soll glücklich mit seiner Domina werden, dachte Elise. Ich hoffe, sie verprügelt ihn jeden Abend. Er ist ein eigensüchtiges Schwein. Ein Waschlappen. Als er erkannt hatte, daß Elise ihm keinen Modelvertrag verschaffen konnte, hatte er es zugelassen, daß seine Freundin sie einfach aus der Wohnung jagte.

Ärgerlich war nur, daß sie immer noch einen sexuellen Schauder spürte, wenn sie an ihn dachte. Auch wenn sie wußte, daß sie ihn nicht mehr sehen wollte. Wenn sie bei Sellick's blieb, würde sie ihn jeden Morgen sehen, wie er mit seinem forschen Gang die Halle durchschritt – nein, dieses Trauma wollte sie sich ersparen.

Sie wußte, daß Janine recht hatte – Jobs waren nicht leicht zu finden. Aber sie wußte auch, daß die Bequemlichkeit eines solchen Jobs dazu verführen konnte, sich nicht mehr mit letzter Kraft um einen Auftrag in ihrem eigentlichen Beruf zu bewerben.

Nein, sie brauchte eine berufliche Herausforderung, und die Neuausstattung eines Schlosses schien genau das zu sein, was sie sich wünschte. Sie war auf dem Land geboren und groß geworden, und der Gedanke, London zu verlassen, schreckte sie überhaupt nicht.

Am Telefon meldete sich eine frische Frauenstimme, als Elise wegen der Anzeige anrief. Sie sollte ihre Bewerbung einschließlich des Lebenslaufs und ihrer Berufserfahrung schicken, und dann nannte die Frau die Adresse.

Außer einigen unbezahlten Praktika an verschiedenen Theatern und ihrer Arbeiten während des Studiums hatte Elise nicht viel Berufserfahrung aufzuweisen. Sie überlegte, ob sie ein bißchen lügen sollte, entschied sich dann aber dagegen. Im Bewerbungsbrief schrieb sie, daß sie wahnsinnig gern ihre Erfahrungen als Bühnenbildnerin in die artverwandte Aufgabe der Inneneinrichtung einbringen würde.

Nachdem sie den Brief abgeschickt hatte, wünschte sie, sie wäre nicht so ehrlich geblieben. Wahrscheinlich meldeten sich Hunderte erfahrene Innenarchitekten auf diese Anzeige, denn auch für sie mußte es eine Herausforderung sein, ein Schloß zu gestalten. Sie rechnete nicht einmal mit einer Antwort, deshalb kam die knappe Mitteilung, daß sie zum Vorstellungsgespräch kommen sollte, als völlige Überraschung. Der Brief war von einem Max Lannsen unterschrieben.

Sie brauchte viel Zeit für die Entscheidung, was sie zum Vorstellungsgespräch anziehen sollte. Sollte sie sich als Künstlerin aufstylen, mit einem langen Rock, auffälligem Make-up, ihrem tibetanischen Schmuck und mit der ungezähmten rotbraunen Mähne? Oder sollte sie lieber konservativ auftreten und sich für eines der Kostüme entscheiden, das sie für ihr Auftreten bei Sellick's gekauft hatte, dazu eine schlichte weiße Seidenbluse und das Haar streng zurückgekämmt und mit einer Spange im Nacken gebändigt? Schließlich entschied sie sich für die konventionelle Variante, allerdings ergänzt durch eine ungewöhnliche Silberbrosche, die eine Freundin entworfen hatte – wenigstens eine Andeutung ihrer Kreativität.

Die Einladung zum Gespräch hatte sie schon überrascht, aber genauso sehr überraschte sie die Adresse: eine große Villa im viktorianischen Stil am nördlichen Stadtrand von London. Man konnte sie von der Straße nicht einsehen, sie lag zurückgesetzt und war hinter Büschen und Bäumen verborgen. Die Hecke, die das Grundstück umgab, hätte dringend geschnitten werden müssen. Die Auffahrt zum Eingang und die Blumenbeete schrien auch nach einer pflegenden Hand.

Elise zögerte, ehe sie den Finger auf den Klingelknopf drückte. Worauf ließ sie sich ein? Sie hatte erwartet, von einer Agentur für Design zum Gespräch eingeladen zu werden, aber es handelte sich offenbar um eine Privatperson. Nach dem Zustand des Gartens zu urteilen, konnte es keine vermögende Privatperson sein. Wie konnte sie sich die ›Neuausstattung eines Schlosses‹ leisten? Ob es sich wirklich um ein ernsthaftes Angebot handelte?

Es gibt nur einen Weg, das herauszufinden, dachte sie. Sie drückte auf die Klingel und hörte sie dröhnend laut hinter der Tür anschlagen. Die Farbe blätterte von der Tür ab, bemerkte Elise, und als sie geöffnet wurde, quietschte sie laut.

Eine junge Frau mit kurzen blonden Haaren stand da. Sie trug einen engen pinkfarbenen Pullover und einen Minirock.

»Hi«, sagte die Frau und lächelte freundlich. »Sie sind zum Vorstellungsgespräch gekommen, nicht wahr?«

»Ja.« Das Innere der Villa war eine weitere Enttäuschung. Der Flur wurde von einer hellen Glühbirne ohne Schirm beleuchtet, und auf den Holzbohlen lag kein Teppich. Die junge Frau ging voraus und trat dann in ein großes Zimmer, das spärlich eingerichtet war. Auf zwei Tischen stapelten sich mehrere Papierberge, und an einer Wand stand ein uralter Aktenschrank. An den anderen Wänden hingen Poster von Popstars. Auf einer Kiste standen ein Kessel und eine Kaffeedose.

Ein junges Mädchen schaute von ihrer altmodischen Schreibmaschine hoch und grinste unverschämt.

»Noch eine, die Graf Dracula sehen will?«

»Graf wer?« Elise schaute von der einen zur anderen.

Die junge Frau, die Elise hereingelassen hatte, trat hinter einen der Tische und ordnete Papiere. »Das ist Kellys alberner Humor«, sagte sie. »In Wirklichkeit fährt sie voll ab auf Max Lannsen.«

»Das stimmt überhaupt nicht!« wehrte sich Kelly und nahm das Blatt aus ihrer Schreibmaschine, zerknüllte es und warf es in den Papierkorb. »Verdammt, ich hasse diese antiquierten Dinger. Warum schafft er sich keinen Computer an?«

»Die gibt es noch nicht in Transsylvanien«, sagte die blonde Frau. Sie wandte sich wieder Elise zu. »Sind Sie Veronica Barclay?«

»Elise St. John«, sagte Elise.

»Ann ist wirklich tüchtig«, bemerkte Kelly mit freundlichem Spott, während ihre Kollegin in einer Schublade kramte. »Geben Sie ihr zehn Minuten, dann hat sie Ihre Bewerbungsunterlagen gefunden – wenn Sie Glück haben.«

»Warum Graf Dracula?« fragte Elise.

»Das war eher ein Kompliment«, sagte Kelly. »Ich meine, viele Leute finden Vampire wirklich sexy. Oder würden Sie Tom Cruise von der Bettkante stoßen?«

»Wenn er diese Fangzähne im Mund hätte, würde ich das tun«, sagte Elise. »Und irgendwie kann ich mir keinen blonden Vampir vorstellen.«

»Dann wird Ihnen unser charmanter Max Lannsen

gefallen«, behauptete Kelly. »Er hat nichts Blondes an sich. Und in einem langen schwarzen Umhang kann ich ihn mir richtig sexy vorstellen.«

»Mr. Lannsen mag sexy sein, wenn man auf diese Art steht«, sagte Ann, »aber charmant ist er nun wirklich nicht.« Sie sah Elise an. »Ich glaube nicht, daß er Frauen mag. Eines der Mädchen, das sich bei ihm vorgestellt hat, kam tränenübertrömt heraus. Auch zu uns ist er nicht gerade freundlich, aber das ist uns egal, denn wir bleiben nur ein paar Wochen hier. Bis er die Leute gefunden hat, die in seinem Schloß arbeiten sollen. Falls er sie jemals findet.« Sie reichte Elise einen Umschlag. »Das sind Ihre Bewerbungsunterlagen. Nehmen Sie sie mit rein.«

»Hat Mr. Lannsen sie noch nicht gelesen?«

»Vielleicht hat er sie zu Gesicht bekommen, als sie mit der Post eintrafen«, sagte Ann. »Danach haben wir sie irgendwie verlegt.«

»Ist Mr. Lannsen der Besitzer des Schlosses in Northumberland?«

»Ich glaube«, antwortete Ann. »Ich meine, er hätte es geerbt oder so.«

»Und warum will er es neu ausgestattet haben? Wird er dort wohnen?«

»Keine Ahnung.« Kelly hob die Schultern. »Wir sind nur halbtags hier, und auch nur für kurze Zeit. Niemand sagt uns irgend etwas. Der Graf ist nicht gerade redselig. Ann sagt, daß man schon zufrieden sein muß, wenn er einen guten Morgen wünscht. Und ein ›Good bye‹ habe ich von ihm noch nie gehört.«

Die Sprechanlage auf Kellys Schreibtisch summte laut. »Ist Miss St. John schon eingetroffen?«

Er war eine kühle Stimme, und einladend klang sie nicht. Elise versuchte, sich ein Gesicht zu dieser Stimme vorzustellen, aber das gelang ihr nicht.

»Sie wartet hier, Mr. Lannsen«, sagte Kelly.

»Soll hereinkommen.«

Kelly schaltete die Anlage ab. »Viel Glück«, sagte sie zu Elise. »Es ist die zweite Tür rechts.«

Ihre Schritte hallten laut im Flur wider. Sie blieb kurz vor der zweiten Tür stehen und überlegte, ob sie anklopfen oder einfach hineingehen sollte. Sie schüttelte sich und stellte fest, daß sie verwirrt war. Dieser Max Lannsen hatte sie jetzt schon beunruhigt, und sie hatte ihn doch noch gar nicht gesehen. Einen Augenblick lang fragte sie sich, ob sie wirklich für jemanden arbeiten wollte, der Frauen offenbar haßte und Bewerberinnen zum Weinen brachte.

Ob er schwul war? Während ihrer Studienzeit hatte sie einige schwule Männer gekannt. Einige waren boshaft gewesen, aber mit den meisten war sie wunderbar ausgekommen. Sie fühlten sich wohl in der Gesellschaft von Frauen. Sie erinnerte sich an Paul, der ihr viele Tips zum Make-up gegeben hatte. Es war auch Paul gewesen, der ihr gesagt hatte: »Warum sollten wir nicht gut mit Frauen zurechtkommen? Wir haben vieles gemeinsam – wir alle lieben Männer.«

Sie klopfte kurz und drückte die Tür auf. Das Zimmer wirkte dunkel, denn wegen der hohen, ausladenden Bäume draußen konnte kaum Licht durch die beiden hohen Fenster einfallen. Mitten im Zimmer stand ein alter Schreibtisch. Dahinter ein gepolsterter Stuhl, davor ein Holzstuhl mit hohem Rücken. Elise nahm verlegen das Klacken ihrer Absätze auf dem nackten Fußboden wahr. Zum Schreibtisch schien es ein langer Weg zu sein.

Ein Mann stand am Fenster und blickte hinaus. Als er sich umdrehte, durchfuhr sie fast so etwas wie ein elektrischer Schlag. Er war das Gegenteil von allem, was sie bisher für attraktiv gehalten hatte. Sie mochte ihre Männer lieber strotzend, nicht so dürr wir diese hoch aufgeschossene Gestalt mit schwarzen Haaren und in einem dunklen Anzug vor ihr. Sie begriff sofort, was Kelly gemeint hatte, als sie von Graf Dracula gesprochen hatte.

Max Lannsen hatte hoch angesetzte Wangenknochen und steile Augenbrauen, die ihm einen beinahe diabolischen Ausdruck gaben. Es war schwer, sein Alter zu schätzen. Vielleicht dreißig, dachte sie. Ja, ein langer schwarzer Umhang würde ihm gut stehen. Mit roter Umrandung. Blutrot. Er strahlte etwas Fremdartiges, Geheimnisvolles aus, und er wirkte auf Elise trotz allem sexuell attraktiv.

»Setzen Sie sich«, sagte er.

Seine Stimme hatte keinen Anflug von Akzent, aber auch keinen Ausdruck. Sie setzte sich. Er nahm hinter dem Schreibtisch Platz und starrte sie an. Er saß mit dem Rücken zum Fenster, deshalb lag sein Gesicht im Schatten. Er streckte seinen Arm aus, und sie bemerkte, wie lang und feingliedrig seine Finger waren. Die Hand eines Künstlers, dachte sie, obwohl er sonst nicht so aussah. Sie konnte sich überhaupt keinen Beruf für ihn vorstellen.

»Hat dieser Schwachkopf draußen endlich ihre Unterlagen gefunden?«

Elise zwang sich, mit ihren Tagträumereien aufzuhören. Sie errötete leicht und reichte ihm den Umschlag, den Ann ihr mitgegeben hatte. Er bedachte sie mit einem langen Blick, ehe er den Umschlag öffnete und zu lesen begann. Er macht mich nervös, dachte Elise und ärgerte sich über sich selbst.

»Warum bewerben Sie sich um diesen Auftrag?« fragte er plötzlich. »Sie haben doch überhaupt keine Erfahrung mit Inneneinrichtungen.«

Sie hätte am liebsten gesagt: Das wußten Sie vorher, und trotzdem haben Sie mir einen Termin gegeben. Statt dessen sagte sie: »Zu unseren College-Kursen gehörte auch Inneneinrichtung.«

»Aber hier schreiben Sie, daß Sie Bühnenbildnerin sind«, sagte er barsch. Er schaute wieder in ihre Unterlagen. »Und auch in Ihrem Beruf haben sie so gut wie keine Erfahrung.«

»Ich habe das College erst vor sechs Monaten abgeschlossen. Es ist sehr schwierig, einen Job beim Theater zu bekommen.«

»Warum haben Sie dann diesen Beruf gewählt?« Er starrte sie immer noch mit diesem intensiven Blick an. »Sie haben wohl gedacht, es wäre leicht, unter den gutaussehenden Schauspielern einen Ehemann zu finden, was?«

Seine Feindseligkeit führte dazu, daß Elise sich besser fühlte. Jetzt konnte sie auf etwas reagieren. Er hat gar nicht die Absicht, mir einen Job anzubieten, dachte sie, also bin ich auch nicht gezwungen, besonders freundlich zu ihm sein zu müssen. Er ist ein arroganter, sexistischer Bastard, der sich darin gefällt, Frauen zu erniedrigen. Zur Hölle mit ihm!

»Es wird Sie überraschen, aber einen Mann zu finden steht auf meiner Prioritätenliste ganz weit unten«, sagte sie kühl. »Es ist mir viel wichtiger, einen Job zu finden.« Sie erhob sich. »Offenbar bin ich dafür am falschen Ort.«

Er starrte ihr ins Gesicht. Sie wußte, daß sie sich hätte umdrehen und hinausgehen sollen. Das wäre die richtige Reaktion auf sein Verhalten gewesen. Aber sie fand sich beinahe hypnotisiert von diesem starren, staunenden Blick. Erst jetzt fiel sein Blick auf die Arbeitsmappe, die sie bei sich trug.

»Nun ja, ich könnte vielleicht einen Blick auf Ihre Arbeit werfen«, sagte er gönnerhaft.

Am liebsten hätte Elise sich geweigert. Sie legte die Mappe vor ihn hin, innerlich kochend. Wenn er erwartete, daß sie die Mappe für ihn öffnete, damit er sich ihre Arbeiten im College ansehen konnte, dann hatte er sich gehörig geirrt. Doch er öffnete die Mappe schließlich selbst und betrachtete die Arbeiten.

»Phantasievoll«, sagte er schließlich.

»Ich könnte in Ihrem Schloß ebenso phantasievoll sein«, behauptete sie.

Einen flüchtigen Moment lang glaubte sie, ein schwaches Lächeln um seinen Mund erkannt zu haben. »Vielleicht.« Die Lippen klebten wieder fest aufeinander. »Wissen Sie, wo das Schloß liegt? Wenn ich Sie anstelle, welche Garantie habe ich, daß Sie nicht nach einer Woche gelangweilt sind und zurück nach London reisen?«

Weil sie sich schon damit abgefunden hatte, daß er gar nicht die Absicht hatte, ihr einen Auftrag zu geben, wurde sie von seiner Frage völlig überrascht. »Warum sollte ich mich langweilen?« Kühl erwiderte sie seinen Blick.

»Vielleicht würden Sie bald die Parties und das Tanzen vermissen«, sagte er. »Ohne diese Dinge fühlt ihr Frauen euch doch nicht wohl.« Der Sarkasmus war dick aufgetragen. »Ein volles gesellschaftliches Leben nennt man das doch, nicht wahr?«

Elise fing seinen Blick auf und hielt ihm stand. »Ich bin gern in Gesellschaft«, räumte sie ein, »aber das hat nichts mit meiner Arbeit zu tun. Ich kann beides gut voneinander trennen. Wenn Sie wirklich vorhaben, mir diesen Auftrag zu geben, kann ich gern einen Vertrag unterschreiben, der ...«

»Verträge können leicht gebrochen werden«, unterbrach er sie. »Das trifft besonders auf Frauen zu, habe ich erfahren müssen.« Bevor sie darauf antworten konnte, hatte er die Mappe wieder über den Schreibtisch geschoben. Er drehte sich in seinem Stuhl, stand auf und schritt wieder hinüber zum Fenster. Er wandte ihr den Rücken zu, als er sagte: »Stellen Sie sicher, daß diese lahmen Frauen draußen, die sich Sekretärinnen schimpfen, Ihre Adresse nicht verlieren. Es kann sein, daß ich mich wieder bei Ihnen melden will.«

Elise begriff, daß sie entlassen war. Sie wollte noch sagen: He, warten Sie mal, ich habe noch einige Fragen. Es hat keinen Sinn, sich bei mir zu melden, wenn ich über den Job nichts weiß. Und über die Bezahlung. Und über die Frage des Wohnens. Und wann es anfangen soll. Aber ein Blick auf die hohe Gestalt mit den nach unten gezogenen

Schultern überzeugte sie, daß sie von Max Lannsen jetzt keine Antworten erhalten würde.

Kelly schien überrascht zu sein, daß er Elise aufgetragen hatte, dafür zu sorgen, daß ihre Adresse nicht verlegt wurde. »Das hat er bisher noch keiner anderen gesagt«, meinte sie. »Vielleicht bietet der Graf Ihnen wirklich einen Job.«

»Wenn er das tut, wird er vielleicht erfahren, daß ich gar nicht für ihn arbeiten will«, antwortete Elise patzig.

Aber das stimmte nicht – und Janine gegenüber gab sie das am nächsten Tag auch zu. Doch ihre Freundin war nicht beeindruckt von dem, was Elise ihr über Auftrag und Auftraggeber zu berichten hatte.

»Er ist ein sexistischer Bastard, und du willst dich mit ihm einlassen? Zuerst dieser betrügerische Ralph Burns und jetzt dieser Bruder von Graf Dracula? Bist du insgeheim eine Masochistin, oder was?«

»Ich will mich nicht mit ihm einlassen«, protestierte Elise. »Ich will sein Schloß neu ausstatten oder dekorieren oder was immer es ist, was er will. Und wenn es nur dazu dient, ihm zu beweisen, daß ich es kann.«

»Warum solltest du ihm irgend etwas beweisen müssen?« hakte Janine nach. »Warum ist dir das so wichtig? Liegt dir was an ihm? Hast du dich das schon gefragt?«

»Das hat was mit Berufsehre zu tun«, behauptete Elise.

»Unsinn!« gab Janine zurück. »Hör zu, es ist ganz offensichtlich, daß du dich in ihn verknallt hast. Du bist verrückt nach ihm. Du betrachtest ihn als Herausforderung. Du willst ihn beeindrucken. Und das ist die Straße ins Unglück, das kannst du mir glauben.«

»Er ist der letzte Mann, in den ich verknallt sein will«, verteidigte sich Elise. »Er ist einfach nicht mein Typ.«

Aber am Abend, als sie sich zum Schlafengehen vorbereitete, erinnerte sich Elise an Janines Worte und fragte sich, ob sie der Wahrheit entsprächen. Lag ihr etwas an Max Lannsen? Nein, entschied sie. Es war nur, daß er so – ungewöhnlich war. Auffällig in der Erscheinung. Sein Benehmen war widerlich. So arrogant und herablassend. Aber genau das war der Grund, warum sie nach Northumberland gehen wollte. Sie wollte ihm beweisen, daß sie trotz ihres Mangels an Erfahrungen die Aufgabe erfüllen konnte, die er ihr stellen würde. Ganz egal, was er aus seinem Schloß machen wollte.

Sie schlüpfte ins Bett und deckte sich mit einem leichten Federbett zu. Ihre Gedanken wanderten. Was für ein Schloß mochte es wohl sein? Hatte er es wirklich geerbt? Hatte er vor, dort zu wohnen? Sie stellte sich eine gezackte Silhouette vor einem grauschwarzen Himmel vor. Türmchen und Zinnen, Sekunden angestrahlt von zuckenden Blitzen, gefolgt von grollendem Donner. Und dann in einem Fenster eine hagere Gestalt, von einem schwarzen Umhang umhüllt. Die Seiten blähten sich im Wind auf und flatterten wie Flügel. Max Lannsen.

Verdammt, dachte sie, das brauche ich nun wirklich nicht. Ich will nicht von ihm träumen! Sie verbannte die theatralischen Bilder und wartete, daß der Schlaf sie übermannte.

Sie befand sich in einem Raum, dessen Wände aus Mauerwerk bestanden, und da war auch das Fenster wieder, das sie im Halbschlaf gesehen hatte. Draußen herrschte eine stürmische Nacht. Sie war nackt und lag ausgestreckt auf einem Gestell, das sie an eine mittelalterliche Folterbank erinnerte. Aber sie fühlte sich wohl in ihrer Lage, und irgendwie war sie auch erregt. Sie wußte, daß jemand im Zimmer war, aber sie fühlte sich nicht bedroht. Hand- und Fußgelenke steckten in Fesseln, aber sie empfand sie eher als willkommene Umarmungen.

Ein Mann trat an sie heran. Er trug eine schwarze

Maske, die Kopf und Augen verbarg, sowie eine enge, knielange schwarze Reithose. Er bewegte sich lautlos auf seinen nackten Füßen. Elise bestaunte seine gestählten Muskeln, den breiten Brustkorb und die schmalen Hüften, besonders aber die Art, wie sein Geschlecht den Stoff der Hose spannte. Man mußte glauben, daß der Stoff zerreißen würde, wenn man ihn nur mit einem Fingernagel ritzte. Dann würde sie sehen können, was sich dahinter versteckte.

Er drehte sich um. Die Breeches klebten so eng um die Hinterbacken, daß sie wie angeklebt wirkten. Sie sah das Spiel der Muskeln, und sie hätte gern ihre Finger in das pralle Fleisch gegraben und ihn zu sich herangezogen.

Der Mann baute sich über ihr auf, und sie sah seine Augen hinter der Maske funkeln. Sie waren blau wie Ralphs Augen. Sein Blick schweifte über ihren ausgestreckten Körper, bewunderte ihre Brüste, den flachen Bauch, die wohlgeformten Schenkel. Sie zerrte ungeduldig an ihren Fesseln, aber sie wollte nicht fliehen, und das wußte auch er. Sie sah, wie er lächelte. Es war Ralphs lächelnder Mund. Er streckte die Arme aus, und dann folgten die Hände dem Weg seiner Blicke.

Nun hörte die Ähnlichkeit mit Ralph auf. Ralphs Liebkosungen waren hastig gewesen, ein Mittel, um zu seinem Ziel zu gelangen, und oft auch langweilig, weil so voraussehbar. Dies dagegen war ein geschicktes Verweilen, es waren Berührungen, die die Sehnsucht weckten. Das Traumgeschöpf tat alles, was sich Elise von Ralph immer gewünscht hatte. Sie wölbte ihren gefesselten Körper und labte sich in der köstlichen Hilflosigkeit.

Er berührte sanft ihre Brustwarzen. Er beugte sich hinunter und drückte seinen Mund auf ihre Lippen. Seine Zunge bewegt sich im Rhythmus seiner Finger. Elise spürte, wie kleine wohlige Schauer sie durchliefen. Finger und Zunge forschten weiter, suchten die bestimmten

Zonen ihres Körpers, wo sie am erregbarsten war. Er kannte sie alle. Er variierte den Druck seiner Berührungen, manchmal schnell, manchmal langsam, und erregte sie in einem Ausmaß, das sie bei Ralph nie erreicht hatte.

Sie stöhnte und keuchte, als seine Zungenspitze ihren Nabel umkreiste, die empfindsame Haut der Innenseiten ihrer Arme koste und ganz leicht mit den Lippen einsog, die Konturen ihrer Ohren umspielte und dann ein elektrisierendes Muster auf ihren Nacken malte.

Jede Berührung war eine bezaubernde Schmeichelei, sie verrieten den Geliebten, der sie auf die intimste Art und Weise kannte, der genau wußte, was sie brauchte, und der sich Zeit ließ, ihr alles zu geben, damit sie Erfüllung fand.

Sie wand sich unter seinen erfahrenen Händen und zerrte an den Fesseln. Dieser Mann genoß seine Herrschaft über sie, aber sie wußte, daß ihr alle seine Gefühle zugute kamen. Er zeigte ihr, wie sehr er sie begehrte. Er schob eine Hand in ihren Nacken und hob sie, so weit die Fesseln es zuließen, in eine sitzende Position. Seine Lippen knabberten in ihrer Halsbeuge, und mit der freien Hand massierte er ihre Schultern bis hinunter zu den Brüsten.

Dann legte er alle Behutsamkeit ab. Er umkreiste die Nippel mit den Lippen, saugte hart und drückte den anderen Nippel zwischen Daumen und Zeigefinger. Sie zerrte wieder an den Fesseln, aber sie wußte, daß es nur eine vergebliche Geste war.

Daß ihre Hände und Füße festgezurrt waren, verlieh ihr die Freiheit, alles zu genießen, was ihr widerfuhr, ohne sich um ihren Geliebten kümmern zu müssen. Sie brauchte sich nicht zu überlegen, wie sie ihm das zurückgeben konnte, was er ihr bot, sie brauchte ihn nicht zu erregen. Sie lag da und genoß.

»Ja, so ist es richtig.« Die Hände des maskierten Mannes glitten zwischen ihre gespreizten Schenkel. »Tanz für mich. Komm, zeige mir, wie du tanzen kannst.«

Es war nicht Ralphs Stimme. Es war auch nicht der Mann, der nun rittlings auf ihr saß, plötzlich nackt, und sein Körper glänzte, als sei er mit Öl eingerieben. Der Mann lächelte. Die Stimme aber kam aus den Schatten. Jemand beobachtete sie.

Plötzlich war es kein erotisches Gefühl mehr, an Händen und Füßen gefesselt zu sein. Sie zerrte, wehrte sich, wollte sich jetzt befreien. Sie sah, wie das Fenster sie anstarrte wie ein schwarzes Auge, und davor eine dunkle, schlanke Silhouette.

»Tanze«, sagte die Stimme wieder. »Das ist es doch, was Frauen gefällt.«

Ihre Frustration steigerte sich in Wut. Sie riß die Hände hoch, die Fesseln gaben reißend nach, und dieses Geräusch riß sie aus ihrem Traum.

Das Zimmer schwand. Sie lag in ihrem Bett, keuchend, verschwitzt und unbefriedigt. Seit langem hatte sie nicht mehr einen so deutlichen erotischen Traum gehabt, aber dann hatte Max Lannsen, die dunkle Silhouette am Fenster, ihn gestört. Der Gedanke, ihm einen voyeuristischen Spaß zu bescheren, brachte sie in Wut. Und wütend war sie auch, weil der Traum an der Stelle abgebrochen war, wo es erst richtig losgehen sollte …

Verdammt, Max Lannsen, scher dich aus meinen Träumen, dachte sie.

»Du hast von Max Lannsen geträumt?« Janine hielt die Colaflasche schief, um mit dem Strohhalm den Rest herauszusaugen. »Sehr interessant. Ich würde ja noch verstehen, wenn du von Ralph träumen würdest. Du bist immer noch ein bißchen in ihn verliebt, nicht wahr? Und er hat ja auch einen Körper, für den einer der Chippendale Jungs sich duellieren würde. Aber von Draculas Bruder träumen? Bist du ein bißchen pervers, oder was?«

»Ich bin nicht mehr in Ralph verliebt«, stellte Elise klar.

»Ich bin mir nicht einmal mehr sicher, ob ich je in ihn verliebt war.« Und störrisch fügte sie hinzu: »Außerdem ist Max Lannsen ein recht attraktiver Mann. Er ist nur nicht mein Typ, das ist alles.«

»Du hättest wohl gern was mit ihm, was? Dann läßt sich dein Traum doch leicht erklären. Du warst sauer, weil dein geheimnisvoller Mann aus Transsylvanien dich nicht verführt hat. Dein Unterbewußtsein sagt: Wenn du mich nicht haben willst, dann gibt es eben viele andere, die mich begehren. Dieser kräftige blonde Maskenmann zum Beispiel. Schau nur zu.«

Elise lachte. »Unsinn. Max Lannsen bedeutet mir nichts. Und niemals würde ich mich vor seinen Augen von einem anderen Mann lieben lassen.«

»Ja, natürlich, nicht in Wirklichkeit«, räumte Janine ein. »Aber wir reden über das Land der Träume. Du solltest auf deine Träume hören, Elise, sie können faszinierend sein. Du hast gesagt, dein blonder Maskenmann hätte wie Ralph ausgesehen. Offenbar hast du immer gewollt, daß er dich festbindet, damit du ihm wehrlos ausgeliefert bist. Warum hast du ihm das nie gesagt?«

»Ich habe nie einen Gedanken daran verschwendet«, sagte Elise. »Und er hätte es bestimmt nicht getan.«

»Wahrscheinlich hast du recht«, meinte Janine. »Eher wäre es ihm umgekehrt lieber gewesen.« Sie sah ihre Freundin lauernd an. »Hast du das mal mit ihm gemacht?«

»Was?«

»Ihn festgebunden?«

»Natürlich nicht.«

»Schade«, sagte Janine. »Du hättest es mal tun sollen.«

»Er hat mich nie darum gebeten.«

»Du hättest es spüren müssen. So etwas soll doch eine Stärke von uns Frauen sein. Weibliche Intuition. Du hättest ihn aufs Bett fesseln und seinen herrlichen Körper lieben sollen.« Sie dachte eine Weile nach. »Er hätte es bestimmt genossen, und dann wärt ihr heute vielleicht noch zusammen.«

»Dieser Gedanke ist mir nie gekommen«, sagte Elise nachdenklich. »Und wenn er mich gefragt hätte, glaube ich nicht, daß ich es hätte tun können.«

»Doch, du kannst es. Es hätte dir Spaß gemacht.«

»Solche Spiele sind nicht mein Ding«, murmelte sie. »Ich wäre mir albern vorgekommen.«

»Darling, mit dem richtigen Typen kannst du jede Art von Spiel treiben«, behauptete Janine. »Und du würdest dich auch nicht albern dabei fühlen. Geben und nehmen – beides kann Riesenspaß sein. Aber natürlich müssen beide es wollen.« Sie grinste. »Einer meiner Verflossenen hat es mal mit mir gemacht. Sogar mit einem Rohrstock. Ich hätte mir nie vorstellen können, daß mir das gefallen würde – aber es hat mir gefallen.«

Elise starrte sie überrascht an. Janine hielt ihrem Blick stand.

»Erzähl weiter«, ermunterte Elise sie. »Du weißt doch, daß du es mir unbedingt erzählen willst.«

Janines Grinsen wurde breiter. »Du willst sagen, daß du es unbedingt hören willst. Also gut, wenn es sein muß … Es geschah ganz spontan und hat sich dann so ergeben. Ich ging mit einem Freund, den ich noch nicht lange kannte. Wir balgten uns ein bißchen, und er sagte, ich sollte mich benehmen, sonst … Nun ja, damit darf mir keiner kommen, deshalb sagte ich: ›Traust dich nicht!‹ oder irgendwas in diese Richtung. Er sagte okay, stand auf und ging zu einer Schublade und holte einen kurzen Rohrstock heraus und ließ ihn ein paarmal durch die Luft zischen.«

»Also hatte er es doch geplant«, warf Elise ein. »Ich jedenfalls habe keinen Rohrstock in der Schublade.«

»Nun ja, kann sein«, räumte Janine ein. »Ich sage also noch einmal: ›Du traust dich ja doch nicht‹, aber eigentlich hoffte ich, daß er sich traute. Und er hat's getan.«

»Und dir hat's gefallen?«

»Es hat mich scharf gemacht«, gestand Janine. »Weißt du, allein schon das Gefühl ... Er hat mir nicht weh getan. Es hat gebrannt und in die Haut gebissen, aber dieses Gefühl wurde durch die sexuelle Erregung überlagert. Er muß das auch so empfunden haben, denn als wir danach Liebe machten, war er härter denn je, und es ist ihm fast sofort gekommen. Ich weiß noch, daß ich gedacht habe, wir müssen das noch einmal wiederholen. Ich hatte mir sogar vorgenommen, es das nächste Mal ein bißchen auszuschmücken, ich wollte mich entsprechend anziehen und dann so ein Rollenspiel mit ihm machen, bei dem du deine Phantasie ausleben kannst.«

»Und habt ihr es getan?«

Janine schüttelte den Kopf. »Nein, nie wieder. Als wir uns das nächste Mal sahen, tat er schrecklich verlegen und entschuldigte sich ein paarmal und sagte, er könnte gar nicht begreifen, was in ihn gefahren wäre. Ich sagte immer wieder, daß es okay gewesen wäre, und er erzählte, daß der Rohrstock einem Freund gehörte, und eigentlich hätte er für solche Sachen nichts übrig. Ich hätte ihn am liebsten gefragt, woher er denn diese riesige Erektion hatte, wenn er die Szene so widerwärtig fand. Aber er war so verlegen, daß ich es nicht übers Herz brachte. Und natürlich habe ich nie wieder etwas in dieser Richtung vorgeschlagen. Als wir das nächste Mal miteinander ins Bett gingen, war es eine einzige Katastrophe, und das war auch das Ende der Beziehung.«

»Und du hast seither auch nie wieder so ein Spielchen versucht?«

»Nein. Ich habe nie wieder die Gelegenheit gehabt. Ich meine, kein anderer Mann hat eine Andeutung gemacht, daß ihm eine solche Variante gefallen könnte. Ich ziehe offenbar die langweiligen Liebhaber an. Aber wenn ich die richtigen Signale auffinge, und wenn es ein Mann wäre, dem ich vertraue, dann wäre ich sofort wieder dabei. Ich würde mich auch danach kleiden – als Schulmädchen oder Gouvernante oder so etwas. Warum nicht? Würdest du es nicht tun?«

»Nein«, sagte Elise.

»Doch, würdest du«, widersprach Janine. »Vergiß Northumberland, vergiß Draculas Bruder, vergiß den verdammten Ralph. Alle Männer sind Bastarde, aber wir brauchen sie halt. Bleib in London. Sei selbst ein Bastard. Wach auf, lebe. Genieße.«

»Ich habe Ralph vergessen«, sagte Elise. Sie wußte, daß es nicht der Wahrheit entsprach, aber das Bild, das sie von ihm hatte, wandelte sich. Der muskelgestählte Körper war noch in ihrer Erinnerung, aber das Gesicht schwand. »Ich will keinen neuen Mann«, fügte sie hinzu.

»Lügnerin!«

»Nein«, verteidigte sich Elise. »Jedenfalls noch nicht.«

»Aber später? Vielleicht morgen?« forschte Janine. »Also, ich weiß nicht, ob ich eine keusche Freundin haben möchte. Ich würde mir dann immer wie eine Sünderin vorkommen.«

Nein, dachte Elise, auch morgen oder nächste Woche noch nicht. Ralph hat mir weh getan. Es wird eine Zeit brauchen, ehe ich darüber hinweg bin. Und das nächste Mal werde ich vorsichtiger sein. Ich lasse mich nicht noch einmal benutzen. Und für den Anfang hilft mir Max Lannsen, um mich aus London abzusetzen. Northumberland? Hört sich gut an.

Ich wette, da oben gibt es keine Möchtegern-Modelle, die mich unter einem Vorwand in ihr Bett ziehen wollen. Also, wenn Max Lannsen mir den Auftrag gibt, werde ich ihn annehmen – selbst wenn die Bezahlung miserabel sein sollte!

Aber als der Brief eintraf, wurde das Thema Bezahlung nicht erwähnt. Elise saß am Frühstückstisch, während sie ihre Post ordnete. Sie erkannte den Brief sofort an der Art, wie die Adresse getippt war – mit einer uralten Schreibmaschine. Sie riß ihn auf.

Der Brief war kurz. Wenn sie noch daran interessiert wäre, dabei zu helfen, Shilden Castle in Northumberland neu zu gestalten, sollte sie das kommende Wochenende nutzen, um sich mit ihrer Aufgabe vertraut zu machen. Wenn sie wünschte, könnte sie im Schloß übernachten. Ihre Reisekosten würden ersetzt werden. Sie sollte ihre Zustimmung telefonisch mitteilen.

Wieder bemerkte sie, daß Max Lannsen sich nicht die Mühe gemacht hatte, den Brief zu unterschreiben. Das zeigt mir, wieviel er von mir hält, dachte Elise.

Aber es war ihr egal. Dem Brief war die Kopie einer Karte der Region beigelegt, und ihr Ziel war mit einem gelben Marker herausgehoben. Sie betrachtete die Karte und dachte, wenn sie schon aus der Stadt fliehen wollte, wäre die Landschaft da oben im Norden ein idealer Fluchtpunkt.

Am Abend packte sie eine kleine Reisetasche. Als sie zu Bett ging, warnte sie Ralph und Max Lannsen, sich nicht noch einmal in ihre Träume zu schleichen.

Beide respektierten ihre Warnung.

Zweites Kapitel

Elise war nicht bereit, ihrem betagten Mini zu trauen, und da es im Brief geheißen hatte, daß die Reisekosten beglichen würden, mietete sie für das Wochenende ein Auto und fuhr nordwärts, begleitet von der Musik ihrer Lieblingskassetten. Oben in ihrer Tasche lag ein Mobiltelefon, das Janine ihr geliehen hatte. Sie hatte versucht, das Angebot der Freundin auszuschlagen. »Weißt du, im Norden gibt es auch schon Telefone!«

»Aber vielleicht nicht da, wo du arbeiten mußt«, hatte Janine widersprochen und verächtlich hinzugefügt: »Irgendeine Schloßruine in der Wildnis.«

»Ich weiß, wo das Schloß liegt. Ich habe eine Straßenkarte.«

»Hör zu«, hatte Janine gesagt. »Ich meine es ausnahmsweise ernst. Was weißt du denn schon über Max Lannsen? Nichts, absolut nichts! Nimm das Telefon mit und ruf mich gelegentlich an. Ich will dieses Wochenende unbeschwert verbringen und nicht darüber grübeln müssen, ob sie dich als Schnäppchen des Monats auf dem weißen Slavenmarkt verschachert haben.« Als Elise gelacht hatte, war Janine noch ernster geworden. »Okay, solche Geschichten sind vielleicht überholt, aber auch heute verschwinden noch junge Mädchen und Frauen, auch wenn sie nicht mehr in irgendeinem Harem eines Scheichs im Nahen Osten enden. Also, nimm das Handy.«

Des lieben Friedens willen hatte sie es genommen. Aber nun, während der Mietwagen über die Autobahn schnurrte und die Ortsnamen auf den Ausfahrtschildern immer unbekannter wurden, empfand sie Dankbarkeit für die fürsorgliche Art der Freundin. Sie mußte sich auch eingestehen, daß Janine durchaus recht hatte – sie ging ein Risiko ein.

Sie ging davon aus, daß Shilden Castle keine Ruine war, sonst hätte Max Lannsen es nicht neu ausstatten wollen, aber darüber hinaus war Shilden Castle für sie nur ein Punkt auf der Landkarte, umgeben von unbewohnter Landschaft.

Und was wußte sie von Lannsen? Ann hatte behauptet, er hätte das Schloß geerbt, aber selbst dafür hatte sie keine Bestätigung. Wenn es zutraf, müßte er, zumindest seine Familie, aus dieser Gegend stammen. Aber sein Name hörte sich nicht englisch an, obwohl er akzentfrei sprach.

Was war er von Beruf? Sie hatte keinen Schimmer. Er hatte die arrogante Art eines Menschen, der keine Zeit mit Höflichkeiten verschwenden mußte, wenn ihm nicht danach zumute war, und er hatte das Aussehen eines Mannes, der gewohnt war, seinen Kopf durchzusetzen. Janine hatte recht, sie wußte nichts über ihn.

War er Geschäftsmann? Nun, die Art und Weise ihrer Anstellung war nicht sehr professionell gewesen. Es schien ihm auch gleichgültig zu sein, wen er anstellte. Er machte einen verbissenen Eindruck, und ganz offensichtlich mochte er Frauen nicht. Oder er vertraute ihnen nicht.

Sie lächelte, als sie sich Max Lannsen als Mädchenhändler vorstellte. Nun ja, als Traumphantasie hatte das durchaus seine Reize, wenn auch die echten Mädchenhändler zu den Verbrechern der übelsten Sorte gehörten. Frauen als Ware, die man mit Gewinn verkaufte. Empörend.

Sie erinnerte sich an das Bild aus ihrem Traum, wie Max Lannsen am Fenster seines Hauses gestanden hatte, eine schwarze, hagere Gestalt. Würde ein Mädchenhändler seine Opfer erst in Augenschein nehmen, bevor er sie zu ihren geheimen Bestimmungsorten schickte? Ob der Traum doch noch eine andere Bedeutung hatte?

Es war nicht viel Verkehr, und so konnte sie gefahrlos ihren Bildern folgen, die sich vor ihrem geistigen Auge abspielten. Sie rief sich wieder den Raum in Erinnerung, in dem der blonde Maskenmann sich mit ihr beschäftigt hatte. Jetzt konnte sie den Rauch einer teuren Zigarre riechen. Der Mann am Fenster rührte sich nicht. Der Maskenmann stand da, aber sie selbst war auf ihrem Bild nicht zu sehen.

Jemand hupte, und sie zuckte zusammen. He, Mädchen, wach auf! rief sie sich still zu. Sie bemerkte erst jetzt, daß ihre Kassette abgelaufen war, und spulte das Band zurück. Die Musik von Queen verdrängte ihre Phantasien.

Zwanzig Minuten später bog sie von der Landstraße ab, und von dort an schlängelte sich ein schmaler Weg über offenes, flaches Land. Weit und breit war kein anderes Auto zu sehen.

Die Einfahrt zum Schloß war so schlecht ausgeschildert, daß sie zunächst daran vorbeifuhr, sie mußte zurücksetzen und bog in die enge, von hohen Bäumen gesäumte Einfahrt. Der grüne Tunnel führte sie zum Schloß.

Ihr erster Eindruck war trotz der Bezeichnung *Schloß* und trotz der beiden runden Türme und der blockgroßen, grauen Steine, daß es sich bei Shilden Castle lediglich um ein großes Haus handelte. Das Alter war schwer zu schätzen. Die hohen, schlanken Fenster hatten gotische Spitzbögen und waren bleiverglast. Die hohen Kamine erinnerten eher an das elisabethanische Zeitalter. Ihr zweiter Eindruck war, daß es sich in einem ausgezeichneten Zustand befand, und ihr dritter Eindruck war, daß niemand im Schloß wohnte.

Der gepflasterte Vorhof war sauber, die Blumenbeete wiesen kein Unkraut auf. Eine breite Treppe führte zur massiven, zweiflügeligen Eingangstür, die weder Klingel noch Türklopfer hatte. Es gab auch keine Notiz, die ihr hätte sagen können, wohin sie sich wenden sollte.

Sie stand ratlos auf dem Treppenaufgang und spürte, wie der Wind an ihren roten Haaren zauste. Sie schüttelte sich vor Kälte, obwohl die Sonne schien.

Sie hatte für die Autoreise eine weite schwarze Hose

angezogen und ein kaftanähnliches Top aus Seide. Im warmen Auto war das angenehm gewesen, aber jetzt fegte der Wind durch den dünnen Stoff. Sie bemerkte, daß ihre Brustwarzen sich durch die Kälte zusammengezogen hatten und jetzt steif gegen die Seide drückten. Sie kam sich nackt und verletzlich vor, und mit einemmal fiel ihr wieder das Bild des Mädchenhandels ein. Instinktiv schaute sie sich um, als erwartete sie, daß jemand sie beobachtete. Im nächsten Augenblick schalt sie sich eine Närrin. Es war niemand da, und genau das war im Moment ihr Problem.

Das ist lächerlich, dachte sie. Welches Spiel hatte sich dieser Max Lannsen ausgedacht? Sie hatte für den Leihwagen mehr ausgegeben, als sie sich leisten konnte, sie hatte eine lange Reise auf sich genommen, statt das Wochenende mit ihren Freunden zu verbringen, und jetzt schien es so, als wäre alles umsonst gewesen.

Sie wurde wütend. Ich werde mich mal ein bißchen umsehen, und wenn ich keinen Weg in dieses Schloß finde, dann fahre ich eben zurück nach London. Und ich werde Max Lannsen eine gesalzene Rechnung schicken.

Sie ging zurück zum Auto, um sich ihren Mantel zu holen, und band ihre zerzausten Haare in einem lockeren Knoten zusammen. Eine Freundin hatte ihr einmal gesagt, wenn sie ihr Haar so trüge, sähe sie aus wie eine rothaarige Brigitte Bardot. Sie hatte das als Kompliment aufgefaßt, wenn sie es auch nicht so richtig geglaubt hatte.

Sie begann ihren Rundweg um das Schloß, und bald schon erkannte sie, daß bereits umfangreiche Renovierungen vorgenommen worden waren. An einer Seite war ein größeres Areal geräumt worden, das jetzt als eine Art Materiallager diente. Daneben standen mehrere Abfallcontainer, bis obenhin mit Bauschutt, Kabeln, alten Leitungen und Rohren gefüllt.

Rundherum sah sie nur Grün. Bäume und Wiesen. Idyllische Landschaft, unberührt und friedvoll. Elise schlang den Mantel enger und konnte nun die klare, kalte Luft genießen. Ich kann mir gut vorstellen, in dieser Gegend zu leben, dachte sie.

»Ich nehme an, daß Sie eine der Ladies aus London sind, was?« Die strenge Stimme mit dem schwungvollen Akzent der Nordengländer ließ sie zusammenzucken. Elise drehte sich um und sah eine Frau im mittleren Alter in einer Seitentür stehen. Sie trug einen weißen Overall, und ihr Gesicht zeigte alles andere als einen Willkommensgruß. »Dann kommen Sie doch mal rein.«

»Tut mir leid«, sagte Elise, als sie drinnen war, »Sie müssen glauben, daß ich herumschnüffeln wollte. Aber ich wußte nicht, welche Tür ins Schloß führte.«

Ein tadelndes Schnaufen war die einzige Antwort. Die Frau schritt rasch in einen dunklen Gang hinein und erwartete wohl, daß Elise ihr unaufgefordert folgte. Wenig später fand sie sich in einer altmodischen, aber sehr sauber wirkenden Küche wieder. Die Frau drehte sich um und starrte Elise an, musterte sie von oben bis unten.

»Sind wohl gekommen, um sich von Mr. Lannsen überprüfen zu lassen, was?« Die Art, wie sie den ›Mister‹ betonte, verriet Mißbilligung. Elise sog den Geruch duftenden Kaffees ein, und sie hätte gern eine Tasse getrunken, aber die Frau sah nicht so aus, als wollte sie Kaffee anbieten. »Sie werden Miss Lorna – oder wie sie sonst heißt – noch sehen wollen, was?«

»Ist das Mr. Lannsens Assistentin?«

Sie sah, wie sich die Lippen der Frau spannten und dünner wurden. »Kann sein, daß sie sich so nennt.«

Elise spürte, daß ihr die Geduld zu schwinden begann. »Mir ist es ziemlich egal, mit wem ich sprechen kann«, sagte sie scharf, »wenn mir nur jemand ein paar Erklärungen gibt.«

»Was gibt es denn da zu erklären?« Jetzt klang unverhohlene Verachtung in der Stimme der älteren Frau durch. »Sie wissen doch, warum Sie hier sind.«

»Ja, um das Schloß neu auszustatten«, sagte Elise. »Ich meine, wenn ich den Auftrag erhalte.«

Die Frau brauchte ein paar Minuten, um das zu verdauen. Sie begann mit einer erneuten Musterung. Dann fragte sie beträchtlich freundlicher: »Sie sind eine Art Künstlerin, was?«

»Ich bin Innenarchitektin«, sagte Elise. »Elise St. John.«

»Eine Innenarchitektin«, murmelte die Frau. »Also, ich bin Mrs. Stokes. Ich bin die Köchin hier, seit achtundzwanzig Jahren schon. Nicht, daß Mr. Lannsen davon beeindruckt ist. Warum sollte ihn mein Leben interessieren?« Sie schaute Elise herausfordernd an. »Sie haben wohl bemerkt, daß ich von ihm nicht als unserem ›Herrn‹ spreche. Werde ich auch nie.«

»Warum sollten Sie auch?« fragte Elise verwundert.

Wieder traf sie dieser starrende Blick. »Sie wissen wohl gar nichts über Shilden, was? Nun ja, Sie kommen ja aus dem Süden.« Einen Moment lang glaubte Elise, Mrs. Stokes würde lächeln. »Sie werden es schon noch lernen. Falls Sie bleiben. Kommen Sie, ich bringe Sie zu dieser Lorna.«

Einige dunkle Gänge führten zu einem breiten, hellen Korridor, dessen Außenwand hohe Fenster hatte. Elise bemerkte, daß die Wände erst kürzlich gestrichen worden waren, wenn auch in einem einfallslosen blassen Ton. Es roch noch nach Farbe. Der Boden war mit Teppichen belegt.

»Zweite Tür«, sagte Mrs. Stokes und verschwand wieder im Dunkel.

Elise blieb noch eine Weile vor der Tür stehen und versuchte sich vorzustellen, mit welchen Farben eine wärmere Atmosphäre zu erreichen gewesen wäre. Dann klopfte sie. Eine freundliche Frauenstimme hieß sie eintreten. Das Zimmer war groß und hell und als Büro eingerichtet. Wie der Korridor war es blaß gestrichen, als scheute man Farbe im Schloß.

Die junge Frau, die Elise entgegenkam, hatte einen rosa

Teint und einen Wuschelkopf mit krausen, hellbraunen Haaren. Sie trug eine altmodische, spitzenbesetzte Bluse mit hohem Kragen, dazu einen langen Rock, der bis zu den hochgeschnürten Stiefeletten reichte, die aus der viktorianischen Zeit zu stammen schienen.

»Sie haben es also geschafft? Das ist super.« Ihr Akzent verriet die Londoner Herkunft, ihr Lächeln war breit und freundlich. Sie streckte eine Hand aus. »Können Sie mir Ihren Namen in Erinnerung rufen?«

»Elise St. John.« Sie tauschten einen Händedruck. Der feste Griff überraschte Elise nicht, er paßte zu der Frau. Die viktorianische Kleidung schien eher Tarnung oder Täuschung zu sein. Ich könnte mir eher vorstellen, daß sie in ihrer Freizeit durchs Gelände pirscht und auf Fuchsjagd geht, dachte sie. »Sie sind Mr. Lannsens Assistentin?«

Sie lachte. »Ich bin diejenige, die seine Drecksarbeit machen muß. Lorna Chorley-Smythe. Sagen Sie mir, wie haben Sie denn hereingefunden? Hat vielleicht jemand doch ein Hinweisschild aufgestellt?«

»Ich habe die Köchin getroffen.«

»Oh, Gott«, sagte Lorna und zeigte Sympathie. »Sie Arme! Setzen Sie sich doch. Ich werde Ihnen die notwendigen Informationen geben.« Sie klimperte auf der Tastatur des Computers herum, aus dem ein paar irritierte Töne kamen. Lorna seufzte. »Das verdammte Ding streikt wieder einmal. Ich bin sicher, daß es mich nicht mag. Aber ich brauche es Ihnen nicht auszudrucken, Sie wissen auch so, was Sie zu tun haben.«

»Ich soll die Neuausstattung des Schlosses übernehmen, wenn ich den Auftrag bekomme.«

»Ja, einen Teil des Schlosses. Sie sollen aus dem langweiligen Ostflügel ein Haus der Freuden machen, nicht wahr?« sagte Lorna. »Die Wände mit Blattgold, zusätzliche Lüster an die Decken, so daß die Leute von einem zum anderen schwingen können. Ich bin sicher, daß Sie das super machen werden.«

»Haus der Freuden?« wiederholte Elise.

Lorna blickte plötzlich verlegen. »Hat er mit Ihnen darüber nicht gesprochen?«

»Er hat mir so gut wie nichts gesagt«, gab Elise zu.

»Nun, Max soll Ihnen die Einzelheiten liefern.«

Daß sie so vertraut von ihm sprach, brachte Elise auf den Gedanken, daß das viktorianische Mädchen aus London vielleicht Lannsens Freundin sein könnte. Das erklärte auch, warum sie sich nicht mit dem Computer anfreunden konnte. Einen Moment lang sah Elise das rosige Gesicht Lornas mit dem geheimnisvollen dunklen Typ des Max Lannsen zusammen. Eine exotische Kombination.

Lornas nächste Bemerkung beantwortete Elises nicht gestellte Frage.

»Was halten Sie denn von Mister Unberührbar? Wahnsinnig erregend, nicht wahr?«

Elise verbarg ihre Überraschung und sagte kühl: »Nein, mein Typ ist er nicht.«

»Wirklich nicht?« Jetzt schien Lorna überrascht. »Also, ich finde es absolut unmöglich, daß es eine Frau gibt, die bei seinem Anblick nicht nur an das eine denkt.« Sie lehnte sich im Sessel zurück und seufzte. »Wie oft ich mir schon vorgestellt habe, diesen Eisblock von all seinen Kleidern zu befreien und dann auf ihm herumzutoben.«

»Nun«, sagte Elise, die über Lornas unverblümte Art verwundert war, »ich wünsche Ihnen viel Glück.«

»Ich werde mehr als nur Glück brauchen«, meinte Lorna. »Ich glaube, alles an ihm ist tiefgekühlt. Aber ich arbeite daran, ihn aufzutauen.«

»Vielleicht sollten Sie damit anfangen, ihn ›Herrn‹ zu nennen«, schlug Elise vor.

Lorna lachte. »Jetzt höre ich, daß Sie mit Mrs. Mürrisch gesprochen haben.« Sie verfiel in eine Imitation von Mrs. Stokes' Stimme mit dem unverkennbaren Akzent: »Er kann mich rauswerfen, wenn es ihm beliebt, aber ich werde ihn nicht ›Herr‹ nennen. Niemals!«

Elise lachte lauthals. »Was bedeutet dieses Gerede vom ›Herrn‹?«

»Herr von Shilden«, sagte Lorna und hob die Schultern. »Das ist so eine Art Ehrentitel, die dem Eigentümer des Schlosses von den Einheimischen gegeben wird. Weiß der Himmel warum. Hört sich ein bißchen nach dominantem Sex an, nicht wahr? Oh, das kann auch erregend sein.«

»Sie denken viel an Sex«, sagte Elise und lächelte.

»Wer kann mr das verübeln, wo ich doch Max, den dunklen, geheimnisvollen Max um mich habe?« Sie seufzte theatralisch. »Können Sie ihn sich nicht vorstellen, wie er in Reithosen und mit Peitsche vor Ihnen steht? Der Herr von Shilden persönlich, wie der Blick über seinen Besitz schweift?«

»Nein«, sagte Elise, wenn auch nicht ganz wahrheitsgemäß. »Seit wann kennen Sie ihn schon?«

»Er hat mich in einem ungepflegten Haus in London interviewt«, sagte Lorna. »Es war ein etwas seltsames Vorstellungsgespräch. Ich habe ihn gewarnt, daß ich nicht viel von Computern verstehe und eigentlich auch keine große Erfahrung habe – nun ja, keine große Erfahrung mit Sekretariatsaufgaben. Aber ich habe meine Wimpern klimpern lassen.« Wieder ein Seufzen. »Leider erfolglos. Ich möchte mal gern wissen, was ihn antörnt. Er wird doch wohl nicht schwul sein?«

»Aber er hat Ihnen den Job gegeben.«

»Ich glaube, Max war an meinen Kontakten interessiert«, sagte Lorna. »Und meine Sprachen haben ihm wohl imponiert. Daddy hat mich ein paar Jahre mit durch die Welt geschleppt, nachdem meine Mutter ihn in den Wind geschossen hat. Und dabei habe ich eine Sprache nach der anderen gelernt. Ich schätze, das kann hier sehr nützlich sein, oder? Bei einer internationalen Kundschaft …«

Elise verstand nicht, wollte aber auch nicht nachfragen. Warum sollte man in einem abgelegenen Schloßhotel in

Northumberland eine internationale Kundschaft erwarten? Oder hatte das etwas mit dem Haus der Freuden zu tun – was auch immer das bedeuten sollte. Und warum hatte Lorna einen Job so weit weg von London angenommen? Sie hörte sich nicht so an, als liefe sie einer geplatzten Liebesaffäre davon. Sie wird doch nicht den weiten Weg gekommen sein, um Max Lannsen auf den Fersen zu bleiben?

»Langweilen Sie sich nicht manchmal hier in der Einsamkeit?«

»Manchmal«, gab Lorna zu. »Aber das Leben hier hat auch seine Vorteile. Zum Beispiel, wenn ich mir überlege, wie ich Max Lannsen verführen kann. Und dann ist da noch die Bezahlung. Ich meine, deshalb sind wir doch beide hier, nicht wahr?«

»Niemand hat mit mir bisher über Geld gesprochen«, sagte Elise kleinlaut.

»Nun, das wird eine hübsche Überraschung für Sie werden«, sagte Lorna voraus. »Sie haben eine Menge Geld für dieses Projekt zur Verfügung. Die Investoren wollen alles nur vom Feinsten – und sie sind bereit, dafür auch gut zu bezahlen.«

Und warum haben sie dann mich ausgewählt? fragte sich Elise. Eine unerfahrene Unbekannte. Was waren das für Kontakte, über die Lorna verfügte und die ihre mangelnde Erfahrung im Büro wettmachten? Okay, Herr von Shilden – oder wie immer du genannt werden willst – ich möchte ein paar Antworten haben, und ich hoffe, daß sie überzeugend klingen. Ich möchte hier bleiben, ich möchte hier arbeiten, aber dann möchte ich auch genau wissen, was eigentlich läuft.

»Wann werde ich Mr. Lannsen sehen?« fragte sie.

»Er ist nach Alnwick gefahren«, wußte Lorna. »Sobald er zurückkommt, rufe ich Sie an. Sie können in Ihrem Zimmer auf ihn warten. Die Zimmer für die Angestellten sind recht hübsch. Es gibt einen Fernseher, und Sie können sich einen Kaffee machen. – Wenn Sie mit dem Auto gekommen sind, werden Sie sich eine Dusche und eine Ruhepause gönnen wollen.«

Das Zimmer war hell und sauber, zweckmäßig eingerichtet und hatte ein eigenes Badezimmer. Vom Fenster aus konnte man in den kleinen Innenhof sehen.

»In diesem Flügel wohnen die Angestellten«, erklärte Lorna. »Jedenfalls später, wenn alle hier sind und es endlich losgeht.«

Nachdem sie sich einen Kaffee gefiltert und geduscht hatte, ruhte sich Elise auf dem Bett aus. Die lange Fahrt hatte sie erschöpft. Nur ein bißchen ausruhen, nahm sie sich vor. Dann wäre sie fit für das Gespräch mit Max Lannsen. Sie schloß die Augen, aber sie konnte keinen Schlaf finden. Es gab zu viele Stimmen, die in ihr Bewußtsein eindrangen.

Sie hörte Janine sagen: »Dieser Mädchenhändler.«

Und Lorna: »Das Haus der Freuden.«

Mrs. Stokes' Warnung: »Ich nenne ihn nicht ›Herr‹ und werde es auch nie tun.«

Dann wieder Lorna: »Stellen Sie sich vor, wenn er in Reitstiefeln und mit einer Peitsche vor Ihnen steht.«

Ich könnte ihn mir so vorstellen, dachte Elise, aber ich werde es nicht tun. Sie erinnerte sich an ihre kurzen Traumbilder über den Mädchenhandel. Aber was hatte das alles mit ihr zu tun? Sie gehörte nicht zu denen, die darauf reinfielen.

Du mußt dir andere Bilder vorstellen, mahnte sie sich. Aber ihr müdes Hirn folgte ihr nicht. Sie sah eine dunkle Gestalt in einem Ledersessel, die Beine weit von sich gestreckt, das Gesicht in den Schatten. Mit diesen Bildern döste sie ein.

Laß dich treiben, dachte sie schläfrig. Entspanne dich. Phantasien haben noch niemandem geschadet, sie tun auch keinem weh.

Sie stellte sich vor, daß zwei muskulöse junge Männer

sie in einen dunklen Korridor zerrten. Einer hatte kurzes schwarzes Haar, der andere war blond. Sie trugen beide T-Shirts und enge, sonnengebleichte Jeans. Sie selbst trug weite, lockere Kleidung, einen weichen Kaftan und weite Hosen, wie sie die Frauen im Harem trugen, dazu Sandalen mit goldenen Spangen.

Sie wußte bereits, daß die beiden Männer ihren Körper unter der Kleidung entdeckt hatten. Sie grinsten, während sie Elise begrabschten. Forschende Finger berührten sie an delikaten Stellen.

Sie wehrt sich, aber es war vergebens. Die Männer sahen so aus, als würden sie ihre Freizeit in einem Fitneßstudio verbringen.

»Sie wehrten sich wie eine Katze, das ist gut.« Der dunkelhaarige Mann hielt ihre Arme auf dem Rücken fest. »Der Herr mag sie, wenn sie ein bißchen Temperament zeigen.«

»Sie hat mehr als nur Temperament«, sagte der Blonde. Sein Gesicht erinnerte sie an Ralph. Sie versuchte, sein Bild aus ihrem Bewußtsein zu tilgen. Er sollte blond und gebräunt sei, aber nicht Ralphs Gesicht haben. »Für einen solchen Körper würde sogar ich zahlen. Halt sie fest. Ich will mal eine Kostprobe von dem nehmen, was der Herr bekommen wird.«

»Das ist verboten«, sagte der Dunkelhaarige, und seine Stimme klang nervös.

»Wer wird denn davon erfahren?«

»Ich werde es ihm sagen«, sagte Elise schnell.

Der Mann grinste. »Woher glaubst du, daß irgend jemand dir zuhören wird?«

Er packte ihre Brüste, knetete sie und drückte sie nach oben. Mit den Daumen strich er hart über die Brustwarzen unter dem seidenen Stoff. Elise versuchte, ihm auszuweichen, aber dadurch warf sie sich dem anderen Mann entgegen. Sie spürte seinen geschwollenen Penis und hörte seinen rasselnden Atem.

Die Finger des Blonden arbeiteten schneller. Elise hörte auf, sich zu wehren. Sie reagierte auf seine Liebkosungen und spürte, wie ihre Nippel hart wurden. Wahrscheinlich stand wieder irgendwo da draußen am Fenster die schwarze Gestalt und schaute zu. Und wieder sah sie Ralphs Gesicht.

Die Hände des Blonden glitten nach unten und hielten den Saum des Kaftans. Er schob den dünnen Stoff hoch. Sie war jetzt vom Hals bis zu den Hüften entblößt, und sie spürte, wie die warme Luft ihre Haut umschmeichelte.

»Genug!« Der Mann, der sie festhielt, zitterte vor Erregung, und seine Erektion drückte in die Kerbe ihrer Pobacken.

»Genug?« wiederholte der Blonde gereizt. »Ich habe ja nicht einmal angefangen!«

»Der Herr wartet.«

»Soll er doch warten.« Der Blonde beugte den Kopf, und im nächsten Augenblick spürte sie, wie seine Zunge über ihre Nippel strich, rasch von einem zum anderen. Sie ließ zu, daß seine Hände über ihren Körper fuhren. Kleine Schauer der Lust schüttelten sie.

»Schau dir diese Dinger an!« Der Blonde trat einen Schritt zurück und bewunderte ihre versteiften Nippel. »Wie reife Beeren, die nur darauf warten, gegessen zu werden. Und genau das will ich jetzt tun.«

Seine Hände hielten ihre Hüften umschlungen, und seine Lippen saugten eine Brustwarze ein. Sie spürte, wie seine Zungenspitze kreiste, wie sein Mund saugte. Der Mann, der sie festhielt, ächzte schwer. Er verfolgte die Aktion, indem er über ihre Schulter blickte, und der Anblick des erotischen Vorspiels erregte ihn über alle Maßen.

Sie rieb ihren Körper gegen seinen, mahlte mit den Pobacken verführerisch gegen seine Körpermitte. Sie hörte, wie er harsche Geräusche ausstieß, und gleichzeitig beantwortete er ihre Bewegungen mit rhythmischen Stößen. Sie befand sich genau zwischen beiden Männern. Der Blonde berührte ihren Körper mit Mund und Händen, der andere kämpfte gegen seinen bevorstehenden Orgasmus an.

Dann wurde sie herumgewirbelt und auf die Knie gezwungen. Der dunkelhaarige Mann zog den Reißverschluß seiner Hose auf. Der Blonde preßte seine Schenkel gegen Elises Rücken, als wollte er sicherstellen, daß sie nicht davonlaufen konnte. Er drückte sie leicht nach vorn. »Mach's ihm«, raunte er mit heiserer Stimme. »Ich will sehen, wie du es ihm machst.«

»Nein«, sagte sie.

Sie wollte nicht, obwohl sie glaubte, daß es ihr auch Vergnügen bereiten würde. Ihr Körper war schon zu sehr erregt. Aber sie wußte, daß diese beiden Typen zu jenen Männern gehörten, die eine Frau lediglich als Lustobjekt betrachteten, ein Mittel zum Zweck ihrer sexuellen Erleichterung, mehr nicht.

Sie blickte hoch zu dem Mann vor ihr. Die Linien seines Gesichts waren verschwommen, und er sah wie Ralph aus. Sie drehte sich nach dem Blonden um. Auch er sah Ralph ähnlich.

»Du willst es!« raunte der Mann hinter ihr. Er hatte sich gebückt, und seine Stimme klang dicht an Elises Ohr.

»Nein«, wiederholte sie. »Das will ich nicht. Und erst recht nicht auf diese Weise.«

»Schau dich doch an.« Der Kaftan war wieder zurückgefallen und bedeckte ihren Körper. Der dunkelhaarige Mann schob ihn nach oben, über ihre Brüste, und fuhr dabei über die versteiften Nippel. »Du willst es.«

Er kniete sich hin. Seine Finger strichen über ihre weiten Haremshosen, drückten sanft gegen ihren Schritt, wo es warm und klamm war. Die Hand rieb gegen ihre Klitoris. Sie stöhnte auf.

Hatten sie recht, diese Gestalten aus ihrer Traumphantasie, die sich plötzlich verselbständigt hatten? Warum drängte sich Ralphs Gesicht immer wieder auf?

»Nein!« Plötzlich stand sie auf den Füßen. »Der Herr wartet, oder habt ihr das vergessen?«

Die Szene veränderte sich. Sie wurde in einen großen Raum mit einem hohen Fenster geschoben, und nahe beim Fenster stand ein Sessel. Eine Gestalt saß im Sessel und schaute ihr entgegen, die Beine weit ausgestreckt. Die beiden Männer drückten Elise zu seinen Füßen nieder, bis ihr Kopf nur noch eine Handbreit von seinen Stiefeln entfernt war.

»Die Kleine hier ist ein Luder«, sagte der Blonde. »Wir hatten Mühe, sie herzubringen.«

»Du willst damit wohl sagen, daß ihr sie ausprobieren wolltet, oder?« Eine ruhige, kultivierte Stimme. »Was ist geschehen?«

»Sie hat uns ermuntert«, sagte der Mann, und die Lüge kam flüssig über seine Lippen. »Sie hat uns angefleht, es ihr zu besorgen.«

»Und ihr habt euch natürlich geweigert?« Jetzt lag mildes Amüsement in der Stimme.

»Wir kennen unseren Auftrag, Herr«, sagte der Blonde.

Der Mann im Sessel hob einen Stiefel an und setzte die Spitze unter Elises Kinn. Sie roch den würzigen, angenehmen Geruch des Leders. Er hob ihren Kopf an, nicht grob, aber entschlossen, so daß sie gezwungen war, ihn anzuschauen. Sie blickte trotzig, denn sie wußte genau, wen sie sehen würde – das Gesicht, das sie auch in einem anderen Traum schon gesehen hatte. Es war das Gesicht von Max Lannsen.

»Was sagen Sie zu den Anschuldigungen?« fragte er weich. »Sagen sie die Wahrheit?«

»Sie sind Lügner«, antwortete Elise. »Sie haben mich überwältigt, und ich habe mich gewehrt.« Dann fügte sie mit fester Stimme hinzu: »Wie ich mich auch gegen Sie wehren werde.«

Er lachte leise, schaute aber über sie hinweg zu seinen

beiden Dienern. »Die hier werde ich für mich beanspruchen«, sagte er. »Jedenfalls für eine Weile. Stellt sie hin. Und zieht sie aus. Ich will sie in Augenschein nehmen.«

Noch bevor Elise beginnen konnte, sich zu sträuben, hatte der Blonde sie schon am Kragen des Kaftans gepackt und versuchte, ihn ihr über den Kopf zu ziehen. Sie schlang den Stoff enger um ihren Körper, hielt ihn mit beiden Händen fest, aber der Blonde drehte sie einmal um ihre eigene Achse, und dabei riß er mit einem heftigen Ruck. Der Kaftan zerriß, und der Kerl zerrte an den zwei Teilen. Gleichzeitig wollte der dunkelhaarige Mann ihr die weite Hose hinunterziehen. Sie trat nach ihm. Er ließ sie hastig los und duckte sich.

Der Mann im Sessel lachte glucksend. »Braucht ihr immer so lange, um eine Frau auszuziehen?« Er stand plötzlich auf und trat auf Elise zu. Seine Bewegungen erinnerten sie an einen Panther, der sich lauernd der hilflosen Beute nähert. »Haltet sie fest«, sagte er schroff.

Der Blonde zog ihre Arme auf den Rücken und zerrte so heftig daran, daß sie ein Hohlkreuz machen mußte. Ihre Brüste hüpften.

Der Sklavenmeister stand vor ihr – dunkel, befehlsgewohnt und attraktiv. Sie wollte sich vorstellen, wie seine Hände sie berührten und erforschten.

Aber er starrte sie nur an, schaute hinunter zu ihren Füßen, dann verweilte sein Blick auf dem warmfeuchten V zwischen ihren Schenkeln. Der Blonde packte die Seide der Haremshose und zog sie fest, wodurch sie beinahe nackt wirkte. Die Seide rieb gegen ihre Klitoris. Sie sah, wie der Sklavenmeister ihre Erregung wahrnahm, und sie erwartete, daß er sie jetzt berührte. Aber er sagte nur: »Dreht sie um.«

Sie stand breitbeinig da, das Gesicht etwa auf der Höhe der Brust des Blonden, der immer noch ihre Hände auf dem Rücken festhielt. Sie spürte, wie jemand unter den Bund ihrer Hose griff. Diesmal spürte sie, daß es der

Sklavenmeister selbst sein mußte, und sie schüttelte sich vor erotischer Erwartung. Er zog die Hose langsam hinunter, und gleichzeitig fuhr er mit den Daumen die Linien ihrer Oberschenkel hinab. In den Kniekehlen verharrte er eine Weile, und die Daumen beschrieben dort kleine weiche Kreise. Sie empfand diese Berührungen als so gewaltig erotisch, daß sie unwillkürlich stöhnen mußte.

Er kniete sich hinter sie. Seine Lippen hauchten Küsse auf ihren Po, sie berührten nur ganz zart die Haut. Dann kreiste die Zungenspitze über dem Steißbein, und sie spürte, daß sie weiche Knie bekam. Sie mußte sich bei dem Blonden festhalten. Sie spürte seine Erektion, die gegen ihren Bauch stieß.

Der Sklavenmeister gab seinen Dienern einen Wink. »Raus mit euch, alle beide.« Und während sie sich zur Tür begaben, fügte er noch hinzu: »Und laßt auch die anderen in Ruhe. Haltet die Finger bei euch.«

Seine kräftigen Hände drehten Elise herum. Sie schaute auf den dunklen Kranz seiner Haare. »Eine echte Rothaarige«, murmelte er. Sie spürte seinen warmen Atem an ihrer intimen Stelle. »Ungewöhnlich. Ich werde einen guten Preis für dich erzielen können.«

Sie war versucht, sich vorzustellen, daß er sie mit dem Mund verzückte und ihr Erleichterung verschaffte, aber das hätte den Traum zu schnell beendet. Deshalb stellte sie sich vor, daß er sich aufrichtete, sich wieder in den Sessel setzte, die Beine ausstreckte und auf die Erektion wies, die seine Breeches ausbeulte. Er sah sie mit einem lasziven Lächeln an.

»Verführ mich«, sagte er. »Zeige mir, wie gut du diesen phantastischen Körper einsetzen kannst. Und laß dir Zeit dabei.«

Ein schrilles Surren riß sie in die Realität zurück. Sie öffnete die Augen, und einen Moment lang konnte sie sich nicht erinnern, wo sie war. Sie fühlte sich sexy und entspannt zugleich. In ihrem Kopf schwirrten immer noch zahlreiche Bilder. Der dunkle Raum, der schlanke, große Mann in den Reitstiefeln. Einen Stimme, die sie immer wieder hörte: *Verführ mich … laß dir Zeit.*

Sie wollte ihr sexuelles Abenteuer fortsetzen, aber das Surren hörte nicht auf. Sie griff nach dem Telefon.

»Max will Sie in einer halben Stunde sehen.« Lornas Stimme klang unanständig fröhlich. »Er wird im Ostflügel sein. Kommen Sie zuerst in mein Büro, dann zeige ich Ihnen den Weg.«

»Danke«, sagte Elise und haßte Miss Chorley-Smythe dafür, sie aus ihrem Traum gerissen zu haben.

»Keine Sorge«, sagte Lorna noch, die Elises Kurzangebundenheit wohl auf eine mögliche Nervosität zurückgeführt hatte. »Sie haben den Auftrag. Das Treffen mit Max ist nur eine Formalität.«

Auch wenn Lorna glaubte, daß sie den Auftrag schon in der Tasche hatte – und Elise glaubte das ja auch, denn warum hätte er sie sonst die lange Reise machen lassen und ins Schloß bestellt? –, kleidete sie sich für das Treffen mit Max Lannsen konservativ mit dem Kostüm, das sie sich für Sellick's gekauft hatte.

Sie fand auf Anhieb den Weg in den Ostflügel. Max Lannsen wartete an einer schweren Tür auf sie. Offenbar war er gerade von einem Geschäftstermin gekommen, denn er trug noch einen eleganten schwarzen Anzug.

Die Erinnerung an ihren erotischen Traum spukte noch in ihrem Kopf herum, und sie errötete leicht, als sich ihre Blicke trafen. Aber nüchtern stellte sie fest, daß in seinen schwarzen Augen kein sexuelles Interesse lag, als er sie anschaute. Wenn es überhaupt einen Ausdruck in diesen Augen gab, dann am ehesten noch eine leise Ablehnung.

Als er die Tür aufdrückte, bemerkte sie, daß sie mit

einem sehr modernen Schloß ausgestattet war. Er ließ sie vorbeitreten. Vor ihr lag ein weiterer breiter Korridor, dieser war allerdings seit Jahren nicht mehr renoviert worden. Die Wände waren verstaubt und befleckt. Die Fensterscheiben waren blind, eine dicke Dreckschicht machte einen Blick nach draußen unmöglich. Das Holz der häßlichen Rahmen verfaulte. Der Steinboden schien in Ordnung zu sein, aber überall lagen Putzstücke, die von der Decke gefallen waren. Es roch nach Verfall.

Sie hörte, wie die Tür mit einem Klicken ins Schloß fiel, und drehte sich verwundert um. Max stand dicht hinter ihr. »Stimmt etwas nicht, Miss St. John?«

»Sie haben die Tür abgeschlossen«, sagte sie.

»Sie schließt sich selbst.« Er hielt den Schlüssel hoch. Einen Moment lang sah sie etwas in seinen Augen, das ein Anflug von Humor hätte sein können. »Aber ich kann Sie zu jeder von Ihnen gewünschten Zeit wieder herauslassen.« Der Ausdruck schwand, und Elise war sich nicht sicher, ob es nicht nur eine Einbildung gewesen war. Er fügte hinzu: »Dem Hauspersonal von Shilden ist das Betreten des Ostflügels nicht gestattet.«

»Warum?«

»Weil er nicht sicher ist. Einige Böden müssen erneuert werden. Ich kann keine Klage eines Einheimischen gebrauchen, weil er sich bei mir verletzt hat. Aber keine Sorge, wenn Sie Ihre Arbeit aufnehmen, werden alle Böden in Ordnung sein.«

Sie ging voran und schritt über die größten Putzbrocken hinweg. Ihre Schuhe wirbelten Staub auf. »Es bedarf noch einer Menge Arbeit, ehe aus diesem Flügel ein Haus der Freuden geworden ist«, sagte sie.

Er blieb abrupt stehen. »Was genau hat Miss Smythe Ihnen erzählt?« fragte er scharf.

»Sie hat mir gar nichts erzählt«, antwortete Elise. »Sie hat mir nur gesagt, daß Sie diesen Flügel in einer besonderen Art ausgestattet haben wollen.« Sie schaute ihn an. »Soll es künstlerisch sein? Dramatisch?«

Er bedachte sie mit einem langen, kühlen Blick. »Wieviel wissen Sie über Shilden Castle?« fragte er. »Und über das, was ich damit zu tun habe?«

»Sehr wenig«, gab sie zu. »Man hat mir gesagt, daß Sie das Schloß geerbt haben, und ich nehme an, daß Sie es als geschäftliches Unternehmen aufbauen wollen.« Dann fügte sie noch hinzu: »Ihre Köchin hat mir gesagt, daß Sie den Titel eines ›Herrn von Shilden‹ führen.«

»Diesen Unsinn können Sie vergessen«, sagte er irritiert. »Das ist eine lächerliche Sitte der Einheimischen, den jeweiligen Besitzer so zu nennen, aber ich habe nicht vor, von diesem Titel Gebrauch zu machen.«

Mrs. Stokes denkt genauso darüber, dachte Elise, sagte aber nichts.

»Es stimmt, daß ich das Schloß geerbt habe«, sagte Max. »Unglücklicherweise habe ich nicht das Geld geerbt, das ich benötige, um das Schloß zu sanieren. Die juristische Situation ist sehr kompliziert, deshalb kann ich es nicht verkaufen. So muß ich einen Weg finden, das Geld für die Renovierung wieder hereinzuholen. Und dieser Weg besteht darin, das Schloß als Hotel oder Konferenzort oder so etwas Ähnliches zu verwenden.«

Er schritt jetzt schneller den Korridor entlang, während er weiterredete. Er schaute sich nicht um, ob sie ihm auch folgte. »Wenn einige Gäste das Geschäft mit dem Vergnügen kombinieren wollen, werden sie hier diese Möglichkeiten haben.« Er drückte eine Tür auf, und Elise sah einen großen Raum mit einer hohen Decke und einem gewaltigen offenen Kamin. »Sie werden es diskret tun können. An der Sache ist nichts Illegales. Ich glaube, ich brauche das nicht weiter auszuführen, Sie wissen, wovon ich spreche?«

Natürlich weiß ich das, dachte Elise. Wenn die Gäste ihre Freundinnen oder ihre Sekretärinnen für ein sündiges

Wochenende mitbringen wollen, stellt er ihnen die Räumlichkeiten dafür zur Verfügung. Und ich werde dafür gebraucht, diese Räumlichkeiten in kleine exotische Liebesnester zu verwandeln, in denen sie ihre Phantasien ausleben können.

»Ich verstehe«, sagte sie.

»Ihre Bezahlung wird großzügig sein«, versprach der Schloßherr. »Und während Sie hier arbeiten, werden Sie hier wohnen. Einige Investoren sind an diesem Projekt beteiligt, andere zeigen auch noch Interesse. Es steht also genug Geld zur Verfügung, und die Investoren wollen das Beste. Sie wollen Kreatives, Phantasievolles. Deshalb hat Ihr Beruf als Bühnenbildnerin den Ausschlag gegeben, so gering diese Erfahrungen auch sind.«

»Habe ich freie Hand?«

Seine dunklen Augen musterten sie. »Nicht ganz. Sie werden Vorschläge bekommen. Damit können Sie doch leben, oder?«

»Solange diese Vorschläge zu verwirklichen sind, ja.«

»Davon können Sie ausgehen.« Er trat ans Fenster. Seine Stimme klang verhaltener und leiser, als er sagte: »Es wird einige … Experten geben, die Sie beraten werden.«

Sie spürte, daß er verärgert war, doch die Verstimmung unter Kontrolle hielt. Das Schloß zu erben schien ihm nicht viel Freude bereitet zu haben. Sie hatte das unbestimmte Gefühl, daß er glücklicher wäre, wenn er das Schloß nie gesehen hätte.

»Miss Smythe wird Ihnen alle Einzelheiten nennen, die Sie wegen der Konditionen Ihrer Beschäftigung wissen wollen.« Er wandte sich ihr wieder zu, und weil er nun mit dem Rücken zum Fenster stand, glomm sein Gesicht wieder in Dunkelheit. »Ich nehme an, Sie müssen bei Ihrem jetzigen Arbeitgeber erst noch kündigen. Wann können Sie anfangen?«

»Bei Sellick's habe ich nur einen Zeitvertrag«, sagte sie. »Die Miete meiner Wohnung zahle ich wöchentlich, und das ist auch die Kündigungsfrist. In zwei Wochen könnte ich anfangen.«

»Das ist gut. Wenn Sie sich den Rest des Flügels allein anschauen wollen, können Sie das gern tun. Wenn eine Tür abgeschlossen ist, bedeutet das, daß der Raum dahinter nicht sicher ist. Das obere Stockwerk braucht Sie im Moment noch nicht zu interessieren, er ist ebenfalls abgeschlossen.« Nach einer Pause fügte er hinzu: »Es gibt noch etwas, was ich Ihnen zeigen will.« Er wandte sich abrupt um und erwartete offenbar, daß sie ihm folgte. In ihrem Kopf bildeten sich schon die ersten Pläne. Jeder der großen Räume konnte wie eine Bühne ausgestattet werden. Beim richtigen Budget würde das eine Menge Spaß machen – und sie wurde auch noch dafür bezahlt.

Max Lannsen blieb vor einer Tür stehen. »Hier hinunter«, sagte er.

Eine steile Treppe führte in die Finsternis. Er drückte auf einen Schalter. Eine nackte Glühbirne an der Mauer warf ein schwaches Licht auf die Treppe. Max ging hinunter und verschwand dort im Dunkeln. Elise wartete an der Tür.

»Kommen Sie, Sie haben nichts zu befürchten.« Seine Stimme hörte sich ungeduldig an.

Sie nahm vorsichtig eine Stufe nach der anderen. Plötzlich schlängelte sich ein Licht herauf. Er hatte eine Taschenlampe eingeschaltet.

»Das war ein Weinkeller, und Sie sollen ein Verlies daraus machen.«

»Ein Verlies?« fragte sie überrascht. »Wozu brauchen Sie ein Verlies?«

»Zum Vergnügen der Gäste.«

»Ich kann mir nicht vorstellen, wie man sich hier unten vergnügen will«, sagte sie.

Der Strahl der Taschenlampe richtete sich auf die dicken Mauern. »Das kommt darauf an, wie Sie Vergnügen definieren«, kommentierte er trocken.

Sie schaute sich um, und plötzlich fiel ihr der Traum ein, wie sie an ein Gestell gefesselt war. Würde es in Wirklichkeit auch so erregend sein? An einem solchen Ort? Sie stand da, schluckte, roch die feuchte, leicht modrige Luft und war sich nicht sicher. Aber wenn der Keller neu gestaltet würde, wenn Fackeln ihre zuckenden Schatten auf die Mauern werfen würde, und wenn der Mann, der sie liebte, Max Lannsen wäre …?

Sie versuchte, ihn sich in dem Outfit vorzustellen, das sie in ihrem Traum Ralph zugedacht hatte – enge Breeches, die kaum etwas der Phantasie überließen, den Oberkörper nackt. Doch sie konnte ihn sich so nicht vorstellen. Er würde lieber im Schatten stehen, umhüllt von Dunkelheit, und würde beobachten, wie ein halbnackter Man sie festband. Erst wenn sie bewegungsunfähig war, würde er vortreten und ihren Körper betrachten, bereit für all seine Wünsche.

»Ich fragte, ob Sie genug gesehen haben.« Lannsens Stimme riß sie aus ihrem Tagtraum.

»Ja, ja«, sagte sie rasch.

Wie er so mit der Taschenlampe vor ihr stand, wirkte er so erregend unheimlich wie der Mann aus ihrem Traum. Einen kurzen Moment lang hielt er den Strahl der Taschenlampe direkt auf ihren Körper. Sie hatte das Gefühl, daß sich die Atmosphäre zwischen ihnen verändert hatte. Daß er sie das erste Mal als Frau wahrnahm, nicht nur wie eine Kandidatin für einen Job. Dann aber wanderte der Lichtstrahl weiter, die Treppe hoch.

»Ich habe noch eine Menge zu tun«, sagte er abrupt. »Miss Smythe wird Ihnen alle weiteren Informationen geben.«

Er bewegte sich schneller, als sie erwartet hatte, und sie mußte rasche Schritte machen, um nicht allein in der Dunkelheit zurückzubleiben. Dabei geriet sie ins Stolpern. Sie wußte später nicht, ob sie gegen ihn stolperte, oder ob er sie auffing, jedenfalls berührten sie sich. Sie spürte die

Kraft seines Körpers an ihrem, sie spürte den festen Griff seiner Hände. Ihre Brüste drückten sich gegen ihn, und ihre Schenkel gerieten zwischen seine. Sein Mund war ihrem ganz nahe.

Der unerwartete Körperkontakt verwirrte und erregte sie. Sie wollte sich nicht von ihm lösen, und für einen kurzen Augenblick glaubte sie, daß er das auch nicht wollte. Dann schob er sie von sich – auf nicht sehr liebenswürdige Art.

»Sie brauchen mich nicht zu bestechen, Miss St. John«, sagte er kalt. »Ich habe Ihnen doch gesagt, daß Sie den Auftrag schon haben.«

Er war schon auf halber Treppe, als ihr bewußt wurde, was er ihr mit seiner Bemerkung unterstellt hatte. Wenn er noch in Reichweite gewesen wäre, hätte sie ihm mit Sicherheit eine Ohrfeige gegeben. Und damit ihre Chancen auf diesen Auftrag zunichte gemacht. Deshalb folgte sie ihm langsam, vor Wut kochend. Er wartete auf sie im Korridor.

»Es steht Ihnen frei, sich den Rest des Flügels anzusehen«, sagte er noch einmal. »Es sei denn, Sie fühlen sich sicherer, wenn ich Sie begleite?«

Sie hatte das Gefühl, daß er sie mit dieser Frage herausfordern und testen wollte. Sie könnte zustimmen und sehen, was dann geschah. Würde er sie in einen der vielen Räume führen und dort Liebe mit ihr machen? Wenn er das tat – wie würde es mit ihm sein? Eine unpersönliche Erforschung ihres Körpers, seine Hände unter ihrer Kleidung, kurze Suche, ein paar hastige Stöße, die ihn befriedigten und sie mit dem Gefühl zurückließen, benutzt worden zu sein? Sie wollte nicht, daß es so sein würde, ein freudloses Paaren, das er am nächsten Tag schon vergessen haben würde. Und er sollte bloß nicht glauben, daß sie es so haben wollte!

Sie schaute ihn an, die Blicke ihrer grünen Augen verschleiert. »Ich bin sicher, daß ich selbst alles finden werde, was ich sehen will«, sagte sie, die Stimme beinahe genauso kühl wie seine. »Machen Sie sich um mich keine Sorgen. Ich habe lediglich einen Stein übersehen, als ich unten im Keller gegen Sie gestolpert bin.«

Sie sah, wie er kurz die Lippen zu einem Lächeln verzog. Es war kein sehr freundliches Lächeln, aber es genügte ihr. Sie hatte etwas richtiggestellt, das war ihr wichtig.

»Lassen Sie sich Zeit«, sagte er und wandte sich ab. Im Gehen sagte er noch: »Und denken Sie daran, daß Miss Smythe Ihnen Ihre Reisespesen ersetzt.«

»Das wird ein Puff!« erklärte Janine und lachte glucksend. »Ein Edelbordell für wohlhabende Geschäftsleute! Und das in Northumberland! Ich kann's einfach nicht glauben! Du kannst dich darauf verlassen, daß ich mir das aus der Nähe anschauen werde. Ich kann es gar nicht erwarten.«

»Es wird eine Oase der Phantasie sein«, berichtigte Elise sie. »Und die Einrichtung jedes Zimmers wird auf ein bestimmtes Thema abgestellt und eine kleine Welt für sich sein.«

»Ach, tu doch nicht so!« Janine beugte sich vor und grinste sie breit an. »Ich bin deine Freundin und keine Spionin der Sitte. Erzähl mir mehr davon!«

»Es gibt nicht mehr zu erzählen«, sagte Elise. »Ich hätte dir überhaupt nichts erzählen sollen. Er hat mir nämlich gesagt, daß Diskretion erforderlich ist.«

»Das kann ich mir denken«, platzte Janine heraus. »Diskretion ist allein schon deshalb gefragt, weil es illegal ist.«

»Was ist denn daran illegal, mit der Sekretärin ein stürmische Wochenende zu verbringen?«

»Glaubst du etwa diesen Unsinn?« Janine grinste. »Jetzt ergibt alles einen Sinn. Kein Wunder, daß dein Graf Dracula keinen etablierten Innenarchitekten engagiert hat. Er will eine vor der Pleite stehende Unbekannte haben, die das tut, was man ihr sagt. Er hat dich gekauft, mein Schatz – du hast irres Glück! Das Geld, das er dir zahlt, wird ein halbes Vermögen sein!«

»Er hat mich angestellt«, betonte Elise fest. »Ich renoviere die Zimmer und gestalte sie. Bevor sie genutzt werden, bin ich wieder weg.«

»Sollen wir wetten?« Janines Grinsen wurde immer breiter. »Es hört sich so an, als wollten sie ihren Laden so schnell wie möglich eröffnen. Ich wette, daß du dein Verlies im Keller noch nicht gestrichen hast, bis ein geiler Manager an die Tür klopft und dir fünfhundert Pfund anbietet, daß du ihn auspeitschst.« Sie schaute Elise fordernd an. »Würdest du das tun?«

»Sicher nicht.«

»Ich meine, du brauchst ihn ja nicht bis aufs Blut ...«

»Nein«, unterbrach Elise ihre Freundin.

»Nehmen wir einmal an, der Typ, der dich darum bittet, würde wie Ralph aussehen?«

»Nein. Außerdem habe ich noch keinen Manager gesehen, der wie Ralph aussieht.«

»Angenommen, er sieht wie Max Lannsen aus?«

»Nein.«

»Du hast kurz gezögert!« behauptete Janine.

»Habe ich nicht«, sagte Elise. »Ich peitsche niemanden aus, und ich lasse mich auch von niemandem auspeitschen.«

Janine schaute Elise lächelnd an. »Tu nicht so schockiert. Ich bin Schauspielerin. Ich könnte die verängstigte Jungfrau spielen. Das könnte ich sogar sehr überzeugend. Und es hört sich lustiger an als ein Kellnerinnen-Job. Wenn sie anfangen, professionelle Jungfrauen einzustellen, gibst du mir einen Tip, ja?«

»Das werde ich ganz sicher nicht tun«, sagte Elise. »Wäre das nicht eine Art Zuhälterei? Und du wirst zu keinem Menschen ein Sterbenswort darüber sagen, hörst du? Ich hätte dir wirklich nichts erzählen sollen.«

»Du wärst geplatzt, wenn du das alles für dich behalten müßtest«, sagte Janine lachend. »Bist du sicher, daß du mich nicht als deine Assistentin einschmuggeln kannst?«

»Man hat mir schon mit ein paar Experten gedroht«, sage Elise. »Weiß der Himmel, was ich da zu erwarten habe.«

»Wie sich die Dinge im hintersten Northumberland entwickeln, kann ich nicht einmal ahnen, auf welchem Gebiet sich deine Experten tummeln werden. Vergiß nicht, mich auf dem laufenden zu halten. Ich will alles wissen. Je intimer, desto besser!«

Der Abschied von Sellick's war eine Erleichterung, aber Elise war gerührt und überrascht, als Frank, der Türsteher, ihr eine Karte zur Erinnerung überreichte, die von mehr Menschen unterschrieben war, als sie für möglich gehalten hatte. Sie hatte gar nicht gewußt, daß so viele Leute sie überhaupt zur Kenntnis genommen hatten! In einer Ecke erkannte sie Ralphs akkurate Handschrift.

Frank überreichte ihr auch noch zwei Bücher, die ihre Kollegen zum Abschied für sie gekauft hatten, zwei Bücher über Design, die sie sich immer schon hatte kaufen wollen. Das hatte nur Ralph wissen können.

Noch vor einer Woche, dachte Elise, hätte mir das etwas bedeutet, ich hätte es für ein Zeichen gehalten, daß er mich immer noch liebt. Vielleicht hätte ich sogar über den Wechsel nach Northumberland noch einmal nachgedacht. Aber jetzt nicht mehr. Ich habe Ralph aus meinem Leben verbannt.

Aber womit hatte sie ihn ersetzt? Mit Tagträumen über Max Lannsen? Während sie ihren Besitz in einen Koffer und mehrere Kartons packte, versuchte Elise erfolglos, ihren neuen Arbeitgeber zu verstehen. Hielt er sie wirklich für eine Frau, die sich buchstäblich an ihn werfen würde – als spontanes Dankeschön für den Job, den er ihr gegeben hatte? Wenn er so dachte, war es verdammt beleidigend. Sah er die Frauen so? Wenn ja, warum hatte er sich dann noch nicht an Lorna Chorley-Smythe gehalten, die gewiß nicht nein gesagt hätte?

Wenigstens wußte sie jetzt ein bißchen mehr über ihn. Seine Pläne für die kommerzielle Nutzung des Schlosses liefen wohl eher in die Richtung, die Janine vermutete. Sie wußte jetzt, daß es ihre Aufgabe war, die Stimmung zu erzeugen, die Shilden Castle für seine Besucher zum unvergeßlichen Erlebnis werden ließ. Nun ja, auch nicht gerade etwas, mit dem man in seinen Arbeitsnachweisen protzen konnte. Und auch nicht etwas, das sie in allen Einzelheiten ihren Eltern schreiben würde.

Also nichts, was man als idealen Job bezeichnen konnte! Himmel, nein, dachte sie. Ihr Traum war es, fürs Theater zu arbeiten. Bühnenbilder zu entwerfen, zu gestalten. Aber der Auftrag, das Schloß einzurichten, wenn auch nur den Ostflügel, war viel, viel besser, als hinterm Empfangspult bei Sellick's zu sitzen und die Besucher anzulächeln.

Und war sie bereit, London und ihre Freunde in London zu verlassen? Oh, komm schon, schalt sie sich, was ist das für eine Frage? Gib zu, daß dir die Landschaft rund ums Schloß gefallen hat, die Stille, der fehlende Verkehrslärm. Und du schwimmst im Geld, das du für eine Arbeit erhältst, die dich kreativ fordert. Ja, es gibt dort in der Einöde auch ein akzeptables Leben!

Und Männer? Die Verletzung, die Ralph ihr zugefügt hatte, wurde in ihrem Bewußtsein schwächer, aber nicht die Erinnerung daran, wie er sie gedemütigt hatte. Das würde ihr ein zweites Mal nicht passieren. Erst recht nicht bei einem Max Lannsen, trotz der unerwarteten Art, in der er sich in ihre Gedanken geschlichen hatte.

Sie würde mit offenen Augen ins Shilden Castle gehen.

Drittes Kapitel

»Ein schönes Zimmer«, stellte Janine fest, als sie Elises Koffer auf dem Boden absetzte. »Ein bißchen spartanisch eingerichtet, aber mit ein paar Postern bringst du Farbe rein. Oder vielleicht machst du ein paar Fotos von Graf Dracula und hängst sie an die Wand. Ob ich ihn wohl zu Gesicht kriege?«

»Eher nicht«, sagte Elise.

»Oh, hör auf. Du mußt ihn mir vorstellen. Ich bin schließlich die ganze Strecke allein gefahren. Jetzt will ich meine Belohnung für all die Mühe haben.«

»Was für eine Belohnung?« Elise verzog das Gesicht. »Hast du vergessen, daß Max Lannsen keine Frauen mag? Wenn er dich kommen sieht, geht er wahrscheinlich in die andere Richtung.«

»Das könnte eine echte Herausforderung sein«, murmelte Janine. »Ich wette, daß das einer der Gründe ist, warum er dich so fasziniert.«

»Nichts an Max Lannsen fasziniert mich«, log Elise kühl. »Ich habe doch gesagt, er ist nicht mein Typ.«

»Und ich glaube dir«, sagte Janine nickend. »Wie ich auch glaube, daß der Mond aus grünem Käse besteht. Deshalb hast du auch auf der ganzen Reise hierhin von nichts anderem gesprochen.«

»Ich habe nicht von ihm gesprochen, sondern von meinem Job«, stellte Elise entrüstet klar.

»Ja, klar«, stimmte Janine zu. »Und was Max will oder nicht will, und was Max gesagt hat oder nicht gesagt hat.«

»Ich habe ihn nie Max genannt.«

»Also gut. Es war *Mister* Lannsen hier und *Mister* Lannsen da. Darling, dich hat es schwer erwischt. Warum entschuldigst du dich? Du bist nicht verheiratet oder sonstwie langweilig gebunden. Du kannst dir den Spaß erlauben, deinen scharfen Vampir zu jagen, wenn du das willst. Du und die anderen schönen Frauen, die bald hier herumlaufen werden.«

»Ich bin nicht hergekommen, um irgend jemanden zu jagen«, stellte Elise klar. »Ich will hier arbeiten. Weißt du, was dieses Wort bedeutet?«

»Wenn du zweitausend schmutzigen Tellern ins Gesicht gesehen hast, dann weißt du erst, was Arbeit ist«, sagte Janine. »Komm schon, du hast noch genug Zeit, um deine Sachen auszupacken. Ich möchte diese Lorna kennenlernen.«

»Nicht wirklich, oder?« fragte Elise zweifelnd.

»Doch, wirklich.«

Janine trat bereits auf den Korridor. Elise folgte ihr. »Ich finde, du benimmst dich kindisch.«

»Darling«, sagte Janine, »du hast die Moralvorstellungen der Leute in den Fünfzigern. Aber wir sind die Frauen der Neunziger, wir sind in der Lage, unsere Ziele selbst zu bestimmen, habe ich recht? Und hör auf, mich so prüde anzuschauen. Schließlich bist du auch keine errötende Jungfrau mehr.«

Sie erreichten Lornas Büro, gingen hinein und fanden Lorna über einem Kaffee und einem Taschenbuch vor.

»Entschuldigen Sie, wenn wir Sie bei Ihrer Arbeit stören«, begann Janine höflich, »aber ich möchte gern mit Ihnen reden, bevor ich wieder abreise.«

Lorna lächelte und legte das Buch auf den Tisch. »Ich schätze, daß ich fünf Minuten erübrigen kann. Haben Sie Ihre Meinung geändert? Wollen Sie doch über Nacht bleiben?«

»Ich möchte gern«, sagte Janine, »aber wenn ich auf dem Rückweg nicht meine Schwester besuche, werde ich mich den Rest der Woche schuldbewußt fühlen. Und morgen früh werde ich wieder an meinem Arbeitsplatz erwartet.« Sie lächelte Lorna freundlich an. »Das ist der Grund, warum ich gern noch einmal mit Ihnen sprechen möchte.«

»Ich habe nichts damit zu tun«, warf Elise hastig ein.

»Geh und poliere deinen Heiligenschein«, sagte Janine. »Warum läßt du uns Sünderinnen die Sache nicht allein besprechen? Ich meine, hier geht's ums Geschäft.«

»Welches Geschäft?« fragte Lorna neugierig.

»Das Geschäft der Freuden«, sagte Janine und fügte hinzu: »In diesem Haus der Freuden. Verstehen wir uns?«

»Oh, Sie möchten sich zur Verfügung stellen?« fragte Lorna.

»Eh ... ja«, sagte Janine. »Ich bin Schauspielerin.«

Lorna sah sich suchend nach einem Bleistift und einem Stück Papier um. »Das würde hilfreich sein. Und zu was sind Sie bereit?«

»Nun ... eh ... Auf was kommt es Ihnen an?«

»Das hängt davon ab«, meinte Lorna hinhaltend. »Wir planen einige Themenparties, die unter einem bestimmten Motto stehen. Sicher auch einige Gelage mit allem, was dazu gehört. Und die eine oder andere Show. Es kommt wirklich darauf an, was die Gäste haben wollen. Dementsprechend brauchen wir Mitspielerinnen.« Sie schaute zu Janine auf. »Mädchen, die das Essen auftragen, um nur ein Beispiel zu geben.«

»Zur Hölle damit«, sagte Janine. »Das mache ich jetzt schon. Ich habe eher an etwas Aufregenderes gedacht.«

»Und auch daran, daß es besser bezahlt wird?« fragte Lorna lauernd. »Geben Sie mir Ihre Telefonnummer. Ich melde mich bei Ihnen.«

»Großartig.« Janine lächelte und blickte dann zu Elise. »Du brauchst gar nicht so mißbilligend zu schauen, Miss weißer-als-weiß St. John. Ich weiß, daß du einige Affären gehabt hast, bevor du deinem blonden Muskelmann verfallen bist.«

»Aber ich wurde nicht bezahlt«, betonte Elise.

»Hat keiner deiner Typen dich zum Essen eingeladen? Dir Geschenke mitgebracht? Dich zu einem Kurzurlaub eingeladen?«

»Das ist etwas anderes«, verteidigte sich Elise.

»Nur für dich«, sagte Janine.

Lorna schaute neugierig zu Elise. »Was ist das für eine Geschichte mit dem Muskelmann? Sie hatten eine Affäre mit einem Bodybuilder? Stimmt es, was man sich über diese Typen erzählt?«

»Was erzählt man sich über sie?« wollte Janine wissen.

»Daß sie überall pralle Muskeln haben, nur nicht an der entscheidenden Stelle.«

»Ralph ist kein Bodybuilder«, sagte Elise. »Er hat nur auf seine Figur geachtet.«

»Und es gefällt ihm, sich herumkommandieren zu lasen«, fügte Janine hinzu. »Von einer großen, starken Frau.«

»Wirklich?« Lorna hörte sich interessiert an. »Ich habe bisher noch keinen echten Masochisten kennengelernt.« Sie wandte sich an Elise. »Was ist das für ein Gefühl, einen Mann zu schlagen? Kommen Sie, erzählen Sie schon.«

»Ich habe keine Ahnung«, gestand Elise. »Janine liebt es, Dinge aufzubauschen. Ich habe mit Ralph nie solche Dinge getrieben.«

»Sie haben ihn nie geschlagen, den Hintern versohlt oder so?« Lorna klang sichtlich enttäuscht. »Nicht wenigstens einmal?«

»Nicht ein einziges Mal«, unterstrich Elise. »Ich stehe nicht auf solchen Dingen, und ich wußte auch nicht, daß er darauf steht.«

»Ich habe immer gedacht, daß man von vornherein darüber spricht«, sagte Lorna.

»Wir haben überhaupt nicht viel gesprochen«, murmelte Elise.

»Immer nur ganz normal und sonst nichts«, stellte Lorna fest, dann nickte sie. »Ich gebe zu, daß ich nichts dagegen hätte, wenn es so mit mir und Max wäre.«

»He, was ist mit diesem Typ los?« rief Janine dazwischen. »Er beleidigt euch, und doch lechzt ihr alle nach ihm?«

»Alle?« fragte Lorna verwundert. »Ich dachte, ich wäre die einzige. Wer lechzt denn sonst noch?«

»Elise«, behauptete Janine und ignorierte den wütenden Blick ihrer Freundin. »Sie hat mir den Kopf vollgelabert auf dem Weg hierhin, und vorher auch schon in London war sie kaum zu bremsen. Sie träumt sogar von ihm.«

Lorna wandte sich an Elise. »Sie haben mir gesagt, daß er nicht Ihr Typ sei.«

»Ist er auch nicht!« rief Elise noch etwas wütender, als sie ohnehin war, weil sie spürte, daß sie errötete.

»Wer's glaubt ...«, begann Janine.

Lorna unterbrach sie. »Eigentlich spielt es auch keine Rolle. Ich bin bereit, zu teilen.« Sie schaute Elise abschätzend an. »Vielleicht könnten wir ihn mit einem Dreier locken? Glauben Sie, daß Max auf so etwas steht? Oder wir könnten eine Show für ihn machen, nur Sie und ich.«

»Ganz sicher nicht«, sagte Elise entrüstet und spürte, wie ihre Röte kräftiger wurde.

»Nun regen Sie sich doch nicht so auf«, tadelte Lorna. »Viele Leute stehen auf solche Dinge.«

»Ich bin zum Arbeiten hier«, betonte Elise. »Und zum Geldverdienen.«

»Geht es uns nicht allen so?« fragte Lorna. »Aber das bedeutet doch nicht, daß wir nicht auch ein bißchen Spaß haben können, oder?«

Elise betrachtete die Skizzen, die sie zu einem der Räume entworfen hatte, der Weltall-Atmosphäre zaubern sollte, wie man ihr auf einer Liste mitgeteilt hatte. Sie fand, daß dazu die flache Landschaft von Northumberland kaum paßte, und hatte deshalb die Fenster verhangen. Das Zentrum des Zimmers würde natürlich das Bett sein. Ein riesiges Bett, stellte sie sich vor, vielleicht ein Wasserbett, und vom Schlafplatz aus mußte man alles unter Kontrolle haben – Fernsehen und Video, CD-Spieler und Beleuchtung. Das Zimmer mußte über eine vielfältige Beleuchtung verfügen, verborgene Lichtquellen, farbige Lampen, bewegliche Lichter.

Mit einem Druck auf den Knopf konnten sich die Akteure auf dem Bett selbst auf der Wand oder an der Decke sehen, sie konnten die Szene aufhellen oder dimmen oder mit einem Spotlight versehen. Sie wollte das ganze Zimmer mit reflektierenden Materialien ausstatten, um die Effekte noch zu verstärken.

Schade, daß man Licht nicht spüren kann, dachte Elise. Sonst hätten die Liebespaare in diesem Zimmer sich gegenseitig mit farbigen Lichtern erregen können. Ob das in der Zukunft die Liebe per Fernbedienung sein würde? Ihr wäre das jedenfalls lieber als alles, was sie bisher über die *virtual reality* beim Sex gehört und gelesen hatte.

Sie ließ ihren Gedanken freien Lauf. In ihrem Zimmer der sexuellen Freuden würde sich einer der Partner schwerelos in einer Glastrommel befinden, während der andere draußen die Regie mit der Fernbedienung übernahm. Er schickte seine Geliebte auf eine Reise der erotischen Genüsse. Elise stellte sich vor, wie es wohl sein müßte, in einer Glastrommel gefangen, in der Luft schwebend, sich hin und her wälzend. Lichtstrahlen würden ihren Körper berühren und bewegen, würden sie überall dort treffen und erregen, wo ihr Liebhaber es gerade wollte. Es gab nichts, was sie tun konnte, um der Erregung zu entkommen. Sie konnte sich winden und um sich treten, aber es würde nichts nutzen, denn in der Glastrommel liefen alle Bewegungen wie in Zeitlupe ab. Sie konnte den Lichtstrahlen nicht ausweichen.

Konnte man den Farben des Lichts auch eine psychische Bedeutung geben? Sie stellte sich Blau vor, wenn sie an eine kühle Brise dachte, die ihr Haar zerzauste. Ein pinkfarbener Lichtstrahl würde ihr Ohr wie eine warme Zunge liebkosen und über die empfindliche Haut der Innenseiten ihrer Arme huschen. Oder ihre Kniekehlen streicheln, vielleicht auch die Stellen zwischen den Zehen und die Fußsohlen – Berührungen dort hatte sie immer genossen, aber keiner ihrer intimen Freunde hatte diese Stellen je erforscht.

Natürlich wären diese Berührungen nur das Vorspiel, geschickt angewandt, um sie vollkommen zu entspannen. Sie würde die Augen schließen und langsam zu schweben beginnen und sich an den erotischen Liebkosungen laben.

Und wenn ihr Partner vom Sanften genug hatte? Welche Farbe sollte das Licht dann haben? Vielleicht rot? Sie stellte sich einen roten Strahl vor, der sie abtastete. Nicht mehr leicht und spielerisch, sondern gezielt auf die entscheidenden Stellen gerichtet. Der rote Lichtstrahl wollte nicht verführen, sondern erregen. Er strich über die Nippel und reizte wie beharrliche Finger. Das gebündelte Licht beschrieb eine kurvenreiche Linie den Rücken hinunter, drang zwischen die Pobacken ein, zuckte vor und zurück.

Dann war da plötzlich ein weißer Lichtstrahl, der sich ihre Position zunutze machte und auf ihrem nackten Hintern rotierte. Ihr Körper geriet in elektrisierende Schwingungen, sie ließ ihr Becken kreisen und begann leise zu stöhnen.

Der rote Strahl verschwand, und der weiße streichelte ihre Oberschenkel, zwang sie weiter auseinander. Sie war ein Spielball in der Glastrommel, dem kosenden Licht hilflos ausgeliefert, das zwischen ihren Schenkeln hin und her huschte. Jetzt berührte der Strahl ihre Klitoris, rieb leicht dagegen, dann energischer und härter und geschickter als alle ihre früheren Liebhaber zusammen.

Sie krümmte den Rücken, während der weiße Strahl mit ihr spielte, sie warf sich herum und bot sich ihm dar, dem Strahl und ihrem eifrig zuschauenden Partner. Sie wußte, daß er dieses Schauspiel genoß, weil er auch sah, wie sie allmählich die Kontrolle über ihren Körper verlor. Er schien genau zu wissen, wie sie am liebsten berührt werden wollte. Der Strahl war gleichzeitig Finger und Zunge.

Als er endlich in sie eindrang, stöhnte sie vor Entzücken und Verlangen auf. Ihr Tagtraum war so intensiv, daß ihr Körper reagierte und sie auf ihrem Stuhl hin und her ruckte. Ihre Gedanken kreisten um den Mann vor ihrem gläsernen Gefängnis. Er genoß ihren erotischen Tanz, zu dem er sie zwang. Er hatte Max Lannsens Gesicht.

Das Haustelefon auf ihrem Schreibtisch schlug an und riß sie aus ihren Träumen. Verwirrt kehrte sie zurück in die Gegenwart und griff nach dem Hörer.

»Willkommen zurück«, hörte sie Lornas fröhliche Stimme am Ohr. »Wo bist du gewesen? Auf der Toilette?«

»Ich war immer hier.«

»Ich lasse es schon seit einer Ewigkeit klingeln«, sagte Lorna. »Ich habe wunderbare Nachrichten. Der einzigartige Max hat sein verfallenes Haus in London verkauft und zieht jetzt ganz ins Schloß. Wir könnten ihm also zu jeder Tages- und Nachtzeit auf dem Flur begegnen. Also, von nun an nicht mehr in Lumpen herumlaufen. Hohe Absätze, enge kurze Röcke und Strümpfe mit Nähten sind angesagt.«

In den drei Monaten, die sie auf Shilden war, hatten sich Elise und Lorna immer mehr angefreundet, sie bildeten ein Team gegen die unfreundlichen Menschen um sie herum, die meisten von ihnen Einheimische, die den beiden Frauen aus London mit Mißtrauen begegneten. Obwohl Lorna über einen großen Fundus an Geschichten von den Plätzen, die sie schon besucht hatte, und den Menschen, die sie dort getroffen hatte, verfügte, endete jede Unterhaltung unvermeidlich wieder beim Sex – und bei Max Lannsen im besonderen. Elise hatte ihre Behauptung aufgegeben, daß sie ihren Arbeitgeber nicht attraktiv fand.

»Ich habe aber keine Zeit, um einen Verführungsplan auszuarbeiten«, sagte sie. »Ich habe eine Menge Arbeit.«

»Ich nicht«, sagte Lorna. »Aber selbst wenn ich viel zu tun hätte, würde ich mir dafür Zeit nehmen. Und du kannst das auch. Der größte Druck ist doch jetzt weg. Die wunderschönen Entwürfe sind von den Geldmännern genehmigt worden. Du wirst Hilfe erhalten. Max will mit dir darüber reden. Und sein Experte auch.«

Sie sprach das Wort ›Experte‹ wie ein Schimpfwort aus. Elise erinnerte sich daran, daß Max schon ein paarmal angedeutet hatte, daß jemand für das Design zusätzlich ins Schloß kommen sollte. Sie hatte so hart gearbeitet, daß sie bisher noch gar nicht darüber nachgedacht hatte.

»Wer ist dieser Experte?« fragte sie mißtrauisch.

»Das weiß nur der Himmel«, sagte Lorna, mied aber Elises Blick. »Jemand aus London, glaube ich. Max wird dir mehr sagen können.«

»Ich bin nicht sicher, ob ich Hilfe haben will«, murmelte Elise.

»Ich glaube nicht, daß du eine Wahl hast. Der Herr von Shilden hat entschieden. Auf der anderen Seite mußt du zugeben, daß du mal eine kurze Erholung brauchen könntest. Du hast drei Monate fast rund um die Uhr gearbeitet. Du willst doch nicht abgeschlafft und bleich aussehen, wenn Max die ganze Zeit bei uns ist, oder?«

Elise mußte sich eingestehen, daß Lorna recht hatte. Sie war völlig in ihrer Arbeit aufgegangen. Obwohl ihr gutes Gehalt sie in die Lage versetzt hatte, ein fast neues Auto zu kaufen, hatte sie das Schloß seit ihrer Ankunft nicht mehr verlassen. Wenn sie etwas von draußen brauchte, bestellte sie es telefonisch, und es wurde ins Schloß geliefert.

Nicht, daß sie das Gefühl hatte, draußen etwas zu verpassen. Das Dorf bestand aus ein paar einfachen Häusern, hatte Lorna ihr erzählt, und es gab eine Kneipe, in der

Lorna sehr kühl empfangen worden war. »Sie halten nicht viel von einer Frau, die allein in den Pub geht, und als sie hörten, daß ich auf Shilden lebe und arbeite, war die Atmosphäre frostig.«

Deshalb wußte Elise nicht, wohin sie gehen sollte, wenn sie mal etwas anderes sehen wollte als Entwürfe und Muster und Maßstabberechnungen.

»Warum kommst du nicht mit mir zu White Gates?« fragte Lorna, als hätte sie Elises Gedanken gelesen. »Du hast mir gesagt, daß du immer schon reiten lernen wolltest.«

Lorna hatte ihr erzählt, daß White Gates über die besten Pferde der ganzen Gegend verfügte. Erst vergangene Woche hatte sie gesehen, wie Lorna sich in ihren knallroten Mini gesetzt hatte und zum Reiten gefahren war. Sie hatte ganz enge Breeches und kniehohe Lackstiefel getragen. Elise konnte sich in einem solchen Outfit nicht vorstellen.

»Ich will mich nicht der Lächerlichkeit preisgeben«, sagte sie zögerlich.

»Glaubst du, daß ich mich hinstelle und dich auslache?« fragte Lorna empört. »Keiner lacht. Niemand ist auf dem Rücken eines Pferdes geboren, jeder von uns beginnt als blutiger Anfänger.«

Ja, aber die meisten anderen fangen mit dem Reiten an, wenn sie gerade der Wiege entwachsen sind, dachte Elise. Kinder haben keine Angst, sich lächerlich zu machen. Trotzdem hatte der Gedanke, ihr Leben auf dem Land damit anzureichern, das Reiten zu lernen, seine Reize. Sie hatte immer schon reiten wollen.

»Ob Max wohl auch reitet?« murmelte Lorna.

Elise sah sich plötzlich steif und verängstigt auf einem gelangweilt ausschauenden Pferd, während Max Lannsen auf einem eleganten Rappen vorbeipreschte, und Elise sah die hohen Stiefel und die engen Breeches, die er in ihrem Traum getragen hatte, in dem er als Mädchenhändler aufgetreten war. Unmöglich, schalt sie sich, ich kann nicht an den Mann denken, ohne daß Sex eine Rolle spielt.

»Komm mit mir«, drängte Lorna. »Du brauchst dich doch zu nichts zu verpflichten. Du schaust einfach zu, was dort abläuft, einverstanden?«

»Vielleicht«, sagte Elise.

Die Stimme klang so kühl und reserviert, wie Elise sie in Erinnerung hatte. »Bitte, kommen Sie in mein Büro, Miss St. John. Wir haben einige Probleme zu besprechen.«

Elise legte den Hörer auf. Seit zwei Tagen hielt sich Max Lannsen schon auf Shilden Castle auf. Sein alter, dunkelgrüner Mercedes stand im Hof. Aber sie hatte den Schloßherrn bisher nicht zu Gesicht bekommen, und Lorna auch nicht. Er wohnte in einem Flügel des Schlosses, den man nur durch eine Tür erreichen konnte, die ständig verschlossen war. An diesem Morgen hatte Elise einen anderen Mercedes – schwarz und nagelneu – neben Max' Wagen gesehen. Mein ›Experte‹ ist eingetroffen, hatte sie sofort gedacht. Und ihr zweiter Gedanke war gewesen: So ein protziges schwarzes Automobil mit getönten Scheiben würde eher zu einem Mafioso passen.

Auf dem Weg zu Lannsens Büro überlegte sie, welche Probleme er mit ihr besprechen wollte. Wenn ihre Entwürfe bereits genehmigt worden waren, welchen Sinn machte es dann noch, einen ›Experten‹ hinzuzuziehen? Sie formte sich ein Bild von dem Mann, mit dem sie zusammenarbeiten sollte: Wahrscheinlich schwul, aber, nach seinem Auto zu schließen, eher ein Designer, der konservative Anzüge und Seidenkrawatten trug und nicht in Jeans und karierten oder schwarzen und ungebügelten Hemden herumlief.

Als sie die Bürotür geöffnet hatte, erkannte sie sofort, daß sie sich nicht deutlicher geirrt haben könnte. Max Lannsen saß in seiner dunklen Eleganz hinter einem großen, altmodischen Schreibtisch. Er sah attraktiv und unnahbar wie immer aus. Seine Augen zeigten keine Spur von Begrüßung oder gar Freude, sie zu sehen. Dabei erinnerte sie sich gerade schon wieder an die kurze, zufällige Begegnung ihrer Körper im Keller des Ostflügels.

»Ah, Sie sind wohl unsere kreative Bühnenbildnerin?«

Elise wandte den Blick von Lannsen ab. Die Frau, die neben ihm saß, wirkte ebenso elegant wie er, wenn auch auf eine hellere, freundlichere Art. Sie trug ein schlichtes Designerkleid, dazu ebenso schlichten, aber offensichtlich teuren Schmuck. Hochmut sprach aus ihren Augen.

Sie sieht aus, als ob sie in allen Männern nur Schwächlinge sieht, fuhr es Elise durch den Kopf. Gleichzeitig vermittelte sie auch den Eindruck, daß sie auf jeden Handel mit ihnen einging, und wenn sie sich genug Profit davon versprach, setzte sie auch jedes weibliche Mittel gegen den Mann ein – von der flüchtigen Schmeichelei bis zum flüchtigen Sex.

»Gefallen Ihnen meine Vorschläge?« fragte Elise und zwang sich zu einem freundlichen Lächeln.

»Darling, ich liebe sie.« Die Frau erwiderte das Lächeln mühelos. »Sie sind süß.«

Elise spürte, wie sich ihre Nackenhaare sträubten. Sie fragte sich, warum die Frau so nahe bei Lannsen saß. Sie hatte die langen Beine übereinandergeschlagen, und mit dem Oberkörper lehnte sie sich zu ihm. Ihre Körpersprache verriet, daß sie Besitzansprüche geltend machte.

»Miss Altham hat einige Vorschläge, wie man Ihre verschiedenen Entwürfe ergänzen kann«, sagte Lannsen. Sein Blick blieb auf Elise gerichtet, ausdruckslos wie immer. »Ich hatte Sie ja schon darauf vorbereitet, erinnern Sie sich?«

»Oh, Max, muß man auf mich vorbereitet werden? Das hört sich ja so an, als wäre ich ein Ungeheuer.« Das unerschütterliche Lächeln war nun Max zugewandt, der keine Miene verzog und ernst blieb. Das Lächeln strahlte wieder

Elise an. »Warum müssen wir so förmlich sein? Ich bin Petra, und Sie sind Elise, nicht wahr?« Elise nickte. »Ein seltener Name. Ausländisch?«

»Eine Kurzform von Elizabeth«, sagte Elise. »Als Kind habe ich meinen Namen so ausgesprochen, und bald haben mich alle so genannt.«

»Wie herrlich«, gurrte Petra. »So individuell.«

Elise sah es jetzt, daß ihre Mappe mit den Skizzen und Entwürfen auf dem Schreibtisch lag. Petras lange Finger, die Nägel makellos manikürt und lackiert, tippten auf die Mappe.

»Ich möchte gern ein paar Punkte mit Ihnen durchgehen«, sagte sie. »Ist Ihnen das recht?«

In der nächsten halben Stunde ließ Elise es über sich ergehen, daß jedes Zimmer, das sie entworfen und ausgestattet hatte, von Petra Altham in der einen oder anderen Weise verändert wurde. Petra wollte andere Farben, damit die Atmosphäre ›verführerischer‹ wurde, sie wollte überall Spiegel angebracht haben, denn die Gäste würden sich ›gern selber zusehen‹, sie wollte Möbelstücke eintauschen gegen verschiedene Gegenstände, von denen Petra behauptete, daß die Gäste sie ›erregend und stimulierend‹ finden würden.

Das einzige Zimmer, an dem Petra nichts auszusetzen hatte, war das Weltall-Zimmer. Ihr gefielen die reflektierenden Wände und die beweglichen Lichtstrahlen, und ihr schien nichts einzufallen, welches Möbelstück sie noch hätte hinzufügen können, um aus dem Raum etwas ›Besonderes‹ zu machen.

Elise mußte an ihren Tagtraum mit der Glastrommel denken, in der man schwerelos schweben konnte. Da sie aber wußte, daß sich das in der Wirklichkeit kaum umsetzen konnte, beschloß sie, ihre Phantasie nicht mit Miss Altham zu teilen.

Während der gesamten Unterhaltung hatte Max Lannsen geschwiegen, und Petra fragte auch nicht bei ihm nach, ob er mit den jeweiligen Änderungen einverstanden war. Elise hatte das Gefühl, als wäre ihm die Diskussion eher peinlich, jedenfalls schien er froh zu sein, als sie schließlich vorbei war.

Elise war genauso froh. Sie wußte, daß hinter Petras strahlendem Lächeln keine Freundlichkeit steckte. Und ihr mißfiel die vertraute Art, in der Petra mit Max sprach, ganz zu schweigen davon, daß sie sich ihm fast aufdrängte, als wolle sie jeden Augenblick über ihn herfallen. Und Lannsen hatte keine Anstalten gemacht, von ihr wegzurücken.

»Nun, er wird dazu nicht in der Lage gewesen sein«, meinte Lorna, als Elise ihr das Geschehen geschildert hatte. »Ich meine, es sieht doch so aus, als seien sie Geschäftspartner. Sie nervt schrecklich. Unglücklicherweise werde ich mit ihr zusammenarbeiten müssen. Ich kann nicht sagen, daß ich mich darauf freue.«

»Wieso ist sie die Expertin?« fragte Elise. »In was ist sie Expertin? Ich halte jede Wette, daß sie keine geschulte Innenarchitektin ist.«

Lorna bedachte sie mit einem raschen, kritischen Blick. »Davon bin ich auch nicht ausgegangen.«

»Also, was ist sie dann?«

»Ein Miststück«, sagte Lorna, »aber eines, das wir tolerieren müssen. Hör zu, Elise, du bist angesäuert bis zu den Backenzähnen. Komm heute abend mit mir zu White Gates. Du brauchst noch keine Reitstunden zu buchen. Entspanne dich einfach. Es wird dir guttun.«

White Gates war ein weitläufiges, verschachteltes Farmhaus inmitten wogender grüner Wiesen. Lorna bremste ihren roten Mini dicht vor einer Mauer ab, und Elise sah auf der rechten Seite den Eingang zu den Ställen. Als sie die Autotür öffnete, sog sie den Duft frischen Heus ein, vermischt mit dem Geruch von Leder und Pferden. Hufgeklapper schien aus allen Richtungen an ihre Ohren zu dringen.

Es war ein warmer Abend, und Elise, die ein cremefarbenes Männerhemd aus Seide trug und es wie eine Tunika über die Jeans hängen ließ, verzichtete auf die Jacke, die sie zur Vorsicht auf den Hintersitz gelegt hatte. Lorna war wie immer sehr sittsam gekleidet, fast ein bißchen prüde, dachte Elise. Sie trug einen langen Rock und eine hochgeschlossene Faltenbluse.

»Da drinnen ist die Reitschule«, erklärte sie Elise. »Man kann mit den Pferden aber auch ausreiten, denn es gibt einige wunderschöne Reitwege in der Gegend.«

Sie spazierten in den Hof. Alles befand sich in einem tadellosen Zustand, die Farbe an den Ställen schien frisch zu sein. Neugierig lugten einige Pferdeköpfe aus den Ställen. Einige wieherten aufgeregt, andere schnauften sanft, und wieder andere musterten die Besucher still, ehe sie sich wieder umwandten, weil sie Interessanteres zu tun hatten.

»Sie haben wirklich einige hervorragende Tiere«, sagte Lorna.

»Hast du auch mal ein eigenes Pferd gehabt?« fragte Elise.

»Aber wo denkst du hin? Dabei hätte ich so gern eins gehabt. Aber meine Familie hat sich nirgendwo lange genug aufgehalten, so daß wir uns nicht einmal eine Katze anschaffen konnten.«

Plötzlich hörten sie ein schrilles Wiehern und eine wütende Frauenstimme: »Du dickschädeliger Esel! Endlich rein mit dir! Rein mit dir!«

»Das hört sich nach Penny an«, meinte Lorna.

Sie führte Elise in einen Gang zwischen den Ställen. Ein junges, zierlich gebautes Mädchen kämpfte mit einem wuchtigen Pferd, um es in eine Pferdebox zu bugsieren. Das Tier ließ keinen Zweifel aufkommen, daß es nicht in die Box wollte, und stemmte sich mit aller Kraft dagegen.

Das Mädchen, das schmale Gesicht feuerrot vor Frustration und Anstrengung, sah hoch und entdeckte die beiden Zuschauerinnen.

»Schwierigkeiten, Penny?« rief Lorna fröhlich.

»Das kannst du laut sagen«, rief Penny zurück. »Dieser fette Sack will nicht in die verdammte Box.«

»Versuch es mit Bestechung«, riet Lorna.

»Habe ich schon probiert. Er hat den Zucker gefressen, aber er bewegt sich trotzdem nicht vom Fleck. Er mag die Box nicht, basta. Er haßt es, wenn er reisen muß.« Sie wandte sich wieder dem Pferd zu. »Nun komm schon, mieses Schwein.«

Das Pferd ignorierte die Beleidigungen, schüttelte den großen Kopf und schnaufte behäbig durch die gewaltigen Nüstern. Es machte keine Anstalten, seinen Platz zu verlassen. Der Unterschied zwischen dem zierlichen Mädchen und dem massigen Pferd war so groß, daß Elise es für unmöglich hielt, daß Penny dem Tier seinen Willen aufzwingen konnte.

Sie wollten sich schon abwenden, als ein Mann hinter der Box hervortrat. Er war groß und hager, trug Reithose und Reitstiefel und eine taillierte Weste über einem Hemd, dessen oberste Knöpfe offenstanden. Er hatte sich die Ärmel bis zu den Ellenbogen hochgekrempelt.

»Wie oft habe ich dir schon gesagt, Penny, daß du es mit deiner sanften Tour nicht schaffst!« Seiner Stimme war nicht der hiesige Dialekt anzuhören.

»Dann versuche du doch mal, diesen verdammten Gaul zu bewegen!« rief Penny verzweifelt.

Der Mann ging zur Fahrerkabine der Pferdebox, langte hinein und holte eine kurze Reitpeitsche heraus. Ohne jede Vorwarnung knallte er sie über den Rücken des Pferdes. Das Tier ruckte überrascht herum und schnaufte empört. Wieder klatschte die Peitsche auf den Pferderücken, und diesmal sprang das Tier vor. Die Hufe rutschten auf der kleinen Rampe, die zur Box führte. Penny sprach beruhigend auf das Tier ein und war froh, daß es endlich im dunklen Inneren der Box verschwand.

»Was für ein Mistkerl!« sagte Elise aufgebracht. »Ich würde ihn auch mal gern so behandeln!«

Sie hatte so laut gesprochen, daß ihre Stimme über den ganzen Hof zu hören war. Der Mann drehte sich um und kam ihr entgegen. Trotz ihrer Empörung bemerkte sie den lockeren, eleganten Gang des Mannes. Er baute sich vor ihr auf, die Beine leicht gespreizt, und schlug mit der Peitsche leicht und rhythmisch gegen seine Stiefel. Vergnüglich blickende, graue Augen musterten Elise.

»Ist das ein Angebot?« fragte er höflich.

»Am liebsten würde ich Sie dem Tierschutzbund melden«, sagte Elise, die sich immer noch nicht beruhigt hatte.

»Der Tierschutzbund würde Sie auslachen«, entgegnete er. »Habe ich recht, Lorna?«

»Ich fürchte ja«, antwortete Lorna. »Keine Sorge, Elise. Hurricane hat wahrscheinlich geglaubt, daß ihn eine etwas größere Schmeißfliege gebissen hat.«

»Eine besonders boshafte Schmeißfliege«, sagte Elise voller Verachtung.

»Reiten Sie nicht?« Die grauen Augen musterten sie wieder. Die Peitsche klopfte immer noch rhythmisch gegen seine Stiefel.

»Sie möchte es gern lernen«, sagte Lorna, bevor Elise antworten konnte. »Elise, das ist Blair Devlin, der Mitinhaber von White Gates.«

»Ich dachte, ich hätte es lernen wollen«, korrigierte Elise.

»Und ich bin der Sündenbock, daß Sie jetzt Ihre Meinung geändert haben?« Devlin lächelte. »Wenn Sie eine Reiterin wären, wüßten Sie, daß manche Pferde eine starke Hand brauchen.« Die Peitsche ruhte still. Er nahm sie in beide Hände und bog sie behutsam. »So wie es auch mit Frauen ist.«

Penny hatte die Pferdebox geschlossen und gesellte

sich nun zu ihnen. »Der Wasserkessel kocht. Möchte jemand Kaffee?« Sie lächelte Elise an. »Möchten Sie eine Reitstunde buchen?«

»Sie ist sich noch nicht sicher«, sagte Blair Devlin. »Zuerst müssen wir sie davon überzeugen, daß wir keine Reitschule von Sadisten sind.«

Penny schaute zuerst Lorna an, dann Devlin, ehe sie in lautes Gelächter ausbrach. »Und davon willst ausgerechnet du sie überzeugen, Devlin?«

»Aber gewiß«, sagte Devlin. »Wir peinigen unsere Pferde nicht.« Er ließ die Peitsche in die Fläche einer Hand klatschen. »Oder tun wir das, Penny?«

»Nein, Pferde peinigen wir nicht«, stimmte Penny grinsend zu. Sie tauschte einen Blick mit Lorna und zwinkerte. »Warum überlassen wir es nicht Devlin, deiner Freundin alles zu zeigen, während wir unserer Koffeinsucht frönen.«

Es war Elise nicht entgangen, daß Blair Devlin einige sexuelle Anspielungen gemacht hatte, und zu ihrer Überraschung mußte sie sich eingestehen, daß sie eine spannungsgeladene Erwartung in ihr ausgelöst hatten. Sie räumte auch ein, daß er ein sehr attraktiver Mann war. Sein Gesicht war von der Sonne und der frischen Luft gebräunt, nicht von irgendeiner künstlichen Lichtquelle. Die Gesichtszüge waren nicht sehr gleichmäßig, deshalb würde man ihn nicht als schön bezeichnen können, aber sie zeigten Charakter. Das dichte braune Haar war windzerzaust. Am besten gefiel ihr sein eleganter Gang, diese angeborene Lässigkeit, mit der er seine Glieder bewegte. Er war offenbar ein Mann, der auf sein Äußeres achtete, ohne daß es narzißtische Ausmaße annahm. Und er besaß ein Selbstbewußtsein, daß sie bei ihren Mitmenschen immer schon bewundert hatte. Er schritt jetzt an ihrer Seite. Die Schlinge des Peitschengriffs lag um sein Handgelenk.

»Wie lange gehören Sie schon zu Whites Gates?« fragte sie.

»Seit ich die Landwirtschaftsschule verlassen habe«, antwortete er. »Ich habe einen Fortgeschrittenenkurs im Stallmanagement belegt, aber sie haben mir auf dem College nicht viel Neues beibringen können. Danach bin ich eine Partnerschaft mit einer Sandkastenspielgefährtin eingegangen – Julia Beauchamp. Dieses Land gehört ihrem Vater.«

»Dann sind Sie also ein Einheimischer?« fragte Elise überrascht. »Sie sprechen keinen Dialekt, man hört nicht einmal einen Akzent durch.«

»Ich habe Schulen im Süden besucht«, sagte er. »Aber ich fühle und denke wie die Einheimischen. Und wo kommen Sie her?«

»Also, ich bin keine Einheimische.«

»Das habe ich mir schon gedacht«, sagte er. Sie waren aus dem Blickfeld des Hofes geraten und standen vor einer offenstehenden Tür. Elise konnte den Duft polierten Leders riechen. Sein Blick galt ihren Haaren. Es hing lose, vom Wind zerzaust. »Ich würde mich immer an Ihre roten Haare erinnern, wenn ich sie schon einmal gesehen hätte«, fügte er hinzu.

»Ha! In dieser Gegend gibt es viele Leute, die meine Haarfarbe haben.«

Sein Blick wanderte vom Gesicht zum Körper und wieder zurück. Er musterte sie auf eine auffällig-unauffällige Art, und an seinem verhaltenen Lächeln sah man, daß er nicht nur Hemd und Jeans betrachtet hatte, sondern eher spekulierte, was die Kleidungsstücke verbargen.

»Hier aber nicht«, sagte er.

So einfach lasse ich mir nicht schmeicheln, dachte Elise. Wahrscheinlich hat er diese Masche schon hundertfach angewendet. Und sehr originell ist sie auch nicht.

»In London gibt es Tausende mit dieser Haarfarbe«, behauptete sie. Am liebsten hätte sie noch hinzugefügt: »Und schöner sind sie auch«, aber dann dachte sie, daß sie mit einem solchen Nachsatz geradezu ein neues Kompliment herausgefordert hätte. Statt dessen bewegte sie sich auf die Tür zu. »Was ist da drin?« fragte sie. »Sättel und Zaumzeug?«

»Sattelzeug«, bestätigte er. Er griff in ihrer Kopfhöhe zur Wand und schaltete Licht an. »Für Julia und mich.«

Sie betrat den Raum und betrachtete die verschiedenen Sättel und das Zaumzeug, das an Doppelhaken hing. An den Wänden hingen Siegerschleifen und Fotos. Eine Bilderfolge zeigte Dutzende Fotos von Springturnieren, auf denen Blair Devlin zu sehen war, wie er entweder auf einem Pferd die Hürden nahm oder bei der Siegerehrung. Eine ähnliche Bilderfolge gab es auch mit einem sympathisch aussehenden Mädchen. Elise nahm an, daß es sich um Julia handelte.

Devlin stand hinter ihr, was ihr Unbehagen bereitete. Er war viel zu attraktiv. Und im Gegensatz zu Max Lannsen würde er sich nicht sträuben, dessen war Elise sich sicher. Ich brauche das nicht, dachte sie. Aber eine andere leise Stimme in ihrem Kopf lockte sie: Warum nicht?

Sie drehte sich um und bemerkte, daß er näher stand, als sie erwartet hatte. Er lächelte. Es war das Lächeln eines Mannes, der sich seiner sexuellen Ausstrahlung sicher ist. Elise fragte sich, wie viele Frauen ihm schon widerstanden hatten. Sie schätzte, daß es sehr wenige waren.

»Offenbar reiten Sie schon lange«, sagte sie.

»Seit meinem fünften Lebensjahr.«

Er betrachtete sie wieder ausgiebig, ließ sich noch mehr Zeit als beim erstenmal, und sie bemerkte, daß sein Blick lange auf ihren Hemdtaschen haftenblieb, wo ihre Brüste gegen die Seide drückten. Plötzlich spürte sie eine Erregung in sich, als sie sich vorstellte, daß seine Hände sie berührten.

Sie sah so etwas wie Triumph in seinen Augen und wußte, daß er ihre Gefühle richtig las. Ich brauche dies wirklich nicht, redete sie sich ein. Ich bin hergekommen, um meinem Beziehungschaos zu entfliehen. Und was passiert? Ich fange ein intensiv eingebildetes Liebesleben mit meinem Arbeitgeber an, und nun bin ich auch noch heiß auf den einheimischen Reitlehrer.

Zu ihrer Überraschung trat Devlin einen Schritt zurück. »Reden Sie mit Penny«, sagte er. »Tragen Sie sich für eine Probestunde ein.« Er schaute sie lange an. »Es wird Ihnen gefallen«, sagte er sanft. »Ich verspreche es Ihnen.«

»Du weißt natürlich, daß Mr. Devlin der lokale Frauenheld ist?« fragte Lorna, als sie zurück nach Shilden fuhren. »Vielleicht hätte ich dich vorher warnen sollen.«

»Und warum hast du es nicht getan?«

»Ich dachte, du wärst so sehr in Max verknallt, daß kein anderer eine Chance hätte.«

»Max Lannsen scheint mir so weit entfernt zu sein wie Pierce Brosnan«, murmelte Elise. »Und ich muß zugeben, daß Blair Devlin sehr, sehr attraktiv ist.«

Lorna stieß ein schnaufendes Lachen aus. »Dieser Mann hat den knackigsten Hintern, den ich je gesehen habe – mit der Einschränkung, daß ich noch nicht die Gelegenheit hatte, Max' Hinterteil genauer zu inspizieren. Wenn Blair in diesen engen Reithosen herumläuft, dann möchte ich ihn mir am liebsten packen und den Reißverschluß aufziehen.«

»Und hast du das schon getan?«

»Leider nicht.«

»Wirklich nicht?« fragte Elise nachdrücklich.

»Es ist so«, erklärte Lorna. »Ich habe mich mit Julia Beauchamp angefreundet. Sie ist im Süden in die Schule gegangen und kennt einige meiner Bekannten da unten. Sie ist verrückt nach Dev. Als sie jünger waren, hatten sie ein Bruder-Schwester-Verhältnis, und sie weiß nicht so recht, wie sie die Kurve kriegen soll, um ihm zu zeigen, daß sie jetzt mehr sein will als seine Schwester. Und deshalb … ich meine, ich weiß, wie blöde sich das anhört …, aber ich würde mich schämen, ihn ihr wegzuschnappen.«

»Das ist sehr anständig von dir«, murmelte Elise. Sie fuhren ein Stück schweigend, dann fragte Elise: »Und was ist der *wahre* Grund?«

Lorna grinste. »Das ist ein Teil des wahren Grundes. Aber um ehrlich zu sein – Dev hat nie einen Versuch unternommen, mit mir was anzufangen.«

»Für einen Frauenhelden scheint er eine Menge Gelegenheiten zu verpassen«, fand Elise.

»Dich hat er doch schnell beim Wickel gehabt«, entgegnete Lorna. »Und wenn man Penny glauben kann, hat er mit den meisten Mädchen, die bei ihm als Pflegerinnen arbeiten, geschlafen. Sie sagt, daß er absolut super im Bett sei. Wenn auch ein bißchen abartig.«

»Auf welche Weise?«

»Nun ja«, begann Lorna vorsichtig, »kannst du dir das nicht denken? Penny sagt, daß er ein breites Messingbett hätte, an dessen Pfosten er ihre Hände und Füße gebunden hätte. Sie mußte sich auf den Bauch legen, und als sie wehrlos war, hat er die Peitsche auf ihrem Hintern benutzt. Nicht richtig, und es hätte auch nicht weh getan. Im Gegenteil – sie sagt, es hätte sie beide zusätzlich erregt.«

»Glaubst du ihr?«

Lorna hob die Schultern. »Du hast ihn doch selbst gehört. Das waren doch deutliche Andeutungen, oder? Penny versucht schon mal, sich wichtig zu machen, aber diesmal, glaube ich, hat sie die Wahrheit gesagt.«

Elise glaubte das auch. Sie rief sich die Szene in Erinnerung, wie er ständig mit der kurzen Reitpeitsche gegen seine Stiefel geklatscht hatte, danach auch in seine Hand.

»Und anschließend hat er sie dazu gebracht, es bei ihm genauso zu machen«, fuhr Lorna fort.

»Sie hat ihn mit der Peitsche bearbeitet?«

»Auf diesen herrlichen Po geschlagen«, bestätigte Lorna. »Und offenbar hat es ihm Spaß gemacht.«

»Aber er sieht wie ein Macho aus.«

»Ist er auch«, sagte Lorna. »Er geht zur Jagd und läßt kein Abenteuer aus, und selbst wenn ich zwei Meter groß und wie Arnie Schwarzenegger gebaut wäre, würde ich einem Kampf gegen ihn aus dem Weg gehen. Während seiner Zeit auf dem College hat er in einigen Kampfsportarten Pokale gewonnen, habe ich gehört. Aber was sich im Bett abspielt, hat damit doch nichts zu tun. Da geht es ausschließlich um Lust. Und wenn er ab und zu die Rollen vertauschen und eine schöne Frau haben will, die ihn dominiert, ist er doch deshalb nicht weniger Mann. Ich würde es gern mal ausprobieren, wenn ich wüßte, daß es ihn anmacht. Und ich würde mich auch von ihm auf diese Weise behandeln lassen. Oh, das wäre großartig!«

Würde ich das auch großartig finden? fragte sich Elise später am Abend, als sie sich einen Kaffee gekocht hatte. Was würde das für ein Gefühl sein, gespreizt auf Blair Devlins Messingbett zu liegen, Hände und Füße an Bettpfosten gebunden? Wenn seine Hände sie berührten und ihren Körper streichelten? Wenn er langsam ihren Slip abstreifte? Sie stellte sich vor, wie seine grauen Augen ihren halbnackten Leib betrachteten. Sie sah sein erwartungsvolles Lächeln.

Verdammt, was ist bloß mit mir los? schalt sie sich. Bis vor kurzem war es nie ihre Art gewesen, solche Dinge zu erträumen. Sicher, ich hätte mir gewünscht, daß Ralph ein bißchen aktiver gewesen wäre, aber ich hätte doch nicht zugelassen, daß er mir den Hintern versohlt – weder mit der flachen Hand noch mit der Peitsche! Und doch mußte sie zugeben, daß sie den Gedanken reizvoll fand.

Sie glaubte aber nicht, daß sie die dominante Rolle spielen konnte. Aber wenn ihr Partner es wirklich wollte, konnte sie dann so agieren, wie Jemma Harrisford ganz offensichtlich mit Ralph umsprang?

Devlin fühlte sich augenscheinlich zu ihr hingezogen.

Sein Rat, daß sie eine Probestunde buchte, hatte zumindest unterschwellig mit eingeschlossen, daß die Reitstunde, die er im Sinn hatte, nicht unbedingt ein Pferd erforderte. Ob sie ihn dazu ermutigen würde?

Warum nicht? fragte sie sich. Ihn kann ich haben, Max Lannsen nicht. Und sei ehrlich, Elise – du willst ihn! Sie mußte an Janines Aussage denken, daß jeder begehrenswerte Mann aus dem Norden längst nach London gezogen wäre. Ha, mehr kann man sich gar nicht irren!

Nachdem sie sich über ihre Gedanken klargeworden war, stand für sie fest, daß sie mit Blair Devlin eine Affäre beginnen würde – sie würde mit offenen Augen diese Beziehung eingehen. Es würde zunächst eine rein körperliche Beziehung sei, aber vielleicht wurde daraus ja eine intensive Liebe ...

Ja, dachte sie entschlossen. Ich werde eine Probestunde bei Ihnen nehmen, Mr. Devlin. Mal sehen, wohin uns das führt ...

»Wir brauchen ein Pferd«, sagte Petra Altham. »Ein großes, gepolstertes Pferd, das Halt hat für Füße und Hände.« Sie hatte verschiedene Abbildungen in der Hand und blätterte sie durch. Als sie die richtige gefunden hatte, schob sie Elise das Bild über den Schreibtisch. »So etwa stelle ich es mir vor.«

Die Zeichnung zeigte eine Art vergrößertes Schaukelpferd mit Fußrasten zu beiden Seiten und einem weit geschwungenen Rücken. »Ich weiß auch schon den idealen Lieferanten«, fügte Petra hinzu. »Vielleicht sollten wir gleich zwei bestellen.« Sie notierte etwas auf einen Zettel.

»Eins für Männer und eins für Frauen«, erklärte sie dann.

»Gibt es da einen Unterschied?« fragte Elise.

»Natürlich. Das Männerpferd hat eine Öffnung für seine Hoden. Das Modell für Frauen hat die Öffnungen an anderen Stellen, und auch noch zwei für die Brüste, wenn sie sich bäuchlings über den Pferderücken legt. Ich schockiere Sie doch nicht, oder?«

»Nein«, sagte Elise.

Aber ich bin schon ein wenig verblüfft, gestand sie sich ein. Sie hatte sich immer für erfahren und phantasiereich gehalten, was die Variationen des Sex anging, aber ungewöhnliche Ausrüstungen und Spielgeräte hatten sie bisher nie beschäftigt.

»Ich sagte, wir werden das Zimmer neu gestalten und einrichten.« Petra Althams irritierte Stimme riß Elise aus ihren Gedanken. »Die Wände müssen holzvertäfelt sein. Wir brauchen Haken für Zaumzeug und Reitpeitschen. Und einige verschieden dicke Pinsel und Bürsten. Es ist erstaunlich, was man mit Pinseln alles anstellen kann. Und werfen Sie das Bett raus. Wir legen lieber ein paar Strohballen rein.«

»Ich dachte, das Zimmer hätte Ihnen gefallen«, sagte Elise.

»Nun, als Reiterzimmer war es ganz in Ordnung«, kommentierte Petra, »aber die Gäste, die zu uns kommen, werden an ihren Spielchen mehr Interesse haben als am stilvollen Ambiente. Und bringen Sie auch ein paar Spiegel mit ein. Ich habe noch keinen Mann kennengelernt, der nicht voll darauf abfährt, sich selbst in Aktion zu sehen.«

»Sie haben offenbar mehr Erfahrungen mit den Dingen, die Männer mögen, als ich«, sagte Elise einen Ton schärfer, als sie beabsichtigt hatte.

»Offensichtlich«, sagte Petra. »Dafür werde ich ja auch bezahlt.«

»Vielleicht sollten wir noch ein paar Bilder an die Wand hängen«, sagte Elise. »Und Siegerschleifen.«

Sie hatte es sarkastisch gemeint, um ihre Wut auf diese arrogante Kuh abzulenken, aber zu ihrer Überraschung schien Petra die Idee zu mögen. »Ja, darauf stehen diese Pferdenarren, was? Bilder, wie sie über die Hürden springen und wie ihr Pferd eine Schleife ans Zaumzeug gesteckt bekommt, wenn es gewonnen hat. Ich wette, daß Lorna Chorley Bindestrich Smythe auf solchen Sachen steht. Ich kann ein paar Fotos besorgen, aber sie werden was Interessanteres darstellen als diese üblichen Posen.«

»Und ein echtes Pferdegeschirr?« fragte Elise.

»Nein, nein«, winkte Petra ab. »Vergeudetes Geld. Wenn Gäste sich anschirren lassen wollen, bringen sie ihre eigenen Utensilien mit, gewöhnlich sind sie maßgeschneidert, jeder Lederriemen muß genau sitzen. Außerdem wollen sie nicht das Leder eines anderen benutzen. Die Hälfte der Kicks beziehen sie aus den vorbereitenden Maßnahmen, entweder an sich selbst oder bei ihrer Partnerin.« Sie sah Elise skeptisch an. »Sie scheinen nicht sehr glücklich mit all dem zu sein. Wenn Sie ein Problem mit den Änderungen haben, sagen Sie es mir jetzt.«

»Nun ja, ich hätte dieses Zimmer anders entwerfen und gestalten können, wenn ich gleich zu Beginn genauere Informationen gehabt hätte«, sagte Elise verärgert. »So habe ich nur meine Zeit verschwendet.«

»Man hat Sie gut dafür bezahlt«, entgegnete Petra scharf. »Und Max hat Ihnen von Anfang an gesagt, daß es Änderungen geben könnte.«

»Das sind keine Änderungen mehr, das ist eine komplette Neugestaltung.«

»Einige der anderen Zimmer werden ebenfalls komplett neu gestaltet, meine Liebe« kündigte Petra an. »Max hat seine Aufgabe wahrgenommen, indem er Sie engagiert hat. Sie haben den Grundplan geliefert. Dann haben unsere gemeinsamen Bosse mich engagiert, um die Feinheiten anzubringen.« Sie zeigte ihr breites, unechtes Lächeln. »Einige Ihrer Zimmer benötigen kaum Ergänzungen. Ich liebe das viktorianische Badezimmer, und auch das Weltall-Zimmer ist hübsch, obwohl ich meine, man müßte sich etwas Exotischeres einfallen lassen als die paar beweglichen Lichter.«

»Ohne Zweifel wird Ihnen etwas einfallen«, sagte Elise spitz. »Sie scheinen ja eine sehr exotische Vorstellungsgabe zu haben.«

Petra schaute sie strafend an. »Eine von uns muß sie haben. Der Erfolg dieses Projekts bedeutet viel für Max. Und für mich. Wir müssen unsere Bosse zufriedenstellen. Und Sie, liebe Elise, müssen uns zufriedenstellen. Vergessen Sie das nicht.«

»Es wird noch so weit kommen, daß ich Miss Petra Altham das verdammte Lächeln aus dem Gesicht schlage«, sagte Elise voraus. »Glaubst du, daß ich dann rausgeworfen werde?«

»Denk an deine Gehaltsabrechnung«, mahnte Lorna. »Und nimm nicht alles so persönlich. Ich muß mit ihr zusammenarbeiten, und mich kann sie absolut nicht ausstehen.« Das schnurrende Motorengeräusch eines Autos drang an ihre Ohren. »Das ist Max«, sagte Lorna, und ihr Gesicht hellte sich auf. »Er kommt aus Alnwick zurück.«

Elise folgte Lorna ans Fenster. Max Lannsens dunkelgrüner Mercedes bog um die Ecke und hielt mitten auf dem Hof. Lannsen stieg aus, ging um den Wagen herum und öffnete die Beifahrertür. Petra Altham, makellos gekleidet in einem figurschmeichelnden Kostüm mit einem tiefen Ausschnitt und einer Spitzenbluse darunter, glitt vom Sitz, strich ihren Rock hinunter und überprüfte die Nähte ihrer Strümpfe.

Elise spürte einen Stich von Eifersucht. »Er ist mit dieser Altham weggewesen!«

»Sie waren auf einer Dienstfahrt«, sagte Lorna.

»Und warum ist sie dann so aufgedonnert?«

»Sie ist immer so aufgedonnert.«

»Sie scheint ziemlich oft mit ihm unterwegs zu sein.« Elise wußte nicht, ob es Eifersucht war, oder ob sie der Kuh einfach nicht die Nähe des geheimnisvollen Max

Lannsen gönnte. »Glaubst du, daß sie ... eh ... ein Paar sind?«

»Du willst wissen, ob sie Sex miteinander haben«, sagte Lorna. »Nun, ich habe keine Ahnung. Wenn er es mir ihr treibt, dann halte ich nicht viel von seinem Geschmack. Aber wenn wir es nüchtern betrachten, hat er keine große Auswahl. Ich nehme an, daß die Einheimischen ihm genauso die kalte Schulter zeigen wie uns. Und uns beide scheint er nicht zu wollen. Da bleiben nur noch Mrs. Stokes und Petra übrig. Für wen, glaubst du, wird er sich entscheiden?«

Trotz ihres Ärgers kicherte Elise. »Ich finde, Mrs. Stokes wäre Petra vorzuziehen.«

»Aber sie weigert sich, ihn ›Herr‹ zu nennen«, wandte Lorna ein, und dann fügte sie hinzu: »Vielleicht tut Petra das.«

»Das glaube ich nicht«, sagte Elise. »Sie scheint mir nicht zu den Frauen zu gehören, die sich unterordnen.«

»Vielleicht ordnet sie sich dem wunderbaren Max unter«, gab Lorna zu bedenken. »Herumkomandierende Luder wie Petra mögen es manchmal, wenn sie im Schlafzimmer dominiert werden. Vielleicht steht Max auf der strengen Art. Ist das nicht ein Bild – Petra liegt bäuchlings über seinen Knien, das teure Designerkleid hochgeschoben, und er traktiert ihren Hintern mit Schlägen der nackten Hand. Ob sie überhaupt ein Höschen trägt? Und hast du ihre Strümpfe mit den Nähten gesehen? Sie sind bestimmt an Strapsen befestigt, die sie bei diesem sündigen Versandgeschäft bestellt hat, das in der verrufenen Sonntagszeitung inseriert. Ja, bestimmt steht er auf sexy Unterwäsche. Auf diese Weise hat sie ihn sich geangelt!«

»Ich kann mir nicht vorstellen, daß Max darauf steht«, sagte Elise. »Vielleicht wäre das die richtige Anmache für Blair Devlin, aber nicht für Max.«

Lorna lachte. »Sie stehen alle drauf, das kannst du mir glauben. Zeige du mir den Mann, der sagt, daß sexy Dessous ihn nicht anmachen, und ich werde dir beweisen, daß er ein verdammter Lügner ist!«

Aber Ralph war von sexy Unterwäsche nie angetörnt, erinnerte sich Elise, als sie sich an diesem Abend fürs Schlafengehen vorbereitete. Nicht, daß sie jemals etwas wirklich Eindeutiges getragen hätte – keinen *slip ouvert* und auch keinen BH mit kleinen Öffnungen für die Brustwarzen. Sie liebte vor allem Unterwäsche aus Seide, die ihre Haut umschmiegte und nicht zu eng anlag. Eine Freundin, die eine Karriere in *lingerie design* angestrebt hatte, hatte ihr mehrere Garnituren davon geschneidert. Doch Ralph schien keinen Blick dafür zu haben, wenn sie in dieser Unterwäsche durch die Wohnung gelaufen war – oder wenn sie langsam den Slip ausgezogen hatte.

Worauf fuhr Max ab? Sie fand es schwierig, sich vorzustellen, welche persönlichen Vorlieben er hatte. Sie wußte, wie er sich in ihren Träumen verhielt, aber wie war er im wahren Leben? Mochte er enge Mieder und Strapse? Hohe Absätze? Einen BH aus schwarzer Spitze? Aber sahen nicht so die professionellen Stripperinnen von Soho aus? Würde es ihm Spaß machen, sie strippen zu sehen?

Blair Devlin würde das mögen, davon war sie überzeugt. Er hatte sie bereits mit den Augen ausgezogen. Sie war sicher, daß er es schätzen würde, wenn sie ihm bei sanfter Musik eine private Vorstellung geben würde. Könnte sie es auch? Hatte sie den Mut dazu? Natürlich, redete sie sich ein.

Sie hatte schon ihren Bademantel an, und plötzlich folgte sie einem Impuls, öffnete den Kleiderschrank und nahm eine verführerische Pose ein, in deren Verlauf sie den Bademantel langsam von den Schultern gleiten ließ, bis er sich auf dem Boden bauschte. Sie betrachtete sich kritisch.

Keine schlechte Figur, dachte sie, auch wenn bloß ich es bin, die das feststellt. Meine Brüste sind okay, die Taille ist schlank, die Beine sind gut geformt. Nun ja, vielleicht könnten die Oberschenkel ein bißchen schlanker sein, und vielleicht hätte ich die Brüste auch gern ein bißchen fülliger. Ach, vielleicht auch nicht. So kann ich wenigstens ohne BH herumlaufen, ohne mich unbehaglich zu fühlen. Einer ihre verflossenen Freunde hatte einmal gesagt, daß ihn Frauen erregen, die keinen BH unter der Bluse tragen. »Das setzt die Phantasie in Gang«, hatte er gesagt, »man sieht die Brüste bei jedem Schritt hüpfen und hofft zu sehen, wie sich die Brustwarzen versteifen.«

Sie hatte ihm gesagt, daß solche Bemerkungen sexistisch seien, und er hatte das zugegeben. Es war mitten in einem Fernsehfilm gewesen – aber das Ende des Films hatten sie nie gesehen.

In ihrem Zimmer war es angenehm warm, und sie fühlte sich wohl, wenn sie sich hüllenlos bewegen konnte. Sie löschte das Deckenlicht und ließ nur die kleine Nachttischlampe brennen. Sie trat ans CD-Regal und wählte eine Scheibe aus, schob sie in das Abspielgerät und wartete auf den aufheizenden Beat.

Sie begann zu tanzen. Zuerst folgte sie nur dem Rhythmus der Musik, aber dann stellte sie sich als Stripperin auf irgendeiner Bühne vor, ebenso ihr Outfit, das aus einem Mieder, Seidenstrümpfen und hochhackigen Schuhen bestand. Und sie stellte sich vor, daß Blair Devlin ihr zusah.

Er stand da, wie sie ihn von ihrer ersten Begegnung in Erinnerung hatte – breitbeinig, die oberen Hemdknöpfe geöffnet, die Ärmel hochgerollt, kniehohe und enge Breeches, die sich wie eine zweite Haut um seine Schenkel schmiegten und sich vorne stark wölbten.

Sie behielt dieses Bild in ihrem Kopf, während sie tanzte. Sie mimte das aufreizende Entfernen der wenigen

Kleidungsstücke und ließ sich viel Zeit dabei. Die Träger des imaginären Büstenhalters glitten von den Schultern, und sie lehnte sich weit vor, damit Devlin einen Blick in die Körbchen werfen konnte.

Würde er nur auf der Stelle stehenbleiben und zuschauen? fragte sie sich. Oder würde er sie berühren, mit ihr tanzen, um ihr näher sein zu können? Es würde viel mehr Spaß machen, wenn sie seine Hände spürte, wie sie sich mit den Haken und Ösen des BHs abgaben, bevor er beide Körbchen sanft in seine Handflächen nahm und wegzog, bis ihre Brüste ganz entblößt waren.

Sie würde ihn provozieren, das Becken vorstoßen und ihn berühren. Sie würde seinen erigierten Penis spüren, wenn sie sich mit den Pobacken gegen ihn kuschelte, und dann würde er leicht wie eine Feder über ihre Brüste streichen, die Nippel betasten, dann drücken, bis er zwischen seinen Fingern spürte, daß sie steif und hart geworden waren.

Ihre Bewegungen würden hektischer werden, ausgelassener, aufreizender. Sie steigerte sich immer mehr in diese Szene hinein, genoß sie von Schritt zu Schritt mehr, ließ die Hüften kreisen und bereitete ihn auf das vor, was noch kommen würde.

Ohne ihr bewußtes Dazutun veränderte sich das Bild. Ein anderer Mann stand vor ihr und zupfte an der Spitze des Mieders. Sie stand still, verharrte auch in ihrem Tanz, verwirrt vom ungerufenen Bild, das sich ihr bot. Der Mann vor ihr trug einen Anzug, so dunkel wie sein Haar, so dunkel wie die Schatten, die sein Gesicht verdeckten. Seine Augen blickten sie intensiv an, dann starrten sie auf die Finger des anderen Mannes, der immer noch ihre Brüste massierte. Sie wußte, daß es erregend für ihn war, dabei zuzuschauen, wie ein anderer sie nahm.

Sie spürte, wie das Mieder geöffnet wurde, wie ihr Leib freier atmen konnte. Im nächsten Moment glitten seine Hände zum Saum ihrer Strümpfe und umfaßten ihre

Oberschenkel. Er drückte die Strapse auf und rollte einen Strumpf das Bein hinunter, folgte mit der Hand und berührte jeden Millimeter ihrer Haut ganz sanft mit den Händen.

Sie hob den Fuß an, dann das Bein, und legte es über seine Schulter, als er vor ihr in die Hocke ging. Sie zog ihn mit sanftem Druck aus der Kniekehle näher zu sich heran.

Sie spürte den Mund des vor ihr hockenden Mannes an den Innenseiten ihres Schenkels. Er zupfte an ihrem G-String und öffnete die kleinen Schleifen, die das Dreieck aus Satin zusammenhielten. Mit der Schulter drückte er ihre Knie weiter auseinander, und sie fühlte sich hilflos und entblößt. Er hob den Kopf, schaute sie an, und während er das tat, tupfte ein Finger zart gegen ihre anschwellende Klitoris. Wellen der Lust durchliefen sie.

Die Gefühle waren so intensiv, daß sie nicht mehr in der Lage war, sich im Takt der Musik zu bewegen. Sie schwankte hin und her und ließ sich schließlich aufs Bett fallen. Ihr Herz klopfte wie rasend. Sie hatte noch nie einen solchen Traum gehabt.

Nun ja, sagte sie sich, ich habe auch noch nie zwei Männer kennengelernt, die mir so gut gefallen wie dieser unnahbare Max Lannsen und der so verführerische Blair Devlin.

Wie Max sich in einer solchen Szene wirklich verhalten würde, fand sie vielleicht nie heraus. Aber was Blair betraf, so war sie davon überzeugt, daß die erste Reitstunde darüber schon Aufschluß geben konnte.

»Es wird dir gefallen«, sagte Lorna.

»Ich komme mir mehr als albern vor«, sagte Elise und verzog das Gesicht. Sie hatte sich von Lorna überreden lassen, Breeches, Stiefel und Reiterkappe zu kaufen, aber irgendwie fühlte sie sich in dieser Kluft nicht so selbstbewußt wie Lorna. »Eine Anfängerin sollte sich nicht so anmaßend kleiden«, murrte Elise. »Ich sehe aus wie eine Angeberin, komm, gib das zu.«

»Du siehst gut aus«, sagte Lorna. »Was kann denn falsch daran sein, die richtige Kleidung zum richtigen Anlaß zu tragen? Alles, was du trägst, ist vernünftig.«

»Ich mache mich lächerlich.«

»Das Pferd wird nicht lachen. Es wird nicht wissen, was du trägst. Und die Leute in Reitschulen haben Tausende Anfänger erlebt. Das trifft bestimmt für Penny zu.«

»Ich habe weniger an Penny gedacht.«

»Aber sie wird dir das Reiten beibringen.«

»Aber ich dachte ...«

Lorna grinste. »Oh, deshalb bist du so nervös und zittrig! Komm, entspann dich. Dev unterrichtet gewöhnlich keine Neulinge, nicht einmal diejenigen, auf die er scharf ist. Er will einen Ausritt mit mir machen.«

Penny kam herein. »Elise«, sagte sie, »du wirst Brandysnap reiten.«

»Er ist ein ganz lieber und zahmer«, sagte Lorna. »Und wen bekomme ich?«

»Solomon.«

»Oh, verdammt«, sagte Lorna. »Er ist alles andere als lieb und zahm. Warum tust du mir das an, Penny?«

»Du bist eine von den wenigen Leuten, die mit ihm fertig werden, Lorna«, schmeichelte Penny. »Ich meine, abgesehen von Dev.«

»Und wen reitet Dev?« fragte Lorna.

»Den wunderbaren Hobbit«, sagte Penny schwärmerisch. »Ich bin ganz vernarrt in dieses Pferd. Es tut alles, was man von ihm will. Und so ein schönes Tier. Wann immer ich ihn reite, habe ich das Gefühl, ich könnte es ins Olympiateam schaffen.«

»Und ich bekomme Solomon?« klagte Lorna. »Wer haßt mich denn so?«

»Du sollst bei uns etwas lernen«, rief Penny ihr in Erinnerung. »Mit Hobbit brauchst du nicht zu arbeiten, mit ihm ist Reiten das pure Vergnügen.«

Sie traten hinaus auf den Hof. Zwei Schulmädchen hielten drei Pferde an den Zügeln. Elise erfuhr später, daß sie nach der Schule im Reitstall arbeiteten – ihr Lohn waren kostenlose Reitstunden. Zwei der Pferde waren groß und aufmerksam, die aufgestellten Ohren immer in Bewegung. Das dritte Pferd war kleiner, und Elise fand, daß es gelangweilt wirkte. Lorna schwang sich mühelos in den Sattel. Penny erklärte Elise, wie man aufstieg, aber als sie einen Fuß im Steigbügel hatte, gelang es ihr zunächst nicht, sich mit dem anderen Fuß vom Boden abzustoßen. Brandysnap schien gewaltig hoch zu sein. Als sie schließlich im Sattel landete, fiel ihr auf, wie beängstigend weit der Boden von ihr entfernt war.

»Sitzt du bequem?« fragte Penny.

»Ja«, log Elise.

»Du mußt dich entspannen«, riet Penny. »Wenn Brandysnap sich bewegt, läßt du deinen Körper einfach mitgehen. Wir gehen jetzt hinunter zur Schule, dann erkläre ich dir alles über den korrekten Sitz auf einem Pferd.«

»Das wirst du nicht«, rief eine Stimme. »Ich werde es tun.«

Blair Devlin schritt um eine Ecke und trat auf den Hof. Er trug seine Breeches und Reitstiefel, aber weder Kappe noch Rock.

Das weiße Hemd stand am Kragen offen, und die Ärmel waren hochgerollt, was offenbar typisch für ihn war. In einer Hand hielt er eine Reitpeitsche. Die drei Pferde stellten ihre Ohren steil und wieherten zur Begrüßung. Die beiden jungen Mädchen lächelten.

»Du?« fragte Penny überrascht. »Ich dachte, du wolltest mit Lorna ausreiten.«

»Wollte ich auch«, sagte Blair. »Aber ich habe mir den Knöchel verstaucht.« Er hinkte übertrieben, als er ein paar Schritte auf sie zuging.

»Oh, das tut mir leid«, murmelte Penny, aber man merkte ihr an, daß sich ihre Sympathie in Grenzen hielt. Die beiden Schulmädchen dagegen waren äußerst besorgt.

»Tut es sehr wehr?« fragte das eine Mädchen.

Blair belohnte sie mit einem offenen Lächeln. »Ich kann's vor Schmerzen kaum aushalten, aber ich werde es überleben.« Er schaute auf seine Uhr. »Ist es nicht Zeit, daß ihr nach Hause geht?«

»Wir können bleiben und dir bei der Reitstunde helfen, wenn du möchtest«, sagte das Mädchen und schaute ihn hoffnungsvoll an.

»Ich habe schon ein paarmal Beschwerden eurer Eltern gehört, daß ihr zu lange hier seid und zu wenig Zeit habt für eure Hausaufgaben«, sagte Blair. »Und jetzt rasch auf eure Räder.« Er trat einen Schritt vor und nahm Brandysnaps Zügel. »Ich glaube, auch mit dem verstauchten Knöchel werde ich mit einer Schülerin fertig.« Er wandte sich an Penny. »Was stehst du noch herum? Willst du Hobbit nicht reiten?«

Penny grinste. »Was für eine Frage.« Im nächsten Augenblick saß sie im Sattel.

»Nimm den alten Reitweg«, schlug er vor. »Dort kannst du ihn eine lange Strecke galoppieren lassen.« Er blieb neben Brandysnap stehen, bis Penny und Lorna außer Sichtweite waren und die beiden Schulmädchen sich zögernd die Mountainbikes geholt und weggefahren waren.

Jetzt schaute er Elise an. Sie sah eine spitzbübische Herausforderung in seinem Blick. »Ich glaube, wir sollten die erste Reitstunde in der Halle nehmen«, sagte er und grinste. »Da ist es gemütlicher.«

»Ich dachte, Sie unterrichten keine Anfänger«, sagte Elise.

»Wer hat Ihnen das denn gesagt?« Brandysnap setzte sich in Bewegung, weil Blair Devlin vorausging, die Zügel noch in der Hand. Elises Oberkörper schwankte, weil sie auf den Ruck beim Antritt des Pferdes nicht vorbereitet gewesen war. Sie hielt sich krampfhaft am Sattel fest.

»Entspannen Sie sich«, sagte Blair.

Die kleinere Reitschule hatte hohe Wände und ganz oben schmale Öffnungen, durch die Licht und Luft hereinfielen. Als die Tür hinter Brandysnap ins Schloß fiel, konnte von draußen niemand hereinsehen.

Plötzlich ließ Blair die Zügel los. Das Pferd schlenderte ein paar Schritte, und Elise ruckte unbehaglich im Sattel. Dann blieb das Pferd stehen und stieß einen Laut aus, der sich wie ein Seufzer anhörte. Blair schaute amüsiert zu.

»Mir wäre es lieber, wenn Sie wieder die Zügel nehmen«, sagte Elise.

»Brandy geht schon nicht durch,« besänftigte Blair sie.

»Das ist mein erstes Mal auf einem Pferd«, erinnerte Elise ihn.

»Ich weiß.« Blair schritt um sie herum. »Man sieht es«, fügte er hinzu.

»Sie haben Ihren theatralischen Hinkeschritt vergessen«, bemerkte Elise giftig.

Blair lachte. »Ich habe gutes Heilfleisch.« Seine grauen Augen fingen ihren Blick auf, dann musterten sie ihre Haltung. »Nun denn, versuchen wir mal, eine Reitersfrau aus Ihnen zu machen.«

In der nächsten halben Stunde erfuhr sie eine Menge Neuigkeiten, und sie versuchte, sie sich alle zu merken und einzuprägen. Als er sie anwies, das Pferd trotten zu lassen, hatte sie Mühe, Brandysnap aufzuwecken. Er reichte ihr die Peitsche.

»Brandy weiß, daß Sie ein Neuling sind«, sagte er. »Wecken Sie ihn damit.«

Elise berührte ihn sanft mit der Lederpeitsche. Sie fürchtete, ihm weh zu tun. Brandysnap ignorierte sie.

»He, was soll das?« rief Blair irritiert. »Sie sollen ihn nicht streicheln. Er muß die Peitsche spüren.«

Ein kräftiger Schlag brachte ein ärgerliches Wiehern von Brandysnap, aber er veranlaßte ihn, sich schneller zu bewegen. Als er in einen Trab überging, war es Elise, als durchzuckte sie ein Schock von Kopf bis Fuß.

»Reiten Sie im Kreis«, wies Blair sie an. »Sitzen Sie aufrecht im Sattel, aber lassen Sie Ihren Körper die Bewegungen mitmachen, die Brandy vorgibt. Und keine Abkürzungen.«

Elise bemerkte bald, daß dies leichter gesagt als getan war. Brandysnap hatte schnell heraus, daß sie keine Ahnung hatte, wie sie ihn führen sollte. Er ging immer kleinere Kreise, bis er schließlich in der Mitte verharrte, schnaufte und sich nicht mehr von der Stelle rührte. Elise ruckte im Sattel, als hoffte sie, ihn dadurch zum Weitertraben zu veranlassen.

Blair kam heran. »Haben Sie mich nicht verstanden?« fragte er freundlich.

»Ich habe verstanden«, sagte Elise verärgert. »Aber das Pferd scheint Schwierigkeiten damit zu haben.«

»Sie müssen ihn spüren lassen, daß Sie die Kontrolle über ihn haben«, sagte der Reitlehrer. »Also, traben Sie im Kreis.«

Elise ruckte wieder im Sattel. Brandysnap weigerte sich, auch nur einen Schritt zu gehen; er schien zu glauben, daß er für diesen Tag genug gearbeitet hatte.

»Er versteht, wenn er die richtigen Anweisungen bekommt«, sagte Blair. »Setzen Sie Ihre Schenkel ein.«

»Er versteht überhaupt nichts!« entgegnete Elise wütend. Sie spürte, daß ihre Geduld sich dem Ende zuneigte. Sie stieß mit den Absätzen gegen die Flanken des Pferdes und gab ihm zusätzlich einen Schlag mit der Peitsche, der kräftiger ausgefallen war, als sie beabsichtigt hatte. Brandysnap wandte den Kopf, schaute sie an und wieherte leicht.

»Sehen Sie?« rief Elise frustriert. »Warum geben Sie Anfängern ein Pferd, das die Reitstunde verschlafen will?«

»Steigen Sie ab«, befahl Blair.

»Was?«

»Absteigen«, wiederholte er.

Umständlich kam Elise aus dem Sattel.

Devlin nahm die Zügel und schwang sich in den Sattel. »Dieses Pferd ist ideal für Sie«, sagte er. »Brandy ist ein bißchen schwerfällig, und das ist für einen Neuling nur von Vorteil. Wenn ich Ihnen ein Pferd wie Solomon gegeben hätte, wären Sie schon bald über seine Ohren geflogen.«

Brandysnap hatte den Kopf gereckt und die Ohren gespitzt. Blair hob die Steigbügel an und legte sie vor sich über den Sattel. »Sie müssen die Führung übernehmen«, sagte er. »Passen Sie auf.«

Brandysnap wußte sofort, daß er einen anderen Reiter hatte, sein Kopf ging ein paarmal rauf und runter, ehe er in einen leichten Trab verfiel, wobei er den äußeren Kreis ausnutzte. Nach der ersten Runde zwang Blair Devlin ihn in einen leichten Galopp. Brandysnap reckte den Kopf, und der Schweif kreiste aufgeregt – es war, als wäre er plötzlich ein anderes Pferd geworden. Dabei saß Blair völlig entspannt im Sattel, scheinbar mühelos zwang er dem Pferd seinen Willen auf, und Elise fragte sich, ob sie es je zu einem Hauch einer solchen Fähigkeit bringen würde.

Plötzlich änderte Blair die Richtung, ritt quer durch das Rund und hielt Brandysnap dicht vor ihr an. Er stieg mit einer eleganten Bewegung aus dem Sattel und grinste sie an.

»Haben sie gesehen? Brandy kann es – er muß nur wissen, was Sie von ihm wollen.«

»Wenn ich seit meinem fünften Lebensjahr geritten wäre, könnte ich das auch«, antwortete Elise schnippisch.

Blair lachte. »Ich lasse keine Ausreden zu. Mir ist auch nichts in den Schoß gefallen, ich mußte mir alles hart erarbeiten, und das werden Sie auch müssen. Steigen Sie wieder auf.« Er trat einen Schritt zurück und sah zu, wie sie sich mühte. »Nun machen Sie doch schon.«

»Und warum helfen Sie mir nicht?« fragte sie wütend. »Es ist nicht so einfach, wie es aussieht.«

»Das ist nur, weil es so ungewohnt für Sie ist.« Er stellte sich hinter sie, und sie spürte seine Hand unter ihrem Hintern. Sie verharrte etwas länger, als notwendig gewesen wäre, dann fühlte sie sich hochgehoben. Sie war so überrascht, daß sie quer über dem Sattel lag. Blairs Hand verweilte auf ihrem Schenkel.

»Nun ja, ganz richtig ist das noch nicht«, hörte sie ihn sagen. Seine Hand bewegte sich und streichelte den Schenkel auf und ab, verharrte schließlich auf ihrem Po. »Aber die Stellung ist auch interessant.« Er hielt sie mit einer Hand fest, während die andere zwischen die Schenkel glitt, rieb, streichelte und leicht drückte. Er massierte die Hinterbacken mit den Fingerspitzen, und unwillkürlich stieß sie kleine wohlige Laute aus.

»Gehört das noch mit zur Reitstunde?« brachte sie keuchend heraus.

»Nein«, sagte er, »aber es macht Spaß, oder?« Seine Finger drückten tastend gegen ihren Schoß. Der Stoff der Breeches schützte sie, aber sie spürte, daß sie jetzt schon feucht vor Lust war, und einen Moment lang wünschte sie sich, daß er ihr die Breeches hinunterstreifte. Aber dann fiel ihr ein, welches Bild sie abgeben mußte. Sie versuchte, sich aufzurichten.

»Was ist denn los?« murmelte Blair.

»Jemand könnte es sehen ...«

»Es ist niemand hier«, sagte er. »Penny und Lorna werden noch eine Weile unterwegs sein. Ich habe Penny auf die längste Route geschickt, und sie weiß, warum. Die beiden Mädchen sitzen inzwischen schon an ihren Hausaufgaben, oder sie sitzen vor der Glotze und schauen sich eine Aufzeichnung des letzten Turniers an – oder etwas anderes, was für ihre Bildung genauso wichtig ist.«

Er hörte auf, sie zu streicheln, zog sie vom Pferd und richtete sie auf. Sie war außer Atem und wußte, daß sie einen roten Kopf hatte.

»Wir sind ganz allein, Miss St. John«, raunte er. Er tippte mit der Peitsche leicht gegen seine Stiefel. »Wollen Sie, daß wir mit der Lektion fortfahren?«

Sie schaute ihn an. »Ja.«

»Gut«, sagte er und lächelte. »Nimm die Kappe ab.« Sie zögerte, war überrascht. »Nimm sie ab«, wiederholte er, und sie gehorchte. Er nahm die Kappe und warf sie zur Seite. »Mach deine Haare auf«, sagte er. Wieder zögerte sie. »Du hast wunderschöne Haare«, sagte er, »ich möchte sie sehen.« Sie griff sich in den Nacken und zog das Netz ab, das Lorna ihr gegeben hatte. Die Haare fielen locker auf ihre Schultern. »Du solltest sie immer nur offen tragen«, empfahl er ihr.

»Es behindert mich zu oft«, sagte sie.

»Wenn du mit mir ausgehst«, sagte er, »möchte ich, daß du es offen trägst.«

»Und was bringt dich auf den Gedanken, daß ich mit dir ausgehe?« fragte sie ihn neckend.

»Du wirst«, sagte er.

»Und wenn ich sage, daß ich nicht mir dir ausgehen will?«

»Dann würde ich dir nicht glauben.« Er verzog keine Miene. »Zieh deine Bluse aus.«

Sie starrte ihn an, und diesmal war sie sicher, daß sie sich verhört hatte.

Er stand dicht bei ihr, und sie schaute hoch und blickte in seine grauen Augen. Er nahm Brandysnaps Zügel. »Zieh sie aus«, wiederholte er.

Wie in einem Traum streifte sie die Bluse von den Schultern. Darunter trug sie einen weißen Stretch-BH, den sie eigens für die Reitstunde gekauft hatte, ein Modell für Sportlerinnen. Er hielt ihre Bluse in der Hand. »Und jetzt diesen ganz und gar nicht schmeichelhaften BH.«

»Das werde ich ganz sicher nicht tun«, sagte sie entschieden.

»Du wirst es tun«, sagte er lächelnd. Er legte eine Hand auf ihren Schenkel und glitt hoch, bis sie den Bund der Breeches erreicht hatte. Seine Finger berührten die bloße Haut darüber, und ein leichtes Zittern durchfuhr sie. »Komm schon«, sagte er leise. »Ich möchte sehen, ob deine Brüste so knackig sind, wie ich sie mir vorstelle.«

Langsam schälte sie sich aus dem Büstenhalter, zog ihn über den Kopf und schüttelte den Kopf, um ihre Haare zu ordnen. Blair Devlin schaute genau hin. Als Elise sich von den Zwängen des BHs befreit hatte, fühlte sie sich unerwartet sexy.

»Gefällt dir, was du siehst?«

»Es gefällt mir sehr.«

Sie wartete darauf, daß er ihr die Bluse zurückgab, aber er sagte nur: »Jetzt solltest du wieder reiten. Eine Runde im Kreis.«

Elise schaute sich unsicher und nervös um.

»Wir sind allein«, sagte er noch einmal. »Dies ist eine private Vorstellung. Nur für mich allein.« Er nahm Brandysnaps Zügel und half Elise in den Sattel. Dann rannte er und zwang Brandysnap zu einem leichten Trab. Er ließ die Zügel los und blieb stehen. »So ist es richtig«, rief er, »laß ihn traben.«

Zu Elises Überraschung hielt das Tier die Gangart bei. Sie spürte, wie ihre Brüste hüpften, und sie wußte, daß Blair zuschaute und sich keine Bewegung entgehen ließ. Dieser Gedanke ließ ihre Brustwarzen anschwellen.

»Sehr schön«, lobte Blair, als sie eine Runde absolviert hatte. »Eines Tages kannst du vielleicht doch noch eine passable Reiterin sein.« Er ging zu ihr und Brandysnap, der den Schritt verlangsamte, als er Blair in seinem Blickfeld hatte. »Du würdest noch eine bessere Figur machen, wenn du die Breeches ausziehen würdest.« Er fing ihren verunsicherten Blick auf und sagte grinsend: »Keine

Bange, nicht in der Öffentlichkeit. Wofür hältst du mich?«

»Ich bin mir nicht sicher«, sagte sie kleinlaut. »Kann ich meine Bluse haben, bitte?«

»Ja«, sagte er und reichte sie ihr. »Aber zieh nicht wieder diesen schrecklichen BH an. Er sieht aus, als hätten die Ärzte ihn dir verschrieben. Es ist reizvoll, Frauenbrüste in Bewegung zu sehen.« Grinsend fügte er hinzu: »Das ist schöner als fernsehen.«

»Ich nehme an, daß du auf diesem Gebiet ein Kenner bist.« Sie zog sich die Bluse über.

»Ja, bin ich. Das betrifft alle runden Teile der weiblichen Anatomie.«

»Ich bin froh, daß ich bei deinem Standard mithalten kann«, sagte sie spitz.

»Nun, zieh keine voreiligen Schlüsse«, mahnte er. »Schließlich habe ich noch nicht alles an dir genau inspiziert.«

»Was macht dich so sicher, daß das je der Fall sein wird?« fragte sie herausfordernd.

Er lachte. »Hör auf, dich zu zieren, es klingt nicht sehr überzeugend.« Er nahm wieder Brandysnaps Zügel. »Komm, ich zeige dir, wie man das Zaumzeug abnimmt.«

Auf dem Hof war Blair wieder der erfahrene Lehrer. Später führte er Elise in den Sattelraum und zeigte ihr die Stelle, wo Brandysnaps Sattel und Zaumzeug aufbewahrt wurden.

»Bei deiner nächsten Reitstunde wirst du wahrscheinlich wieder Brandysnap bekommen«, sagte er. »Wir belassen einer Anfängerin nach Möglichkeit für die ersten Reitstunden dasselbe Pferd, es sei denn, sie hat Einwände.« Er stand sehr dicht neben ihr, und sie spürte die Wand in ihrem Rücken. »Hast du irgendwelche Einwände?«

»Gegen das Pferd?«

»Oder gegen die Reitstunde?« Er legte beide Hände auf ihre Schultern und ließ sie hinuntergleiten bis zu den angewinkelten Ellenbogen. Er streichelte sanft über ihre Innenarme. »Wir könnten über eine Rückvergütung reden, wenn du nicht völlig zufrieden warst.«

»Ich bin noch nicht völlig zufrieden«, murmelte sie.

»Dagegen läßt sich was tun.«

Seine Lippen berührten ihre, zuerst nur flüchtig, aber im nächsten Augenblick spürte sie, wie seine Zungenspitze die Lippen teilte und in ihren Mund eindrang. Seine Hände bewegten sich zu ihrer Taille und glitten unter die Bluse, dann auf der nackten Haut hoch. Während er sie hungrig küßte, umfaßte er behutsam ihre Brüste, hielt sie in den Handflächen und vermied es, ihre Nippel zu berühren, die sich steil aufgerichtet hatten.

Sie spürte, wie ihr Körper zu zittern begann. Ihr Kopf drückte gegen die Wand. Der lange Kuß wurde immer intensiver, seine Zunge drang tiefer in ihre Mundhöhle ein. Er öffnete ihre Bluse, dann setzte er seine Liebkosungen fort, aber immer noch sehr sanft und zurückhaltend. Sie packte seine Handgelenke und wollte seine Finger auf ihren Brustwarzen spüren.

»Nein«, sagte er. »Ich habe eine bessere Idee.«

Er bückte sich und nahm eine Brustwarze in den Mund. Die Zunge umspielte die Spitze, und gleichzeitig saugten seine Lippen zart. Sie stieß kleine lustvolle Geräusche aus. Seine Hände glitten zu ihren Hüften, von dort zum Hintern, um sie näher an sich heranzuziehen. Sie spürte, wie seine Erektion gegen ihren Bauch pochte.

Seine Finger griffen jetzt fest in ihr Fleisch, und ein leichter Schmerz durchzuckte sie, aber sie hieß ihn willkommen. Sie wollte, daß er den Reißverschluß der Breeches nach unten riß, daß er ihre Hose abstreifte, die Hände zwischen ihre Schenkel drückte. Ja, sie wollte verrückt vor Lust sein, ehe er sie hier nehmen würde, auf der Stelle, im Stehen.

Draußen hörten sie ein Geräusch. Das Klappern der Hufe auf dem Hof. Blair schaute hoch. »Verdammt, sie sind schon zurück. Ich werde Penny rausschmeißen.« Er löste sich von ihr und schaute an sich hinab. »Wie kann ich in diesem Zustand hinausgehen? Die Pferde werden neidisch.«

Trotz ihres Gefühls der Frustration mußte Elise lächeln. »Ich bin sicher, daß Penny nicht geschockt sein wird. Hat sie das nicht alles schon gesehen?«

»In ihren Träumen vielleicht«, sagte er grinsend. »Und deine Freundin Lorna möchte es auch gern mal sehen.«

Elise knöpfte rasch die Bluse zu. »Sie haben eine hohe Meinung von Ihrem Charme, Mr. Devlin.«

»Ich weiß, wenn jemand scharf auf mich ist.«

»Und dann nutzt du das auch schamlos aus«, entgegnete sie. »Jedenfalls habe ich das gehört.«

Er strich über seine Breeches. »Ich gebe zu, daß ich keine Jungfrau mehr bin.« Er schloß den letzten Knopf ihrer Bluse, und dabei fuhren die Finger über ihre Brustwarze. »Und du auch nicht«, sagte er dann.

»Woher weißt du das?«

»Erfahrung«, antwortete er. »Wie viele Männer hast du schon gehabt?«

»Das geht dich nichts an.«

»Es werden nicht zu viele sein«, meinte er. »Und es war keiner wie ich darunter.«

»Was ist denn so Besonderes an dir?«

»Ich sehe gut aus«, sagte er. »Ich habe viel Phantasie, bin potent und ...«

»Und bescheiden?« unterbrach sie ihn.

»Das auch. Und ich habe hellseherische Fähigkeiten.«

»Hellseherische Fähigkeiten?« wiederholte sie und schaute ihn überrascht an.

»Ich kann in die Zukunft sehen«, sagte er. »In ein paar Tagen wirst du einen Telefonanruf bekommen, und der Anrufer lädt dich zum Essen ein. Und du wirst zusagen.« Seine Stimme senkte sich. »Und nach einem köstlichen

Essen bringe ich dich nach Hause und zeige dir genau, was du heute verpaßt hast.«

»Vielleicht«, sagte sie. »Wenn ich Zeit habe.«

Die Tür öffnete sich, und Lorna kam mit dem Sattel über einem Arm und dem Zaumzeug in der Hand herein.

»Und wende dich wegen der nächsten Stunde an Penny«, sagte Blair, während er schon zur Tür unterwegs war. »War's ein schöner Ausritt, Lorna?«

»Phantastisch«, antwortete Lorna. Sie legte den Sattel ab und sah Blair nach, wie er über den Hof schritt. Sie wandte sich an Elise. »Gute Stunde?«

»Interessant«, sagte Elise.

»Und wie waren die anderen Aktivitäten?«

»Die *was*?«

»Ihr habt doch gevögelt«, sagte Lorna drastisch.

»Nein, haben wir nicht«, sagte Else spröde. »Mr. Devlin war ein perfekter Gentleman.«

»*Mr. Devlin?*« wiederholte Lorna ironisch. »Ich bitte dich! Ich bin deine Freundin. Und ich kenne *Mr. Devlins* Ruf. Willst du mir weismachen, daß er dich nicht einmal angefaßt hat?« Elise öffnete den Mund zu einer Antwort, aber Lorna fügte schnell hinzu: »Bevor du einen Meineid leistest, schau dir lieber mal deine Bluse an, meine Liebe.«

Elise blickte an sich hinab und sah, daß die Knöpfe in den falschen Löchern steckten. Sie errötete.

Lorna lachte. »Sei doch nicht so verlegen. Penny und ich wußten, was geschehen würde, als Dev mit diesem dämlichen Vorwand herausrückte, warum er nicht mit uns ausreiten könnte. Hat seinen Knöchel verstaucht, ha!« Sie blinzelte durch die Tür. »Ist ziemlich schnell verheilt, was? Ich sehe ihn nicht mehr hinken. Komm schon, schau mich nicht so böse an. Wir haben euch über zwei Stunden Zeit gelassen. Willst du mir sagen, daß ihr euch nur über Pferde unterhalten habt? Was ist also passiert?«

»Nichts«, behauptete Elise. »Nun ja, nicht viel. Ihr seid zu früh zurückgekommen. Und abartige Vorschläge hat er mir auch nicht gemacht.«

»Von ›abartig‹ habe ich auch nie gesprochen«, sagte Lorna. Sie ging hinaus auf den Hof, und Elise folgte ihr. »Aber er wird dir schon seine Art von Spaß näherbringen, verlaß dich darauf. Ein gemütliches Essen bei Kerzenschein, ein bißchen Kuscheln auf dem Sofa, und dann der Vorschlag, es mal mit was anderem als dem Üblichen zu versuchen.«

»Hat Penny dir das erzählt?« fragte Elise.

»So ungefähr.«

»Nun, Dev hat mir gesagt, alles, was Penny über ihn wüßte, könnte sie nur geträumt haben.«

»Du hast doch nicht erwartet, daß er es zugibt, oder?« fragte Lorna und glitt auf den Fahrersitz ihres roten Mini. »Er gibt nie etwas zu. Er würde auch nicht zugeben, daß er dich derart abgegrabscht hat, daß die Knöpfe deiner Bluse durcheinandergeraten sind, aber ich weiß genau, daß er es getan hat. Und nach dem seligen Ausdruck auf deinem Gesicht zu urteilen, hat er ein paar andere Stellen auch noch erforscht.«

Während der Rückfahrt nach Shilden gab sich Lorna größte Mühe, Einzelheiten über die Reitstunde aus Elise herauszuquetschen, aber Elise weigerte sich, Lornas Neugier nachzugeben. Schließlich fuhren sie in den Schloßhof hinein.

»Schau ihn dir an«, raunte Lorna, die endlich ein anderes Ziel für ihre Aufmerksamkeit gefunden hatte. Vor ihnen stieg Max Lannsen aus seinem Mercedes. »Was hat er nur an sich, daß er mich so anmacht?«

»Er steht nicht zur Verfügung«, sagte Elise.

»Es ist mehr als nur das«, meinte Lorna. »Die Gärtner hier stehen auch nicht zur Verfügung, aber bei ihnen meldet sich mein Sextrieb nicht.«

Lannsen blieb neben seinem Wagen stehen und schaute

die Front des Schlosses hoch. Dann fuhr er mit einer Hand über sein Haar und massierte sich den Nacken, bevor er den Kopf wieder senkte und hineinging. Er ließ sich nicht anmerken, ob er Lornas Auto und die beiden Insassen gesehen hatte.

»Der Herr von Shilden«, sagte Lorna feierlich und sarkastisch zugleich, »betrachtet seinen Besitz.«

»Er hat mir immer den Eindruck vermittelt, daß ihm nichts an diesem Besitz liegt«, murmelte Elise.

»Also, wirklich!« sagte Lorna lachend. »Wie könnte jemandem nichts an diesem Schloß liegen? Du hast doch das verfallene Haus gesehen, in dem er in London gewohnt hat. Nun ja, aber an mir liegt ihm ja auch nichts.«

»Mich ignoriert er ja auch«, warf Elise ein.

»Bei dir spielt es keine Rolle, du hast dir doch Mr. Devlin geschnappt.«

Mag sein, daß ich das habe, dachte Elise. Ganz gewiß wollte ich ihn da draußen in White Gates unbedingt haben. Und wenn er mich anruft, werde ich seine Einladung zum Essen und zum Danach annehmen. Er ist attraktiv, sexy und intelligent.

Und warum erregt mich der Anblick von Max Lannsen dann doch noch so sehr? fragte sie sich im nächsten Moment und war völlig verwirrt.

Viertes Kapitel

Der Anruf kam, als sie am wenigsten darauf vorbereitet war. Sie befand sich gerade in ihrer morgendlichen Besprechung mit Petra Altham.

»Tut mir leid, wenn ich dich geweckt habe«, hörte sie die muntere Stimme Blair Devlins an ihrem Ohr.

»Mich geweckt?« wiederholte sie. »Was für eine Frechheit. Ich bin schon seit Stunden bei der Arbeit.«

Er war amüsiert. »Ich dachte, ihr Künstlertypen feiert die Nächte durch und steht erst gegen Mittag auf.«

»Und wann sollen wir dann unsere Arbeit erledigen?« fragte Elise.

Petra beäugte sie mißtrauisch und fragte leise: »Wer ist das? Doch hoffentlich nicht Max, oder?«

»Ein Freund«, sagte Elise nur. Sie hatte schon auf der Zunge, mehr über den Anrufer zu sagen, hielt sich dann aber zurück. Ihr Privatleben ging Petra nichts an.

»Erinnerst du dich an mein Versprechen?« fragte Blair.

»Natürlich.«

»Willst du, daß ich es einlöse?«

»Ja.«

»Das habe ich mir gedacht.«

Sie nahm an, daß er jetzt unverschämt grinste. »Nun, du bist doch ein Hellseher«, erinnerte sie ihn.

»Neben vielen anderen Dingen bin ich auch das.« Eine kurze Pause, dann: »Wie wäre es mit morgen abend? Ich habe nur das Problem, daß ich dich nicht abholen kann, ich habe eine späte Reitstunde. Kannst du zu White Gates kommen? Sagen wir – um halb acht?«

»Kein Problem.« Elise fragte sich, ob er selbst kochen wollte. Das war mal was Neues, dachte sie. Sie hatte noch keinen Freund gehabt, der kochen konnte. Um ihre Vermutung abzuklopfen, fragte sie: »Wohin gehen wir essen? Ich meine, muß ich mich in Schale werfen?«

»Ich will dir noch nicht sagen, wohin wir gehen, aber du kannst anziehen, was du willst. Leger soll es sein.« Dann veränderte sich seine Stimmlage, als er hinzufügte: »Wenn du mich wirklich beeindrucken willst, möchte ich gern unten drunter etwas Schwarzes sehen. Schwarz und sexy.«

»Und wenn ich so etwas nicht habe?«

Petra wurde ungeduldig und ließ Elise das merken, indem sie mit den Fingerspitzen auf den Schreibtisch zu trommeln begann.

»Alle Frauen haben so etwas«, sagte Blair. »Jedenfalls alle attraktiven Frauen.« Er senkte die Stimme. »Einen schwarzen Büstenhalter, vielleicht mit etwas Spitze. Eines von diesen Dingern, die die Brüste nach oben drücken, und bei denen der Stoff so dünn ist, daß sich die Nippel abzeichnen.«

»Ich glaube, das läßt sich machen«, sagte Elise. Sie wußte, daß Petra immer ungehaltener wurde. »Sonst noch Wünsche?«

»Schwarze Strümpfe«, sagte er. »Mit Nähten. Hübsche dünne Nähte, und oben einen breiten schwarzen Saum. Ist das zuviel verlangt?«

»Nein«, sagte sie. »Vielleicht werde ich dich überraschen.«

»Das hoffe ich.« Wahrscheinlich lächelte er jetzt, dachte Elise. »Es ist der Kontrast, der mich antörnt«, sagte Blair. »Das Schwarz des Stoffes und das Weiß der Haut. Wie steht es mit Stöckelabsätzen?«

»Ja, läßt sich einrichten.«

»Du bist eine sexy Lady«, sagte er.

»Natürlich.«

Tatsächlich gehörten Strümpfe und Schuhe zu einem hastig zusammengewürfelten Kostüm, das sie zu einer Party zur Collegezeit getragen hatte. Es war eine

Motto-Party gewesen – alle Mädchen mußten als Schlampen kommen, jeder Junge als Priester der einen oder anderen Sorte. Aber das würde sie Blair Devlin nicht erzählen.

Nach einer Pause vernahm sie wieder Blairs Stimme. »Du hast nicht zufällig ein Korsett oder Mieder?«

»Nein«, antwortete Elise. »Die sind mir zu unbequem. Tut mir leid.«

»Nun ja, du müßtest es ja nicht die ganze Zeit tragen«, erwiderte er. »Ich stelle mir nur vor, wie ich die Häkchen nacheinander öffne, bis ich herausgefunden habe, was sich darunter verbirgt.«

Petra trommelte jetzt nicht mehr mit den Fingerspitzen, sondern mit einem Bleistift. Und für den Fall, das diese Botschaft nicht ausreichte, sagte sie: »Wir haben Arbeit vor uns.«

»Ich muß aufhören«, sagte Elise ins Telefon. »Die Pflicht ruft.«

»Lannsen?« fragte Max. »Ist er da? Treibt er dich an?«

»Nein, er ist nicht hier.«

»Laß dich von ihm nicht ausnutzen. Ich habe gehört, daß er als Arbeitgeber ungenießbar ist.«

»Ich sehe ihn kaum.«

»Das ist auch gut so«, sagte er hart, dann klang seine Stimme wieder weich, als er sagte: »Wir sehen uns morgen. Es tut mir leid, daß ich dich nicht abholen kann, aber auch ich habe Pflichten.«

Als Elise aufgelegt hatte, sagte Petra irritiert: »Sind Sie sicher, daß Sie sich lange genug mit Ihrem … eh … Freund ausgesprochen haben? Dann können wir mit den Plänen für das Verlies fortfahren, ja? Es soll eine der größten Attraktionen für das ganze Schloß sein, also müssen wir uns eine Menge einfallen lassen.« Sie tippte auf ihr Notizbuch. »Kennen Sie die Dinge, auf die diese S&M-Leute abfahren?«

»Nein.«

»Lauter Humbug«, erklärte Petra. »Martialisch aussehende Dinge, die für ihre Phantasie eine große Rolle spielen. Aber es muß Klasse haben. Keine roten Glühlampen und derlei Zeug. Es muß authentisch aussehen und guten Geschmack verraten.«

»Eine geschmackvolle Folterkammer«, faßte Elise zusammen und verzog dabei keine Miene.

Petra sah sie von der Seite an. »Ich hoffe doch sehr, daß Sie diese Aufgabe ernst nehmen?«

»Ja«, sagte Elise. »Ich habe nur meine Schwierigkeiten damit, ein Verlies mit Sex in Verbindung zu bringen.«

»Ist wohl nicht Ihre Spielart, was?« Petra sah sie forschend an.

»Nein.«

»Und worauf stehen Sie?« fragte Petra.

Es hörte sich unverfänglich an, aber Elise hatte den Eindruck, daß mehr als nur weibliche Neugier hinter der Frage steckte.

»Nun«, sagte sie zögernd, »ich fürchte, ich bin mehr für das Übliche. Ich meine, ich mag Sex mit jemandem, den ich wirkliche mag. Und am schönsten ist es mit jemandem, in den man verliebt ist.«

»Aber wenn jemand, in den Sie verliebt sind, etwas Ungewöhnliches ausprobieren wollte«, sagte Petra, »würden Sie dann experimentieren wollen?«

»Vielleicht«, sagte Elise und wünschte, Petra würde das Thema wechseln.

Aber Petra schien sich aufgewärmt zu haben. »Haben Sie denn noch nie darüber nachgedacht, wie es wohl sein könnte, wenn Sie mal etwas anderes ausprobieren? Ich meine, Sie müssen doch bestimmte Phantasien haben.«

»Ja, natürlich.«

»Und wollten Sie diese Phantasien nie ausleben?«

»Eigentlich nicht«, log Elise.

»Ach, kommen Sie!« Petra lächelte. »Ich glaube Ihnen nicht. Kann ja sein, daß es Ihnen nichts bringt, sich fesseln und auspeitschen zu lassen oder in einem Verlies angekettet zu sein, aber es muß doch irgend etwas geben, das Sie wirklich antörnt.«

»Ja, mit jemandem zusammenzusein, den ich liebe«, wiederholte Elise. Nichts lag ihr ferner, als mit Petra ihre sexuellen Vorlieben und Tagträumereien zu erörtern.

»Die Missionarstellung und sonst nichts?« Petra lachte überheblich. »Darling, Sie werden nie einen Mann halten können, wenn Sie darauf bestehen bleiben.«

Weil sie mutmaßte, daß Petra sie absichtlich aus der Reserve locken wollte, schaffte Elise es, ihr Temperament zu bändigen. Kühl sagte sie: »Ich habe zur Zeit kein Interesse daran, einen Mann zu halten. Ich will Geld verdienen und dann die Welt kennenlernen.« Das stimmte zwar nicht ganz, aber sie hoffte, daß Petra das Interesse an weiteren Fragen verlor. »Deshalb sind wir doch alle hier, nicht wahr? Ich meine, wegen des Geldes.«

Petra sah sie spekulierend an und kam offensichtlich zu dem Schluß, daß Elise nicht dazu zu bewegen war, irgend etwas über ihr privates Sexualleben zu enthüllen.

»Natürlich«, stimmte sie Elise zu und widmete sich wieder ihrer Liste, plötzlich ganz die sachliche Geschäftsfrau. »Wir brauchen einen Schandpfahl, das ist der Pfosten, an den man denjenigen festbindet, der ausgepeitscht werden soll. Ein paar Klötze, auf denen man steht, um Höhenunterschiede auszugleichen. Und ein Gestell natürlich.« Sie schaute zu Elise. »Wieso machen Sie sich keine Notizen?«

»Ich habe es im Kopf«, sagte Elise. Die Erwähnung des Gestells rief die Erinnerung an ihren Traum zurück. Sie hatte die Situation genossen, bis sie entdeckte, daß Max Lannsen ihr zugeschaut hatte. Würde sie es auch noch genossen haben, wenn er aus dem Schatten getreten wäre und mitgemacht hätte?

»Und viele Haken und Ketten«, zählte Petra weiter auf. »An der Decke und an den Wänden. Wir brauchen einen

Handwerker, der uns zusätzliche Eisen zur Verstärkung einzieht.« Elise lächelte, und Petra sagte scharf: »Was ist daran so lustig? Darf ich an Ihren Witzen teilhaben?«

»Ich habe gerade gedacht, was die einheimischen Handwerker wohl erzählen«, sagte Elise.

»Sie werden gar nichts erzählen«, sagte Petra schroff. »Wir holen uns Leute aus London. Die Gerüchte im Dorf sind schon wild genug. Die Einheimischen scheinen zu glauben, daß Shilden ihnen gehört. Aber Max ist der Besitzer. Und er kann mit dem Schloß anstellen, was er will.«

Aber ist es auch das, was er will? fragte sich Elise. Ein Hotel, offenbar darauf ausgerichtet, Menschen mit bizarren sexuellen Vorlieben zu dienen. Er hatte ihr schon erzählt, daß es erforderlich war, daß Shilden sich finanziell trug. War dies die einzige Idee, aus Shilden Geld zu machen? Sie mußte einräumen, daß der Plan wahrscheinlich erfolgreich sein würde. Viel Geld wurde in das Projekt gesteckt – Max' Geldgeber mußten davon überzeugt sein, daß sie ihr Geld und mehr zurückbekommen würden.

»Wir brauchen ein paar Skizzen für die Schreiner«, sagte Petra. »Und ich möchte Ihre Entwürfe sehen. Sehen Sie zu, daß sie nicht zu düster ausfallen. Denken Sie daran, daß die Leute ins Verlies gehen, um ihren Spaß zu haben.«

»Sie wollte mich aushorchen«, sagte Elise zu Lorna. »Es war fast so, als glaubte sie, ich wäre daran interessiert, in ihrer hochklassigen Folterkammer aufzutreten.«

»Und? Würdest du …?«

»Natürlich nicht.«

»Es wird gut bezahlt.«

Elise starrte sie an. »Was geht hier eigentlich vor? Bisher habe ich gedacht, daß dies ein Refugium für Geschäftsleute ist, die ihre Freundinnen mitbringen, um ein sündiges Wochenende zu verbringen. Aber du sprichst jetzt davon, daß Frauen für Sex bezahlt werden.«

»Kann doch sein, oder? Und warum nicht? Du arbeitest im Theater. Dort werden die Leute auch unterhalten, und diejenigen, die unterhalten, werden dafür bezahlt. Und so ist es mit den Frauen, die ihre Gäste auf Shilden unterhalten.«

»Jetzt hör aber auf!« rief Elise aufgebracht. »Das ist ein himmelweiter Unterschied. Du betrachtest dieses Projekt durch eine rosa Brille, Lorna!«

»Sex zu verkaufen ist nicht illegal«, verteidigte sich Lorna.

»Es ist illegal, von den Einkünften aus der Prostitution zu leben«, konterte Elise.

»Niemand lebt von solchen Einkünften«, erklärte Lorna. »Shilden wird vielfältige Geschäfte anbieten. Wenn die Gäste private Abreden mit Frauen treffen und dafür ein Geschenk hinterlassen, geht das nur die Beteiligten etwas an.« Sie betrachtete Elise amüsiert. »Was stört dich an dem Konzept? Ist es die Moral, oder hast du Angst, daß der wunderbare Max im Gefängnis landet?«

»Ich möchte nur wissen, womit ich es hier zu tun habe.«

»Du bist eine Angestellte«, sagte Lorna. »Genau wie ich. Wir tun, was man uns sagt, und am Ende des Monats kassieren wir ein dickes Gehalt. Wenn wir drüber hinaus noch andere Verdienstmöglichkeiten wahrnehmen, ist das allein unsere Sache.« Sie grinste. »Und spiele bei mir nicht die Unschuldige. Du hast doch nicht geglaubt, daß du nur deshalb angestellt worden bist, um ein paar Zimmer zu gestalten, oder?«

Nein, dachte Elise, während sie duschte. Ich wußte, daß Janines Mutmaßung richtig sein könnte. Ich wußte es seit meinem ersten Gespräch mit Max Lannsen, und während meines ersten Besuchs auf Shilden wurde es bestätigt.

Lorna hatte recht. Warum sollte ich ein Urteil fällen über das, was andere Menschen tun, solange niemand gezwungen wird und alle ihren Spaß dabei haben? Warum stört mich die Vorstellung, daß Shilden ein Freudenhaus wird?

Weil Max darin verwickelt ist, gab sie sich selbst die Antwort. Ich wünschte, er wäre es nicht. Mir behagt die Vorstellung nicht, daß er von Einkünften aus unmoralischen Geschäften lebt, selbst wenn die beteiligten Frauen mit der Situation einverstanden sind. Und ich hasse jeden, der Frauen wie eine Ware oder wie ein Sexobjekt behandelt.

Und warum hat es mir dann gefallen, daß ich aus Max Lannsen in meiner Phantasie einen Mädchenhändler gemacht habe? Das ist etwas ganz anderes, beruhigte sie sich. Das war ja nur im Traum so, das war nicht die Wirklichkeit. Außerdem hatte ich Kontrolle über ihn. Schauspielstudenten hatten ihr oft erzählt, wie sehr sie es genossen, eine Rolle zu spielen, die das Gegenteil ihres wahren Charakters ist. Eine solche Rolle wirkt wie ein Ventil. Und sie macht enormen Spaß.

Das hier macht mir auch Spaß, dachte sie, als sie in ihrer Unterwäsche einen schwarzen BH und schwarze Strümpfe mit Naht suchte. Ich werde für Mr. Devlin in die Rolle eines Flittchens schlüpfen, wenn es das ist, was er will.

BH und Strümpfe sowie ein weißes T-Shirt mit dem Bild eines damals populären Schauspielers lagen zusammen. Ein Student hatte das Bild für sie als Kunstobjekt hergestellt. Sie betrachtete das Bild ohne jede Leidenschaft. Es war das Gesicht eines netten jungen Mannes, der sie anlächelte. Aber damals wäre sie dem Mann in alle Betten gefolgt, wenn er gewollt hätte. Bin ich so wankelmütig? fragte sie sich. Nein, ich bin einfach erwachsen geworden!

Sie legte den BH auseinander und erinnerte sich wieder an die Motto-Party. Damals hatte sie verwundert erlebt, daß die besonders scheuen Kommilitoninnen die aufreizendsten Verkleidungen gewählt hatten. Durchsichtige

Blusen, Mieder, die den nackten Busen hochdrückten, bemalte Brustwarzen. Sie erinnerte sich noch an das eine Mädchen, das nur einen kurzen Unterrock und kein Höschen getragen und sich oft gebückt hatte, um das allen zu beweisen. Eine andere Studentin, die Elise bisher nur in langweiliger, schlampiger Kleidung gesehen hatte, war in einem Gummikorsett erschienen und von vielen ›Pastoren‹ umlagert gewesen. Und sie war auch von sich selbst überrascht gewesen, daß sie ein enges, unbequemes Kostüm getragen hatte, dessen Wirkung ihr einen nie zuvor erlebten erotischen Kick gegeben hatte. Der BH hatte die Brüste nach oben zusammengepreßt und ließ sie eine Nummer größer erscheinen, als sie tatsächlich waren. Ja, es war eine augenöffnende Party gewesen!

Sie zog den BH an. Er war immer noch sehr eng und nicht sehr bequem, aber sie fühlte sich sexy, wenn sie ihn trug. Sie fand die Stöckelschuhe, schwarze Strapse und ein schwarzes Höschen. Als sie die Teile angezogen hatte, stellte sie sich vor den hohen Spiegel an der Kleiderschranktür.

Sie hatte die Beine leicht gespreizt, drehte sich und richtete die Strumpfnähte. Sie hatte einmal gelesen, daß Männer auf Strümpfen mit Nähten stünden, weil sie sich vorstellen, zu welch interessanten Stellen die Nähte führten.

Die Erinnerung von Blair Devlins Händen auf ihrem Hintern kehrten zurück. Sie stellte sich vor, daß er jetzt hinter ihr stünde und seine Finger den Nähten folgten. Der Gedanke erregte sie. Er war attraktiv, und sie fühlte sich zu ihm hingezogen. Auch wenn er der hiesige Frauenheld war, wie Lorna behauptete, schmälerte das seine Anziehungskraft nicht.

Sie faßte ihr Haar zusammen und band es auf dem Kopf zu einem Knoten zusammen. Sie zupfte ein paar lange Locken heraus, die ihr Gesicht einrahmten. Sie lächelte. Sah sie wirklich wie eine junge rothaarige Version der Brigitte Bardot aus? Nun ja, wenn man die Augen lange genug zusammenkniff, bis man alles verschwommen sah, und dann noch ein bißchen Phantasie hatte …

Was würde Max Lannsen von ihrem Outfit halten? Die sexy Rothaarige in schwarzen Dessous. Bestimmt nicht nach seinem Geschmack, dachte sie. Welchen Geschmack hatte er? Subtiler, entschied sie. Oder bizarrer. Vielleicht mochte er seine Frauen in Latex. Oder in Ketten und Leder.

Verdammt, was geht dich das an? schalt sie sich.

Am folgenden Abend kleidete sich Elise mit einem der Kostüme, die sie für Sellick's gekauft hatte, aber statt der vorgeschriebenen weißen Bluse wählte sie ein blaßfarbenes Seidentop. Es war das erste Mal, daß sie es trug. Es war tief ausgeschnitten und ärmellos. Dazu trug sie einen neuen BH, und als sie das Top darüberzog und sie sich im Spiegel betrachtete, war sie überrascht von der provokativen Linie, die ihr der BH verlieh. Selbst unter der weit geschneiderten Kostümjacke sah man tief in den Ausschnitt hinein. Zusammen mit den hohen Stöckelschuhen wirkte sie ausgesprochen sexy.

Unterwegs nach White Gates überlegte Elise, warum Blair sie nicht abholen konnte. Selbst wenn er noch eine Reitstunde zu geben hatte, wäre es kein Problem gewesen, zu einem späteren Zeitpunkt zum Schloß zu kommen. Ob er sich im Schloß nicht sehen lassen wollte? Aber wer sollte ihn nicht sehen? Mit Lorna konnte es nichts zu tun haben. Mrs Stokes? Unsinn. Petra Altham? Nein, denn sie war erst ein paar Wochen auf dem Schloß.

Es mußte mit Max Lannsen zusammenhängen.

Elise konnte sich keinen Grund vorstellen, warum Blair dem Schloßbesitzer aus dem Weg gehen wollte, auch wenn er – wie die meisten Einheimischen – Lannsen nicht mochte.

Vielleicht hatte es aber auch ganz andere Gründe.

White Gates lag näher bei Alnwick als Shilden, also machte es Sinn, wenn sie von White Gates aus in die Stadt fuhren.

Sie fuhr durch die breiten, weißen Tore, die der Reitschule den Namen gegeben hatten, und parkte neben einem schwarzen Subaru. Sie stieg aus ihrem Auto und sah, wie eine Tür aufging und Blair Devlin heraustrat.

Er sah nicht aus wie ein Mann, der gerade noch eine Reitstunde gegeben hatte. Er trug eine helle Hose und eine tailliert geschneiderte Reiterjacke über einem cremefarbenen Polohemd. Sie zögerte einen Moment, weil sie erwartete, daß er zu ihr kommen würde, aber er hob nur grüßend eine Hand und lächelte.

Sie ging auf ihn zu und hoffte, daß die hohen Absätze auf den kleinen Steinen nicht umknickten. Sie sah, wie seinen grauen Augen sie musterten. Vor ihm blieb sie stehen. Sein Blick blieb ein paar Sekunden an ihrem Ausschnitt haften, dann schaute er ihr ins Gesicht. Er grinste.

»Sehr schön«, sagte er. »Ich sehe gern Frauen in hohen Absätzen.«

»Und du kommst gerade von einer Reitstunde, nicht wahr?« fragte sie.

»Nun, um ehrlich zu sein«, sagte er, »die Reitstunde wurde in letzter Minute abgesagt. Ich muß gestehen, daß es mir sehr recht war, denn jetzt können wir gleich zum Essen fahren. Und danach kehren wir hierhin zurück.«

»Immer sehr direkt, unser Blair Devlin.«

»Ich will nur mein Versprechen einhalten.«

Zu ihrer Überraschung fuhr er nicht in Richtung Alnwick, sondern zurück in das Dorf Shilden, wählte aber einen Weg, der nicht am Schloß vorbeiführte. Aus dem Autoradio klang leise Musik, und Blair gelang es geschickt, daß sie von sich erzählte. Tatsächlich wurde ihr erst beim Parken vor dem Pub des Dorfes bewußt, daß sie praktisch nichts über ihn wußte, während sie ihm fast alles von ihren ehrgeizigen Plänen erzählt hatte.

Der Pub war jenes Lokal, in dem Lorna so wenig freundlich empfangen worden war, erkannte Elise. Drinnen sah es gemütlich aus, die Wände aus Fachwerk, der große Raum durch stämmige Balken unterteilt, die Theke mit Messing verkleidet. Zwei Gäste standen dort. Der Wirt grüßte freundlich.

»Hallo, Mr. Devlin. Schön, Sie zu sehen.« Er spach den hiesigen Dialekt und wandte sich jetzt an Elise. »Und auch Ihre Freundin.«

»Das ist Elise, George«, stellte Blair vor. »Sie arbeitet auf Shilden Castle.« Georges Lachen schwand. Er schaute Blair an. »Elise kommt aus London«, fuhr Blair fort. »Sie gestaltet die Zimmer für Lannsen, das ist alles.«

Diese Erklärung schien George zu gefallen. Er hob ein Glas an und begann, es zu polieren. »Wie gewöhnlich, Mr. Devlin?« Als Blair nickte, schenkte George einen Whisky ein. »Und für Ihre Lady?«

»Ein Glas Weißwein, bitte«, sagte Elise.

George schenkte ihr ein. »Wie gefällt es Ihnen in Northumberland?« fragte er.

»Es ist wunderschön«, sagte Elise mit echter Begeisterung.

»So sehe ich das auch«, sagte George, »aber ich bin ja auch ein Einheimischer.«

»Wann können wir essen?« fragte Blair.

»In etwa einer halben Stunde«, antwortete George. »Margaret steckt noch in den Vorbereitungen.«

Blair führte Elise zu einem Ecktisch. »Ich hoffe, du machst nicht gerade eine Diät«, sagte er. »Margaret hält nichts von kleinen Portionen.«

Während sie dort saßen und erzählten, kehrten immer mehr Gäste in den Pub ein. Elise erkannte einen Mann, der als Gärtner auf Shilden arbeitete und bisher alle ihre Versuche einer freundlichen Unterhaltung abgewehrt hatte. Er konnte seine Überraschung nicht verhehlen, Elise im Pub zu sehen.

Blair hob grüßend eine Hand. »Hallo, Bill. Wie geht's deiner Hüfte?«

Der Gärtner schien einen Augenblick zu zögern, dann ging er auf sie zu. »Sie ist in Ordnung, Mr. Devlin«, antwortete er in seinem breiten Dialekt. Sein Blick huschte für einen Wimpernschlag zu Elise, bevor er zu Blair zurückkehrte.

»Bill hat sich eine Hüftprothese einsetzen lassen«, erklärte er seiner Begleiterin. »Seine Frau hat Jahre gebraucht, ehe sie ihn dazu überreden konnte. Er hatte Angst, ins Krankenhaus zu gehen.«

»Ich traue ihnen nicht über den Weg«, sagte Bill. »Man geht hinein und kommt mit den Füßen zuerst heraus.«

Blair lachte. »Du bist hineingehumpelt – und jetzt kannst du laufen wie ein Junger.«

»Es gibt immer wieder mal eine Ausnahme«, sagte Bill düster. »Ich hatte Glück, das ist alles.« Er winkte den beiden freundlich zu und stellte sich dann zu den anderen an die Theke.

»Ich habe seit Wochen versucht, mit dem Mann ein paar freundliche Worte zu wechseln«, sagte Elise. »Er hat mich völlig ignoriert.«

»Da hat er geglaubt, daß du zu Lannsen gehörst. Jetzt bist du bei mir.«

»Und das ist ein Unterschied?«

»Natürlich.«

»Warum?«

Blair lächelte. »Weil ich einer von hier bin.«

Aber sie wußte, daß mehr dahinterstecken mußte. Blair Devlin war in der Gegend sicherlich beliebt, man behandelte ihn mit Respekt. George und Bill waren beide deutlich älter, aber sie redeten ihn mit ›Mister‹ an. Alle anderen Gäste hatte George mit dem Vornamen angesprochen.

Als Margaret das Essen brachte – ein traditioneller Steakbraten, am offenen Feuer geröstet –, wiederholte sich das Muster. Sie begrüßte ›Mr. Devlin‹ überaus freundlich und bedachte auch Elise mit einem Lächeln, aber sie wußte, daß sie nur akzeptiert wurde, weil sie Blairs Begleiterin war. Es war ein eigenartiges Gefühl, fast so, als säße sie bei einem Mitglied der königlichen Familie.

Sie fragte sich, was Blair Devlin bewirkt hatte, um sich diese Behandlung zu verdienen. Offenbar war er recht wohlhabend. Das sah man schon an White Gates. Selbst wenn er das Geschäft mit einer Partnerin teilte, brauchte man viel Geld, um eine Reitschule zu etablieren, und es dauerte viele Jahre, ehe sich die Investition bezahlt machte. Vielleicht besaß er noch andere Geschäfte und stellte Arbeitsplätze für die Einheimischen? Das würde ihm natürlich Popularität bringen. Ob wohl jeder noch so respektvoll wäre, wenn er wüßte, was Mr. Devlin mit dem Rest des Abends anstellen wollte?

Sie schaute ihr Gegenüber an. Blair Devlin muß etwa so alt sein wie Max Lannsen, dachte sie, aber sein hageres, gebräuntes Gesicht zeigt Kraft und Entschlossenheit, ohne dieses Gefühl von Gefahr auszustrahlen, das sie bei Max empfand. Sie konnte sich Blair nicht als ruchlosen Geschäftsmann vorstellen. Dann gestand sie sich ein, daß sie ursprünglich auch Max Lannsen nicht in einer solchen Rolle gesehen hatte. Aber da sie nun genau wußte, was er mit Shilden Castle plante, hatte sich ihre Ansicht über ihn geändert.

Nach dem Essen schien Blair es nicht besonders eilig zu haben, nach Hause zu fahren. Als er endlich vorschlug, eine Spritztour durch die Gegend zu machen, glaubte Elise, daß alle Bewohner des Dorfes sie gesehen haben mußten. Vielleicht war das auch seine Absicht, ging es ihr durch den Kopf, als sie über den Parkplatz zu seinem Auto schritten. Er wollte, daß sie mit ihm gesehen wurde, damit man sie im Dorf eher akzeptierte.

»Bist du schon mal auf dem ›Hügel der Gerechten‹ gewesen?« fragte er, während sie sich anschnallte.

»Nein. Ich bin sehr beschäftigt, deshalb habe ich bisher so gut wie gar nichts von der Landschaft gesehen.«

»Er ist ein Sklaventreiber, was?« Blair startete den Motor.

»Max Lannsen?« Sie wußte genau, wen sie meinte. »Ich sehe ihn nicht oft. Ich arbeite zur Zeit mit einer Frau namens Petra Altham zusammen.«

»Und ihr holt euch beide die Anweisungen bei Lannsen ab?«

»Wir holen uns auch unser Gehalt bei ihm ab«, hielt sie dagegen.

Wobei sie inzwischen zweifelte, ob das zutraf. Ob es Lannsens Geld war, das sie am Monatsende auf ihrem Konto hatte. Lorna hatte von anderen Investoren gesprochen, die an der Umgestaltung des Schlosses beteiligt waren.

Blair war eine Weile schweigend gefahren, aber jetzt fragte er, als ob er ihre Gedanken lesen könnte: »Ist es wirklich Lannsens Geld, mit dem er Shilden renoviert?« Er bog von der Straße ab und nahm eine schmale Abzweigung.

»Ich weiß es nicht«, sagte Elise. »Ihm gehört Shilden. Ich glaube, daß andere Leute noch mit dem Projekt zu tun haben. Warum bist du so interessiert?«

»Das Schloß gehört zur Gegend«, sagte Blair, »Shilden ist immer Teil unseres Lebens gewesen. Wir sind besorgt über das, was dort geschieht.«

»Was soll schon dort geschehen?« fragte Elise. »Man kann nur sagen, daß Max Lannsen das Gebäude auf Vordermann bringt. Die Renovierung hat bisher schon eine Menge Geld verschluckt.«

Blair parkte das Auto und schaltete den Motor aus. »So kann man es auch sehen«, sagte er nachdenklich. Dann wechselte seine Stimmlage, und fröhlich rief er ihr zu: »Komm, ich zeige dir eine unserer landschaftlichen Schönheiten.«

Elise schaute aus dem Fenster und sah einen steilen

Weg, der sich unter den Bäumen schlängelte. »Du erwartest doch nicht, daß ich dort hinaufgehe, oder?«

»Warum denn nicht?« fragte er grinsend. »Du bist eine gesunde junge Frau.«

»Du scheinst vergessen zu haben, daß meine Schuhe nicht zum Bergsteigen geeignet sind.«

»Das habe ich nicht vergessen. Zieh sie aus. Im Kofferraum habe ich ein Paar Turnschuhe für dich.«

Als er mit den Turnschuhen an die Beifahrertür trat, hatte sie ihre Beine schon aus dem Wageninneren geschwungen. »Du bist immer auf alles vorbereitet, was?« sagte sie, und die Überraschung war ihrer Stimme anzuhören.

»Fünf Jahre bei den Pfadfindern haben ihre Spuren hinterlassen«, erklärte er mit ernstem Gesicht. Sein Blick wanderte von ihrem Gesicht zu den Knien. »Und zieh die Strümpfe aus. Zu schade, wenn sie Laufmaschen bekämen.«

Sie zog den Rock bis zu den schwarzen Strapsen hoch. »Schau nicht hin«, schalt sie ihn.

»Ich habe mehr vor, als nur zu schauen«, sagte er. »Aber später erst.«

Unter seinen neugierigen Blicken rollte sie einen Strumpf langsam hinunter. Als sie das Knie anwinkelte, wechselte er seine Position, um weiter zwischen ihre Beine schauen zu können, aber sie zog den Strumpf mit einer raschen Bewegung vom Fuß und warf ihn über ihre Schulter. Er verharrte auf seinem Platz und wartete darauf, daß sich die Prozedur wiederholte.

Sie ließ sich Zeit. Diese zahme Version eines Striptease machte ihr Spaß. Wieder streckte sie das Bein. Sie wußte, daß sie wohlgeformte Beine hatte, und sie hatte sich noch nie gescheut, sie herzuzeigen, aber diesmal hielt sie die Schenkel fest zusammengepreßt und verweigerte ihm den Einblick, den er sich offenbar erhofft hatte. Sie zog die Turnschuhe an, stand auf und glättete den Rock.

»Spielverderber«, sagte er.

»Vorwitznase«, gab sie zurück.

Sie folgte ihm auf dem schmalen, sich windenden Pfad hinauf zum höchsten Punkt des Hügels. Oben wuchsen keine Bäume mehr, so daß man einen atemberaubenden Blick über die Felder hatte. Die Sonne neigte sich dem Horizont entgegen und tauchte die gesamte Landschaft in ein sanftes rötliches Gold.

»Es ist wunderschön«, sagte Elise.

»Ein typisches Bild der Landschaft von Northumberland«, sagte Blair mit Stolz in der Stimme.

»Kennt man den Grund, warum man ihn den ›Hügel der Gerechten‹ nennt?« fragte sie.

»Früher, so erzählt man sich, sind die Dorfbewohner hier heraufgekommen, um ihre Streitigkeiten beizulegen«, sagte Blair. »Die ›Gerechten‹ werden die Schiedsmänner oder Richter gewesen sein, nehme ich an.«

»Und wer waren die ›Gerechten‹? Wahrscheinlich die jeweiligen Herren von Shilden, was?«

Blair hob eine Augenbraue. »Du hast die Geschichte schon mal gehört?«

»Ich habe einiges gehört«, sagte sie. »Der Besitzer von Shilden Castle ist auch der Herr des Dorfes, ja?«

»Nicht genau«, sagte Blair. »Bisher hat immer ein direkter Nachkomme des Herrn von Shilden das Schloß geerbt, und wenn kein direkter Nachkomme da war, hat er ein Mitglied der Familie benannt, der das Schloß erben würde. Dieses Mal war alles ganz anders. Der alte Herr von Shilden ist überraschend gestorben, und niemand hat ein Testament gefunden. Lannsen hat das Schloß dann übernommen, aber die Dorfbewohner werden ihn nie als Herrn von Shilden akzeptieren, auch wenn er ihnen durch sein Projekt ein paar Arbeitsplätze bietet.«

»Ich glaube gar nicht, daß er Wert auf diesen Titel legt«, sagte Elise.

»Das spielt keine Rolle.«

Plötzlich kam ein kalter Wind auf, und die Sonne verschwand hinter den ersten Nachtwolken. Elise schüttelte sich.

»Zurück zum Auto«, sagte Blair. »Wenn du deine Strümpfe wieder anziehst, wird dir gleich wärmer.«

Sie hatten bald wieder die Baumgrenze erreicht. Im Gehen brach Blair einen dünnen Zweig ab, bog ihn zwischen den Händen und klopfte leicht gegen sein Bein.

»Vermißt du deine Peitsche?« fragte Elise.

Er sah sie grinsend an. »Ich kann gut improvisieren.« Er blieb stehen und legte den ausgestreckten Zeigefinger unter ihr Kinn, zwang sie, ihn anzuschauen. »Das habe ich auch bei den Pfadfindern gelernt.«

Mit der Spitze der dünnen Gerte fuhr er ihren Hals entlang, dann über die Wölbung ihrer Brüste. Er schob die Spitze in den Ausschnitt hinein, suchte ihre Brustwarzen. Es war eine ganz leichte Berührung, die sie wegen der verstärkten Körbchen kaum spürte. Es war eine quälende Berührung, weil sie versprach, aber nichts bewirkte.

Blair trat näher an sie heran. Er hielt die Gerte unter ihre Brüste und hob sie leicht an. Seine Daumen strichen über die Nippel und rieben sie, bis er spürte, daß sie sich aufrichteten, als hätte er sie geweckt. Noch während er sie weiterstreichelte, beugte er sich zu ihr und küßte sie.

Sie öffnete den Mund und empfing seine forschende Zunge. Der Kuß wurde immer länger, immer hitziger, und er mühte sich, mit einer Hand in ihren Ausschnitt zu fassen und ihre Brüste zu berühren. Das Top gab leicht nach, aber der BH war so starr, daß er ihn nicht öffnen oder hinaufschieben konnte.

»Mach das verdammte Ding auf«, murmelte er.

»Du wolltest, daß ich einen schwarzen BH anziehe«, murmelte sie dagegen und knabberte an seinem Ohrläppchen.

»Das ist kein BH, das ist eine Rüstung.«

Sie lachte glucksend und langte hinter sich, um die Haken zu öffnen. Als er spürte, daß die Träger sich lockerten, schob Blair mit einer Hand ihre Jacke wieder über die Schultern, während er mit der anderen ihre Brüste aus den Körbchen hob.

»Das ist viel besser.« Er trat einen halben Schritt zurück, um sie ansehen zu können. Die Spitze der Gerte berührte abwechselnd ihre Brustwarzen. Sie schüttelte sich, aber diesmal vor Erregung. Ihr ganzer Körper verlangte nach ihm. »Ich hoffe, daß der Rest deiner Kleidung einfacher zu entfernen ist.«

Im nächsten Augenblick bückte er sich und erforschte ihre entblößte Haut mit Mund und Zunge, bis er die gehärteten Knospen ihrer Brüste erreichte und sie sanft zwischen seine Zähne nahm. Er zupfte daran, und ihre Erregung steigert sich noch.

Trotzdem sagte sie: »Autsch! Das haben sie dir bei den Pfadfindern aber nicht beigebracht!«

Er schaute zu ihr hoch und grinste. »Auf einigen Gebieten haben sie die Erziehung sträflich vernachlässigt«, stimmte er zu. Seine Augen bewunderten sie. »Aber man hat uns beigebracht, daß man sein Wort halten muß, und ich habe dir versprochen, dich zurück zum Auto zu bringen. Komm.«

Im Wagen griff Blair nach ihren Strümpfen. »Streck deine Beine aus«, wies er sie an. Er streifte einen Strumpf über den Fuß und brachte ihn mit einer flüssigen Bewegung bis zum Knie. »Heb den Rock.« Sie gehorchte. Er schob den Strumpf höher, bis er aufgerollt war. Er überraschte sie, als er ohne Mühe den gestärkten Saum an den Strapsen befestigte.

»Das hast du aber bestimmt nicht das erste Mal getan«, bemerkte sie.

»Ich nehme jede Möglichkeit wahr, die sich mir bietet«, gestand er. »Aber so oft ergibt es sich nicht, leider.«

Beim zweiten Strumpf zeigte er gleiche Geschicklichkeit, aber diesmal verweilte seine Hand auf ihrem Oberschenkel. Seine Finger tasteten vor, bis sie das Höschen erreicht hatten. Sie spürte, wie er suchte und forschte, und sie wußte, daß die feuchte Wärme zwischen ihren Schenkeln ihm sagen würden, was er wissen wollte. Sie hatte recht. Er glitt mit einer Hand unter ihren Po und zog sie näher zu sich. Seine Lippen berührten ihr Ohr.

»Gefällt es dir?«

»Ja, danke, Sir.«

»Am liebsten möchte ich dein Höschen abstreifen und dich nach allen Regeln der Kunst verwöhnen«, sagte er. »Aber in einem Auto ist es verdammt ungemütlich. Also, fahren wir nach Hause.«

Sie langte zu seinem Schoß und schloß ihre Finger um die Wölbung, die sie dort vorfand. »Glaubst du, daß du das bis zu Hause retten kannst?« Sie fuhr fort, ihn zu massieren, und verstärkte den Druck ihrer Finger.

»Nicht, wenn du so weitermachst.«

Sie zog ihre Hand zurück. »Also gut. Konzentriere dich auf die Straße.

Es war dunkel, als sie White Gates erreichten. Ein Pferd wieherte leise. Elise meinte, eine Eule rufen zu hören.

Sie betraten das langgestreckte Haus, und Blair schaltete das Licht im Flur ein.

»Wohnst du hier allein?« fragte Elise.

»So will ich es.«

»Du willst damit sagen, daß ein Dutzend Frauen nur darauf wartet, dir Gesellschaft zu leisten?«

»Ich will damit sagen, daß ich nicht der Mann zum Heiraten bin«, sagte er. Er trat näher an sie heran, legte einen Arm um ihre Taille.

»Aber das hast du schon vorher gewußt, nicht wahr?«

»Ich habe er vermutet.«

Sie folgte ihm ins Wohnzimmer. Alte, zum Kuscheln einladende Sessel und ein langes Sofa standen da. Es gab mehrere Tische mit Stühlen, und auf einem Tisch in der

Ecke lag ein Stapel mit Reiterzeitschriften. Über dem großen offenen Kamin hing ein Gemälde, auf dem eine Frau ein schweres Pferd über ein Hindernis ritt. Auf Regalen standen eingerahmte Fotos von Pferden, und ein Tisch war gefüllt mit Fotos von Blair Devlin, wie er Pokale und Siegerschleifen empfing. Unwillkürlich verglich Elise die Gemütlichkeit dieses Zimmers mit der sterilen Perfektion von Ralphs Wohnung.

Blair schenkte ihr einen Drink ein. Er ist sexy, und er ist ehrlich, dachte sie. Er kann keinen Hintergedanken haben, wenn er mit mir eine Affäre beginnt – was sollte er schon sonst von mir wollen? Jedenfalls erhofft er sich keinen Vertrag als Model von mir. Dabei würde er sich großartig dafür eignen – mehr als Ralph. Er ist männlicher. Ralph glaubte immer, daß er großartig aussah mit seinen sorgsam antrainierten Muskeln, aber Blair Devlin strahlte die lässige Härte aus, die man wahrscheinlich erwirbt, wenn man körperliche Arbeit im Freien verrichtet. Obwohl sie nichts von der Jagd hielt, stellte sie ihn sich in Jagdkleidung vor – helle Breeches, glänzende polierte Stiefel und ein dunkles Jackett, dazu eine geflochtene Peitsche. Er würde die Kleider mit natürlicher Leichtigkeit tragen, weil sie ihm vertraut waren. Ralph konnte am Stalltor in elegantem Outfit neben einem Pferd posieren, aber er würde immer wie ein Model aussehen, das einen Reiter darstellen sollte.

Warum denke ich eigentlich immer an Ralph? Er denkt bestimmt nicht an mich. Er ist viel zu sehr damit beschäftigt, sich von seiner dominanten Schlampe den Hintern versohlen zu lassen. Bei diesem Gedanken mußte sie lachen.

»Was ist denn so lustig?« fragte Devlin und reichte ihr ein Glas Wein.

»Ich mußte gerade an meinen früheren Freund denken.«

»Und er war lustig?«

»Er war ein Schuft. Nein, ich mußte an ihn und seine Freundin denken.«

»Die nach dir?«

»Nein, er hatte uns gleichzeitig.«

»Gleichzeitig?« Devlin sah sie überrascht an. Und interessiert. »Wirklich gleichzeitig oder eine nach der anderen?«

»Nicht zusammen«, sagte sie. »Und daß er neben mir noch eine hatte, wußte ich nicht.« Sie berichtete kurz von ihrem Erlebnis und gab vor, daß sie es eher amüsant als niederschmetternd fand. »Es war ein ungewöhnliches Ende einer kurzen Affäre«, sagte sie gewollt locker.

»Bis du deshalb nach Shilden gekommen?« fragte Devlin. »Gibt es zu viele Erinnerungen in London, die du abschütteln willst?«

»Ich brauchte Tapetenwechsel.«

»London hat etwas verloren, ich habe etwas gewonnen.« Er lächelte und sah sie über den Weinglasrand spekulierend an.

»Würdest du je bei einem Dreier mitmachen?«

»Ich – und zwei Männer?« fragte sie. »Nun ja, könnte schon sein.«

»Ich habe eher an mich und zwei Frauen gedacht«, sagte er grinsend.

»Und du glaubst, du könntest uns beide schaffen?«

»Ich weiß, daß ich es kann.«

»Hast du es schon mal getan?«

Er lachte. »Nein, noch nicht.«

Sie stellte ihr Weinglas ab. »Zuerst möchte ich mich davon überzeugen, wie du mit einer Frau zurechtkommst.«

Er trank seinen Whisky aus, ging auf sie zu und streckte eine Hand aus. »Dann steh auf«, sagte er. Sie ließ sich hochziehen. »Schreite im Zimmer herum«, wies er sie an. Er trat hinter sie und setzte sich in ihren Sessel. »Geh im Zimmer herum und zieh dabei deine Jacke aus.«

Sie schritt langsam, knöpfte die Jacke auf und ließ sie auf den Boden fallen.

»Ein bißchen unordentlich«, kommentierte er. »Aber darauf kommt es jetzt nicht an. Jetzt der Rock.«

Sie zog den Reißverschluß auf und schob den Rock langsam über die Hüften. Er fiel auf ihre Schuhe.

»Ich bin beeindruckt«, sagte er bewundernd. »Du hast einen großartigen Hintern, weißt du das? Und großartige Beine. Und du bewegst dich elegant. Zieh jetzt das Top aus.«

Sie blieb stehen und begann, das Seiden-Top über den Kopf zu ziehen.

»Aber du mußt dabei weitergehen«, tadelte er.

Als sie das Top über den Kopf streifte, lösten sich ihre Haare. Sie schüttelte den Kopf ein paarmal, bis sie locker hinabfielen. Sie langte zu den Trägern des Büstenhalters, schob sie über die Schultern, öffnete den Haken auf dem Rücken, löste die Körbchen und warf das unbequeme Kleidungsstück über die Schulter. Sie drehte eine Pirouette vor ihm und lächelte. Ihre Brüste bedeckte sie mit beiden Händen.

»Komm her«, sagte er.

»Wieviel bietest du für einen kurzen Blick?« neckte sie ihn.

»Ich habe deine Brüste schon gesehen, erinnerst du dich?« fragte er. »Ich habe deine Nippel schon geschmeckt. Jetzt will ich sehen, ob du eine echte Rothaarige bist.«

Sie stellte sich gespreizt über seine Schenkel. Er zog das schwarze Spitzenhöschen zur Seite und enthüllte krauses, rotgoldenes Haar.

»Zufrieden?« fragte sie.

»Noch nicht«, sagte er.

Er legte einen Finger längs über ihre Spalte, nahm den Daumen zu Hilfe und öffnete sie ein wenig, ehe er mit dem Daumenballen über die erigierte Klitoris rieb. Ihr Atem beschleunigte sich, und sie ruckte die Hüfte vor und zurück. Jetzt drang ein Finger tastend ein, auch wenn der Stoff des Höschens ihn behinderte, so gelang es ihm doch, die reibenden Bewegungen des Daumens beizubehalten. Sie stöhnte leise auf und schmiegte sich an ihn. Er stieß härter in sie hinein, und ihr Stöhnen wurde lauter.

Ihre Beine gaben nach, sie konnte sich nicht mehr halten, und plötzlich saß sie breitbeinig auf seinen Schenkeln. Ihre Nippel waren seinem Mund nahe. Er fuhr mit der Zunge darüber, erst der eine, dann der andere. Er kitzelte die härter werdenden Knospen mit der Zungenspitze, dann lehnte er sich zurück, um besser beobachten zu können, wie sie sich steil aufrichteten.

»Wunderschön«, murmelte er. »Es ist herrlich zu sehen, wie eine Frau erregt wird.« Wieder fuhr er mit der Zunge über die Brustwarzen. »Wie fühlt sich das an?«

»Guuut ...«

»Nur gut?« fragte er. Seine Zunge hinterließ eine feuchte Spur um jede Brustwarze, dann umschloß er sie sanft mit den Lippen und saugte sie tief in seinen Mund. Das kam so unerwartet, daß sie einen kleinen Überraschungsschrei ausstieß.

»Nur gut?« wiederholte er. Er schob die Finger langsam und tief hinein.

Sie spürte, daß ihr Körper vor Verlangen zu zittern begann.

»Und wie ist das?« Seine Zunge leckte über die Brustwarzen, ehe er sie tief in den Mund einzog.

Sie konnte sich nicht richtig auf seine Frage konzentrieren – und später wurde ihr bewußt, daß sie gar nicht wußte, was sie geantwortet hatte. Was er mit ihr anstellte, war gut – alles war gut, solange er nicht aufhörte!

Sein Daumen verstärkte den Druck auf den Kitzler. Plötzlich zog er seine Hand zurück und griff ihren Slip. »Rutsch zurück«, sagte er.

Sie stellte sich hin, und im nächsten Moment hatte er ihr

das Spitzenhöschen bis zu den Knien gezogen, dann lag es auf dem Boden. Bevor sie wußte, was geschah, kniete er vor ihr. Ihr Geschlecht war geschwollen und feucht. Die Wärme seines Mundes und die eindringende Zunge brachten sie fast sofort zu einem wilden, ungestümen Höhepunkt. Ihre Hüften zuckten, und als ihr ganzer Körper von der Welle der Lust erfaßt wurde, stieß sie einen langgezogenen Schrei aus.

Ihr Herz schlug wie verrückt, ihre Beine gaben nach, und langsam ließ sie sich auf den Boden nieder. Durch halbgeschlossene Lider sah sie, daß Devlin sie beobachtete.

Er ließ ihr ein paar Minuten Zeit, um wieder zu Atem zu kommen, dann half er ihr auf die Beine und arrangierte ihre Körper in die umgekehrte Stellung.

Sie zog den Reißverschluß seiner Hose auf und befreite seine beeindruckende Erektion. Sie fühlte sich so hart an, daß sie glaubte, er würde im nächsten Moment zum Orgasmus kommen. Aber obwohl er im Sessel herumrutschte und stöhnte und keuchte, besonders, als sie mit einer Hand die Hoden umfaßte und leicht drückte und mit der anderen Hand den Schaft auf und ab rieb, behielt er seine Beherrschung und der Stab seine Härte.

Blair langte nach ihr, half ihr hoch und setzte sie breitbeinig auf seine Knie. Aufgeregt schaute sie hinab und sah, wie sein Penis in ihrer Vulva verschwand.

»Mach jetzt, daß es mir kommt«, raunte er heiser.

Sie lächelte und spannte ihre vaginalen Muskeln an, die sich wie Schlingen um seinen Stab legten. Es war, als saugten ihre Muskeln den einen männlichen Muskel noch tiefer in sich hinein.

»Ja, das ist es«, murmelte er.

Er stieß in sie hinein und ruckte vor und zurück. Er behielt den Rhythmus eine Weile bei und hatte die Augen geschlossen. Zuerst waren die Bewegungen kontrolliert, aber bald schon spürte Elise, daß sie hastiger ausgeführt wurden, daß ein Beben seinen Körper durchlief, das bald in einem gewaltigen orgastischen Zucken enden würde.

Sie hoffte, daß sie den Höhepunkt gemeinsam erlebten, deshalb warf sie sich seinen Stößen entgegen. Sie spürte, wie sich seine Finger tief in ihre Haut gruben. Den kleinen Schmerz nahm sie kaum wahr, weil sie sich auf den Ausdruck in seinem Gesicht konzentrierte, auf die Gewalt seiner Bewegungen, für sie Beweise der Intensität seiner Lust.

Sein Orgasmus überfiel ihn von einer Sekunde zur nächsten. Er wand sich unter ihr so heftig, daß sie befürchtete, auf den Boden geschleudert zu werden, deshalb klammerte sie sich an ihm fest. Nach ein paar Augenblicken hatte sich sein Körper wieder beruhigt. Er stieß einen langen Seufzer aus.

Ihr eigener Orgasmus war diesmal schwächer gewesen, aber sie war dennoch glücklich.

»Mädchen«, sagte er, »das war gut.«

Sie lagen eine Weile dicht beieinander, dann sagte Blair: »Während du dich frisch machst, braue ich uns einen Kaffee. Oder möchtest du lieber was Kräftigeres?«

»Kaffee ist genau richtig.«

Er zeigte ihr das Badezimmer. Sie stellte sich rasch unter die Dusche, und nachdem sie sich trockengerubbelt hatte, entschied sie, den BH in ihre Tasche zu stecken – da war das unbequeme Ding besser aufgehoben als an ihrem Busen. Sie puderte sich mit Blairs Talkum, das einen angenehmen männlichen Duft hatte. Im Badezimmer sah sie keine Anzeichen dafür, daß es auch von einer Frau benutzt wurde.

Im Wohnzimmer roch sie schon den Kaffee, und kaum hatte sie sich gesetzt, brachte Blair ein Tablett herein. Der Kaffee schmeckte ausgezeichnet, und das sagte sie ihm.

»Ein weiteres meiner Talente«, sagte er in aller Bescheidenheit. »Und ein schlechter Koch bin ich auch nicht. Das werde ich dir eines Tages noch beweisen.«

»Gibt es überhaupt etwas, was du nicht gut kannst?« fragte sie neckend.

»Im Augenblick fällt mir nichts ein«, sagte er grinsend. »Lehren, kochen, Kaffee kochen, Liebe machen. Ich bin in all diesen Dingen gut.«

»Nun, was das Lehren angeht, habe ich ausgiebig Gelegenheit, diese Fähigkeit zu testen«, antwortete sie lachend.«

Blair reagierte kühl. »Hat dein Ex-Freund dich jemals festgebunden? Oder auch mit der Peitsche behandelt?«

»Nein. Er stand nur darauf, das Opfer zu sein.«

»Aber du hättest nichts gegen einen Rollentausch gehabt?« Er griff wieder in ihren Ausschnitt und massierte ihre Brüste. »Es würde dir gefallen, nicht wahr?« murmelte er. »Du würdest es genießen, wenn ich dich entblöße, übers Knie lege und dir den Hintern versohle. Bis die Haut ein bißchen brennt. Und du beginnst, dich zu wehren.«

»Hast du es so auch mit Penny gemacht?« fragte sie ihn und sah ihn herausfordernd an.

Er lachte. »Penny ist ein liebes Mädchen. Ein sehr liebes Mädchen. Aber ich habe nie eine Affäre mit ihr gehabt. Sie ist nicht mein Typ. Ich mag Frauen mit weiblichen Kurven. Penny ist wie ein Junge gebaut.«

»Ich habe gehört, daß sie behauptet hat, du hättest sie mit der Peitsche erregt«, sagte Elise. »Nicht, daß sie sich darüber beschwert hätte – im Gegenteil. Und sie hat auch gesagt, daß sie anschließend die Peitsche genommen hat, um dich damit anzutörnen.«

Er grinste. »Was für eine Phantasie sie hat. Also, ich muß sagen, daß ein solches Konzept durchaus reizvoll sein kann – mit der richtigen Frau.« Plötzlich stand er auf und stellte auch Elise auf die Füße. Seine Hände umschlossen ihre Taille und rutschten abwärts. »Mit einer Frau wie dir.«

Er zog sie an sich und küßte sie. Seine Finger hoben

ihren Rock, bis er um ihre Hüften lag und der Po entblößt war. Die Hände glitten unter das Spitzenhöschen und packten und massierten die vollen Backen.

Sie konnte die Wärme seines Körpers spüren, und dann auch die Bewegung seines Penis, der anschwoll und hart wurde. Sie langte nach unten. Ihre Finger fuhren die Linie seines Gliedes nach, das von den Hosen hart gegen seinen Bauch gedrückt wurde.

»Warum versuchen wir es nicht?« murmelte er heiser. »Du bist schon halb nackt. Du hast den BH nicht wieder angezogen, und der Slip liegt in einer Sekunde auf dem Boden. Du willst doch, daß ich es dir besorge, oder? Gib es zu!«

»Wovon reden wir eigentlich?« raunte sie und zog den Reißverschluß seiner Hose auf. Ihre Hand glitt in die Öffnung hinein, und sie spürte, wie er sich gegen den dünnen Stoff der Unterhose wölbte. »Du wolltest mich ausziehen und übers Knie legen«, sagte sie, während sie eine Hand unter sein Geschlecht legte und es aus dem Gefängnis des engen Stoffs befreite.

Plötzlich glitt sie an ihm hinunter und nahm ihn rasch in ihrem Mund auf.

»Nein«, protestierte er röchelnd. »Warte ...«

Aber sie hörte nicht und fuhr fort, Lippen und Zunge einzusetzen, um ihn zu einem unerwarteten Orgasmus zu bringen. Er schrie, bis die Zuckungen seines Körpers abgeebbt waren. Er hielt ihren Kopf und fuhr mit den Fingern durch ihre Haare, hob ihr Gesicht und schaute sie liebevoll an.

»Was ist mit deiner berühmten Selbstbeherrschung?« fragte sie lächelnd.

»Du bist ein Luder«, sagte er. »Du hast das absichtlich gemacht. Du hast gar nicht gewollt, daß du meine Hand oder gar die Peitsche spürst. Du hast mich nur anmachen wollen.«

»Und es ist mir gelungen«, sagte sie voller Stolz, und

ihre Augen blitzten. »Jetzt sind wir quitt. Aber ich freue mich schon auf eine neue Liebesnacht mit dir.«

»Abgemacht«, sagte er. »Ich werde es nicht vergessen.«

Sie küßte ihn weich auf die Lippen. »Ich werde dich sonst daran erinnern.«

Später, als sie zurück nach Shilden fuhr, dachte Elise: Ich könnte mich an ihn gewöhnen. Ich könnte mich sogar in ihn verlieben. Sie bog in die Schloßzufahrt ein und sah, wie sich das dunkle Viereck vor ihr in der Nacht auftürmte. Er jedenfalls sieht in mir die Vollblutfrau, dachte sie, als sie ihr Auto abstellte.

Im Westturm glomm gelbes Licht hinter einem Fenster. Sie wußte, daß Max Lannsens Büro dahinter lag. Er arbeitete bis in die Nacht hinein. Sie versuchte, ihn sich an seinem Schreibtisch vorzustellen. Nur die Arbeit und kein Vergnügen. Hatte er überhaupt ein Laster? Eine Freizeitbeschäftigung? Wie würde er mit einer Frau umgehen? wie oft würde er an einem Abend zum Höhepunkt kommen – mit der richtigen Frau natürlich?

Oh, verdammt, schalt sie sich selbst, als sie das Auto abschloß und zum hinteren Eingang schritt, du bist noch schlimmer als Lorna! Du hast gerade eine Beziehung begonnen, die eine Menge Spaß verspricht. Sei dankbar dafür. Max Lannsen interessiert dich überhaupt nicht!

Aber die nächsten Tage schien alles darauf hinzudeuten, daß sie sich geirrt hatte.

Am anderen Morgen klingelte das Telefon, und noch bevor sie den Hörer abnahm, erwartete sie, Petra Althams Stimme zu hören. Es war Max Lannsen.

»Bitte, kommen Sie zu mir in den Ostflügel, Miss St. John. Bringen Sie Ihre Unterlagen mit. Sie werden sich einige Maße notieren müssen.«

Trotz der kühlen Sachlichkeit in seiner Stimme spürte Elise, wie ihr Herz schneller schlug. Sie wünschte, sie würde jetzt den Rock des schlanken Sellick's-Kostüms und Nahtstrümpfe tragen statt des weiten Kaftans. Im nächsten Augenblick schalt sie sich eine Närrin. Was für einen Unterschied sollte das schon machen? Du könntest Fransen auf deinen Brüsten tragen und ein G-String, und Max Lannsen würde es gar nicht bemerken.

Auf dem Weg in den Ostflügel kam sie an einer der einheimischen Putzfrauen vorbei, die sie bisher alle ignoriert hatten. Aber diesmal nickte die Frau freundlich. Überrascht grüßte Elise zurück. Was war geschehen? fragte sie sich. Ob sich ihr Treffen mit Blair Devlin schon herumgesprochen hatte? Aber woher sollte diese Frau davon erfahren haben? Ihr Mann wird im Pub gewesen sein, antwortete sie sich selbst. Wenn das wirklich der Grund für die plötzliche Freundlichkeit war, wußte Elise nicht, ob sie erfreut oder wütend darüber sein sollte. Es wäre ihr lieber gewesen, wenn man sie um ihrer selbst willen akzeptierte, und nicht, weil sie Blairs Freundin war.

Sie schloß die Tür zum Ostflügel auf und ging die Treppe hoch. Max Lannsen stand am Ende des breiten Korridors, aber im ersten Moment erkannte Elise ihn nicht. Er trug verblichene Jeans, ein weißes Hemd, dessen Ärmel hochgerollt waren, und helle Turnschuhe. Sein volles schwarzes Haar glänzte im Sonnenlicht. Er sah kräftig und entspannt aus. Er sah ihr entgegen, zeigte aber kein Lächeln.

»Ich möchte, daß Sie mit mir ins oberste Stockwerk gehen«, sagte er. »Es kann sein, daß wir die Räume renovieren müssen.«

»Das geheimnisvolle oberste Stockwerk?« fragte Elise. »Ich bin seit langem gespannt, was ich dort sehen werde.«

»Da gibt es nichts Geheimnisvolles«, sagte er mürrisch, wandte sich ab und schritt hastig davon. Offenbar erwartete er, daß sie ihm folgte.

»Was ist mit Petra Altham?« fragte sie.

Er blieb stehen und drehte sich um. »Was soll mit ihr sein?« fragte er irritiert.

»Wäre es nicht besser, wenn wir sie bei Änderungsplänen gleich von Anfang an mit einbeziehen?« fragte Elise. »Damit würden wir uns ersparen, daß sie später alle meine Ideen auseinanderrupft und wir von vorne beginnen müssen.«

Sie sah, daß es um seine Mundwinkel ganz kurz zuckte, aber wenn es der Beginn eines Lächelns hätte werden sollen, dann unterdrückte er es. »Sie hat Ihre Ideen nicht auseinandergerupft«, widersprach er. »Und dies hier hat nichts mit Miss Altham zu tun. Aus den Räumen soll eine Reihe von Suiten für unsere Investoren entstehen, wenn sie Shilden Castle besuchen und ein paar Tage bleiben wollen.«

Am letzten Treppenaufsatz befand sich eine Tür, die mit einem Vorhängeschloß zusätzlich gesichert war. Lannsen schloß auf und ging hinein. Elise folgte ihm.

Das erste, was sie überraschte, war die Tatsache, daß der Korridor mit Teppichen ausgelegt war. Und dann sah sie gerahmte Fotografien an den Wänden hängen. Im Vorbeigehen schaute sie sich ein Foto an. Eine Gruppe von Männern in Kappen und weißen Kricketpullovern starrte sie ernst an. Unter dem Bild stand in geschwungenen Buchstaben: *Shilden Cricket Team 1932*. Lannsen hatte den Korridor schon halb durchschritten, und Elise lief, um ihn einzuholen.

»Wohnt hier oben noch jemand?« fragte sie.

»Nicht mehr«, sagte er knapp und drückte eine Tür auf. Sie folgte ihm in ein Zimmer voller altmodischer, verstaubter Möbel. Ein Sofa mit abgewetztem, speckig aussehendem Leder und einigen dicken Kissen. Ein Bücherschrank mit Glastüren. Ein uralter Plattenspieler. Ein offener Kamin mit dem dazugehörigen Besteck aus schwerem Messing. Auf einem kleinen Tisch befanden sich ein tiefer Aschenbecher und ein Pfeifenständer.

Trotz des alten Mobiliars und der vergilbten Tapete verströmte das Zimmer eine angenehme Wohngemütlichkeit. Elise wäre nicht überrascht gewesen, wenn ein älterer, freundlicher Mann hereingeschlurft wäre und sie zum Tee eingeladen hätte.

»Hier wohnte Bennett früher«, sagte Lannsen.

»Bennett?«

»Der frühere Besitzer«, erklärte Lannsen. »Der, den sie ›Herrn von Shilden‹ genannt haben.« Er trat ans Fenster. »Ich wollte dieses Stockwerk eigentlich nicht verändern«, sagte er leise, »aber dann hat man mir gesagt, daß ich die Suiten einrichten soll.« Er schaute hinaus. »Für Einheimische wird das ein weiterer Grund sein, mich zu hassen.«

»Oh, ich kann mir nicht vorstellen, daß man Sie haßt«, log sie.

»Spielen Sie sich nicht als Gönnerin auf, Miss St. John«, sagte er kühl. »Sie hassen mich. Shilden Castle war eine zerfallende Bruchbude, als ich es übernommen habe. Seit Jahrzehnten hatte Bennett keinen Penny mehr reingesteckt. Eigentlich sollten die Einheimischen dankbar sein, daß ich die Reparaturen habe durchführen lassen, sonst hätten sie bald kein Schloß mehr gehabt. Und außerdem habe ich einigen von ihnen über mehrere Monate Arbeit gegeben.«

»Vielleicht ist das die Antwort«, sagte Elise. »Sie haben nur vorübergehend Arbeit gefunden. Vielleicht könnten Sie später mehr Leute aus der Umgebung einstellen.«

Er bedachte sie mit einem dumpfen Lächeln, das seine Augen nicht einbezog. »Und als was, bitte?« fragte er.

»Nun, als Hotelangestellte …«

Das Lächeln blieb in seinem Gesicht. Das ist doch schon ein kleiner Fortschritt, dachte sie.

»Miss St. John, können Sie sich vorstellen, daß Einheimische und die Art Gäste, die wir erwarten, auf irgendeine Weise zusammenpassen?« Er starrte sie an. »So naiv können Sie unmöglich sein.«

»Nein«, gab sie zu. »Werden denn alle Ihre Angestellten von auswärts kommen?«

»Das nehme ich an«, sagte er und hob die Schultern. »Das ist nicht mein Problem.« Er drehte sich um und steckte die Hände tief in die Hosentaschen. Die Geste ließ ihn fast jungenhaft erscheinen, und außerdem, dachte Elise schuldbewußt, spannt der dünne verblichene Stoff der Jeans jetzt über seinen knackigen Hintern.

»Was sagen Sie zu dieser Aussicht?« fragte er unvermittelt.

Die Frage überraschte sie. Seine Stimme klang fast freundlich. Sie ging zu ihm ans Fenster, blieb neben ihm stehen und schaute hinaus auf die sanften Hügel von Northumberland. »Sie ist wunderschön«, sagte sie leise.

»Vermissen Sie London nicht?«

»Überhaupt nicht«, sagte sie spontan. Einen Augenblick lang glaubte sie, daß er die Unterhaltung fortsetzen wollte, aber dann drehte er sich um. Sie wollte am Gespräch festhalten und sagte rasch: »Mögen Sie London, oder sind Sie lieber hier?«

»Ich habe London einmal geliebt«, sagte er. Nach einer kurzen Pause: »Lange her.«

Sie faßte das als Ermunterung auf. »Aber dann ist dort etwas Unglückliches geschehen?«

Wieder eine kurze Pause. »Ja.«

Das klang endgültig, wie ein Abschluß. Aber da es das Persönlichste war, was sie bisher von ihm gehört hatte, wollte sie mehr von ihm hören.

»Ich hatte auch eine unglückliche Beziehung in London«, sagte sie. »Deshalb wollte ich weg von allem. Ich bin froh, daß ich hergekommen bin. Ich liebe Shilden.«

Er wandte sich ihr zu, und sie sah einen Ausdruck von Schmerz und Zorn in seinem Blick. »Ich könnte es auch lieben«, sagte er. »Wenn man mich ließe.«

Sie wußte, daß sie das Gespräch aufrechterhalten mußte. Irgendeine Verbindung schien zwischen ihnen geknüpft zu werden, und die wollte sie nicht verlieren. »Die Einheimischen mögen keine Veränderungen«, sagte sie. »Das ist die Mentalität der Leute auf dem Lande. Aber ich bin sicher, daß sie sich mit der Zeit daran gewöhnen werden.« Er kommentierte das nicht und schaute wieder aus dem Fenster. Sie fuhr fort: »Wenn Sie die Einheimischen nicht beschäftigen können, wäre es aber möglich, Ihre Gäste zu ermutigen, die örtlichen Betriebe zu besuchen. Das wird für zusätzliche Einnahmen in der Region sorgen.«

Er wartete so lange mit einer Antwort, daß sie schon glaubte, er hätte ihr gar nicht zugehört. »Daran habe ich auch schon gedacht«, sagte er schließlich. »Aber viele Möglichkeiten gibt es im Umland nicht.«

Die Antwort ermutigte sie. Plötzlich dachte sie, wenn Blair Devlin in der Lage wäre, Max Lannsen wenigstens als Wohltäter für die Umgebung zu akzeptieren, würden auch die Dorfbewohner den Schloßherrn akzeptieren. Und ein gemeinschaftliches Geschäftsinteresse wäre die ideale Möglichkeit, die beiden Männer zusammenzubringen.

»Reiten zum Beispiel«, sagte Elise.

Er sah sie an. »Reiten Sie, Miss St. John?«

»Ich habe gerade mit meinen ersten Reitstunden begonnen«, sagte sie und strahlte. »Auf White Gates. Das ist ein gepflegter Stall, und wenn …«

Sie sah die Veränderung in seinem Gesichtsausdruck. Das ganze Gesicht verdunkelte sich vor Wut, sein Körper verkrampfte sich. »Ich will nichts mit White Gates zu tun haben«, sagte er barsch. »Oder mit Mr. Blair Devlin.« Er lächelte, aber es lag keine Wärme in diesem Lächeln, und auch nicht in seiner Stimme, als er fragte: »Sie haben den charmanten Mr. Devlin schon kennengelernt?«

»Ja«, gab sie zu.

»Und ohne Zweifel hat er Ihnen erzählt, was er von den Auswärtigen hält, die Shilden Castle übernommen haben?«

»Hören Sie«, sagte sie mit aufsteigendem Ärger. »Ich weiß, daß Sie beide sich nicht besonders mögen. Ich kenne nicht den Grund, aber ich bin sicher …«

»Sie brauchen nicht zu verstehen«, unterbrach Lannsen sie kalt. »Mr. Devlin weiß, daß Shilden Castle mir gehört. Und er weiß auch, daß er keine rechtlichen Ansprüche an das Schloß hat. Ich habe kein Interesse daran, irgendwelche Geschäfte mit ihm zu betreiben, und ich bin sicher, daß diese Haltung auf beiden Seiten vorherrscht.«

»Aber ich dachte …«, begann sie.

»Denken Sie nicht«, sagte Lannsen, drehte sich um und schritt zur Tür. »Kümmern Sie sich um Ihren Job. Und wenn Sie beabsichtigen, sich Mr. Devlin als Gegenleistung für die Reitstunden anzubieten, tun Sie es bitte auf seinem Grund und nicht auf meinem Besitz. Wenn Sie ihn mit auf Shilden Castle bringen, feuere ich Sie auf der Stelle.«

Fünftes Kapitel

»Max hat offenbar Gerüchte über dich und Blair aufgeschnappt«, sagte Lorna. »Solche Geschichten verbreiten sich schnell. Aber es ist schon eine Unverschämtheit, daß er dir unterstellt, deinen Körper als Gegenleistung für die Reitstunden anzubieten.« Dann fügte sie hinzu: »Nun ja, man kann es natürlich so sehen …«

»Aber das stimmt nicht!« rief Elise aufgebracht. »Ich habe für meine Reitstunde bezahlt, und für die nächsten werde ich auch bezahlen.«

»Dann bist du noch dümmer, als ich dachte«, sagte Lorna. »Aber ich glaube auch nicht, daß Blair dein Geld annehmen wird. Ich habe gehört, daß er seinen Frauen gegenüber sehr großzügig ist.«

»Das hört sich an, als gehörte ich zu einem großen Harem, den er um sich geschart hat.«

»Und? Hast du Grund zur Klage?« frage Lorna grinsend. »Ich würde jeden Tag einen Mann mit Erfahrungen nehmen. Ich hasse fummelnde grüne Jungs, die nicht wissen, wo deine Klitoris ist und noch viel weniger, wofür sie da ist.« Sie stellte einen Kaffeebecher vor Elise hin. »Da wir gerade von schrecklichen Typen sprechen – hast du Petra heute morgen schon gesehen?«

»Nein, aber ich sehe sie später. Hat sie was über mich gesagt?« frage Elise, die an Lornas Gesichtsausdruck merkte, daß irgend etwas nicht stimmte. »Du kannst es mir ruhig erzählen. Ich möchte wissen, was sie über mich sagt.«

»Es ging nicht um dich«, sagte Lorna. »Eher um mich.«

»Hast du verbreitet, daß sie und Max …?«

»Himmel, nein. Wer würde mir auch zuhören, wenn ich es erzählte? Du bist die einzige, mit der ich reden kann, und du hast meinen ganzen Klatsch schon gehört. Ich freue mich schon darauf, wenn ein paar meiner Freundinnen aus London kommen.«

»Deine Freundinnen kommen? Um hier zu arbeiten? Sie gehören zum Personal?«

Lorna sah unbehaglich drein. »Ja, so ungefähr.«

»Sie sollen die Gäste unterhalten?« hakte Elise nach.

»Als Begleiterinnen«, stellte Lorna klar. »Damit verdiene sie sich auch in London ihr Geld. Ein Geschäftsmann will eine nette, intelligente Begleiterin für einen Abend oder vielleicht für ein ganzes Wochenende. Jemand, mit der er sich in einem guten Restaurant sehen lassen kann. Und mit der er sich nicht zu Tode langweilt, wenn sie ihm über die täglichen Seifenopern erzählt. Ich habe viele Freundinnen, die das Geld brauchen. Mit einem erstklassigen Abitur allein kann man noch keine Miete zahlen.«

Elise fiel plötzlich ein, daß Lorna ihr gesagt hatte, sie wäre wegen ihrer Kontakte engagiert worden. »Du bist so etwas wie die Chefin eines Bordells«, sagte sie neckend.

»Ich bin nur eine gute Freundin«, berichtigte Lorna. »Eine helfende Hand. Ich helfe, daß meine Freundinnen ihre Miete bezahlen können. Aber Miss Altham ist nicht sehr glücklich über die Situation.«

»Sieht sie dich als Konkurrenz?«

»Genau so ist es«, bestätigte Lorna. »Und sie hat recht. Wenn ich es schaffe, bringe ich sie um ihren Job.«

Als ihr Telefon klingelte, hätte Elise wetten können, daß es entweder Max Lannsen oder Blair Devlin war. Sie entschied sich für Blair – und hatte recht.

»Wann sehen wir uns wieder?« fragte er und fügte rasch hinzu: »Am liebsten ohne deine Kleider.«

»Puh«, machte sie, »du fällst gleich mit der Tür ins Haus.«

»Warum nicht? Du weißt, was ich will, und ich weiß, was du willst. Also, wie wäre es mit heute abend? Um halb acht? Ich lade dich zu einem Essen in die Stadt ein.«

»Wirst du mich abholen?« fragte sie.

Er zögerte. »Würdest du mir glauben, wenn ich sage, daß ich noch spät eine Reitstunde geben muß?«

»Nein.«

Wieder ein Zögern. »Kannst du nach White Gates kommen? Ich weiß, daß es nicht sehr höflich ist, aber ich habe meine Gründe.«

»Es ist unhöflich«, bestätigte sie. »Und ich bin sicher, daß es einen Grund dafür gibt. Ich möchte ihn gern kennen.«

Blairs Stimme klang plötzlich einige Grad kühler. »Ich war einmal auf Shilden, als Lannsen dort war. Wir … nun, wir hatten eine Auseinandersetzung.«

»Streit?«

»Wir waren uns nicht einig«, sagte er vage.

»Nicht einig über was?«

»Ach, es war eine Kleinigkeit«, behauptete Blair. »Lannsen hat mich jedenfalls von seinem Besitz gejagt. Auf eine nicht sehr freundliche Art. Ich war wirklich versucht, ihn anzugreifen, denn er hat mich geradezu herausgefordert, es zu tun. Aber ich habe der Versuchung widerstanden.«

Elise stellte sich die Szene vor, wie die beiden sich gegenüberstanden und sich abschätzten. Sie waren beide groß und schlank, und sie wirkten beide kräftig und muskulös. Sie erinnerte sich, daß Lorna ihr erzählt hatte, Blair hätte einige Pokale in Kampfsportarten gewonnen. Und Max? Ganz sicher schien er in der Lage zu sein, sich gegen jeden wehren zu können.

»Ihr habt euch nur um eine Kleinigkeit gestritten, und doch hättet ihr die Meinungsverschiedenheit beinahe mit Fäusten ausgetragen?« fragte sie zweifelnd. »Das muß aber eine sehr wichtige Kleinigkeit gewesen sein.«

»Nun, damals schien es wichtig zu sein«, antwortete er ausweichend.

»Du willst es mir nicht sagen?«

»Nicht am Telefon. Es ist eine lange Geschichte. Ich werde es dir heute abend erzählen. Das ist ein Versprechen.«

Petra Altham trat ins Zimmer, als Elise gerade aufgelegt hatte. »Hat Max Ihnen die Neuigkeit schon erzählt?«

Elise schüttelte den Kopf. »Ich habe noch nicht mit Mr. Lannsen gesprochen.«

Petra setzte sich auf einen Stuhl und schlug schwungvoll die Beine übereinander. »Nun ja, Max erzählt mir Dinge und vergißt wohl, daß er Ihnen noch nichts davon gesagt hat.« Sie lächelte überlegen und legte eine Pause ein, um die Spannung zu erhöhen. »Wir eröffnen in allernächster Zeit.«

»Aber der Ostflügel ist noch nicht fertig!« rief Elise.

»Darling, die Reservierungen kommen herein. Die Räume, die noch nicht fertig sind, werden abgeschlossen. Wir können doch nicht aufs Geschäft verzichten.« Petra öffnete eine schwarze Mappe, die sie mitgebracht hatte. »Die viktorianischen Zimmer sind fertig, ebenfalls das Verlies. Im Fotostudio müssen nur noch einige Kameras installiert werden. Das Lederzimmer ist eingerichtet, ebenfalls der Schusterladen. Für den Gymnastikraum brauchen wir noch ein paar spezielle Geräte, sie sind bestellt und werden bis zum Wochenende eingetroffen sein, sonst trete ich jemandem in den Hintern. In den meisten Motto-Zimmern sind nur noch Kleinigkeiten zu verrichten. Wenn Ihnen noch etwas Unterhaltsames für das Weltall-Zimmer einfiele, könnten wir das zur Eröffnung auch noch anbieten.«

»Ich bin nur die Designerin«, sagte Elise honigsüß. »Fürs Unterhaltsame sind Sie zuständig.«

Petra bedachte sie mit einem kritischen Blick. »Unterhaltung ist wichtig, Darling. Die Gäste kommen nicht her, um sich die Tapeten anzuschauen. Aber ich muß schon sagen« – sie lehnte sich zurück, schlug jetzt die Beine umgekehrt übereinander und lächelte Elise an –, »Sie haben gute Arbeit geleistet. Max ist angetan von Ihrer Arbeit auf Shilden.«

»Und warum hat er mir das nicht selbst gesagt?«

»Oh, das ist nicht sein Stil.« Petras Stimme war zu einem Raunen gedämpft. »Der arme Max. Er kann sich nicht entspannen. Aber wenn es ihm doch mal gelingt, hat man seinen Spaß. Sogar eine Menge Spaß, muß ich sagen.«

Nein, Miss Petra Altham hat keine Affäre mit Max Lannsen, dachte Elise, als sie sich an diesem Abend unter die Dusche stellte. Sie ist nur eine von jenen Frauen, die andere gern glauben lassen wollen, daß Männer sie für unwiderstehlich halten. Was sollte Max auch in ihr sehen? Sie ist zu hart, zu makellos.

Aber vielleicht mag er solche Frauen. Sie stellte sich vor, wie Max' feingliedrige Finger Petras BH öffneten, wie sie ihn anschmachtete, während er den BH langsam von ihren Brüsten nahm.

Warum sehe ich dieser Bilder vor mir? fragte sie sich. Warum erinnere ich mich an Lannsens Hände, die mich nur einmal berührt haben, und das war unschuldig genug? Weil es sehr schöne Hände sind, gab sie sich selbst die Antwort. Sie schloß die Augen. Ich möchte gern erleben, wie es sich anfühlt, von ihm entkleidet zu werden. Ich möchte seine Daumen spüren, die meine Brustwarzen streicheln. Ich möchte ihn lächeln sehen, wenn sie sich unter seinen Berührungen steil aufrichten.

Ihr Körper begann auf die Bilder zu reagieren. Sie öffnete rasch die Augen.

Der schwarze BH mit den drahtverstärkten Körbchen lag auf dem Bett. Sie nahm ihn in die Hand. Würde es Max gefallen, wenn er mich in diesem BH sieht?

Zum Teufel mit Max, schalt sie. Hör auf, an ihn zu denken. Heute abend triffst du dich mit Blair Devlin, und du solltest eher darüber nachdenken, was ihm gefällt. Sie warf den schwarzen BH achtlos beiseite. Es muß etwas Weicheres sein. Das letzte Mal habe ich mich für Blair gekleidet. Dieses Mal denke ich nur an mich.

Sie entschied sich für einen dunkelgrünen seidigen BH, der ihr eine natürliche Form gab, dazu die passenden Shorts und dünne schwarze Strümpfe, die keine Strapse brauchten. Sie mußte zugeben, daß schwarze Strümpfe erotisch wirkten – und ihre Beine schlanker aussehen ließen.

Sie wählte ein schlichtes schwarzes Kleid aus Seide mit einem langen, verborgenen Reißverschluß im Rücken. Es hatte schmale Schulterträger, die eigentlich nur dekorativen Zweck erfüllten. Es paßte wie angegossen, ohne zu eng zu sein, und es schmiegte sich schmeichelnd um ihren Leib. Kein Wunder, daß es zu ihren Lieblingskleidern gehörte.

Statt der Schuhe mit den Stilettoabsätzen, die sie bei der letzten Verabredung mit Blair getragen hatte, zog sie diesmal Schuhe mit moderaten Absätzen und mit einem schmalen Bändchen über dem Spann an.

Sie posierte vor dem Spiegel. Sexy, entschied sie, aber doch schicklich. Sie hob ihre Haare an, entschied sich dann aber, sie lose hängenzulassen, eine Kaskade von Rot als Kontrast zum schlichten Schwarz des Kleids.

Blair Devlin wartete auf sie in seinem Auto. Als er sie sah, stieg er aus und öffnete die Beifahrertür. Er trug einen dunklen Anzug, und für einen Moment verblüffte sie die Ähnlichkeit mit Max Lannsen. Sie schritt auf ihn zu. Aus der Reitschule drangen laute Geräusche. Ein Pferd wieherte, und ein junges Mädchen rief eine rasche Folge von

Anweisungen. Sie glaubte, Pennys Stimme erkannt zu haben.

»Sehr schön«, sagte Blair, nachdem er sie kurz betrachtet hatte. »Du siehst so aus, als hättest du vergessen, dein Kleid anzuziehen.«

»Sag so was nicht« meinte sie lachend. »Es hat mich eine Menge Geld gekostet.«

»So sieht es auch aus«, bestätigte er. »Aber trotzdem könnte es auch ein wunderschöner Unterrock sein. Ich bin mit deiner Wahl sehr zufrieden.«

Hufgeklapper näherte sich, und im nächsten Augenblick kamen Pferd und Reiter um die Ecke und hielten auf Blairs Auto zu. Das Pferd war beeindruckend kräftig gebaut und bewegte sich trotzdem sehr elegant. Die Reiterin war etwa in Elises Alter, trug Breeches, Stiefel und ein Sweatshirt mit der Aufschrift: Ich unterstütze die PDSA. Selbst unter der strengen Reitkappe konnte Elise sehen, daß die junge Frau einen frischen, gesunden Teint hatte, der ohne Make-up auskam.

»Gehst du in die Reitstunde?« frage Blair.

»Mit gefällt Pennys Unterricht«, sagte die Frau. Sie lächelte Elise zu. »Passen Sie gut auf sich auf, wenn Sie bei diesem Mann sind. Er hat einen schrecklichen Ruf.«

»Elise kennt meinen Ruf«, sagte Blair grinsend. »Deshalb ist sie bereit, mit mir auszugehen.«

»Elise? Sie arbeiten auf Shilden mit Lorna zusammen, nicht wahr?« Elise nickte, und die Frau fuhr fort: »Ich bin Julia Beauchamp. Blair und ich sind Geschäftspartner. Vielleicht hat Lorna von mir erzählt.«

»Ja, das hat sie«, bestätigte Elise. Und sie hat mir auch gesagt, daß du scharf auf Blair Devlin bist. Plötzlich fühlte sie sich unbehaglich, fast schuldbewußt. Was mußte das für ein Gefühl für Julia sein, wenn sie sah, daß Blair eine andere Frau ausführte? Sie mußte ahnen, wie der Abend ausklingen würde!

Aber in Julias Gesicht konnte sie keinen Hinweis auf

Eifersucht erkennen. Ihr Lächeln war warm und freundlich. »Einen schönen Abend wünsche ich euch«, sagte sie, und dann, zu Blair: »Wir sehen uns morgen.«

»Sie ist ein liebes Kind«, sagte Blair, als er den Motor startete.

»Kind?« wiederholte Elise. »Sie ist wahrscheinlich so alt wie ich.«

»Für mich ist sie so etwas wie eine kleine Schwester«, sagte Blair. »Wir sind mehr oder weniger zusammen aufgewachsen, bis sie irgendwo in der Fremde, in einer Grafschaft im Süden, auf eine Schule ging.«

»Sei vorsichtig, was du sagst«, warnte Elise. »Ich komme auch aus dem Süden.«

Blair grinste. »Du brauchst dich nicht zu entschuldigen. Wenn du länger bleibst, werden wir dich noch zivilisieren.«

Das Restaurant, das er ausgewählt hatte, war klein und intim. Die Lichter waren alle gedämpft. Er stellte ein Menü zusammen, das einfach köstlich schmeckte. Er war ein amüsanter Gesellschafter und unterhielt Elise mit lustigen Geschichten. Geschickt entlockte er ihr die Vorstellungen von der Zukunft, ihre Vorlieben und Interessen. Erst als sie auf White Gates zurückkehrten, wurde ihr bewußt, daß sie wieder eine Menge über sich selbst erzählt hatte, während sie im Gegenzug so gut wie nichts über Blair Devlin erfahren hatte.

»Hat es dir geschmeckt?« fragte er noch einmal, als er die Autotür abschloß und neben ihr zum Haus ging.

»Es war köstlich.«

»Gutes Essen«, sagte er, »aber es macht dick.« Er stand im Wohnzimmer hinter ihr und legte seine Hände auf ihre Schultern. »Ich schätze, daß du mehr Pfunde zugelegt hast, als du zugeben willst.« Seine Hände glitten ihre Arme entlang, umfaßten dann ihre Taille. »Hier.« Die

Hände fuhren über ihren Hintern. »Und ganz besonders hier.«

»Unsinn.«

Er legte die Hände um ihre Hüften und drehte Elise herum, daß er sie ansehen konnte. »Ich spüre Fettrollen«, sagte er.

»Du spürst Knochen.«

Er preßte die Lippen auf ihren Mund. »Ich muß was dagegen tun«, sagte er, dann küßte er sie, und diesmal drang die Zunge tief in ihren Mund ein. Als sich die Lippen voneinander lösten, sagte er: »Ich weiß ein Rezept dagegen.«

»Schlank in Minuten?« fragte sie. »Wenn das gelingt, wirst du ein Vermögen damit machen.«

»Bei der Art von Behandlung, die mir vorschwebt«, sagte er, »trifft das wahrscheinlich zu. Willst du es mal versuchen?« Sie ließ sich von ihm durch eine Tür in einen kleinen Flur führen, und als er die nächste Tür öffnete, sah sie einen dunklen Raum vor sich. Es roch nach Öl, Stahl und Leder. Einen kurzen Moment zögerte sie. Blair schubste sie behutsam weiter. »Willkommen in meiner Höhle«, sagte er. Licht flammte auf. In der Mitte des Raums stand ein kompliziert aussehendes Gerät auf dem Boden, und weil Elise nicht sicher war, was sie in diesem Zimmer erwartete, dauerte es eine Weile, ehe sie begriff, daß es der Raum war, in dem Blair sich fit hielt. Sie erkannte die Rudermaschine, das Laufband, einen Punchingball, der an einer Elastikstange befestigt war, die von der Decke bis zum Boden reichte, und eine gepolsterte Bank. In Regalen lagen mehrere Hanteln verschiedenen Gewichts. Sie trat tiefer in den Raum und sah sich in einem Spiegel auf der gegenüberliegenden Wand. Blair stand hinter ihr.

»Bist du ein Fitneßfan?« fragte sie amüsiert.

»Ich tue was für meine Gesundheit.«

»Ich dachte, du hast durchs Reiten schon genug Bewegung.«

»Das ist auch so.« Sie spürte plötzlich, wie ihr Kleid von den Schultern rutschte, und begriff, daß er den Reißverschluß gefunden und geöffnet hatte. »Aber Reiten ist kein Ersatz für Übungen an diesen Geräten, die den ganzen Körper stählen.«

Sie unternahm einen halbherzigen Versuch, ihr Kleid daran zu hindern, bis zu den Hüften zu rutschen, aber er hielt ihre Handgelenke fest. »Und es gibt Teile der männlichen Anatomie, die in ständigem Training sein müssen«, raunte er. Seine Hände glitten über ihren Bauch. Er drückte sie an sich, und sie spürte seine Erektion. Er streichelte ihre Hüften eine Weile, dann drehte er sie herum.

Ihr Kleid rutschte zu Boden. Seine Hände kehrten zu den Hüften zurück, fuhren über die weiche Seide der dunkelgrünen Shorts und schlüpften unter den losen Stoff. »Wirklich viel zuviel Fett«, murmelte er. Er packte ihre Hinterbacken. »Aber es ist nicht weiter schlimm. Ich habe die richtige Medizin.«

»Und die wäre?« Sie lehnte sich gegen ihn und genoß das Gefühl seines Körpers, der sich an ihrem rieb. Sie spürte die Kraft und die Wärme. Ob er sie auf dem Boden lieben würde?

»Wir trainieren das Fett weg«, sagte er fröhlich. »Ich habe die notwendigen Apparate und werde sie bei dir einsetzen.« Er drehte sie herum, so daß sie das große Gerät sah, das mitten im Raum stand.

»Du machst Witze«, sagte sie.

»Natürlich nicht.« Er schaute sie lange an. »Du bist sogar ideal dafür gekleidet. Die Seidenshorts sind phantastisch.« Seine Blicke tasteten ihre Beine ab. »Auch die Strümpfe sind okay, aber die Schuhe mußt du ausziehen.« Er musterte sie noch einmal. »Und den BH auch«, fügte er hinzu.

»Aber du erwartest doch nicht, daß ich Gewichte hebe, oder?« sagte sie, während sie die Schuhe abstreifte.

»Diesmal nicht«, antwortete er. »Obwohl ich sicher bin,

daß du dabei sensationell aussehen würdest. Nein, du wirst laufen.« Er deutete auf das Laufband.

»Also, wenn ich laufe, dann behalte ich meinen BH an«, sagte sie.

»Weg damit«, beharrte er. Er griff an ihre Schultern und streifte die dünnen Träger ab. Sie gab vor, ihn daran hindern zu wollen, wich ihm aus, entwand sich ihm, aber er folgte ihr, bis er sie an einer Wand gestellt hatte.

»Nein«, sagte sie. »Es ist unangenehm, ohne Büstenhalter zu laufen.«

»Aber es sieht phantastisch aus!« widersprach er. »Ich will dich halb nackt sehen. Du warst großartig auf Brandysnap, erinnerst du dich? Auf dem Laufband wirst du sogar noch besser aussehen.«

»Mr. Devlin«, sagte sie, »du bist leicht abartig.«

»Ich bin ganz normal«, berichtigte er sie. »Leblose Statuen machen mich nicht an. Ich sehe gern die Bewegungen einer Frau, und das habe ich mit den meisten Männern gemeinsam.« Er hob ihre Brüste an und strich mit dem Daumen über die Warzen. »Ich will sehen, wie sie hüpfen.« Seine Hände glitten auf ihren Rücken, wo sie den Verschluß suchten. Also, sei ein braves Mädchen und tu, was ich dir sage.«

Er zupfte am Verschluß, und sie krümmte lachend den Rücken, um ihm die Arbeit zu erschweren. Aber im nächsten Moment hatte er die Haken aus den Ösen geholt, und dann stand sie da, nackt bis zu den Hüften.

»Das ist viel, viel besser.« Mit einer Hand beschrieb er Kreise auf ihrem Bauch, ehe sie höher wanderte. Der Zeigefinger fuhr langsam die Konturen ihrer Brüste nach, dann spielte er mit den harten Knospen ihrer Nippel, nahm sie zwischen Daumen und Zeigefinger und drückte sie – zuerst sanft, dann härter, bis sie lustvoll aufstöhnte.

»Gefällt dir?« Sein Mund war dicht an ihrem Ohr.

»Gefällt mir«, murmelte sie.

»Und jetzt zeigst du mir ein bißchen, was ich gern sehen möchte, ja? Ich will dich laufen sehen.«

Sie befand sich auf dem Laufband, bevor sie sagen konnte, wie sie dorthin gekommen war. Zu beiden Seiten gab es einen Handlauf, an dem sie sich festhalten konnte. Plötzlich spürte sie, wie das breite Band unter ihren Füßen sich zu bewegen begann. Sie wurde zu einem leichten Joggen gezwungen. Als sie sich an die Bewegung des Bands gewöhnt hatte, stellte sie fest, daß es eine angenehme Beschäftigung war.

Sie schaute auf und sah sich in der Spiegelwand. Eine halbnackte Frau mit fliegenden roten Haaren und schwarzen Strümpfen, und das einzige andere Kleidungsstück, das sie trug, ging tatsächlich für eine dunkelgrüne Turnhose durch. Kein Wunder, daß Blair gesagt hatte, sie sei ideal gekleidet.

Er stand auf der Seite und beobachtete sie. Nach ein paar Minuten fiel ihr auf, daß sie schneller laufen mußte. Blair hatte die Geschwindigkeit des Bands erhöht.

»He«, keuchte sie. »Halt das Band an. Ich habe keine Puste mehr.«

»Denk an all die Kalorien, die du verbrennst«, sagte er fröhlich.

»Steck dir deine Kalorien sonstwo hin«, stieß sie hechelnd hervor. »Ich kann nicht mehr.«

Sie wollte vom Band gehen, aber er hinderte sie daran. »Mach weiter«, sagte er. »Du hast dich bisher nicht einmal in Schweiß gearbeitet.«

Jetzt rannte sie, und ihr Herz begann heftig zu schlagen. Sie hielt sich an den Handläufen fest und sprang hoch, hielt das Gleichgewicht, die Beine gespreizt und hochgehoben.

»Genug«, rief sie.

Er grinste und kletterte hinter sie. Sie spürte die Knöpfe seines Jacketts in ihrem Rücken. Seine Hand glitt zwischen ihre ausgestreckten Beine, unter ihre Seidenshorts.

»Wir haben ja nicht einmal begonnen«, murmelte er dicht an ihrem Ohr.

Sie spürte, wie seine Finger forschten. Als sie leicht über die Klitoris strichen, keuchte sie auf – Überraschung und Verlangen zugleich. Es war ihr gar nicht bewußt gewesen, wie erregt sie geworden war. Er reizte sie geschickt, und sie reagierte mit instinktiven Bewegungen ihrer Hüften, drängte sich an ihn. Sie wollte hinter sich greifen und seinen Reißverschluß öffnen, damit die Erektion ans Licht kam, die sie an ihrem Hintern spürte, aber sie war zu weit nach vorn gebeugt. Sie wußte, daß sie das Gleichgewicht verlieren würde, wenn sie die Handläufe losließ. Und wenn sie die Füße wieder auf das Band setzte, müßte sie wieder rennen.

Er zog seine Hand zurück. Sie hörte, wie er den Reißverschluß seiner Hose aufzog. Dann griffen beide Hände zwischen ihre Schenkel und zwangen ihre Beine weiter auseinander. Er schaltete das Laufband ab.

»Ich hatte es zwar nicht so geplant«, murmelte er heiser, »aber ich muß dich jetzt haben – auf der Stelle.«

Er drang so unvermittelt in sie ein, daß sie nach Luft schnappte. Seine Hände hielten ihre Hüften gepackt, während er mit zunehmendem Tempo zustieß. Sie spürte seine Kraft wie eine eiserne Umklammerung.

»Langsamer«, mahnte sie. »Es soll doch etwas dauern.«

Aber diesmal hatte er nur seine eigene Lusterfüllung zum Ziel. Er ignorierte ihre Mahnung. Sein Körper begann zu zittern. Er stöhnte bei jedem Stoß. Seine Gier erregte sie, und es störte sie nicht mehr, ob sie mit ihm den Höhepunkt erleben würde oder nicht. Sie wollte teilhaben an seiner Befriedigung. Es genügte ihr zu wissen, daß sie ihn derart erregen konnte, daß er seine Selbstbeherrschung verlor. Die Gewalt seiner Ejakulation warf seinen Körper gegen ihren. Seine Finger gruben sich tief in ihre Haut. Er verweilte in ihr, bis das Beben seines Körpers verebbte.

»Gut?« fragte sie leise.

Er zog sich aus ihr zurück. »Gut«, sagte er. »Und für dich?«

»Es war gut für mich, weil es gut für dich war.«

»Sehr diplomatisch.« Er lächelte. »Ich hatte es wirklich nicht so geplant. Ich wollte dich an allen Geräten arbeiten lassen. Mit den Gewichten und sogar am Punchingball. Ich wollte dich in deinen Bewegungen genießen – und natürlich hätte ich dir die Ratschläge des erfahrenen Fachmanns gegeben.« Seine Hände streichelten versonnen über ihre Haut und verharrten dann auf ihrem Hintern. »Das Laufband sollte nur der Auftakt sein. Um dich aufzuwärmen, meine ich.«

»Das Laufband hat mich aufgewärmt«, sagte sie lächelnd. »Und dabei scheinst du heiß geworden zu sein.«

»Du hast keine Vorstellung, wie sexy du ausgesehen hast«, sagte er weich. »Wie du da gestanden hast mit deinen gespreizten Beinen, und wie du gehechelt hast, als wärst du mittendrin bei der Liebe. Frauenkörper strahlen etwas ungeheuer Sinnliches aus, wenn sie sich rhythmisch bewegen.«

»Ich habe gehechelt, weil ich außer Atem war«, warf sie ein.

»Sieh dich vor«, warnte er. »Wenn du so kurzatmig bist, dann sollte ich dich doch das ganze Programm durchziehen lassen. Du treibst keinen Sport, nicht wahr?«

»So ist es«, bestätigte sie fröhlich. »Ich mag all die falschen Dinge. Aber im Augenblick will ich nichts anderes als unter die Dusche und dann einen Drink.«

Zehn Minuten später saß Elise, erfrischt nach der Dusche, Blair im Wohnzimmer gegenüber, ein Glas Weißwein in der Hand. Blair hatte sein Jackett ausgezogen, das weiße Hemd aufgeknöpft und die Ärmel bis zu den Ellenbogen hochgekrempelt. Er sah entspannt aus und unerhört attraktiv. Sie stellte ihn sich als Schuljungen vor. Wahrscheinlich hatte er seine Freizeit damit verbracht, wild durch die Landschaft zu galoppieren, ein Teufelskerl zu Pferde. Und als Teenager, groß und hager und mit diesem charmanten Lächeln, hatte er wahrscheinlich früh erfahren, welche Anziehung er auf das andere Geschlecht ausübte.

Kein Wunder, daß Julia Beauchamp sich in ihn verliebt hatte. Warum hatte Blair ihr Interesse nicht erwidert? Selbst wenn sie quasi als Geschwister aufgewachsen waren, hatten sie inzwischen genug Zeit gehabt, um sich als Erwachsene aneinander zu gewöhnen. Viele Paare waren miteinander aufgewachsen und hatten ihre Jugendliebe geheiratet, ohne Schuldgefühle zu pflegen. Julia war eine Schönheit. Und auch eine Sportlerin. Elise konnte sich nicht vorstellen, daß Blair sie nicht attraktiv fand. Was hielt ihn also zurück?

»Worüber denkst du nach?« fragte er. »Du warst meilenweit weg.«

»Ich dachte über deinen Streit mit Max Lannsen und über die Ursache der Auseinandersetzung nach«, improvisierte Elise rasch. Blair betrachtete sie über den Rand seines Whiskyglases hinweg. »Und warum du nicht mehr zum Schloß gehst. Du hast versprochen, es mir zu erklären.«

»Ja, habe ich«, sagte er und legte eine längere Pause ein, bevor er mit seiner Erklärung begann. »Lannsen und ich hatten eine Auseinandersetzung über seine Pläne fürs Schloß. Im Verlauf des Streits hat er mich von seinem Besitz geschickt und geraten, ihn nicht noch einmal zu betreten. Ich gebe zu, daß mich seine störrische Haltung in Rage gebracht hat. Ich habe ihm gesagt, das nächste Mal würde ich durchs Hauptportal von Shilden Castle treten, und zwar wenn ich meinen rechtmäßigen Status als Besitzer von Shilden wiedererlangt hätte. Ein bißchen theatralisch, aber ich konnte der Versuchung nicht widerstehen.«

»Dein rechtmäßiger Status als Besitzer von Shilden Castle?« wiederholte Elise. »Wie kommst du darauf? Ich habe keine Ahnung, wovon du redest.«

»Eigentlich bin ich der ›Herr von Shilden‹«, sagte Blair.

»Du?« Sie starrte ihn ungläubig an. »Aber ich dachte ...«

»Die Tradition verlangt, daß der Eigentümer von Shilden Castle der ›Herr von Shilden‹ ist«, sagte Blair. »Rechtlich ist Max Lannsen einwandfrei der Eigentümer, aber die Einheimischen werden ihn nie als ›Herrn von Shilden‹ akzeptieren.« Er lehnte sich im Sessel zurück, streckte die Beine aus und betrachtete sie mit halbgeschlossenen Augen. Ein Anflug von Arroganz lag auf seinem Gesicht. »Mich akzeptieren sie, ganz egal, wie die Aktenlage ist«, fügte er noch an.

Elise glaubte ihm unbesehen. Sie erinnerte sich an den Respekt, den sie ihm im Pub bezeugt hatten. Jetzt begriff sie, woher diese Ehrerbietung stammte. »Aber wenn das so ist«, sagte sie, »warum hast du dann nicht Shilden Castle geerbt?«

Er lächelte kurz. »Mein Großvater hat sich danebenbenommen, so daß die Linie meiner Familie von der direkten Erbfolge ausgeschlossen wurde. Trotzdem habe ich mehr Bennett-Blut in meinen Adern als Max Lannsen. Und der alte Herr hat mich akzeptiert, wir haben uns wirklich gut verstanden. Er war wie ein zweiter Vater für mich. Er wollte, daß ich Shilden Castle erbe. Das ganze Dorf weiß das. Aber es gab kein Testament.« Er atmete tief ein und fügte mit hart klingender Stimme hinzu: »So wurde Max Lannsen der Schloßerbe. Und er hat das Erbe angenommen.«

»Habt ihr nicht versucht, zu irgendeiner Vereinbarung zu kommen?« fragte Elise. »Ich hatte immer den Eindruck, daß Max Lannsen nicht allzu glücklich mit seiner Erbschaft ist.«

»Diesen Eindruck habe ich ganz und gar nicht«, sagte Blair kühl. »Er war sofort hier, als er begriff, daß er Shilden zu einem profitablen Unternehmen machen kann. Ihm geht es nur ums Geld, und er denkt nicht daran, das Dorf und die Leute mit einzubeziehen.«

Elise nickte. »Ich habe ihm vorgeschlagen, daß er sich irgendeine Art der Zusammenarbeit mit dir überlegen soll. Daß seine Gäste zum Beispiel auf White Gates reiten können.«

Blair lachte trocken auf. »Ich wette, daß er das für eine großartige Idee hielt! Aber ich würde keinen seiner Gäste in die Nähe meiner Pferde lassen.«

»Dann bist du genau so ein Querkopf wie er«, stellte Elise fest.

Blair schaute sie ernst an. Es geht nicht nur um eine Meinungsverschiedenheit zwischen zwei Männern«, sagte er. »Es ist mehr als das. Shilden bedeutet mir sehr viel. Ich glaube, ich habe ein Recht darauf. Aber statt es zu besitzen, muß ich zusehen, wie Max Lannsen es ruiniert, und ich kann nichts dagegen tun.«

»Nun, ich kann nur hoffen, daß sie wissen, was sie tun!«

Das war Petra Althams Stimme, die aus Lornas Büro klang, als Elise schon eintreten wollte. Jetzt blieb sie gespannt auf dem Flur stehen und lauschte.

»Natürlich wissen sie das«, sagte Lorna verärgert. »Sie haben solche Sachen schon vorher gemacht.«

Die Tür öffnete sich, und Petra rauschte hinaus. »Ich hasse es, mit Amateuren zu arbeiten.« Sie sah Elise und lächelte. »Oh, gut, ich habe Sie schon gesucht. Wir haben alle Hände voll zu tun.«

Elise hatte eigentlich ihre Freundin Lorna fragen wollen, ob sie sich einen Kaffee genehmigen sollten, aber jetzt konnte sie nur kurz ins Büro hineinschauen und die Schultern heben.

»Sie müssen einige Veränderungen im viktorianischen Bad vornehmen«, sagte Petra und schritt den Korridor entlang. »Und schnell.«

»Ich arbeite an den Plänen für die Suiten im Ostflügel«, wandte Elise ein.

»Oh, das können Sie vorläufig zurückstellen«, sagte Petra irritiert. »Es wird eine Ewigkeit dauern, bis diese verkommenen Räume renoviert sind, und außerdem sind sie nur ein Spielzeug für die Investoren. Es ist viel wichtiger, daß der Laden endlich Geld verdient.«

»Mr. Lannsen hat mich beauftragt, mich um die Suiten zu kümmern«, sagte Elise.

»Sein Pech«, fauchte Petra. »Ich will, daß Sie an dem viktorianischen Bad arbeiten.« Sie bedachte Elise mit einem eisigen Blick, und Elise erkannte – nicht zum erstenmal – daß Petra zur unangenehmen Feindin werden könnte.

»Und was ich sage, wird gemacht. Klar?«

Elise hatte die Arbeit an den neuen Plänen für das Bad beendet. Petra Altham wollte die Dusche in einer anderen Ecke haben, obwohl Elise den Grund nicht verstand. Sie warf einen letzten Blick in das Zimmer. Es befand sich im Erdgeschoß des Ostflügels und war ursprünglich Teil der Eingangshalle gewesen.

Als sie gerade gehen wollte, hörte sie Stimmen. Zwei Arbeiter betraten das Bad. Sie kannte sie, sie gehörten zu dem Team, das aus London nach Shilden gekommen war. Die Männer grüßten freundlich.

»Sind Sie fertig hier, meine Liebe? Wir müssen nämlich noch ein Loch in die Wand schlagen?«

»Wozu denn das?«

»Für den Spion«, sagte der zweite Mann. Er betrachtete den Plan und deutete auf einen Punkt oberhalb der Messingknöpfe für das Waschbecken. »Etwa in dieser Höhe.«

»Soll denn hinter dieser Wand noch ein Raum entstehen?« fragte Elise verwundert.

»Den gibt es schon«, klärte sie der erste Arbeiter auf. »Es gibt einen schmalen Gang zwischen dieser Wand und der nächsten. Dies hier ist eine falsche Wand, sehen Sie?

Der ganze Flügel ist so verzwickt wie ein Kaninchenbau. Aber raffiniert. Wenn wir fertig sind, kann sich einer gemütlich in den Gang setzen und den Ladies bei der Toilette zusehen. Nun ja, jedem das Seine.«

Deshalb also hatte Petra die Dusche versetzen wollen, dachte Elise. Jetzt stand sie dem Guckloch direkt gegenüber.

»Ihr erwartet wohl ein paar komische Käuze in eurem feinen Hotel, was?« fragte der Arbeiter und grinste breit.

Wie viele Doppelwände gibt es sonst noch? fragte sich Elise. Bei ihren Plänen hatte sie die Wände natürlich genau ausgemessen, aber sie hatte sich nie die Mühe gemacht, sie mit den Originalzeichnungen zu vergleichen. Jetzt aber interessierte sie sich für die alten Pläne des Schlosses. Und dort stieß sie auf viele Doppelwände, zwischen denen so viel Platz gelassen war, daß ein Mensch bequem stehen oder sitzen konnte. Offenbar befanden sich die meisten dieser Gänge im Ostflügel. Es gab sogar einen Gang hinter Max Lannsens Zimmern.

Wenn es dort auch Gucklöcher gibt – und wahrscheinlich gibt es welche –, könnte ich mich davon überzeugen, ob er seine Freizeit mit Petra Altham verbringt, fuhr es Elise durch den Kopf. Oder mit wem sonst.

Der Gedanke, Max durch ein Guckloch beobachten zu können, gefiel ihr ausgesprochen gut. Sie stellte sich vor, wie er sein Zimmer betrat, wie er aus dem Jackett schlüpfte, die Manschettenknöpfe öffnete und das Hemd auszog. Sie stellte sich seinen entblößten Brustkorb vor. Sie ließ ihn ein wenig im Zimmer auf und ab gehen, bevor er an den Barschrank trat und sich einen Drink holte.

Im Bad beugte er sich vor, um die Dusche anzustellen. Sie bewunderte seine breiten Schultern, die harten Muskeln des flachen Bauchs und den geschmeidigen pantherähnlichen Gang.

Jetzt zog er sich die Hose aus, und von dort an ließ ihre Vorstellungskraft sie im Stich. Sie wußte, daß seine Backen fest und knackig sein würden, denn sie hatte die Konturen unter den dünnen Jeans gesehen. Auch die Oberschenkel strotzten vor ausgebildeten Muskeln.

Aber der Rest von ihm? Ihre Tagträumereien befriedigten sie dieses Mal nicht. Ihr wurde nur bewußt, daß sie ihn gern nackt sehen würde.

Dieser Gedanke ließ sie in den nächsten Tagen nicht mehr los. Sie wußte, daß es leicht war, in dem Gang zwischen den beiden Wänden auf ihn zu warten. Sie brauchte nur in eines der unfertigen Zimmer im Ostflügel zu gehen und dort ein Paneel in der Wand zu verschieben. Aber sie würde es schnell tun müssen, ehe die Arbeiten dort abgeschlossen waren.

Die Gelegenheit ergab sich erst eine Woche später. Petra trieb sie die ganze Zeit zu weiteren Veränderungen an, und abends blieb ihr kaum eine Minute für sich selbst, denn sie saß über Plänen und Zeichnungen und Entwürfen. Sie hatte Lorna seit einer Woche kaum noch gesehen, sie wußte nur, daß sie ein paarmal in London gewesen war. Auch mit Blair Devlin hatte sie sich nicht mehr verabreden können.

Sie befand sich noch im Ostflügel und hielt Gedanken für ihre Arbeit am nächsten Tag auf einem Notizblock fest, als sie hörte, daß die Arbeiter Feierabend machten. Geräuschvoll ließen sie ihre Geräte fallen. Elise wurde bewußt, daß es viel später war, als sie gedacht hatte. Sie hörte die Männer fröhlich plappernd die Treppen hinuntergehen.

Wenn ich meinen Forscherdrang befriedigen will, dachte Elise, dann ist das der richtige Zeitpunkt.

Es war einfach, sich gewaltsam Zugang zu verschaffen, indem sie eines der Holzpaneele der Wand aus dem Futter hebelte, und es war noch einfacher, sich zwischen die beiden Wänden in den Gang zu schlängeln. Sie bewegte sich vorsichtig und ließ sich vom Schein einer kleinen Taschenlampe führen.

Dann hörte sie Musik. Sie wußte, daß sie in der Nähe von Max Lannsens Zimmern sein mußte. Was unternahm er gerade? Bereitete er die Verführung einer Frau vor? Aber für diesen Zweck schien die Musik nicht unbedingt geeignet zu sein, sie wechselte oft die Akkorde und Rhythmen.

Weiter unten im Gang sah sie schmale Lichtstreifen die Dunkelheit erhellen. Sie spürte, wie ihr Herz schneller schlug und trippelte schnell zum ersten Guckloch. Sie preßte ein Auge gegen die Wand.

Sie schaute in Max Lannsens Wohnzimmer. Es war überraschend spartanisch eingerichtet. Ein großer Teil des Bodens war nicht mit Teppich ausgelegt. Neben einem Sessel stand ein kleiner Tisch mit einer halbleeren Whiskyflasche und einem Glas. Das einzige, was sonst in dem Zimmer noch auffiel, war ein altmodischer Plattenspieler. Unpersönlich, dachte Elise. Die Einrichtung des Zimmers verriet nichts über den Bewohner.

Dann sah sie die Bilder. Ungerahmte Zeichnungen und Aquarelle, und soweit sie erkennen konnte, zeigten sie alle dieselbe Frau. Aus ihrem Blickwinkel konnte sie nicht viel sehen, aber die Frau sah wie eine Schönheit aus, dunkelhaarig und gebieterisch.

Als Max Lannsen das Zimmer betrat, schritt er zum kleinen Tisch und schenkte sich einen Whisky ein. Er trug einen schwarzen Kimono aus Seide. Seine Füße waren nackt, die Haare zerzaust, als hätte er sich gerade ein Hemd über den Kopf gezogen. Er blieb mit dem Glas in der Hand neben dem Tischchen stehen und lauschte der Musik.

Elise war sicher, daß er nackt war unter dem Kimono. Sie spürte Begierde in sich aufsteigen. Sie wollte seinen Körper erforschen, langsam und umfassend. Sie wollte seine Brustwarzen zwischen die Lippen nehmen, bis sie ganz hart wurden. Sie wollte die Hände über seinen flachen Bauch gleiten lassen und seine Männlichkeit erkunden. Sie wollte spüren, wie er anschwoll und steif und hart wurde, während sie ihn bearbeitete und ihre Finger seine Hoden streichelten und kneteten.

Ich werde dich lehren, was es heißt, mich zu ignorieren, Mr. Max Lannsen, Herr von Shilden, dachte sie erregt und rachsüchtig. Wenn ich doch nur einmal mit dir Liebe machen könnte, ich wette, dann würdest du mich nicht mehr ignorieren!

Ihre Gedanken verursachten ein heftiges Ziehen im Unterleib. Sie spürte, wie sie feucht wurde. Sie bewegte ihr Becken nervös hin und her, ehe ihr einfiel, daß er sie hören könnte, wenn sie sich zu heftig bewegte oder gar zu keuchen begann.

Sie schaute wieder durch den Spalt. Er hatte begonnen, im Zimmer auf und ab zu gehen. Er blieb schließlich vor einem der Bilder stehen, betrachtete es einen Moment, hob dann das Glas und trank es in einem Zug leer. Zurück zum Tisch, Whisky nachschenken.

Er setzte sich in den Sessel und streckte die Beine aus. Der Kimono bauschte sich in seinem Schoß auf. Er rieb mit einer Hand über sein Knie, dann bewegte sich die Hand langsam höher. Er trank das Glas aus, stellte es ab und glitt im Sessel noch tiefer. Sie glaubte, eine Beule gesehen zu haben, die Teil seiner Erektion hätte sein können. Oder war es nur ihre Einbildungskraft? Warum bewegte er sich nicht, um ihr mehr von seinem Körper zu zeigen? Warum klaffte der Kimono nicht wenigstens auseinander, damit sie sein Organ sehen und es mit ihren Phantasiemaßen vergleichen konnte?

Er schaute zur Whiskyflasche, griff danach und ließ es dann bleiben. Die andere Hand bewegte sich, glitt kaum merklich über die schwarze Seide des Kimono. Er schoß die Augen.

Ja, so ist es richtig. Zeig es mir. Laß mich sehen, wie du

es am liebsten hast, dachte sie erregt. Die Wirkung auf sie war kaum noch zu unterdrücken, ihre eigene Hand glitt hinunter, die Finger drangen unter den dünnen Stoff des Slips.

Wenn nur das Zuschauen mich schon so erregt, dachte sie, wie muß es dann erst ein, wenn er mich berührt? Seine Hand bewegte sich noch, und die Augen blieben geschlossen. An wen denkt er? fragte sich Elise. Sie streichelte sich sanft.

Das Telefon klingelte. Sie sah, wie Lannsen die Augen öffnete. Einen Moment lang schien er nicht zu wissen, wo er war. Dann stand er auf. Der Kimono klaffte für einen kurzen Augenblick auseinander – zu kurz, als daß sie etwas hätte sehen können. Er ging zum Telefon, und seine Stimme verriet nichts von den Gefühlen, die ihn noch vor Sekunden beschäftigt hatten; sie klang kalt und beherrscht wie immer.

»Ja?« Er lauschte. »Warum wollen Sie das jetzt besprechen?« Wieder eine Pause, dann, mit Verärgerung in der Stimme: »Selbst wenn Sie jetzt noch eine Anweisung ans Londoner Büro schicken, werden sie es erst morgen bearbeiten.« Danach ein Seufzen. »Also gut, ich werde in einer Viertelstunde bei Ihnen sein.«

Ich hasse dich, Petra Altham! Für Elise stand fest, daß Petra am Telefon gewesen war. Niemand sonst auf Shilden würde Max Lannsen um diese Zeit anrufen und behelligen.

Er legte den Hörer auf und verließ das Zimmer. Elise hörte die Dusche. Sie wartete, bis er das Zimmer in einem dunklen Anzug betrat, dann machte sie sich auf den Rückweg. Sie setzte das Holzpaneel an seine Stelle und huschte zurück zu ihrem Zimmer.

Du hast mir ganz schön die Tour vermasselt, Miss Altham, dachte sie später, als sie schon im Bett lag. Aber jetzt weiß ich wenigstens, daß Max Lannsen keine Affäre mit dir hat. Du hast keine Rolle in seiner Phantasie gespielt, sonst hätte er nicht so sauer dreingeschaut, als er dich am Telefon hörte.

Ob er wohl an die Frau auf den Bildern dachte, als er die Augen schloß und die Hand sich vom Knie aufwärts bewegte? fragte sie sich. Warum hatte er so viele Bilder von ihr? Wer war sie? Seine Ex-Frau?

Bisher hatte sie nie an die Möglichkeit gedacht, Max könnte verheiratet sein. Falls er eine Frau hatte, schien sie in seinem Leben keine große Rolle zu spielen. Vielleicht war sie gestorben. Das würde seine düstere Grundstimmung erklären. Und es würde auch erklären, warum er London verlassen hatte – um den Erinnerungen zu entkommen. Er muß sehr verliebt in sie gewesen sein, dachte sie schläfrig, sonst hätte er doch keinen Maler engagiert, der so viele Bilder von ihr geschaffen hatte.

Ihr gefiel die Vorstellung von Max Lannsen, dem unendlich trauernden Witwer.

»Du mußt verrückt sein«, sagte Lorna, als sie ihr am nächsten Tag ihre Theorie erläuterte. »Ich glaube einfach nicht, daß unser wunderbarer Max ein Herz hat, das man brechen kann. Und ganz bestimmt glaube ich nicht, daß er jemals verheiratet war. Was, um alles in der Welt, hat dich auf diese verrückte Idee gebracht?«

Elise hob die Schultern. »Ich versuche nur herauszufinden, wie Max tickt.«

Sie hatte nicht vor, Lorna etwas über ihr Spionieren zu erzählen. Sie wußte, daß Lorna dann auch den Spanner spielen wollte, und sie selbst schämte sich wegen der Schwäche, der sie nachgegeben hatte. Wie hätte sie wohl reagiert, wenn die Positionen umgekehrt wären? Wenn

Max in ihr Zimmer geschaut und sie dabei beobachtet hätte, wie sie nackt auf dem Bett lag.

Vielleicht würde es mir nichts ausmachen, dachte sie, aber das liegt nur daran, daß ich so verrückt nach ihm bin.

»Männer wie Max heiraten nicht aus Liebe«, sagte Lorna im Brustton der Überzeugung. »Sie heiraten, weil sie sich eine bessere gesellschaftliche Stellung versprechen oder aus geschäftlichen Motiven, jedenfalls aus irgendeinem Grund, der ihnen irgendeinen Vorteil verschafft. Aber die Vorstellung, daß Max sich in eine Frau verknallt, ist einfach zu lächerlich. Vielleicht ist er ein verkappter Schwuler?«

»Unsinn«, sagte Elise streng. »Du bist nur frustriert, weil er sich immer noch nicht um dich bemüht hat.«

»Noch nicht«, betonte Lorna und grinste. »Aber an diesem Wochenende geht er vielleicht aus sich heraus, wenn nämlich unsere ersten Gäste kommen und er erlebt, daß ich nicht die errötende Jungfrau bin, für die er mich wahrscheinlich hält.«

»Du ... du gehörst zu den Frauen, die ... die Gäste unterhalten?« Elise war sichtlich geschockt.

»Ja«, antwortete Lorna fröhlich. »Warum denn nicht? Das Geld kann ich gut gebrauchen. Und wenn mein Boß meine Talente überprüfen will, werde ich mich der Herausforderung stellen. Es wird mir ein Vergnügen sein.«

Elise schluckte, sagte aber nichts.

»Der formelle Empfang wird eine steife und langweilige Angelegenheit sein«, fuhr Lorna fort. »Wir stehen nur alle herum und betreiben höfliche Konversation. Aber wenn wir uns danach zur informellen Party treffen, könntest du doch dazukommen. Zieh dir was Hübsches an. Es muß eng und enthüllend sein. Vielleicht bist du danach ein paar hundert Pfund reicher.«

»Lieber bleibe ich arm«, sagte Elise spröde.

»Himmel!« rief Lorna und verdrehte die Augen. »Ich glaube tatsächlich, daß ich dich geschockt habe!«

Elise errötete. »Nein, hast du nicht.«

»Habe ich doch! Jetzt glaubst du, ich sei eine Hure.«

»Nein!«

»Kann sein, daß ich einen Mann auf der Party treffe, mit dem ich anschließend ins Bett gehe«, sagt Lorna. »Was ist daran so schlimm? Du gehst doch auch mit Blair ins Bett.«

»Das ist etwas anderes.«

»Willst du mir jetzt erzählen, daß du in ihn verliebt bist?«

»Nein«, sagte Elise. »Er ist sexy, und es macht Spaß, mit ihm zusammenzusein, aber ich bin nicht in ihn verliebt.«

»Wenigstens das nicht«, sagte Lorna und atmete aus. »Denn du kannst hundertprozentig sicher sein, daß er nicht in dich verliebt ist. Ich will nur auf den Punkt hinaus, daß meine Freundinnen nichts anderes tun als das, was du tust. Niemand zwingt sie zu irgend etwas. Wenn sie den Mann nicht mögen, sagen sie nein. Der Unterschied ist nur, daß sie Geld dafür bekommen, wenn sie mit ihm ins Bett gehen. Das hört sich doch sehr vernünftig an, oder nicht?«

»Ich will ihnen das nicht vorwerfen«, sagte Elise. »Aber für mich wäre es nichts.«

»Dann geht es dir nicht schlecht genug.«

Die Zeit verging so rasend schnell, daß Elise kaum dem Kalender glauben mochte, der ihr sagte, daß es Mittwoch war. Sie trat gerade aus der Dusche, als das Telefon klingelte.

»Wie wäre es mit Freitag abend?« fragte Blair Devlin.

»Ich kann nicht«, sagte sie mit Bedauern.

»Hast du eine andere Verabredung?« Sie wußte, daß er sie nur ein bißchen reizen wollte.

»Wir eröffnen an diesem Wochenende. Am Freitag abend gibt es zum Empfang eine Cocktailparty, und man erwartet, daß ich mich dort sehen lasse.«

Nach einer Pause sagte Blair: »Ich verstehe.«

Sie versuchte, das Thema zu wechseln. »Ich möchte dir gern einmal die Zimmer zeigen, die ich entworfen habe. Ich glaube, der Fitneßraum würde dir gefallen.«

»Das glaube ich auch.« Jetzt klang seine Stimme wieder wärmer. »Und du würdest mir wirklich eine Führung durchs Schloß zukommen lassen?«

»Wann immer du willst«, versprach sie. »Aber wie würdest du hereinkommen? Ich möchte dich nicht dazu verleiten, dein Wort zu brechen und durch den Nebeneingang zu kommen.«

»Du könntest mich zu vielen Dingen verleiten«, sagte er, »aber dazu nicht. Glaube mir, als ich Lannsen mein Versprechen gab, war es mir ernst. Aber wenn ich einen anderen Weg ins Schloß fände, steht dann dein Angebot noch?«

»Eine Führung? Möchtest du das wirklich?« Sie dachte darüber nach. Es würde bestimmt noch mehrere Wochen dauern, bis das Schloß dauernd genutzt wurde. »Ich glaube schon, daß ich das arrangieren kann«, sagte sie. »Aber was geschieht, wenn du erwischt würdest?«

»Mr. Lannsen würde sehr wütend sein«, antwortete Blair. »Vielleicht würde er sogar versuchen, mich hinauszuwerfen, aber das dürfte ein spannender Vorgang werden.«

»Ich will nicht verantwortlich sein für einen Faustkampf zwischen euch beiden«, sagte sie rasch. »Aber wenn du glaubst, daß du ungesehen ins Schloß kommen kannst, bin ich bereit, dir das Haus der Freuden auf Shilden Castle zu zeigen.«

»Abgemacht«, sagte er.

Elise legte den Hörer auf und lächelte versonnen. Es war eine hübsche Idee. Sie würde ihm gern zeigen, was aus Shilden Castle geworden war. Der Fitneßraum würde ihm bestimmt gefallen, obwohl man einige Einrichtungsgegenstände in konventionellen Betrieben kaum finden würde.

Petra Altham hielt den Fitneßraum für den originellsten von allen, und Elise mußte gestehen, daß sich die hochnäsige Miss Altham einiges hatte einfallen lassen. Vibrierende Laufbänder und Massagebänke. Ketten und Seilrollen, um Gewichte zu heben, aber auf Shilden Castle dienten sie eher dazu, die Opfer in ungewöhnliche Posen zu bringen. Es gab eine ungewöhnliche Liebesschaukel und Geräte, die massierten – außen und innen. Es gab flache Paddel, die dazu benutzt werden konnten, die Blutzirkulation zu fördern – oder die erotische Erregung, das hing davon ab, auf welchen Teilen der Anatomie man sie einsetzte.

Sie zwang sich, die Richtung ihrer Gedanken zu ändern. Bisher hatte sie in den einzelnen Zimmern arbeiten können, ohne sich selbst in die möglichen Handlungen einzubeziehen, deshalb war die Arbeit auch schnell von der Hand gegangen.

Der Schusterladen beispielsweise, der mit allem denkbaren Schuhwerk eingerichtet war – einschließlich eines erhöhten Laufstegs, auf dem die Modelle die neueste Schuhmode vorführen konnten. Stiletto-Absätze oder hochgeschnürte Stiefel. Und rundherum verspiegelt, damit sich die Akteure in jeder Phase ihres Spiels betrachten konnten.

Das Fotostudio war mit Hintergrundbildern ausgestattet – man konnte sich und seine Partnerin am Strand oder in den Bergen ablichten. Es gab genug Polaroidkameras, so daß die Beteiligten ihren Spaß sofort verewigen konnten.

Das Schulzimmer würde bestimmt gern aufgesucht werden, ob als Lehrer oder als Schüler. Es gab ein paar antiquierte Schulbänke, ein Lehrerpult und natürlich den unverzichtbaren Rohrstock.

Spektakulär waren auch die einzelnen Zimmer, die einem Motto oder einer Ära zugedacht waren. Elise hatte – mit Petras Hilfe – Zimmer im Stil der Reformationszeit, der Renaissance und der viktorianischen Zeit eingerichtet. Man fand dort Kleider und Unterwäsche aus dieser Zeit, und natürlich war auch das Mobiliar echt oder mindestens originalgetreu.

Elise hatte das Gefühl, daß Blair Devlin sich in jedem dieser Zimmer gern aufgehalten hätte, aber sie war sich auch ziemlich sicher, daß er sie nie sehen würde. Auch wenn er Max Lannsen nicht das theatralische Versprechen gegeben hätte, sah sie keine Möglichkeit, wie er ins Schloß gelangen konnte, ohne gesehen zu werden.

In den ersten Tagen, als die meisten Arbeiter aus der Umgebung stammten, hätten sie ihn bestimmt gedeckt, aber von denen waren nur noch die Gärtner, die Putzfrauen und Mrs. Stokes übrig. Mrs. Stokes war immer noch die Chefin der Küche. Sie drohte ständig damit, ihre Kündigung einzureichen, aber bisher war das nicht geschehen.

Elise hatte das Gefühl, daß sie das auch gar nicht ernst meinte, ganz egal, was auf Shilden Castle geschah. Sie hatte den weitaus größten Teil ihres Lebens auf dem Schloß verbracht.

Seit sich herumgesprochen hatte, daß Elise mit Blair Devlin befreundet war, hatte sich Mrs. Stokes' Verhalten um hundertachtzig Grad gedreht. Sie war jetzt sehr freundlich, wenn sie Elise sah. In einem Gespräch mit ihr hatte sie ihr einmal anvertraut, daß sie auf den Tag wartete, daß der ›neue Herr von Shilden auf das Schloß zurückkehrte‹ und daß sie hoffte, diesen Freudentag noch zu erleben.

Elise bezweifelte das sehr. Max Lannsen würde sich nicht vertreiben lassen.

Sechstes Kapitel

Shilden Castle war kein friedlicher Ort mehr. Junge Männer und Frauen mit südenglischen Akzenten wanderten durch die Quartiere der Angestellten, standen in Grüppchen zusammen, schwatzten und rauchten. Sie beschwerten sich über alles, über ihre Unterkunft, die Uniformen, die sie tragen sollten, über das Kaff, in dem der Hund begraben lag. Elise hielt sie für oberflächlich und nervend, und der Londoner Klatsch interessierte sie nicht mehr. Selbst die sonst so gelassene Petra schien zermürbt zu sein, je näher die Eröffnungsnacht rückte. Im Gegensatz dazu schien Lorna von dem bunten Treiben entzückt zu sein, besonders, als ein paar langbeinige Schönheiten, die so aussahen, als wären sie gerade vom Laufsteg geschritten, in ihr Büro kamen, sich küssend und umarmend begrüßten und dann Geschichten über gemeinsame Freunde und Freundinnen austauschten.

»Ist es nicht phantastisch, die kleinen und großen Skandalgeschichten zu hören?« rief Lorna, als Elise ins Büro kam, zwei Tassen Kaffee in den Händen.

Eine atemberaubend gutaussehende schwarze Frau stand auf und lächelte Elise an. »Hallo, du mußt Elise sein. Ich bin Patricia. Oder Tish. Oder Tschuna N'Gato, wenn ich meinem Ausweis glauben soll.« Sie sprach den gleichen Dialekt wie Lorna. In ihren Stöckelabsätzen war sie über eins achtzig groß. »Lorna hat mir alles über dich erzählt. Offenbar bist du es, die sie bei Laune hält. Ich meine, sonst hat diese Gegend den Charme eines Leichenschauhauses, oder?«

»Das darfst du Elise nicht sagen«, warnte Lorna. »Sie hat sich in diese Einöde verliebt. Ganz zu schweigen von einem der einheimischen Frauenhelden.«

»Du magst diese endlose Weite?« Tish schüttelte sich

theatralisch. »Mir ist sie unheimlich. Ich fühle mich wohler, wenn ich Mauern und Lichter sehe.« Sie musterte Elise neugierig. »Hast du wirklich einen interessanten Mann in dieser Gegend gefunden? Ich meine, mal abgesehen von dem attraktiven Max Lannsen?«

»Einen Reitlehrer«, plapperte Lorna. »Kräftige Schenkel, Stiefel bis zu den Knien und knallenge Breeches.«

»Hört sich nach einer Menge Spaß an«, sagte Tish. »Kommt er auch zur Party?«

»Himmel, nein!« rief Lorna lachend. »Er und Max können sich nicht ausstehen.«

»Schade.« Tish sah Elise mit einem breiten Lachen an. »Aber Glück für dich. Sonst hätte ich mein Voodoo wirken lassen und ihn dir weggestohlen.«

»Du verstehst von Voodoo nicht mehr als ich«, spottete Lorna. »Du kannst nicht mal eine gescheite Tasse Kaffee brühen.«

»Zu deiner Information will ich dir mitteilen, daß ich einen verdammt guten Voodootanz hinlegen kann«, verteidigte sich Tish. »Mit Augenrollen und Brustschütteln. So ein richtiger ursprünglicher Tanz. Er öffnet Tiefen deiner Seele, die du schon für tot gehalten hast, sage ich dir.« Sie blinzelte Elise zu. »Das ist eine geeignete Methode bei älteren Herrn. Wenn dein Reitlehrer Probleme hat, schicke ihn mal zu mir.«

»Tish war mal Lehrerin«, erklärte Lorna, nachdem die kräftige schwarze Frau gegangen war. »Sie hat ihren Abschluß in Oxford gemacht. Aber das Anfangsgehalt einer Lehrerin ist bescheiden, und die große Zahl der Kinder in den Klassen war einfach unerträglich. Deshalb ist sie jetzt hier. Und verdient ein Vermögen. Wenn sie dreißig ist, kann sie aufhören.« Sie lachte Elise an. »Du solltest wirklich mit auf den Wagen springen. Mit deinem Geschick und deiner Figur schlägst du wie eine Bombe ein. Denk darüber nach.«

»Ich kann wirklich nicht glauben, daß du das tust«, sagte Elise ein bißchen lauter, als sie beabsichtigt hatte.

Janine grinste. »Zweihundert Pfund, Spesen extra. Und alles, was ich dazuverdiene, kann ich behalten. Und da meinst du, ich solle es mir noch einmal überlegen?«

Als ihre Freundin an ihre Tür geklopft hatte und in einem maßgeschneiderten Kostüm eingetreten war, hatte Elise sie nicht sofort erkannt, denn die einstmals dunklen Haare waren silbrigblond geworden. Dies sollte Janine Blake sein, die sonst in weiten Pullovern und verwaschenen Jeans lebte? Diese grazile, prächtig aufgemachte Schönheit?

»Es gibt nur eins, was ich nicht verstehen kann«, fuhr Janine fort. »Warum machst du nicht mit?«

»Nun, einer der Gründe ist, daß ich ... nun ja, eine Beziehung habe.«

»Mit diesem Reitlehrer, von dem du mir erzählt hast?« Janine hob die Schultern. »Na und? Soll es eine Beziehung sein, die anhält, bis der Tod euch scheidet? Hat er dir schon einen Diamantring geschenkt? Ich habe ein gutes Gedächtnis, und du selbst hast gesagt, daß es nicht von Dauer sein sollte.«

Genau das hatte sie gesagt, erinnerte sich Elise. Zu Anfang habe ich es so gesehen. Und Blair wird es auch jetzt noch so sehen. Wir freuen uns, in der Nähe des anderen zu sein. Wir genießen die Zeit miteinander. Aber keine Verpflichtungen, keine Eifersüchteleien.

Nur – ich denke oft an ihn. Ich freue mich darauf, seine Stimme am Telefon zu hören. Er macht mich auf eine Weise an, die ich bei Ralph nie gekannt habe. Vielleicht wäre es bei Max genauso, aber es sieht nicht so aus, als könnte ich es je vergleichen.

»Du hast diesen Glanz in deinen Augen«, neckte Janine sie. »Du denkst an Sex.«

»Nein«, sagte Elise.

»Du kannst Tante Janine nicht belügen. Ich kenne dich viel zu gut.«

»Wenn du glaubst, ich würde mich an einen Fremden verkaufen, dann kennst du mich überhaupt nicht.«

»Wer spricht denn von einem Fremden?« fragte Janine grinsend. »Du hast den ganzen Abend Zeit, ihn kennenzulernen. Und wenn du ihn nicht magst, dann – tschüs. Aber wenn er dir gefällt, dann –«

»Wenn ich daran denke, daß du früher über nichts anderes als über deine Kunst gesprochen hast ...«

»Aber das ist doch ein Training für meine Kunst«, wandte Janine ein. »Ich schauspielere. Dies hier ...« – sie drehte eine Pirouette, bei der ihr Rock hochflog, so daß man ihre schwarzen Strapse sehen konnte – »... bin nicht ich. In Wirklichkeit bin ich immer noch deine unordentliche Freundin, die auf Flohmärkten einkauft und die gebackene Bohnen direkt aus der Dose ißt.« Sie betrachtete sich kritisch im Spiegel. »Du siehst eine Frau, die so tut, als ob. Sie sieht nur zufällig so aus wie ich. Und der Auftritt an diesem Wochenende – das ist wie in einer Theaterinszenierung. Und ich werde auch dafür sorgen, daß es mir Spaß macht.«

Die Eingangshalle wurde vom goldenen warmen Schimmer erhellt, den nur Kerzenlicht bewirken kann, dabei waren es elektrische Reproduktionen. Aber die Ähnlichkeit mit echten Kerzen war so täuschend, daß die meisten Gäste glauben würden, daß überall in den Wänden und an einem großen Kronleuchter in der Mitte der Halle dicke Wachskerzen flackerten. An den Steinwänden hingen schwere Gobelins mit mittelalterlichen Motiven. Schilde füllten die Stellen zwischen den Wandteppichen. Es sah gut aus, stilvoll und elegant.

Die Gäste bedienten sich an einem Buffet, das sich vor lauter Köstlichkeiten bog. Kellner und Kellnerinnen bewegten sich lautlos zwischen ihnen und versorgten sie mit Getränken. Die Frauen waren ausnahmslos so schön, daß man sie für Models oder Stars halten konnte, nur die anwesenden Männer erreichten nicht diese Perfektion fürs Auge.

Elise beobachtete Janine in einem engen Kleid, das sich um ihre schlanke Figur schmiegte. Sie war dabei, zwei Herren mittleren Alters zu betören. Dann richtete sie ihre Aufmerksamkeit auf Tish, die einen guten Kopf größer war als die meisten Männer. Tish trug ein sehr dezentes schwarzes Kleid und um den Hals eine enganliegende Kette mit glitzernden Steinen.

Lorna wirkte trügerisch und sittsam in einem knöchellangen Rock und einer hochgeschlossenen Bluse. Petra Altham hatte sich für ein helles Kostüm mit kurzem Rock entschieden. Das strenge Jackett hatte einen fast männlichen Schnitt, der irgendwie ihre runden Hüften unterstrich.

Elise trug das schwarze Kleid, das sie auch angezogen hatte, als sie das zweite Mal mit Blair essen gegangen war. Sie hatte ihr Haar lose hochgebunden, und nur ein paar Strähnen umrahmten ihr Gesicht. Neben den eleganten ›Gesellschafterinnen‹, die Lorna und Petra nach Shilden gebracht hatten, mußte sie wie eine junge, unerfahrene Frau wirken. Das ist auch gut so, dachte sie, dann wird mir auch niemand ein anzügliches Angebot machen.

Sie mischte sich unter die Gäste, beteiligte sich an der plätschernden Unterhaltung, lächelte viel und ertappte sich dabei, daß ihr Blick immer wieder mal nach Max Lannsen suchte. Er wirkte düster und ernst wie immer in seinem dunklen Anzug, der nur durch das makellos weiße Hemd und die breiten Manschetten aufgehellt wurde. Sie hatte den starken Verdacht, daß er sich nicht wohl fühlte in dieser Gesellschaft.

»Darling, ich möchte Ihnen einen Vorschlag machen.« Elise fuhr herum, als sie Petras Stimme hörte.

»Wenn es das ist, was ich glaube, lautet die Antwort nein«, sagte Elise rasch.

»Ich bin sicher, daß es nicht das ist, was Sie glauben«, meinte Petra. »Aber es bedeutet dreihundert Pfund auf die Hand.« Sie unterbrach Elises Einwand. »Darling, hören Sie mir doch wenigstens zu. Sehen Sie den alten Knaben da drüben? Den mit der Glatze?«

Elise riß den Blick von Max Lannsen los. Sie folgte Petras Blickrichtung. »Ja.«

»Das ist George Farrow«, sagte Petra.

Elise starrte sie verständnislos an. »Soll mir der Name etwas sagen?«

»Ja, sollte er. Er hat mehr Geld, als er ausgeben kann. Und einiges davon hat er auf Shilden investiert.«

»Die Antwort lautet immer noch nein.«

»Sie haben meinen Vorschlag noch gar nicht gehört«, sagte Petra vorwurfsvoll. »Ziehen Sie keine voreiligen Schlüsse. George gehört zu den Männern, die nichts lieber tun als spannen. Erinnern Sie sich an den schmalen Gang hinter dem viktorianischen Bad, den die Handwerker dort angelegt haben? Das war Georges Idee. Er fährt darauf ab, ein kleiner ungezogener Junge zu sein, der Ladies beim Ausziehen oder unter der Dusche zuschaut. Das ist alles. Geben Sie ihm eine kleine Schau, und Sie bekommen dreihundert Pfund.«

Elise starrte sie an und brachte keinen Ton heraus. Sie konnte es nicht glauben.

»Wieso zögern Sie noch?« fragte Petra verärgert. »Jedes meiner Mädchen würde die Chance wahrnehmen!«

»Und warum fragen Sie sie nicht?«

»Weil George *Sie* haben will«, fauchte Petra. Sie schien darüber wütend zu sein. »Ihm gefallen Ihre roten Haare. Und er meint, Sie sähen unschuldig aus.« Sie knipste wieder ein Lächeln an. »Wenn George happy ist, sind wir alle happy. Er hält die größten Aktienanteile an diesem Unternehmen. Ich habe ihm gesagt, daß Sie keines meiner Mädchen sind, aber er will trotzdem Sie beobachten. Sie werden nichts davon merken, Sie werden ihn nicht einmal sehen.«

»Keine versteckten Kameras?« fragte Elise. »Und ich werde später nicht herausfinden, daß ich eine viel größere Zuschauerschaft hatte?«

»Nein«, sagte Petra, und dann fügte sie scharf hinzu: »Ich habe Profis, die für mich arbeiten, Darling! Ich brauche Sie nicht. Diese kleine Einlage soll George bei Laune halten, das ist alles. Und überlegen Sie nicht mehr zu lange. George will seine Show morgen abend haben, denn am Sonntag fährt er schon wieder nach Hause zurück.«

»Du wirst es nicht glauben!«

Lorna stürzte in Elises Zimmer, wo sie mit Janine über den Abend plauderte. »Ich glaube es nicht! Verdammt, ich will es auch nicht glauben!«

»Wir werden es glauben«, versicherte Janine ihr. »Aber du mußt es uns sagen.«

»Der wunderbare Max ist menschlich«, sagte Lorna. »Er hatte Tish zu einer privaten Vorführung in seinem Zimmer!«

»Tish?« wiederholte Janine. »Nun, dann hat er wenigstens einen guten Geschmack. Oder ein bißchen bizarr. Ich habe gehört, daß unsere Voodoopriesterin vielseitig verwendbar ist.«

»Oh, ja, das ist sie«, bestätigte Lorna, »aber das bin ich auch. Und warum hat er nicht mich ausgewählt?«

»Nun, Darling«, sagte Janine zu Elise, »jetzt ist es deine große Aufgabe herauszufinden, ob das Objekt eures Interesses im Bett was taugt. Komm, wir fragen sie.«

»Das könnte ich nie«, sagte Elise.

»Ich könnte es«, sagte Lorna, »und ich werde es auch tun.« Sie ging zur Tür, drehte sich dort noch einmal um. »Wie, kommt ihr etwa nicht mit?«

Sie fanden Tish in ihrem Zimmer und umzingelten sie wie ein Meute sensationslüsterner Klatschjournalistinnen.

»Komm schon, Tish«, begann Lorna. »Wir wollen Einzelheiten. Wie war es mit Max Lannsen im Bett?«

»Deine Schulerziehung war vergebliche Liebesmüh«, sagte Tish trocken. »Seit wann ist es schicklich, einer Lady so eine Frage zu stellen?«

»Wir stellen die Frage keiner Lady«, sagte Lorna. »Wir fragen *dich.*«

»Sag uns wenigstens, ob es gut war«, bat Elise.

»Wie war er bestückt?« rief Janine dazwischen.

»Also wirklich, Janine«, sagte Elise entsetzt. »Wie unanständig du dich ausdrückst!«

»Willst du mir erzählen, daß dich das nicht interessiert?« fragte Janine herausfordernd. »Dir läuft doch der Speichel schon aus dem Mund, gib's doch zu! Und ich bin auch ganz heiß auf ihn. Euer Mr. Lannsen sieht verdammt interessant aus.«

»Tut mir leid«, sagte Tish von oben herab. »Ihr müßt weiter eure lüsterne Vorstellungskraft bemühen.« Sie grinste. »Mit einem Wort – ich werde nicht tratschen.« Sie legte sich in ihrem Sessel zurück und streckte ihre langen Beine aus. »Meine Lippen sind versiegelt. Das nennt man Professionalität. Außerdem habe ich es ihm versprochen.«

»Er hat dir gesagt, du sollst nichts erzählen?« fragte Janine.

»Ja, klar.«

»Dann hat er also bizarre Vorlieben«, schloß Janine daraus.

»Ich kann euch sagen, daß ich so etwas noch nie zuvor getan habe«, behauptete Tish.

»*So* abartig?« Lorna war verdutzt und brannte noch mehr vor Neugier. »Ich meine, sei doch ehrlich, es gibt nichts mehr, was du noch nicht gemacht hast.«

»Nein, das stimmt nicht«, widersprach Tish. »Es gibt viele Dinge, bei denen ich meine Grenze ziehe, meine

Liebe. Aber ich will euch sagen, daß mir jede Minute mit Max Lannsen unheimlich gut gefallen hat, und das Finale war einfach umwerfend. Wenn er mich um eine Wiederholung bittet, werde ich sofort einwilligen.«

»Und dies ist Ihr Kostüm.« Petra zeigte aufs Bett, wo eine komplette Garnitur viktorianischer Unterwäsche lag.

»Ich werde Stunden brauchen, um das alles auszuziehen«, klagte Elise.

»Darum geht es ja«, sagte Petra. »Es soll ruhig Stunden dauern. George wird vom Zuschauen einen Höhepunkt nach dem anderen haben. Je mehr, desto besser. Ziehen Sie sich langsam aus, das mag er besonders. Und waschen Sie sich langsam. Produzieren Sie viel Schaum, den Sie über den ganzen Körper reiben, dann drehen Sie sich in der Dusche langsam herum, daß er Sie von allen Seiten bewundern kann. Vergessen Sie nicht, wo er sitzt. Zeigen Sie ihm nicht sofort alles. Sie müssen ihn reizen.« Sie schaute Elise prüfend an.

»Ich habe zugesagt, also werde ich es tun«, sagte Elise.

Sie hatte die Nacht über Zeit gehabt, zu einer Entscheidung zu gelangen. Es hatte geholfen, daß sie von Tish und Max Lannsen gehört hatte. Sie wußte nicht, ob sie entzückt oder wahnsinnig vor Eifersucht sein sollte, als sie erfuhr, daß Max Lannsen so gut war, daß er sogar eine Frau wie Tish beeindruckt hatte. Und was hatte Tish mit dem ›Finale‹ gemeint? Es hörte sich an, als hätten sie irgendeine Phantasie ausgelebt.

Sie sah ein Bild vor sich, wie Tish ihm ihren erotischen Voodootanz vorführte. Spielte Max Lannsen den Herrn, der ihr befahl, was sie zu tun hatte, bevor er sie stürmisch und gewaltig nahm? Warf er sie aufs Bett oder auf den Boden, während sie seinen Griffen zu entkommen suchte – Bemühungen, die sie schon bald einstellte, als sie seine kräftigen Stöße zu genießen begann? Oder übernahm sie von Anfang an die Kontrolle des Spiels, reizte und neckte sie ihn, befahl sie ihm, auf die Knie zu gehen und ihrem Körper zu huldigen?

Sie wollte nicht darüber nachdenken. Das Erlebnis mit Tish hatte ihn in noch größere Ferne gerückt. Wenn er Tish so faszinierend fand, warum sollte er dann eine andere Frau wollen?

Sie versuchte, sich auf George Farrow und seine relativ unschuldigen Wünschen zu konzentrieren. Je länger sie darüber nachdachte, desto alberner schien es, sich zu verweigern. Was war schon daran, sich zuschauen zu lassen? Man hatte nicht einmal von ihr verlangt, daß sie etwas Erotisches an sich selbst vornehmen sollte – es war eher das, was sie jeden Morgen erledigte; sie zog sich aus und wusch sich. Und diesmal würde ein nicht mehr ganz junger Mann zuschauen.

Was würde Blair dazu sagen? Wahrscheinlich hätte er nichts dagegen, dachte sie. Eher würde er sich gern neben George Farrow setzen und auch zuschauen. Dabei könnten sie ihre Meinungen über meine *performance* austauschen. Blair liebte den weiblichen Körper in der Bewegung. Wahrscheinlich würde er sie sogar bitten, die Vorstellung für ihn privat zu wiederholen, aber dann würde er sich nicht mit der passiven Rolle zufrieden – geben. Dieser Gedanke bestätigte Elise, daß sie George Farrow diese Vorführung bieten konnte. Sie würde sich einfach nur einreden, daß Blair Devlin hinter der Wand stand.

Sie brauchte zum Anziehen der Sachen länger, als sie geglaubt hatte. Die Wäsche war offenbar mehr aus erotischen als aus historisch korrekten Gesichtspunkten entworfen worden. Trugen die Viktorianerinnen wirklich solche rüschenbesetzten Hüfthalter unter knielangen *pantalons*? Und solche blassen Seidenstrümpfe? Waren die Korsettstangen auch damals so angebracht, daß sie den

Busen so provokativ nach oben drückten? Und wurden sie nicht im Rücken geschnürt? Ihr Korsett ließ sich vorn schnüren, was ein Glück war, sonst hätte sie sich nicht allein anziehen können. Und ausziehen, fügte sie kichernd ihren Gedanken hinzu.

Man hatte sie informiert, daß ein Licht aufblitzen würde, sobald George Farrow für sie bereit war. Als sie das viktorianische Bad betrat, war sie weniger nervös, als sie erwartet hatte. Das Zimmer war ihr vertraut, und sie wußte genau, wo George Farrow sitzen würde. Irgendwie hatte sie das Gefühl, die Kontrolle zu haben. Er würde nur sehen, was sie bereit war, ihm zu zeigen.

Sie erinnerte sich an Petras Anweisungen und ließ sich Zeit. Sie wanderte im Bad umher, betrachtete sich im Spiegel und achtete darauf, sich ihm von jeder Seite zu zeigen. Dabei bemerkte sie, daß ihre Brustwarzen über den Rand des Korsetts lugten, wenn sie die Arme hoch genug hob. Sie probierte das ein paarmal, drehte sich zum Guckloch um, wandte sich wieder ab und nahm verspielt eine Haarsträhne zwischen Daumen und Zeigefinger.

Ich hoffe, du gerätst ins Schwitzen, dachte sie. Vielleicht platzt du ja schon, bevor ich unter die Dusche gehe. Dann wäre mein Auftritt ein voller Erfolg gewesen.

Als sie glaubte, ihn genug gereizt zu haben, öffnete sie langsam Knopf um Knopf ihres Korsetts. Sie stellte sich vor, daß Blair ihr zuschaute. Dunkle Augen? Ein ernstes Gesicht? Sie erkannte, daß sie sich nicht das Gesicht Blairs vorstellte, sondern das von Max Lannsen.

Verdammt, schon wieder dieser Mann, dachte sie wütend. Warum kann ich ihn mir nicht aus dem Kopf schlagen? Es muß daran liegen, daß er so unerreichbar scheint. Wenn ich ihn einmal im Bett hätte, würden diese albernen Tagträumereien wahrscheinlich vorbei sein.

Aber sie kam nicht gegen ihr Unterbewußtsein an, das sich wünschte, er möge da draußen sitzen und ihr zuschauen. Sie schnürte das Korsett auf und stellte ihn sich hinter dem Guckloch vor. Wie er unruhig von einem Fuß auf den anderen trat. Wie er steif wurde.

Sie ließ das Korsett auf den Boden fallen und drehte eine Pirouette. Es war viel leichter, diese Vorführung für Max Lannsen abzuliefern als für George Farrow. Sie schob die *pantalons* hinunter und trat aus ihnen heraus. Jetzt trug sie nur noch die Seidenstrümpfe und ihre aufknöpfbaren Stiefel mit den flachen Absätzen.

Sie ließ sich Zeit mit den Stiefeln, stellte ein Bein auf einen Hocker und drehte sich so, daß ihr versteckter Zuschauer immer nur für ein paar Sekunden einen Blick auf das krause rote Haar zwischen ihren Schenkeln werfen konnte.

Als sie die Stiefel ausgezogen hatte, rollte sie die Strümpfe hinunter und beugte sich dabei tief vornüber, damit er ihren Hintern bewundern konnte. Für einen kurzen Augenblick öffnete sie die Schenkel ein wenig.

Sie stellte sich Max Lannsen vor, der unruhig auf seinem Stuhl herumrutschte und zunehmend verlegen wurde. Dann rief sie sich in Erinnerung, daß es der ältere George Farrow war, der ihr zuschaute, und ihre Stimmung sank.

Unter der Dusche erinnerte sie sich wieder an Petra Althams Anweisungen und seifte sich so langsam wie möglich ein. Sie bedeckte den ganzen Körper mit süß duftendem Schaum, verrieb und verteilte ihn und entblößte immer wieder einen neuen Teil ihrer Anatomie, während sie sich langsam drehte.

Wie lange soll ich das tun? fragte sie sich. Plötzlich wollte sie, daß es vorbei war. Max Lannsen unterhielt sich wahrscheinlich mit Gästen, und Lorna und ihre Freundinnen hatten bestimmt schon ihre Netze ausgeworfen, um ihn einzufangen. Würde er ihnen nachgeben? Würde er ihren geschickten Verführungskünsten widerstehen können?

Das warme Wasser fiel in Kaskaden auf sie herab. Hör auf mit deinen Träumen, sagte sie sich. Bewege dich. Du hast einen Auftrag, oder hat du das vergessen?

Sie bewegte sich schlängelnd unter den Wasserstrahlen, wand sich unter den warmen Attacken, die auf Brüste und Bauch, auf Schultern und Hintern prasselten. Sie ließ die Hände über ihren Körper gleiten, streichelte ganz kurz ihre Brüste, als wollte sie die letzten Schaumreste entfernen, und durchkämmte mit gespreizten Fingern die krausen Schamhaare.

So, das muß reichen, dachte sie. Als sie aus der Dusche trat und sich mit einem riesigen weißen Frotteetuch trockenrubbelte, fand sie, daß sie George Farrow eine gute Show geboten hatte. Es war nicht schwierig gewesen. Wenn der dumme Kerl eine Wiederholung wünscht und sich dabei großzügig erweist, werde ich bereit sein!

»Beruhigen Sie sich, er wird Sie nicht vergewaltigen«, sagte Petra mit Wut im Bauch. »Warum wollen sie nicht mit ihm essen? Ich weiß, daß er das Essen in seinem Zimmer einnehmen will, aber glauben Sie wirklich, daß er seinen Ruf aufs Spiel setzen will, um etwas Albernes zu versuchen? Er hat viel zuviel Angst, seine Frau könnte etwas erfahren.«

»Ich wußte nicht, daß er verheiratet ist«, sagte Elise. »Ihre erste Reaktion war gewesen, George Farrows Einladung zu einem Essen abzulehnen. Petra versuchte nun, sie umzustimmen.

»Natürlich ist er verheiratet. Männer wie George sind immer verheiratet. Er hat zwei erwachsene Töchter. Und Sie sollen sich nur zu ihm setzen und mit ihm speisen und reden. Er wird Ihnen vielleicht Bilder seiner Enkel zeigen.«

George Farrow zeigte ihr keine Bilder seiner Enkel, aber er sprach von seiner Familie. Es war schwer zu glauben, daß dieser rundliche, kahlköpfige Mann ein Millionär war und sein Geld mit internationalen Transaktionen gemacht hatte.

Er schien an ihrer Karriere interessiert zu sein, und Elise ertappte sich dabei, daß sie ihm viel mehr von sich erzählte, als sie beabsichtigt hatte.

Erst nach dem Essen und nachdem er ihr einen Drink eingeschenkt hatte, erwähnte George Farrow das heimliche Arrangement, das er mit ihr getroffen hatte.

»Sie haben mir wirklich sehr gut gefallen«, sagte er. »Sie sind so jung, so unverdorben. Sie haben einen wunderbaren Körper und ein reizend frisches Gesicht.« Er sah sie schwärmerisch an. »Sie würden ... eh ... ich meine, wären Sie eventuell bereit, mich noch glücklicher zu machen?«

»Wenn Sie fragen, ob ich mit Ihnen schlafen würde«, sagte sie, »dann muß ich Ihnen nein sagen. Ich könnte das nicht.«

»Ich würde nichts Unübliches erwarten«, versprach er schnell. »Ich würde sehr lieb zu Ihnen sein, wie es sich für einen Gentleman gehört.«

»Nein«, beharrte sie. »Ich könnte es nicht.«

»Ich wünschte, ich wäre ein jüngerer Mann«, sagte er, versunken in Selbstmitleid.

Er sah so unglücklich aus, daß er ihr leid tat. »Das würde nichts daran ändern«, sagte sie ihm zum Trost. »Ich ... ich bin für so etwas nicht zu haben. Ich habe mich nur zu der Vorführung im Bad überreden lassen, weil Petra Altham mir gesagt hat, daß Sie ein bedeutender Teilhaber sind.«

»Sie hat Sie doch nicht gezwungen?« Seine Stimme klang plötzlich kalt, und sie begriff, daß George Farrow ein böser Feind sein konnte.

»Nein, nein«, versicherte sie ihm rasch. »Niemand hat mich gezwungen.«

Er beugte sich zu ihr, und sie sah an seinem Gesichtsausdruck, daß er wirklich besorgt war. »Sie hätten doch nicht zuviel Angst, um es mir zu sagen, nicht wahr? Ich dulde keine Gewalt, keine Erpressung und dergleichen Tricks, derer sich Frauen wie Petra manchmal bedienen.«

»Ich habe bereitwillig zugestimmt«, sagte sie. »Aber ich lebe in einer Beziehung mit jemandem, und wenn ich mit Ihnen ins Bett ginge, wäre das Verrat an meiner Freundschaft.«

Sie war froh, daß er diese Teilwahrheit zu akzeptieren schien.

»Sie denken doch nicht allzu schlecht von mir, nicht wahr?« Wieder hörte er sich besorgt an. »Ich möchte, daß Sie mich als Freund ansehen. Ich habe viele Kontakte in London. Auch in der Theaterwelt. Wenn Ihr Auftrag hier erfüllt ist, kann es durchaus möglich sein, daß ich Ihnen hilfreich bin.« Sein rundes Gesicht strahlte. »Sie brauchen mich nur anzurufen. Vergessen Sie das nicht.«

Obwohl Elise das Hilfsangebot von George Farrow nicht überbewerten wollte, gestand sie sich ein, daß sie den Mann mochte. Es wollte ihr nicht in den Kopf, daß jemand, der sich erlauben konnte, die teuersten Profidamen des Gewerbes zu bezahlen, es vorzog, ihr beim Ausziehen und Duschen zuzuschauen. In der Retrospektive kam ihr der ganze Vorgang sehr unschuldig vor, und beinahe hätte sie Schuldgefühle entwickelt, weil sie sein Geld genommen hatte.

Janine erzählte sie nichts von ihren Aktivitäten, als ihre Freundin sie vor ihrer Abreise nach London ausfragen wollte, wie denn ihr Wochenende verlaufen sei. Janine gab sich auch wortkarg, strahlte aber, als sie sagte, daß sie ihren Besuch auf Shilden nicht bereut habe.

Und als sie Blair Devlin in der folgenden Woche traf,

sagte Elise ebenfalls kein Wort über ihr beinahe harmloses Abenteuer mit George Farrow.

Sie hatte gerade eine Reitstunde mit Penny beendet, als sie ihn über den Hof gehen sah.

Er schritt neben ihr her und fragte: »Wie war es bei eurem Empfang?«

»Sehr gut, alles ist perfekt gelaufen.«

Eines der Schulmädchen lief heran und nahm Brandysnaps Zügel. »Soll ich ihn für dich versorgen, Elise?«

»Danke.« Elise stieg ab, und das Mädchen führte Brandysnap in den Stall.

»Heißt das jetzt, daß dein Auftrag im Schloß erledigt ist?« fragte Blair.

»Ganz und gar nicht«, antwortete Elise. »Ich muß das oberste Stockwerk des Ostflügels gestalten.«

»Sie wollen die Zimmer der alten Herren umbauen?« fragte Blair überrascht.

»Ich muß sie in Suiten verändern.«

»Lannsen hat wohl vor nichts Ehrfurcht, was?« sagte Blair verbittert. »Diese Zimmer sind, seit ich mich erinnern kann, nie verändert worden. Jetzt werden sie auseinandergerissen, nur weil Lannsen in einer exklusiven Suite wohnen will.«

»Er wird sie nicht bewohnen«, sagte Elise. »Sie sollen für Besucher hergerichtet werden.«

»Hast du mit der Arbeit schon begonnen?«

»Nein. Ich habe zuerst einmal die Maße genommen und im Kopf einige Ideen gewälzt.«

»Ich möchte gerade den Ostflügel noch einmal sehen«, sagte Blair. »Nur noch einmal, bevor die Räume für immer verschwinden.«

»Ich habe einen Schlüssel.«

»Und du hast mir eine Führung versprochen«, erinnerte er sie.

»Stimmt. Aber glaubst du wirklich, daß du ins Schloß kommen kannst?«

»Kein Problem«, sagte er grinsend. »Ich habe meine Kontakte.«

»Es ist riskant«, gab sie zu bedenken. »Wir müssen es spät in der Nacht tun, wenn keine Gäste mehr herumlaufen. Und am liebsten, wenn Max Lannsen sich nicht im Schloß aufhält. Er hat nämlich auch einen Schlüssel zu diesen Räumen.«

»Na und?« Blair hob die Schultern. »Er wird doch nicht mitten in der Nacht durch sein Schloß geistern, oder?«

»Wahrscheinlich nicht«, murmelte Elise. Sie wollte, daß Blair die Zimmer sah. Das Schloß war Teil seines Lebens gewesen, und es war nicht fair, die Zimmer der alten Herren von Shilden Castle zu zerstören, ohne daß er die Chance hatte, sie ein letztes Mal zu sehen.

Sie nahm an, wenn Max Lannsen etwas von der heimlichen Führung erfuhr, daß sie auf der Stelle entlassen würde. Nun, ich muß sicherstellen, daß er nichts davon erfährt, dachte sie.

In der folgenden Woche ergab sich durch Zufall eine günstige Gelegenheit.

Sie wurde in Petras Büro gerufen, zu einem ›Brainstorming‹ über die zusätzliche Einrichtung des Weltall-Zimmers, wie ihr Lorna am Telefon sagte.

»Da muß noch irgend etwas passieren«, sagte Petra zu Elise. »Ganz egal, was es ist. Aber ich erwarte eine Idee von Ihnen – und möglichst schnell, damit wir Max etwas zeigen können, wenn er am Donnerstag zurückkehrt.«

Am Abend überprüfte Elise bei Lorna, ob Max wirklich verreist sei. Sie erfuhr, daß er am Nachmittag nach London gefahren war, und außerdem konnte Lorna ihr sagen, daß man die ganze Woche über keine Gäste im Hotel erwartete. Eine halbe Stunde später rief sie Blair Devlin an.

»Ich treffe dich in der Küche«, sagte er spontan. »Mrs. Stokes ist immer froh, mich zu sehen.«

»Bitte, versuche, ungesehen hereinzugelangen. Es sind noch ein paar Arbeiter aus London im Schloß. Und schließlich ist Petra auch noch da.«

Er lachte. »Niemand wird mich sehen, das garantiere ich dir.«

Tatsächlich saß er zum verabredeten Zeitpunkt in der Küche und hielt einen Plausch mit Mrs. Stokes. Er trug schwarze Jeans, einen schwarzen Polopullover und dunkle Leinenschuhe. Elise trug einen weiten Kaftan über ihren Jeans.

»Du siehst wie ein Terrorist aus«, neckte sie ihn. »Du brauchst nur noch eine Gesichtsvermummung.«

»Ich wollte nicht auffallen«, sagte er, stand auf und streckte sich. Die enganliegenden Sachen betonten seine breiten Schultern und die schmalen Hüften. »Aber wenn jemand auf Streit aus ist ...« Er ging in Boxerstellung und schlug ein paar Finten, die so unerwartet kamen, daß sie zusammenzuckte. »Ich bin bereit«, sagte er. »Aus der Übung, aber bereit.«

»Es sieht nicht so aus, als wärst du aus der Übung«, meinte sie.

»Oh, das war lahm«, sagte er grinsend. »Du hättest mich mal sehen sollen, als ich jung war.«

»Bitte, seien Sie vorsichtig«, sagte Mrs. Stokes zu Blair. »Es wird Ärger geben, wenn man Sie sieht.«

»Sie meinen, ich bereite Elise Ärger«, sagte er. Er legte eine Hand auf Elises Schulter. »Keine Sorge, ich passe schon auf sie auf.«

»Sobald wir im Ostflügel sind, kann nicht mehr viel passieren«, sagte Elise. »Um diese Nachtzeit ist niemand mehr dort, und von den Angestellten hat niemand einen Schlüssel.«

»Was ist mit dieser Altham?« fragte Mrs. Stokes besorgt.

»Sie hat keinen Anlaß, in den Ostflügel zu gehen«, meinte Elise. »Außerdem habe ich sie mit dem Auto wegfahren sehen.«

Sie traten hinaus auf den Korridor. Elise wollte vorausgehen, aber dann fiel ihr ein, daß Blair den Weg wahrscheinlich besser kannte als sie. Er wußte genau, wohin er gehen wollte.

»Es ist entsetzlich, was sie aus diesem Schloß gemacht haben«, sagte er. »Ich schätze, ich muß dankbar sein, daß sie die Außenanlagen unberührt gelassen haben, aber innen haben sie alles ruiniert.«

»Aber ich habe den Eindruck, daß innen unentwegt geändert worden ist«, wandte Elise ein. »Wir haben viele Räume gefunden, die durch eingezogene Wände aufgeteilt worden sind.«

»Das muß in der viktorianischen Zeit gemacht worden sein«, mutmaßte Blair. »Das wirst du in den Räumen der alten Herren auch finden. Ich weiß, daß sich der letzte Herr von Shilden für Fotografie interessierte, deshalb hat er sich eine Dunkelkammer einrichten lassen. Er hat das Kricketteam des Dorfes aufgenommen.«

»Dieses Foto hängt noch dort«, sagte Elise. »Und einige andere auch. Ich überlege, ob ich sie bei der neuen Gestaltung einbeziehen kann.«

Sie erreichten die Tür, die in den Ostflügel führte. Als Elise sie aufgeschlossen hatte, trat Blair ein und schritt kundig die Treppen hoch. Elise hatte eine kleine Taschenlampe mitgebracht, aber sie wußte jetzt, daß sie nicht gebraucht würde. Eines der Dinge, die sie im Norden Englands so sympathisch fand, waren die langen Sommerabende, an denen es fast bis Mitternacht hell blieb.

Auf der obersten Etage schloß sie die Zimmer der alten Herren von Shilden auf. Blair schritt schweigend durch die Zimmer; jedes einzelne hing voller Erinnerungen. Er sah wie ein Mann auf der Suche aus, dachte Elise. Er öffnete Schränke und zog Schubladen auf.

»Sie haben alles ausgeräumt«, sagte er. »Ich wette, sie haben vieles verbrannt.« Seine Stimme klang verbittert.

»Dinge, die für Lannsen und seine Rechtsberater wie nutzloses Zeug aussahen. Die mir aber viel bedeutet hätten.«

»Ich glaube nicht, daß jemand etwas verbrannt hat«, sagte Elise. »Eher nehme ich an, daß man alles in Kisten und Kasten weggepackt hat. Ich bin noch nicht dazu gekommen, mir den Inhalt der Kisten anzusehen. Wenn ich etwas Interessantes finde, lege ich es für dich zurück.« Sie lächelte. »Max Lannsen braucht nie etwas davon zu erfahren.«

»Das wäre fein. Es geht mir um Briefe, alte Fotoalben und solche Sachen. Erinnerungen an die Vergangenheit.« Er schaute zur Tür. »Ich bin dir dankbar, daß du es ermöglicht hast, das alles noch einmal zu sehen, aber es deprimiert mich. Es ist, als ob man zurück in das Haus seiner Kindheit ginge und feststellen muß, daß alles verschwunden ist, woran man sich erinnern kann. Zeig mir etwas, was mich aufmuntert.«

»Ich bin sicher, daß ich das schaffen werde«, versprach sie. Diesmal ging sie voraus, die dunklen Korridore entlang, bis sie den Fitneßraum erreicht hatten. »Es wird dir gefallen«, sagte sie. Sie wußte, daß die Fenster verhangen waren, deshalb traute sie sich, das Licht einzuschalten.

Sie beobachtete Blairs Gesicht, als er sich im Zimmer umschaute und erkannte, daß die Geräte nur auf den ersten Blick ganz gewöhnlich aussahen.

Er trat zu den beiden ›Pferden‹ und fuhr mit der Hand über das eine, das für Frauen entworfen worden war. Er betätigte die Hebel und Griffe, die eine Reiterin in die verschiedenen erotischen Positionen rücken konnten.

»Gefällt es dir?« fragte sie.

»Phantastisch«, sagte er. »Ich möchte sehen, wie du das Ding reitest. Ich könnte dir ein paar abwechslungsreiche Reitstunden geben.« Er zog an einem Hebel. »Siehst du, wie die Steigbügel sich nach außen bewegen?« Er trat dichter an sie heran, und sie spürte seine warme Hand in ihrem Nacken. Er massierte sie zärtlich. »Wenn deine Füße in den Steigbügeln wären und ich den Hebel ziehe, gehen deine Knie weit auseinander.« Sein Mund war dicht an ihrem Ohr. »Ich könnte unter dich gleiten und dich verwöhnen. Ich würde mir eine Menge Zeit lassen. Es würde mehr Spaß machen, als Brandysnap zu reiten. Und schau dir die Spiegel an den Wänden an! Ich könnte jede Reaktion von dir sehen.«

»Ich will dir mal was sagen«, rief sie, »du würdest mich nicht schaffen!«

»Wollen wir wetten?« Seine Hand glitt zu ihrem Kinn, zeichnete die Kontur nach und rutschte tiefer zum Ausschnitt des Kaftans. »Ihr Frauen glaubt gern, daß ihr pausenlos dranbleiben könnt, während wir Männer Erholungspausen benötigen. Aber wenn ich dich auf diesem Pferd hätte ...« – er raffte den Kaftan zusammen und schob ihn hoch –, »... dann würde ich dir zeigen, was multiple Orgasmen sind.« Der Kaftan lag jetzt zusammengerafft oberhalb ihrer Brüste. Sie spürte seine massierenden Finger auf ihrer nackten Haut. »Du trägst ja gar nicht deine übliche Rüstung«, sagte er leise, während die Lippen ihre Halsbeuge küßten. »Du hast gehofft, daß wir miteinander schlafen. Gib es zu!«

»Natürlich«, sagte sie. »Aber nicht hier.«

»Warum nicht?« Er strich mit dem Daumenballen über ihre Nippel. »Dieser Raum ist geschaffen dafür. Es wäre ein Fehler, die Gelegenheit nicht zu nutzen.« Er beugte den Kopf und umfaßte eine Brustwarze mit den Lippen, strich immer wieder mit der Zunge darüber. »Komm schon«, sagte er nach einer Weile, »laß uns experimentieren.«

»Ich könnte mich hier nicht entspannen«, sagte sie. »Ich habe Angst, daß jemand kommt.«

»Es wird jemand kommen«, murmelte er. »Du!« Er hatte ihre Jeans aufgeknöpft und schob sie über ihre Hüften, während seine Lippen nicht nachließen, sie zu küssen. Sie spürte, wie ihr Widerstand schwächer wurde. Sie würde nie wieder eine Chance haben, das Pferd zu benutzen. Was konnte es schon schaden, wenn sie ein bißchen mit einem Mann experimentierte, den sie erregend und attraktiv fand?

Sie war drauf und dran, ihren Gefühlen freien Lauf zu lassen, als sie hörte, wie eine Tür zuschlug. Der Schock ließ sie erstarren. Blair war so intensiv damit beschäftigt, ihr die Jeans abzustreifen, daß er nichts gehört zu haben schien.

»Hör auf«, sagte sie heiser und versuchte, die Jeans wieder hochzuziehen.

»Das meinst du doch nicht im Ernst?« Er setzte sich gegen sie zur Wehr. »Du weißt, daß du es willst. Komm!«

Jetzt konnte sie Schritte hören. »Es kommt jemand!« flüsterte sie. Sie mußte den Bauch einziehen, damit sie den Reißverschluß ihrer Jeans hochziehen konnte. »Es kann nur Petra sein. Sie ist die einzige außer Lannsen, die einen Schlüssel hat. Und an den Schritten höre ich, daß sie nicht allein ist.«

»Vielleicht wollen sie gar nicht hier herein.«

»Das Risiko können wir nicht eingehen. Wahrscheinlich will sie jemandem die Attraktionen des Hotels zeigen. Wir müssen schleunigst verschwinden.«

»Wo?« Er sah sich um. Jetzt hörte er draußen Stimmen. Sie kamen näher.

»Ins Pferd«, raunte sie. »Schalte das Licht aus. Schnell!«

Das ›männliche‹ Pferd war das größere. Blair bemerkte sofort das Loch, das sich auf dem Rücken befand. »Jedenfalls werden wir nicht ersticken«, murmelte er.

Sie hörten, wie sich die Tür öffnete. Das Licht wurde eingeschaltet, und einige Strahlen davon fielen auch durch das Loch im Pferderücken. Dann war Petras dominante Stimme zu vernehmen: »Okay, zieh dich aus!«

Eine schwächliche Frauenstimme gab zurück: »Ja, Madame.« Ein Hauch von französischem Akzent schwang mit.

Sie hörten, wie jemand im Zimmer umherschritt, die Absätze klackten laut auf dem Holzboden.

»Beeil dich!« Das war wieder Petras Stimme. »Brauchst du immer so lange, um dich auszuziehen, du faules Luder? Kein Wunder, daß dein Herr dich zu mir geschickt hat. Es sieht so aus, als ob du es nötig hättest.«

Sie hörten ein zischendes Geräusch, dem ein Knallen folgte und gleich darauf ein schriller Protestschrei. »Davon wirst du noch mehr zu spüren bekommen, wenn du nicht spurst«, drohte Petra. Wieder klackten die Absätze auf dem Boden, als sie wahrscheinlich um die andere Frau herumging. »Mal sehen. Diese Maschine ist für den Anfang ganz in Ordnung, denke ich. Nein!« Ihre Stimme klang scharf wie ein Peitschenhieb. »Laß die Strümpfe an! Und die Schuhe! Dein Herr sieht dich lieber, wenn du nicht ganz nackt bist. Dreh dich um, aber langsam! Ich will dich genau betrachten. Von allen Seiten.«

Es entstand eine kurze Pause. Dann hörten sie Petras schnurrende Stimme. »Ich muß schon sagen, du bist ein ausgesprochen nichtssagendes Ding. Ich kann nicht verstehen, was irgendein Mann in dir sehen soll, ganz zu schweigen von deinem vornehmen Herrn. Komm her! Stell dich vor mich!«

Wieder eine Pause. »Das sollen Brüste sein? Sie sind so klein, daß man dich für einen Jungen halten könnte! Dein Herr sagt, daß er mit deinen Reaktionen nicht zufrieden ist, deshalb habe ich diese Maschine hier vorgesehen. Lege dich auf den Rücken. Die Beine dort in die Schlaufen. Stell dich nicht so dumm an ...«

Elise verschloß die Ohren. Die Stimme nervte sie mehr als das, was sie sagte. Die Maschine mußte der elektrische Massagestab sein, jedenfalls dem Geräusch nach zu urteilen. Blair hatte sich umgedreht und blinzelte durch einen Schlitz im Leib des Pferdes, und offenbar törnte ihn das, was er sehen und hören konnte, an, wie Elise feststellte, als sie sich zu seinem Schoß vortastete.

Er war so sehr in die Vorführung da draußen verstrickt, daß er zusammenzuckte, als er ihre Hand spürte. Sein verhaltenes Keuchen traf glücklicherweise zusammen mit dem einsetzenden Stöhnen von Petras Partnerin.

»Das ist schon besser«, sagte Petra. »Solche Reaktion will auch dein Herr erleben, wenn er mit dir schläft. Du sollst nicht wie ein Lamm daliegen, das zur Schlachtbank geführt werden soll. Du mußt für ihn tanzen. Wenn er dich hier berührt, mußt du tanzen und singen! Los, ich will dich singen hören!«

Die Frau keuchte und stöhnte und versprach, gehorsam zu sein, aber Elise hatte keinen Zweifel, daß ihre Schreie unecht waren. Dies war eine Vorführung, eine Art Rollenspiel, mehr nicht. Mit echter Lust hatte das nichts zu tun.

Aber Petra Altham schien zufrieden zu sein. »Ich glaube, du hast für heute deine Lektion gelernt«, sagte sie. »Und jetzt darfst du dich bei mir bedanken. Du weißt, wie du mir zu danken hast? Du weißt, was ich will?«

»Ja, Madame«, sagte die Frau unterwürfig.

»Wenn es mir gefällt, was du tust, werde ich deinem Herrn sagen, daß du eine ausgezeichnete Schülerin gewesen bist. Das möchtest du doch, oder?« Petras Stimme klang wieder wie das Schnurren eines Katers. »Ich lege mich also jetzt auf die Polsterbank, und du kommst zu mir und zeigst mir, wieviel du vom letzten Mal behalten hast.«

Wenn Petras geräuschvolles Stöhnen ein Maßstab für die Geschicklichkeit der Frau war, mußte sie ihre Lektion wirklich gut gelernt haben. Elise spürte, wie ihre Beine einschliefen, und sie wünschte sich, daß Petra bald genug haben würde. Außerdem ärgerte es sie, daß Blair so intensiv durch den Schlitz nach außen starrte, daß er ganz vergessen zu haben schien, daß sie auch noch neben ihm kauerte.

Nach einer kleinen Ewigkeit wies Petra ihre Gespielin an, sich wieder anzuziehen, und kurz darauf wurde das Licht gelöscht, und Elise und Blair blieben in der Dunkelheit zurück. Sie hörten, wie der Schlüssel im Türschloß gedreht wurde.

»Glaubst du, daß sie noch einmal zu einer weiteren Darbietung zurückkommen?« fragte Blair.

»Das will ich nicht hoffen. Meine Beine sind eingeschlafen, und ich glaube, eine weitere Episode mit Petras Leidenschaften könnte ich nicht durchstehen.«

»Aber ich«, sagte Blair.

Sie kletterten aus dem Pferd. »Mir ist aufgefallen, daß es dir Spaß gemacht hat«, sagte Elise.

»Eine solche Show würde den meisten Männern Spaß machen«, behauptete Blair. Er streckte sich ein paarmal und machte einige Lockerungsübungen.

»Ich kann das nicht beurteilen«, sagte sie spitz. »Schließlich habe ich auch nichts sehen können, aber die Geräusche haben mir gereicht. Ich hätte nie gedacht, daß zwei Lesbierinnen, die eine SM-Szene durchspielen, dein Ding sind. Bist du leicht abartig veranlagt, oder was?«

»Man muß nicht abartig veranlagt sein, um seinen Spaß daran zu haben, zwei Frauen dabei zuzusehen«, verteidigte er sich. »Da kannst du jeden anderen Mann fragen.«

Der Anblick, wie Blair sich streckte, und die offensichtliche Schwellung, die gegen den Reißverschluß seiner Jeans drückte, erregten Elise. »Aber es hörte sich so unecht an«, sagte sie. »Sie haben das beide nur geschauspielert, nehme ich an. Warum, glaubst du, haben sie es getan? Steht Petra auf solchen Dingen?«

»Wen schert das schon?« Er hob die Schultern und trat dann an sie heran. »Ich habe ihnen gern zugeschaut. Ich schätze, es hat was mit Macht zu tun – Macht ist erotisch. Ein Mensch kontrolliert den anderen, zwingt ihn, das zu tun, was er haben will. Ja, ich glaube, das törnt die meisten Männer an. Und das junge Mädchen hat seine Sache sehr gut gemacht, sage ich dir.«

»Ist sie besser als ich?« fragte sie neckend.

»Das kann ich nicht wissen«, sagte er. »Dazu müßte ich

ihr näher begegnen.« Er legte die Hände auf ihren Kopf und drückte ihn nach unten. »Aber in diesem Augenblick stehe ich mehr auf dich.«

»Nicht hier«, sagte sie, ließ aber zu, daß er sie auf die Knie drückte. Er zog den Reißverschluß seiner Jeans auf.

»Gerade hier«, sagte er heiser und hielt sie in Position. »Auf der Stelle. Komm, tu's.«

Elise ließ es geschehen, daß er ihren Kopf näher an sich heranzog. Ihr Verlangen nach ihm überwand die Sorge, daß Petra Altham zurückkommen und sie erwischen könnte. Sie zog seine Jeans weiter hinunter und nahm seine Erektion in den Mund, schloß ihre Lippen um die Spitze und ließ die Zunge um die Eichel kreisen.

Sie spürte, wie sein Körper zu zittern begann, und sie wußte, daß es nicht lange dauern würde. Er war zu erregt; die Szene der beiden Frauen hatte seine Nerven angespitzt.

»Ich will's dir richtig machen«, ächzte er. »Ich will das hier nicht verschwenden.« Er zog sie hoch, drückte ihren Oberkörper über eine der gepolsterten Bänke und stellte sich zwischen ihre gespreizten Beine. »Ich will tief in dir drin sein und dein Gesicht dabei sehen.«

Die Jeans hingen um ihre Knie, und gleichzeitig drückte Blair sie rücklings zur Bank, deshalb hatte sie Schwierigkeiten, ihr Gleichgewicht zu halten. Schließlich gab sie ihre Gegenwehr auf, und lachend rutschte sie auf den Boden. Blair stolperte über ihre Beine und fiel über sie.

»Hör auf zu lachen, Elise!« Er schaffte es, ein Bein von ihren Jeans zu befreien. »Das ist eine verdammt ernste Angelegenheit.«

Sie war so naß, daß er mühelos in sie hineinglitt. Sie spannte die Muskeln an und zog ihn noch tiefer in sich hinein. Er kniete über ihr und stieß mit einer Wucht zu, die aus einer Mischung von Leidenschaft und Ärger resultierte und die er nicht lange durchhalten würde. Er kam plötzlich und gewaltig, sein Körper wurde wie von einer Riesenfaust geschüttelt, und sein Gesicht verzog sich im Erleben des Orgasmus.

Sie hatte ihren Höhepunkt noch nicht erreicht, aber zu ihrer eigenen Verblüffung erkannte sie, daß es ihr jetzt darauf auch nicht ankam.

»Es tut mir leid«, sagte er, als er sich schließlich aus ihr zurückzog. »Das war selbstsüchtig von mir.«

»Es hat mir gefallen«, sagte sie lächelnd.

»Sei nicht so rücksichtsvoll«, sagte er. »Ich habe mich benommen wie ein Teenager, der sich nicht beherrschen kann. Du hast Besseres verdient.«

»Nun gut, dann hast du eben Wiedergutmachung zu leisten« neckte sie ihn. »Aber zuerst müssen wir hier heraus.«

»Können wir auf dein Zimmer gehen?«

»Nein«, sagte sie. »Das kann ich nicht riskieren, weil Petra da ist. Es wird schwierig genug sein, dich ungesehen aus dem Schloß zu schmuggeln.«

»Ist es nicht«, widersprach er. »Komm, wir gehen zurück in die Küche. Ich bin sicher, daß deine Petra noch nie die Küche betreten hat.«

Elise war überrascht, daß Mrs. Stokes noch auf den Beinen war. Sie sah besorgt aus.

»Mr. Devlin, diese Altham ist zurückgekommen, sie hat eines dieser Londoner Flittchen bei sich. Ich bin sicher, daß sie eine von *diesen* Frauen ist.«

»Machen Sie sich keine Sorgen«, sagte Blair. »Ich gehe jetzt.« Er lächelte Mrs. Stokes an. »Sie hätten nicht aufbleiben müssen. Elise hätte mir geholfen.«

»Ich bin geblieben, um Sie zu warnen«, sagte Mrs. Stokes voller Ingrimm. »Ich traue dieser Altham alles zu. Sie ist genauso schlimm wie das unerträgliche Pack, das sie ins Schloß bringt. Und wenn sie eine Chance wittert, Ihnen Schwierigkeiten zu machen, dann wird sie es tun.«

»Wir werden ihr keine Gelegenheit geben« sagte Blair. Er wandte sich an Elise. »Komm, schau dir das an.«

Er ging zu einem kleinen Raum hinter der Küche. Ein hoher Schrank war von der Wand weggeschoben worden, und dahinter sah Elise eine dunkle Öffnung.

»Das ist ein Geheimausgang«, sagte Blair grinsend. »So etwas gibt es in jedem ordentlichen Schloß.«

Elise blinzelte in die Öffnung und sah, daß grobe Treppenstufen in die Tiefe führten.

»So geheim ist der Gang gar nicht«, sagte Blair, der hinter sie getreten war. »Früher wurde die Wäsche in einem Anbau gewaschen, und dann konnten die Waschfrauen die trockene Wäsche hereinbringen, ohne daß sie bei Regen wieder naß wurde. Der alte Herr von Shilden hat den Gang zugestellt, weil er ihn für baufällig und deshalb gefährlich hielt. Aber er ist aus festem Mauerwerk. Trotzdem war es mir verboten, ihn zu benutzen. Dabei wollte ich nichts lieber, als zu erkunden, was sich alles dahinter verbirgt.«

»Und du hast dich an das Verbot gehalten?« fragte Elise verwundert.

»Er war ein ungehorsames Kind«, sage Mrs. Stokes mit Nachsicht in der Stimme. »Und er hatte immer schon einen starken Willen.«

»Man kann einem Jungen nicht verbieten, einen Geheimgang zu erforschen«, sagte Blair. Er wandte sich an Elise. »Und jetzt siehst du, wie nützlich meine Neugier damals war. Der Gang führt in das Waldstück auf dem Besitz von Shilden. Von dort gelange ich leicht zur Straße. Niemand wird mich sehen. Mrs. Stokes und die Gärtner sind die einzigen, die von dem Gang wissen.«

»Ist er nicht auf den Plänen eingezeichnet?«

»Nur auf den Originalen«, antwortete Blair, »aber die hat Lannsen nicht. Er glaubt, daß die Originale verlorengegangen sind. Er hat nur Kopien.«

»Und Sie werden es ihm nicht sagen, nicht wahr?« fragte Mrs. Stokes beunruhigt.

Blair legte eine Hand flüchtig auf Elises Kopf. »Natürlich wird sie es nicht sagen.«

Nachdem Blair gegangen war, schob Mrs. Stokes den hohen Schrank wieder an seinen Platz und bestand darauf, für Elise eine Tasse Tee aufzuschütten.

»Ich bin froh, daß Sie uns helfen«, sagte sie. »Mr. Devlin hat es verdient.«

»Ich mag ihn sehr«, sagte Elise, wenn sie auch nicht genau wußte, was Mrs. Stokes meinte.

»Er sollte der Herr von Shilden sein«, sagte Mrs. Stokes. »Der alte Herr hat es so gewünscht. Ich habe es ihn oft sagen hören.« Sie stellte einen Becher mit dampfendem Tee vor Elise hin. »Vielleicht hat er doch ein Testament gemacht, aber der alte Narr hielt nichts von Juristen.« Sie sah Elise eindringlich an. »Er konnte verdammt dickköpfig sein, müssen Sie wissen. Genau wie der junge Mr. Devlin.«

Elise nippte am Tee und versuchte zu begreifen, was Mrs. Stokes ihr erzählte.

»Er wollte nicht wahrhaben, daß er alt wurde«, fuhr Mrs. Stokes fort. »Als wenn das eine Schande wäre! Er mochte ein bißchen verdreht sein, aber er war nicht senil. Er mußte doch wissen, daß der junge Mr. Devlin ohne Testament keine Rechte haben würde!« Sie zeigte mit einem ausgestreckten Finger auf Elise. »Lannsen hatte seine Anwälte schon hier, als der alte Herr noch nicht kalt war. Die Zimmer waren abgeschlossen, deshalb konnte niemand hinein, um nach einem Testament zu suchen. Aber wenn es eine Gerechtigkeit gibt, dann existiert es doch, und es liegt noch irgendwo da oben, und der junge Mr. Devlin wird es finden.« Sie lächelte Elise an. »Oder Sie werden es für ihn finden, wenn Sie die Zimmer des alten Herrn renovieren.«

Elise hatte das Gefühl, als könnte sie an dem Tee

ersticken. Obwohl Mrs. Stokes ihr eine zweite Tasse anbot, weil sie offensichtlich weitererzählen wollte, mußte sie weg, in ihr eigenes Zimmer.

Ihre Gedanken überschlugen sich. Warum hatte Blair ihr davon nichts erzählt? Vertraute er ihr nicht? Und noch ein Gedanke bohrte sich in ihr fest. Hatte er deshalb eine Affäre mit ihr begonnen? Erinnerungen an Ralphs häßliche Motive drängten sich ihr auf. Wurde sie schon wieder ausgenutzt?

Sie mußte den ganzen nächsten Tag daran denken. Später am Abend, als sie erfolglos versucht hatte, sich von den verschiedenen Fernsehprogrammen ablenken zu lassen, wich die Niedergeschlagenheit einem kalten Ärger. Wenn Blair wollte, daß sie ein Testament für ihn suchte, dann sollte er ihr das gefälligst selbst sagen.

Sie hob den Telefonhörer ab und wählte Blairs Privatnummer.

Sie wollte sich Klarheit verschaffen. Es klingelte viermal, dann sagte Blair: »Danke für den Anruf. Ich muß unerwarteterweise in den Süden, um mir ein paar Pferde anzusehen. Wahrscheinlich werde ich ein paar Tage weg sein. Wenn Sie Informationen über Reitstunden haben wollen, rufen Sie Julia an. Wenn Sie eine Nachricht hinterlassen wollen, sprechen Sie nach dem Piepton, dann rufe ich Sie später zurück.«

Der Ton piepte laut in ihrem Ohr, und sie war versucht, ein paar unhöfliche Dinge zu sagen, aber ihr Stolz hielt sie davon ab. Warum hatte er sie nicht angerufen, bevor er zur Reise aufbrach? Und er hatte bestimmt ein Mobiltelefon, da hätte er sie auch von unterwegs anrufen können.

Aus den Augen, aus dem Sinn, dachte sie. Ich scheine dir wohl nur nützlich zu sein, wenn du jemanden brauchst, um die Zimmer zu durchsuchen, Mr. Devlin. Oder wenn du Sex ohne Verpflichtungen haben willst.

»Ist Ihnen was zum Weltraum-Zimmer eingefallen?«

Petra saß Elise gegenüber, die Beine übereinandergeschlagen, und der eine Fuß wippte ungeduldig in der Luft.

»Striptease«, sagte Elise.

»Nicht sehr originell.«

»Ich denke an einen Striptease, bei dem der Mann die Kontrolle ausübt«, erklärte Elise.

»Wie soll das bei einem Striptease funktionieren?« fragte Petra skeptisch.

»Wir setzen Licht ein«, sagte Elise. »Der Mann hat die Wahl verschiedenfarbiger Lichtstrahlen, und die Frau reagiert darauf, je nachdem, wo die Strahlen sie treffen. Er kann sie mit den Strahlen liebkosen, ihr auch leichte Schmerzen zufügen – das hängt von der Farbe des Lichtstrahls ab, den er benutzt. Die Frau müßte sich nur merken, wie sie auf welche Farbe reagieren muß. Ich bin sicher, daß es ein populäres Spiel sein könnte.« Unschuldig lächelnd fügte sie hinzu: »Ich habe gehört, daß es Männern gefällt, Macht auszuüben. Diese Show würde ihnen den Eindruck vermitteln, daß sie die Kontrolle über die Frau haben.«

»Nicht schlecht«, sagte Petra zögerlich. »Die meisten Phantasien und Spiele, die wir arrangieren, basieren auf dem Machosystem. Und Frauen fahren auch darauf ab.« Sie sah Elise neugierig an. »Die kleine Szene, die Sie für George Farrow gespielt haben, hat Ihnen doch auch Spaß gemacht, nicht wahr?«

»Im ganzen ja«, sagte Elise. »Ich hatte auch nicht das Gefühl, daß ich kontrolliert wurde.«

»Aber so war es doch«, widersprach Petra. »Sie haben das getan, was George wollte.« Sie lächelte. »Aber so schlimm war es nicht, oder?«

»Nein, ganz und gar nicht«, sagte Elise zurückhaltend. Sie hatte das Gefühl, daß Petra auf etwas ganz andere hinaus wollte, und der nächste Satz bestätigte ihre Vermutung.

»Also würden Sie es wieder tun?«

»Wieder eine Badeszene für George Farrow?« Elise dachte kurz darüber nach. »Ja, warum nicht?«

»Nun, eigentlich ist es nicht George«, sagte Petra. »George ist nicht der einzige, der gerne den Spanner spielen möchte. Hören Sie sich die Szene an: Das Dienstmädchen betritt das Schlafzimmer der Herrin und sieht die wunderschönen Abendkleider, die für einen Ball schon herausgelegt worden sind. Sie kann nicht widerstehen, zieht sich aus und probiert die schönen Kleider an. Können Sie sich etwas Leichteres vorstellen, um ihr Gehalt aufzubessern?«

»Wer würde mir zuschauen?«

»Spielt das eine Rolle?« fragte Petra. »Sie werden ihn doch sowieso nicht sehen.« Sie stand auf und schritt zur Tür. »Lassen Sie mich bis zum Wochenende wissen, wie Sie sich entscheiden, ich arrangiere dann alles.«

Nun, warum nicht? dachte Elise. Es tut nicht weh, wenn man angeschaut wird. Und wenn jemand mir zweihundert Pfund zahlen will für etwas, was ich jeden Abend und jeden Morgen tue, warum soll ich ihm den Gefallen nicht erweisen?

»Sie werden in dem Zimmer sein, das im Stil der dreißiger Jahre eingerichtet ist«, sagte Petra. Sie wies auf einen eingebauten Kleiderschrank. »Dort finden Sie die typische Dienstmädchentracht; Häubchen und Schürze, Seidenstrümpfe und Strapse und altmodische Schlüpfer. Sie ziehen das aus, was sie tragen, und ziehen sich frische Schlüpfer an. Dieser Mann steht auf Unterwäsche, also machen Sie schön langsam.« Sie war schon wieder an der Tür, blieb aber noch einmal stehen. »Und formen Sie einen Dutt aus Ihrem Haar, es braucht nicht allzu authentisch zu sein, darauf kommt es wahrlich nicht an. Und vergessen Sie das Make-up nicht. Sie finden alle, was Sie dazu brauchen, in der Schublade.« Sie lächelte. »Sie haben eine halbe Stunde, um sich vorzubereiten. Viel Spaß.«

Die Dienstmädchentracht erinnerte Elise an Kostüme, die auf Provinzbühnen in Volksstücken getragen wurden. Die Seidenstrümpfe und der Hüfthalter waren recht attraktiv, und sie schlüpfte ohne Mühe in die offenen Lederschuhe mit den kleinen flachen Absätzen. Die Unterhose war weit und aus Seide, trotzdem nicht sehr erotisch. Ihr heimlicher Zuschauer würde wohl anders darüber denken.

Sie hatte gedacht, es würde ihr leichtfallen, sich einem unbekannten Betrachter zu zeigen, aber sie stellte fest, daß sie ziemlich nervös war. War der Voyeur jung oder alt? Was dachte er wohl, als sie jetzt das Zimmer betrat und Überraschung mimte, als sie die Kleider auf dem Bett ausgebreitet sah? Sie hielt sich das Abendkleid vor den Körper und trat vor den Spiegel. ›Sie müssen so tun, als wollten sie es anziehen‹, hatte Petra ihr aufgetragen. ›schauen Sie sich um, ob jemand sie vielleicht dabei überraschen könnte. Wenn Sie sicher sind, daß niemand kommt, fangen Sie an, sich langsam auszuziehen. Sie wissen, wo er steht, zeigen Sie sich ihm von allen Seiten, aber immer nur kurz. Es müssen kleine, zufällige Reize sein, die ihn auf die Palme bringen.‹

Sie war jetzt bis zu den Hüften nackt und trug nur noch den weiten Schlüpfer, die Seidenstrümpfe, den Hüfthalter und die Schuhe. Und im nächsten Augenblick öffnete sich die Tür, und ein Mann trat ein.

»Runter mit der Hose!« sagte er barsch.

Elise war so entsetzt, daß sie ihn nur benommen anstarren konnte. Der Mann war Ende Vierzig, schätzte sie, und obwohl es mit der Situation nichts zu tun hatte und sie auch nicht harmloser machte, fiel ihr auf, daß er gut aussah. Er trug einen maßgeschneiderten Anzug.

»Du weißt genau, daß du dich nicht an den Kleidern der Herrin vergreifen sollst!« Er schritt auf sie zu. »Ich werde dir richtiges Benehmen beibringen.«

Elise wich vor ihm zurück, aber der Mann reagierte mit einem wölfischen Grinsen.

»Du hast wohl Angst vor mir, was? Nun, du hast allen Grund dazu! Du weißt, daß ich dich bestrafen werde, nicht wahr? Du weißt genau, was jetzt passiert.« Er trat wieder näher an sie heran, und Elise wich weiter zurück. »Aber ich will ja nicht so sein«, sagte er. »Zieh deine Hose runter, und wenn ich deinen Hintern versohlt habe, werde ich es deiner engen Pussy besorgen. Und wenn ich dann meine, daß du es gut gemacht hast, werde ich deinen Ungehorsam aus meinem Gedächtnis streichen.«

»So war das nicht gedacht ...«, begann Elise.

»Ha!« rief er. »Ich habe dich im Schlafzimmer deiner Herrin erwischt, wie du ihre Kleider beschmutzen wolltest, und jetzt sagst du, es wäre ...«

»Nein, nein!« sagte Elise. »Ich meine, man hat mir gesagt, Sie wollten zur zuschauen.«

»Zuschauen?« Er verzog das Gesicht zu einer häßlichen Fratze. »Was soll dieser Quatsch? Du hast einen schönen, strammen Po. Ich will mehr als nur zuschauen.« Er war mit einem raschen Schritt bei ihr und griff ihren Arm. »Mach mich nicht wütend, Mädchen!«

Elise wollte sich von ihm losreißen, aber der Griff verstärkte sich nur.

»Jetzt kriegst du kalte Füße, was? Hast du Angst, daß er zu groß für dich ist? Hast du schon von mir gehört?«

Er versuchte, sie aufs Bett zu werfen. Sie rangen miteinander. Elise ballte eine Faust und wollte seinen Kopf treffen, aber er duckte sich. Sie hob ihr Knie und rammte es hoch, aber sie traf nur seinen Hintern, denn er hatte sich rasch abgewandt. Sie lief auf die Tür zu, aber er holt sie ein und packte sie, warf sie kräftig zurück ins Zimmer. Vor dem Bett blieb sie liegen.

»Streite ruhig weiter, ja, wehr dich«, sagte er hitzig. »Das erhöht den Spaß noch.«

Er beugte sich über sie und packte den Bund des

Schlüpfers. Elise gelang es, sich von ihm wegzurollen, dann war sie auf den Füßen und wieder an der Tür. Sie riß sie auf und prallte gegen jemanden, der hereinkommen wollte. In panischem Entsetzen schlug sie blindlings um sich. Zwei starke Hände hielten ihre Handgelenke fest.

»Was, zum Teufel, geht hier vor?«

Einen verwirrten Augenblick lang erkannte sie Max Lannsens Stimme nicht. Sie schaute zu ihm hoch.

»Das könnte ich Sie auch fragen«, sagte der andere Mann und ging auf Max zu. »Wir waren mittendrin in unserem Spaß ...«

Lannsens dunkle Augen nahmen das Bild der fast nackten, aufgewühlten Elise auf.

»Es sieht nicht so aus, als hättet ihr beide euren Spaß gehabt«, sagte er kalt.

»Hören Sie«, sagte der Mann. »Das Mädchen führt ein Rollenspiel auf, das haben wir so ausgemacht. Sie soll vorgeben, Angst zu haben. So steht es im Manuskript.«

Lannsen schaute wieder Elise an. In seinen ernsten Augen konnte sie keinen Ausdruck erkennen. »Stimmt das?«

»Nein«, sagte sie und spürte, wie sie heiß errötete. »Ich habe von diesem Spiel nichts gewußt. Ich hätte ihm niemals zugestimmt.«

Lannsen musterte sie leidenschaftslos, wie sie in ihrer weiten Unterhose und den weißen Seidenstrümpfen dastand, das Haar zerzaust. Sie wünschte, der Boden würde sich auftun und sie könnte in dem Loch versinken. »Wollen Sie sagen, daß Sie gegen Ihren Willen in diese Sache hineingezogen worden sind?« fragte er, die Stimme voller Sarkasmus.

»Nein«, sagte sie mit dünner Stimme.

»Und wie genau war es?«

»Man hat mir gesagt, daß jemand zuschauen würde«, sagte sie. »Es ging nur um Zuschauen.«

Lannsen wandte sich an den Mann. »Trifft das zu?«

Der Mann hob die Schultern und lächelte verlegen. »Spielt es eine Rolle, was wir ausgemacht haben? Jedes Spiel entwickelt sich nun mal anders ...«

»Wenn man eine Abmachung getroffen hat, hält man sich daran«, sagte Lannsen. Er wandte sich an Elise. »Ziehen Sie sich an.«

Der Mann trat wütend vor. »Das können Sie doch nicht machen«, ereiferte er sich.

»Kann ich doch«, sagte Lannsen ruhig. »Wir haben strenge Regeln hier, und Sie haben heute einige davon gebrochen.«

»Sie halten wohl nur zu Ihren Frauen, was?« fauchte der Mann.

»Ich mag keine Leute, die Abmachungen nicht einhalten«, sagte Lannsen. »Wenn Sie das nächste Mal hier sind, sagen Sie vorher genau, was für Wünsche Sie haben.«

»Es wird kein nächstes Mal geben«, antwortete der Mann und schritt wütend auf die Tür zu.

Elise stieg hastig in ihre Dienstmädchentracht und bemerkte, daß ihre Hände zitterten. Sie hoffte, daß Lannsen das nicht sah. Wenn die erfahrene Tish die Art von Frau war, die er mochte, würde er sie für eine Närrin halten, daß sie soviel Aufhebens wegen dieser Lappalie machte.

Lannsen sah sie an. »Vielleicht möchten Sie mir Ihre Version des Vorfalls geben, Miss St. John?« sagte er, und seine kalten Augen paßten nicht zu den höflichen Worten.

Sie kam sich klein und dumm vor. »Es gibt keine andere Version«, sagte sie leise.

»Wer hat diese Scharade arrangiert?« wollte er wissen.

»Petra Altham«, sagte sie. »Aber ich habe nicht damit gerechnet ... ich meine, ich verstehe nicht, wie das geschehen konnte«, sagte sie und fühlte sich hundeelend. »Es tut mir leid. Wahrscheinlich haben Sie meinetwegen einen guten Gast und viel Geld verloren.«

»Seien Sie nicht so verdammt albern!« fuhr er sie an. Verblüfft schaute sie ob des Gefühlsausbruchs zu ihm hoch. »Glauben Sie, das interessiert mich? Miss Altham hatte kein Recht, Sie mit einzubeziehen.«

»Niemand hat mich gezwungen, bei dieser Sache mitzumachen«, stellte Elise klar. Sie spürte, daß sich ein dicker Kloß in ihrer Kehle bildete. Das eben Erlebte hatte sie mehr mitgenommen, als ihr zunächst bewußt war. »Sie dürfen Petra nicht die Schuld geben.«

»Ich entscheide allein über die Schuldzuweisungen«, sagte er entschieden. »Und hören Sie auf zu weinen. Sie sind viel zu alt dazu.«

»Ich weine nicht«, sagte sie und zog die Nase hoch. »Ich komme mir so ... so albern vor.«

»Ja, es war auch sehr albern von Ihnen«, stimmte er zu. »Sie hatten Glück, daß ich früher als geplant aus London zurückgekehrt bin. Ich sah die Lichter brennen. Im Buch war für den Ostflügel nichts eingetragen, und da dachte ich ...« Er brach plötzlich ab und begann dann neu: »Da wollte ich mal nachschauen. Glück für Sie.« Er betrachtete sie aus der Nähe. »Sie zittern ja am ganzen Leib«, sagte er überrascht. »Ich glaube, Sie brauchen einen Drink. Kommen Sie mit, ich besorge Ihnen einen Whisky.«

Sie folgte ihm, ohne nachzudenken und ohne darauf zu achten, in welche Richtung sie gingen. Sie war völlig verwirrt, als sie feststellte, daß sie in seinem Zimmer waren. Sie saß in seinem breiten Sessel, ein Glas Whisky in der Hand. Sie hatte noch nie etwas übrig gehabt für die hochprozentigen Sachen, aber jetzt schlürfte sie dankbar die brennende Flüssigkeit.

Er betrachtete sie kritisch. »Das hat Sie ganz schön aus der Bahn geworfen, nicht wahr?« sagte er, und sie hörte, daß seine Stimme ungewohnt sanft klang. »Bleiben Sie, bis Sie sich besser fühlen. Dann bringe ich Sie auf Ihr Zimmer zurück.«

Die ihr nicht vertraute Wärme des Whisky und der

Gedanke, daß sie eben einer Situation entkommen war, die häßlich hätte enden können, übermannte Elise wie aus heiterem Himmel. Sie spürte, wie die Tränen aufquollen, und im nächsten Moment begann sie unkontrolliert zu schluchzen. Sie mochte nicht sagen, ob es aus Erleichterung war oder aus Scham, weil sie sich vor Max Lannsen wie eine dumme Gans verhalten hatte.

»Aber ich bitte Sie«, sagte Lannsen, trat auf sie zu und legte ein Hand auf ihre bebenden Schultern. »Jetzt ist es doch vorbei. Niemand wir Ihnen jetzt noch etwas tun. Es ist doch auch nichts passiert.«

»Ich weiß«, brachte sie keuchend hervor. »Ich war ja so dumm. Ich gehe jetzt. Danke für den Whisky.«

Sie erhob sich aus dem Sessel und erwartete, daß er sie hinausbegleitete. Aber er blieb auf der Stelle stehen, dicht vor ihr, nahe genug, daß sie sich hätten küssen können. Aber sie konnte nur daran denken, wie entsetzlich sie aussehen mußte, in der Dienstmädchentracht, das Gesicht verweint, die Wimperntusche verlaufen.

»Es wird nicht wieder geschehen, nicht wahr?« fragte er sanft. »Sie werden nicht mehr zustimmen, bei solchen Dingen mitzumachen?«

Sie atmete tief ein, und ihr Körper wurde geschüttelt, als ein letztes Schluchzen sie durchlief. Sie spürte, daß der Whisky sie ein bißchen benommen gemacht hatte. »Nein«, sagte sie leise.

Er hob eine Hand und streichelte die Locken in ihrem Nacken, und dabei zog er sie kaum merklich an sich heran, bis ihr Kopf an seiner Brust lag. Sie spürte den weichen Stoff seines Jacketts an ihrer Wange, roch die Frische des gebügelten Hemdes und den würzigen Duft seines Rasierwassers. Und während all das auf ihre Sinne einstürmte, spürte sie plötzlich die Wärme seiner Lippen auf ihrem Mund.

Es war ein langer Kuß, zunächst behutsam und zart. Seine Zunge berührte ihre Lippen nur sehr leicht, und doch riefen die Berührungen eine Welle der Lust in ihrem Körper hervor. Als der Kuß endete, stand sie mit geschlossenen Augen da, als wartete sie, daß es weiterging. Der zweite Kuß war forscher. Er hielt ihr Gesicht fest, und seine Zunge drang tief in ihren Mund. Schließlich löste er sich von ihr.

»Ah«, sagte er mit einem Lächeln, »jetzt weinen Sie wenigstens nicht mehr.«

»Ja.«

Sie spürte, daß er die Knöpfe ihres Kleids öffnete. »Wenn Sie ›stop‹ sagen, höre ich sofort auf«, sagte er. »Ich bringe Sie dann zu Ihrem Zimmer, und wir erwähnen das hier nie mehr.«

»Nicht aufhören«, sagte sie heiser. Sie mühte sich nicht einmal zu verstehen, was eigentlich geschah. »Bitte, nicht aufhören«, sagte sie noch einmal.

Seine Hände glitten unter das Kleid, griffen zu den Brüsten. Die Finger tasteten und forschten, bis sie gegen die Brustwarzen stießen. Sie standen steif und hart hervor, und bei seiner Berührung zuckten sie erregt. Sie rang nach Luft. Er beugte sich nach hinten, und sie ließ es erwartungsvoll mit sie geschehen. Er knöpfte weiter ihr Kleid auf und zog es von ihren Schultern.

Sobald eine Brust entblößt war, beugte er sich vor und umschloß sie mit dem Mund. Seine Zunge umspielte den Nippel. Mit einer Hand streichelte er über ihren Rücken, schob dabei das Kleid immer weiter abwärts, bis er auf den Pobacken kreisende Bewegungen ausführte, die sie verrückt vor Erregung machten. Ihr ganzer Körper brannte vor Leidenschaft.

Das Kleid fiel auf den Boden. Er hob ihre Füße heraus und führte sie behutsam aufs Bett zu.

Sie ließ sich nach hinten sinken, hätte am liebsten die Augen geschlossen und sich ganz den Gefühlen hingegeben, die er in ihr auslöste. Aber sie wollte ihn sehen, wollte die Nähe seines Körpers auskosten, sich die Gefühle einprägen, die seine sanften Hände auf ihrer Haut hervorriefen.

Sein Mund koste einmal ihre Lippen, um im nächsten Moment zu ihren Brüsten zurückzukehren, und jetzt glitt er tiefer, über ihren flachen Bauch, der sich bei jedem Atemzug heftig hob und senkte, und weiter hinunter zu dem Busch roter Haare zwischen ihren Schenkeln.

Unbewußt öffnete sie die Beine ein wenig, während er sich mit der Zunge vortastete. Dann hob er seinen Oberkörper an und schaute sie mit einer solchen Intensität an, daß sie diesen Blick fast so erregend fand wie seine Berührungen. Während er sie weiter anschaute, öffnete er ihre Schenkel weiter, und seine Finger glitten über die warme, nasse Vagina.

Er beugte sich wieder hinunter und drang nun mit der Zunge in sie ein, umspielte langsam die heiße Knospe ihrer Klitoris und berührte die geschwollenen Schamlippen. Sie spürte, daß sie die Kontrolle über sich verlor, aber sie wollte, daß sie ihren Höhepunkt erlebte, wenn er tief in ihr war.

»Nein«, ächzte sie. Sie griff nach ihm und zog ihn zu sich herauf. Einen Augenblick lang glaubte sie, daß er sich sträubte, als wollte er es nicht, dann aber entspannte sich sein Körper, und er ließ sie gewähren.

Sie zog den Reißverschluß seiner Hose auf, und im nächsten Moment spürte sie ihn groß und steif in ihren Händen. Wie oft hatte sie davon geträumt, ihn zu betrachten, ihn in der Hand zu wiegen, ihn zu liebkosen, zu streicheln. Sie hatte doch immer wissen wollen, ob er ihren übertriebenen Erwartungen entsprechen würde. Aber das schien nun überhaupt nicht wichtig zu sein. Jetzt war es nur wichtig, daß er sie liebte, daß sie ihn in sich spürte, daß sie eins wurden und sich gegenseitig Erlösung verschafften.

»Jetzt«, sagte sie. »Bitte … jetzt.«

Er drang mühelos in sie ein. Sie war naß und völlig entspannt. Seine ersten Stöße kamen fast gemächlich, als ob er sie necken wollte. Stöhnend stieß sie ihm das Becken entgegen, um ihm mitzuteilen, daß sie es kräftiger und stürmischer erwartete. Er atmete tief ein, dann stieß er härter zu.

Ihre Finger vergruben sich in das inzwischen zerknautschte weiße Hemd, und darunter spürte sie die angespannten Muskeln in Nacken und Rücken. Sie warf sich unter ihm hin und her und hielt jedem Stoß entgegen, um ihm zu signalisieren, daß sie ihn ganz tief in sich spüren wollte.

»Nicht aufhören«, keuchte sie in nie gekannter Glückseligkeit, »bloß nicht aufhören, bitte.« Jetzt wurde auch sein Körper von der Leidenschaft durchgeschüttelt. Seine Händen packten sie, und an der Hemmungslosigkeit seiner Bewegungen erkannte sie, daß sein Höhepunkt unmittelbar bevorstehen mußte. Sie wollte ihn mit ihm zusammen erleben, aber er schien sich zurückzuhalten.

»Laß mich«, murmelte sie. »Ich will, daß es dir kommt ... laß mich machen ... sperr dich nicht dagegen.«

Er kam plötzlich und mit einem Aufschrei, der seine Erlösung verkündete. Und das orgastische Zittern tief in ihrer Vulva brachte auch ihren Höhepunkt. Er war nicht so gewaltig wie seiner, aber ungemein befriedigend.

Als er sich aus ihr zurückzog, rollte er von ihr hinunter und legte sich auf den Rücken. Sie sah ihn von der Seite an, betrachtete sein Profil und prägte sich jedes Detail ein. Das volle, schwarze Haar hing ihm in der feuchten Stirn. Die dichten Augenbrauen hatten ein paar Schweißtropfen aufgefangen. Sie sah die kräftige Kontur seines ausgeprägten Kinns. Nur vom Ansehen kribbelte es in ihr schon wieder.

Plötzlich sagte er: »Ich hätte nicht geglaubt, daß es so je wieder sein würde.« Er sagte es mit zusammengebissenen Zähnen, und es hörte sich an, als ob er sich ärgere. »Ich habe mir oft gesagt, daß mir das nie wieder passieren würde. Sex sollte für mich nur eine rasche Erleichterung sein, sonst nichts. Ich wollte nicht noch einmal in die Falle gehen.«

Er drehte sich auf die Seite. Ihre Gesichter waren nun einander zugewandt. Sie sah Schmerz, Freude und einen Anflug von Humor in seinen Augen. »Verdammt, warum mußtest du auch plötzlich zu weinen anfangen?«

»Ich habe geweint, weil du mich befreit hast«, sagte sie reserviert und verunsichert. »Du hast mich aus einer vertrackten, bösen Situation gerettet. Es war ganz sicher nicht meine Absicht, dich in eine Falle zu locken.«

Er überraschte sie mit einem echt klingenden fröhlichen Lachen. »Aber so ist es dir gelungen. Die Art, wie du sprichst. Die Art, wie du aussiehst. Die Art, wie sich in dir alles aufstellt, wenn ich dich ärgere. Das ist der Grund, warum ich heute abend in den Ostflügel gegangen bin. Ich dachte, du würdest noch arbeiten. Ich wollte mit dir reden.« Er berührte mit einer Hand ihr Gesicht, eine kleine, zärtliche Geste. »Ändere dich nicht«, sagte er. »Enttäusche mich nicht. Ich glaube, das könnte ich nicht ertragen.«

»Du mußt mir eine Liste jener Dinge schreiben, die ich nicht tun darf«, sagte sie.

Er lächelte. »Schau nicht so besorgt. Es ist nicht so schwierig, meinen Erwartungen zu entsprechen. Ich möchte, daß du ehrlich zu mir bist. Ich bin sicher, daß du vorher schon einige Beziehungen gehabt hast. Versprich mir, daß du aber jetzt keine anderen mehr eingehst, solange wir zusammen sind. Und keine Darbietungen mehr für zahlende Gäste.«

»Das verspreche ich«, sagte sie.

Es war leicht zu versprechen, denn wenn sie ihn anschaute, konnte sie sich nicht vorstellen, jemals etwas anderes oder einen anderen zu wollen. Die Falle, von der er gesprochen hatte, war ihre tiefempfundene Liebe …

Mit Blair Devlin hatte es Spaß gemacht, und sie mußte sich eingestehen, daß der Sex mit ihm großartig gewesen war, aber sie beide hatten nie vorgehabt, eine ernsthafte Beziehung einzugehen. Sie wußte, daß er ihr hätte gefährlich werden können, aber sein Verhalten hatte das vereitelt. Die Affäre war vorbei.

Für immer.

Siebtes Kapitel

»Sie geht!« rief Lorna, ihr Gesicht hell wie die Sonne. »Gefeuert. ›Ihre Dienste werden nicht länger genötigt, Miss Altham.‹ Es ist die beste Nachricht seit Wochen!«

»Davon wußte ich ja gar nichts«, sagte Elise. »Ich habe in der letzten Zeit nicht mehr viel mit ihr zu tun gehabt – Gott sei Dank.«

»Kann sein, daß du es nicht weißt«, sagte Lorna und stellte einen Becher Kaffee vor Elise hin, »aber du warst zu einem Teil die Ursache dafür. Es sieht so aus, als hätte Petra in die eigene Tasche arbeiten wollen, denn die kleine Show, die Petra arrangiert hat, war von ihr privat organisiert worden. Sie muß wirklich eine habgierige Kuh sein, denn sie bekam ein phantastisches Gehalt. Max hat ihr die Leviten gelesen, und er muß den Vorfall auch mit George Farrow besprochen haben. George hat eine Menge zu sagen, und er hat Max wohl geraten, Petra zum Teufel zu jagen. Aber weißt du, daß Petra dir die Schuld gibt? Du hast sie dir zur Feindin gemacht, Elise, und als Feindin ist nicht mit ihr zu spaßen, denn sie ist ein hinterhältiges Luder, sage ich dir.«

»Nun, wenn sie geht, ist es mir egal«, meinte Elise und hob die Schultern. »Obwohl ich finde, daß es ziemlich drastisch ist, sie gleich zu feuern. Schließlich hatte ich der kleinen Show zugestimmt – und dann muß der Gast wohl durchgedreht sein.«

»Nun, ich nehme an, daß Petra sich mit einigen Leuten hier angelegt hat«, fuhr Lorna fort. »Und dann scheint George eine kleine Schwäche für dich zu haben.« Sie grinste anzüglich. »Du mußt irgendwas für ihn getan haben, was ihm den Kopf verdreht hat, glaubst du nicht auch?« Sie lehnte sich auf ihrem Stuhl zurück. »Und er ist nicht dein einziger Verehrer, was? Für jemanden, der sich angeblich nichts aus Frauen macht, hat der wunderbare Max sich aber mächtig für dich ins Zeug gelegt, als er dich verteidigt hat.« Sie beugte sich vor, schaute die Freundin verschwörerisch an. »Komm schon, erzähle. Laß nichts aus. Hast du – oder hast du nicht?«

Elise wußte, daß es keinen Sinn hatte, Lorna etwas vorzuenthalten. Es würde nicht lange dauern, bis ihre Beziehung zu Max allgemein bekannt war. »Ja«, sagte sie.

»Und war es wunderbar?«

»Ja.«

»Also, wirklich! Schäm dich!« klagte Lorna. »Ich will mehr hören als das! Hat sich die Erde bewegt? War er ein bißchen pervers? Wie schneidet er im Vergleich zu Blair Devlin ab?«

»Es tut mir leid, Lorna, aber … ich möchte darüber nicht reden. Aber es war … wunderbar.«

»Oh, mein Gott, Miss St. John«, sagte Lorna grinsend, »ich glaube fast, du bist halb verknallt.«

»Ich glaube, ich bin total verliebt«, sagte Elise leise.

»Dann viel Glück. Ich bin natürlich schrecklich eifersüchtig. Und paß auf, daß er dir nicht weh tut.«

»Jetzt kann mir nichts mehr weh tun«, sagte Elise.

»Ich hoffe, du hast recht. Aber wenn Petra eine Gelegenheit hätte, würde sie es dir heimzahlen.«

Es war nicht Petra Altham, die ihr unruhige Gedanken bescherte, sondern Blair Devlin. Ihre kurze Zeit zusammen war schön gewesen. Sie mußte zwar seit ihrem Gespräch mit Mrs. Stokes glauben, daß er sie nur hatte ausnutzen wollen, um für ihn das Testament zu suchen, aber sie wollte ihn trotzdem nicht verletzen. Sie wußte nicht, wie sie die richtigen Worte finden könnte, um ihm zu sagen, daß es vorbei war.

Aber diese Unruhe in ihr schwand, als sie am Abend bei Max Lannsen in einem seiner Sessel kuschelte, ein Glas Wein neben sich auf dem Tisch.

Er saß ihr in Jeans und einem blaßblauen Hemd, dessen Ärmel er hochgekrempelt hatte, gegenüber. Er war so entspannt, daß sie kaum glauben mochte, daß er derselbe in sich zurückgezogene, kurz angebundene, ernste Mensch war, dem sie damals in London begegnet war. Er schien auch jetzt nicht reden zu wollen. Er schaute sie nur an, als ob er jede Einzelheit ihres Gesichts und ihres Körpers in sich speichern wollte.

»Ich weiß so wenig über dich«, murmelte sie. »Und ich möchte alles über dich wissen.«

»Es gibt nicht viel zu berichten«, sagte er. »Ich bin der Mann, der dieses Schloß geerbt hat, bin hierhergekommen – und habe dich gefunden.« Er stand auf und ging auf sie zu, nahm ihre Hände und zog sie zu sich hoch. Er drückte sie an sich und küßte sie. Es war ein langer, zärtlicher Kuß. Der Kuß eines Liebenden. Nach ein paar Minuten sagte er: »Ich habe Glück. Es wurde aber auch Zeit.« Er küßte sie wieder, aber sie schob ihn sanft von sich weg.

»Nicht hier«, sagte sie.

»Warum nicht?«

»Ich mag nicht beobachtet werden.«

Einen Moment lang sah er sie verständnislos an. Dann bemerkte er, daß sie auf ein Porträt an der Wand schaute – es war ein großes Ölgemälde mit dem Motiv einer rabenschwarzen Frau, die auch auf allen anderen Bildern, die im Zimmer hingen, zu sehen war. »Oh«, sagte er. »Du sprichst von Jeanette.«

»Heißt sie so?« Er nickte, rückte aber freiwillig mit keinen weiteren Erklärungen heraus. »Du mußt sie sehr mögen«, murmelte sie.

Er trat einen Schritt zurück, und plötzlich war sein Gesicht wieder ernst und dunkel. »Ich habe sie geliebt«, sagte er. »Sie war meine Frau. Und bevor du weitere Fragen stellst – wir sind geschieden.«

Sie spürte, wie sich seine Hände auf ihren Schultern spannten und tief in ihr Fleisch gruben.

»Es ist vorbei«, sagte er. »Es ist schon eine lange Zeit vorbei.« Er drehte sie herum. »Wenn du die Bilder nicht ansehen magst, gehen wir ins Schlafzimmer. Dort hängen keine.« Fast ein wenig grob schob er sie durch die Tür. »Die Bilder sind Vergangenheit. Wir sind die Gegenwart.«

Sein Schlafzimmer war so spartanisch eingerichtet wie das Wohnzimmer. Sie sah nur ein schlichtes Doppelbett und einen Stuhl; der Kleiderschrank war wahrscheinlich hinter einer Wand versteckt.

Sie spürte, daß er den Knoten im Nacken löste. Ihre Haare fielen jetzt locker bis auf die Schultern. Sie wollte gern wissen, warum er so viele Porträts seiner Frau an den Wänden hatte, wenn die Ehe wirklich aus und vorbei war, aber sein Mund verschloß ihren, bevor sie eine Frage stellen konnte. Dann wanderte seine Hand über ihren Rücken, sie zeichnete eine Linie bis in die Kerbe zwischen ihren Backen und beschrieb dort viele kleine Kreise.

Sie krümmte den Rücken und schmiegte sich an ihn, bewegte das Becken und spürte die Härte seiner Erregung.

»Aufs Bett«, raunte er.

Langsam ließ er sie nieder, ohne die Umarmung zu unterbrechen. Er blieb über ihr, hockte sich mit gespreizten Knien über sie und begann, die Knöpfe des Kaftans zu öffnen, bis er die beiden Hälften zur Seite legen konnte und sie halb nackt unter ihm lag. Er beugte sich über sie, und sein Mund legte eine Spur von einer Halsbeuge zur anderen, dann von der Innenseite des linken Arms zur Innenseite des rechten Arms. Sie schloß die Augen und stieß leise lustvolle Geräusche aus.

Seine Zunge glitt leicht über einen Nippel, der sich unter der Berührung steil aufrichtete. Er saugte ihn in seinen Mund und biß zärtlich zu. Seine Hand massierte die andere Brust, wobei er mit dem Daumen über die harte pinkfarbene Knospe strich, die sich dann zusammenzog, als hätte sie ein Eigenleben.

Elise warf sich unruhig und erregt unter ihm herum, sie genoß jeden Augenblick seiner Liebkosungen und wartete gleichzeitig voller Ungeduld darauf, daß er sich nicht mehr so lange mit dem Vorgeplänkel aufhielt. Sie spürte eine Not, von ihm genommen zu werden, die fast schmerzhaft war.

Er zog am Band ihrer weiten Hose, und sie fühlte, wie der seidige Stoff ihre Schenkel entlangglitt. Seine Hände tasteten nach ihrem Slip – aber sie berührten nur nackte Haut; sie hatte auf einen Slip verzichtet, als sie sich für ihn vorbereitet hatte.

Sie hörte ihn leise lachen, und dann spürte sie seine Handflächen auf den Innenseiten ihrer Schenkel, die er leicht auseinanderdrückte. Sie sträubte sich ein wenig, nur um seine Kraft zu spüren, als er sie in eine Position zwang, die ihm einen ungestörten Blick auf die geschwollene Spitze ihrer Klitoris ermöglichte, die durch die roten Locken ihrer Haare lugte. Er hielt einen Moment inne, um sie ausgiebig zu betrachten.

Seine Finger spielten mit ihr, öffneten sie noch weiter. Und dann blieb ihr fast das Herz stehen, als sie die Wärme seines Mundes spürte. Sie schloß die Augen.

Er hielt ihre Beine gespreizt. Als die Klimax einsetzte, rüttelte sie die Intensität des Erlebens auf. Ihr Körper ruckte hoch, fast in eine sitzende Position, und sie stieß einen wilden lauten Schrei aus, ehe sie wieder zurück aufs Bett fiel, ausgelaugt und erschöpft, als hätte sie einen Dauerlauf hinter sich.

Er lächelte. Sie konnte die Schwellung seiner Erregung sehen, nach der ihre Hände jetzt griffen. Er half ihr, zog den Reißverschluß seiner Jeans auf. Ihre Hände griffen, forschten, packten, hoben auch den schweren Hodensack aus dem Stoffgefängnis heraus. Sie spürte die zuckende Kraft im harten Schaft, der in ihrer Hand lag und sich reckte.

»Ja«, sagte sie heiser und zog ihn näher heran, »ja, bitte, jetzt ...«

Sie erwartete keinen weiteren Orgasmus so kurz nach dem gerade erst abgeebbten, aber die Nähe seines Körpers, als er in sie eindrang, und der Anblick seines Gesichts so nah über ihrem erregte sie intensiver als alles, was sie bisher erlebt hatte. Unvorstellbar, dachte sie, ich könnte nur vom Anblick dieses Mannes einen Orgasmus bekommen.

Er kam mit einem Aufschrei, der ihre innersten Nerven aufwühlte. Sie hielt ihn fest umschlungen, während die gewaltigen Zuckungen seinen Körper schüttelten.

Nach einer Weile zog er sich aus ihr zurück und legte sich neben sie auf den Rücken. Seine Hand tastete nach ihrer und drückte sie kräftig.

»Ich hatte fast vergessen, wie schön es sein kann«, sagte er. Und fügte zu ihrer Freude hinzu: »Mit der Frau, die ich liebe.«

Elise arbeitete in ihrem Büro. Draußen war der Himmel mit grauen Wolken verhangen, aber ihre Erinnerung an die vergangene Nacht ließen sie so golden wie Sonnenschein wirken. Wenn sie an Max' Aufschrei dachte, der seinen Höhepunkt begleitet hatte, oder an das beglückende Gefühl des Einsseins, als er in sie eingedrungen war, liefen kleine Schauer der Erregung über ihren Rücken. Dann klingelte das Telefon.

»Ich bin wieder da.« Blair Devlins Stimme! »Wann kann ich dich sehen? Heute abend?«

»Nein.«

Die Art und Weise, wie sie dieses eine Wort sagte, ließ ihn ahnen, daß etwas nicht stimmte. »Morgen?« fragte er vorsichtig.

»Nein«, wiederholte sie.

Pause. Dann: »Hat es etwas damit zu tun, daß ich weggefahren bin, ohne etwas zu sagen? Ich war in Eile. Ich weiß, daß ich keine Telefonnummer hinterlassen habe, aber ich wußte, daß es höchstens eine Woche dauern würde.«

»Es hat nichts damit zu tun«, sagte sie steif. »Es ist nur … es ist vorbei.«

Diesmal war die Pause länger. Als er wieder sprach, klang seine Stimme kalt. »Darf ich fragen, warum?«

»Schau mal, Blair«, begann sie und atmete dann tief durch, »wir wollten beide eine Beziehung ohne jede Verpflichtung. Wir wollten unseren Spaß haben. Wir haben uns keine Versprechungen gemacht.«

»Es brauchte auch keine Versprechungen«, sagte er. »Ich dachte nur, daß wir die Gesellschaft des anderen mögen. Und ich dachte, es würde noch eine Weile anhalten. Und ich dachte auch, wir würden es beenden, wenn wir beide der Meinung sind, daß … Nun ja, du hast offenbar andere Vorstellungen gehabt.«

Er versuchte, ihr ein Schuldgefühl zuzuschieben. »Da wir gerade von Vorstellungen sprechen«, sagte sie, Ärger in der Stimme, »welche Vorstellung hast du denn damit verbunden, daß ich für dich nach dem Testament suchen sollte?«

Wieder eine längere Pause, und als er sich dann wieder meldete, klang seine Stimme so verärgert wie ihre. »Du hast also von dieser albernen Story gehört?«

»Ist sie so albern?« fragte sie. »Mrs. Stokes glaubt fest daran.«

»Sie ist die einzige«, rief er wütend. »Es gibt kein Testament. Was immer der alte Herr für mich tun wollte, er hat es nicht getan. Das habe ich längst akzeptiert.«

»Entschuldige«, sagte sie. »Vielleicht stimmt das. Aber es ändert nichts.«

»Ja, denn ich glaube nicht, daß deine Entscheidung mit einem Märchen über ein Testament zusammenhängt«, sagte er kalt. »Es hat eher etwas damit zu tun, wie du deine Zukunft gestalten willst. Du siehst deine körperlichen Vorzüge in einem anderen Licht, seit du nach Shilden gekommen bist, nicht wahr?«

Die Bitterkeit in seiner Stimme erschreckte sie. »Was willst du damit sagen?«

»Ich habe von deinem kleinen Striptease gehört«, sagte er. »Deine Freundin Lorna plappert gerne, und Penny natürlich auch. Ich bin ein ziemlich weltoffener Mann, aber ich habe den Eindruck, daß es nicht lange gedauert hat, bis die Gier nach Geld dich verführt hat.« Er fügte schneidend hinzu: »Nun, ich werfe dir nichts vor, mein Schatz. Warum soll man es kostenlos tun, wenn man dafür Geld bekommen kann?«

»Das«, sagte sie keuchend, »ist eine ganz häßliche Bemerkung. Das ist widerlich!«

»Ach?« Er lachte verbittert auf. »Mag sein. Aber es ist doch die Wahrheit, oder? Danke, daß du mir den Laufpaß gibst. Ich hätte dich auch nicht gern mit einer Meute zahlender Kundschaft geteilt. Deine Abende werden von jetzt an ziemlich ausgebucht sein, was? Viel Glück, wenn es das ist, was du vom Leben haben willst. Good bye.«

Er knallte den Hörer auf.

Hätte ich Blair die Wahrheit sagen sollen? fragte sich Elise. Er würde sie sowieso bald erfahren, wenn Lorna wieder mit Penny klatschte. So wollte ich es eigentlich nicht haben, dachte sie, aber nichts hatte sich so entwickelt, wie sie es erwartet hatte.

Habe ich je erwartet, daß ich einmal hier sitzen und darauf warten würde, daß Max Lannsen mir einen Drink einschenkt? Daß ich darauf warte, daß er mich mit diesem seltsamen Blick ansieht, der dem Beginn des Liebesspiels vorausgeht?

Sie schaute auf den breiten Rücken ihres Geliebten, auf die langen, leicht gespreizten Beine, auf den attraktiven, knackigen Hintern. Ich habe Ralph schon gern angeschaut, und auch Blair, dachte sie, aber niemals habe ich mich so intensiv sexy gefühlt wie beim Anblick dieses Mannes, von dem ich so gut wie nichts weiß. Nur, daß er einmal mit einer sehr schönen Frau verheiratet war, was aber vorbei ist. Sagt er wenigstens.

Ihre Blicke streiften über die Wände. Mehrere Ölgemälde, einige Bleistiftskizzen, eine zarte Zeichnung in Wasserfarben, zwei Akte als Kohlezeichnungen. Auch wenn sie zugeben mußte, daß es die Arbeiten eines talentierten Künstlers waren und das Modell eine schöne Frau war, so war es doch seltsam, warum er so viele Erinnerungen an seine Ex-Frau in seinem Wohnzimmer hängen hatte.

Sie wandte den Blick ab und bemerkte, daß Lannsens dunkle Augen sie beobachteten.

»Du warst meilenweit weg«, sagte er. Er reichte ihr ein Glas Wein. »Woran hast du gedacht?«

»Ich möchte mit dir das tun, was du mit Tish gemacht hast«, improvisierte sie rasch – und unwahr war es auch nicht.

Er sah sie mit einem Lächeln an. »Bist du sicher? Ich wollte vorschlagen, wenn du deinen Wein getrunken hast, würde ich dich langsam ausziehen, und dann wollte ich herausfinden, welche Stellen deines Körpers du am liebsten berührt haben willst, und wie, und dann ...«

»... dann wirst du das mit mir tun, was du mit Tish gemacht hast?« unterbrach sie ihn.

»Es könnte dir nicht gefallen.«

»Ich will's versuchen«, sagte Elise. »Ihr hat es gefallen.«

»Wie schmeichelhaft«, murmelte er.

Er schritt zur Tür, hielt inne und drehte sich um. »Bist du sicher, daß du es tun willst? Ich möchte nicht, daß du mittendrin aufhören willst. Das würde nur Verstimmung bringen.«

»Alles, was Tish kann, kann ich auch«, behauptete Elise fest und wünschte, daß es wahr wäre.

Sein Lächeln schwand. »Dann zieh dich aus«, sagte er kalt. »Ich hole die Sachen.«

Sie stand in der Zimmermitte, zog sich aus, und plötzlich schoß ihr der Gedanke durch den Kopf, ob sie etwas falsch gemacht hatte. Welche Sachen holte er? Vielleicht hatte Tish einige sehr bizarre Vorlieben. Vielleicht hatte sie deshalb die Nacht mit ihm so genossen.

Als Max zurück ins Zimmer trat, schien er nur einen großen Schreibblock bei sich zu haben.

Sie stand immer noch in der Zimmermitte und fühlte sich nervös und verletzlich. Er betrachtete sie kritisch, und sie fand, daß nicht nur sexuelles Verlangen in seinen Blicken lag.

»Setz dich auf den Boden«, sagte er. Er ging wieder ins Schlafzimmer und kam mit einem Stuhl zurück, dessen Rückenlehne hoch und gerade war. Elise stand immer noch. »Verdammt«, sagte er ungeduldig, »du stehst ja immer noch da. Setz dich endlich.«

Sie setzte sich, und er schritt um sie herum. »Zieh ein Bein an«, sagte er, »und lege deine Arme um das Bein. Jetzt lege den Kopf aufs Knie. Ist das bequem so?«

»Nicht sehr«, gab sie zu.

»Schade für dich.« Er setzte sich auf den Stuhl und öffnete den Block, nahm einen Bleistift aus der Tasche und begann zu zeichnen. Sie bewegte den Kopf, um ihn anzuschauen. »Hör auf zu zappeln«, murmelte er. »Du darfst dich nicht bewegen.«

»Wie lange?« fragte sie. Ihre Nase juckte, und wahrscheinlich würde sie bald niesen müssen.

»Solange es dauert.« Seine Hand bewegte sich zügig über dem Zeichenpapier. »Denk dran, daß du es warst, die das unbedingt haben wollte.«

»Und *dies* hast du mit Tish gemacht?« Sie konnte es kaum glauben.

»Ja«, sagte er. »Und sie war sehr gut. Ein wunderschöner Körper, herrliche Konturen. Und sie hat keinen Muskel bewegt.« Er schaute Elise an, die wieder unbehaglich herumrutschte. »Im Gegensatz zu dir.«

»Aber sie hat gesagt, es hätte ihr wahnsinnigen Spaß gemacht!«

»Warum sollte es ihr keinen Spaß machen?« fragte er. »Sie war mit dem Ergebnis sehr zufrieden.«

Elise fragte plötzlich: »Und diese Porträts – hast du sie alle gemacht?«

»Ja.«

»Sie sind wunderschön. Du mußt ein großartiger Künstler sein.«

»Überrascht dich das?«

»Nun ja, ich hatte keine Ahnung, daß du auch auf diesem Gebiet ein Künstler bist«, neckte sie ihn, wurde dann aber wieder ernst. »Hast du schon viele Bilder verkauft?«

»Ich hatte nie viel zu verkaufen«, sagte er. »Mein Vater haßte die Vorstellung, daß ich mein Geld als Maler verdienen könnte. Für ihn war das kein männlicher Beruf. Deshalb bin ich zur Armee gegangen, wo ich lernen mußte, Menschen zu töten. Ich blieb dabei, bis ich Jeanette kennenlernte. Sie wollte keine Soldatenfrau sein, aber sie wollte auch nicht die Frau eines am Hungertuch nagenden Künstlers sein. Deshalb bin ich Geschäftsmann geworden.

Auch das habe ich gut gemacht und viel Geld verdient. Und Jeanette hat es mit Freuden ausgegeben.« Dann: »Das meiste hat sie mit ihren Liebhabern durchgebracht.« Nach einer Pause: »Alle wußten es, nur ich nicht. Ich war zu sehr in sie verliebt.«

»Und dann hast du dich scheiden lassen?«

»Nach einiger Zeit.«

»Aber du behältst ihre Porträts?« fragte Elise. »Wollte Jeanette sie nicht haben?«

»Ich dachte, ich sollte meine eigenen Arbeiten behalten.« Er seufzte. »Ich überließ Jeanette alles, was sie haben wollte. Ich dachte, wenn ich alle ihre Forderungen erfüllte, würde ich sie vielleicht zurückgewinnen. Sie hat alles genommen.«

Er stand plötzlich auf und legte den Zeichenblock hin. Er trat ans Fenster. Sie wurde an ihre erste Begegnung erinnert, eine dunkle Silhouette am Fenster. »Sie hat mir alles genommen«, wiederholte er, »einschließlich meines Vertrauens in Frauen.«

»Und es ist jetzt zurückgekommen?« fragte sie leise.

Er wandte sich ihr zu und lächelte. »Zum Teil«, sagte er. Er ging zu ihr. »Das hast du bewirkt.« Sie kniete vor ihm. Er legte seine Hände auf ihren Kopf. »Ich hätte nicht geglaubt, daß ich je wieder soviel für eine Frau empfinden könnte. Oder daß ich überhaupt noch einmal einer Frau vertrauen würde. Ich habe eine Mauer um mich herum aufgebaut. Wenn eine Frau zeigte, daß sie Interesse an mir hatte, habe ich sie gewöhnlich ignoriert. Manchmal habe ich sie auch benutzt und dann zur Seite geschoben. Und immer habe ich gehofft, daß ich sie damit verletze. Ich war verletzt worden, und also wollte ich auch verletzen.« Er zog sie näher an sich. »Bis ich dich kennenlernte.«

»Liebe auf den ersten Blick?« fragte sie und lächelte ihn an.

»Nein«, sagte er. »Aber ich fand dich anziehend. Besonders, nachdem du mich das erste Mal zurückgewiesen hast. Erinnerst du dich? Es war, als ich dir das Schloß zeigte.«

»Natürlich erinnere ich mich«, sagte sie.

»Was hast du von mir gedacht?«

»Ich hätte mir gewünscht, daß du mich auf der Stelle genommen hättest.«

Er lachte. »Ich habe immer an dich denken müssen. Ich habe von dir geträumt.«

»Was habe ich in deinen Träumen getan?«

»In einem meiner Lieblingsträume kniest du vor mir«, sagte er. »Nackt. Du bist eine Sklavin, die ich kaufen möchte. Vorher hatte ich dich schon ausgezogen und deinen Körper betrachtet. Das war der erste Teil der Prozedur. Der zweite Teil besteht darin, dich beim Sex kennenzulernen. Ich stehe also vor dir und gebe dir genaue Anweisungen.«

Sie sah, daß seine Erektion gegen den Reißverschluß der Jeans drückte. »Welche Anweisungen?« fragte sie heiser.

»Zum Beispiel ... zeige mir, was deine Lippen vermögen!« Seine Stimme klang rauh vor Erregung.

Sie zog den Reißverschluß auf und wog die Hoden in ihrer Hand, streichelte sanft darüber, während sie die Penisspitze zwischen die Lippen nahm. Dann glitten ihre Lippen am Schaft entlang und befeuchteten ihn mit ihrem Speichel. Sie spürte, wie Schauer seinen Körper durchliefen, und sie wußte, daß es nicht lange dauern würde, bis er sein Ziel erreicht hatte. Sie wollte es hinauszögern, aber er kam fast sofort.

Er wurde so heftig vom Orgasmus geschüttelt, daß er sich an ihrem Kopf festhalten mußte, um nicht die Balance zu verlieren. Sie hörte ihn einmal aufstöhnen, ein langgezogener Laut, der tief aus seiner Kehle drang und in einem Seufzer endete.

»Habe ich den Test bestanden?« Sie schaute zu ihm hoch und lächelte. »Wirst du mich kaufen?«

Er fuhr mit den Fingern durch ihre Haare. »Noch nicht«, sagte er lächelnd. »Ich bin schwer zufriedenzustellen. Es gibt noch eine Reihe anderer Geschicklichkeiten, die ich zuerst testen will.«

»Max ist nach London gefahren«, sagte Lorna und sah Elise überrascht an. »Ich dachte, du wüßtest das.«

Elise starrte sie an. »Er hat mir kein Wort davon gesagt. Wann ist er gefahren?«

»Etwa vor einer Stunde.« Lorna sah unbehaglich drein. »Ich hatte den Eindruck, daß er wütend war. Ich dachte schon, ihr hättet euch gestritten.«

Elise hatte am vergangenen Tag über den Entwürfen für den Striptease im Weltall-Zimmer gesessen, die sie jetzt abgeschlossen hatte. Am Nachmittag hatte sie an den Plänen für die Umgestaltung der Räume des alten Herrn gearbeitet. Sie fühlte sich wohl in der sonnigen, komfortablen, wenn auch ein wenig verstaubten Wohnung.

Es ist ein großartiges Leben, dachte sie. Ich kann den Tag hier oben verbringen, und es gibt keine Petra Altham mehr, die mich schikanieren kann, und die Nacht verbringe ich bei Max, wir reden über Kunst und Theater, hören Musik und werden nicht müde, uns zu lieben.

»Hat er denn gar nichts gesagt?« fragte sie Lorna. »Hast du keine Ahnung, warum er plötzlich nach London mußte?«

Lorna druckste herum. »Ich weiß nicht mehr als du. Am Morgen, als er mit mir über deine Entwürfe für den Striptease gesprochen hat, war er noch guter Dinge. Dann traf die Post ein. Da war ein kleines Paket dabei. Damit ist er aus dem Zimmer gestürmt, und danach habe ich ihn nicht mehr gesehen. Er hat mich danach nur kurz angerufen und gesagt, daß er wegwill. Und dann hörte ich auch schon den Motor seines Wagens.«

Nach drei Tagen war Elise verzweifelt. Alle ihre Versuche, Max Lannsen telefonisch zu erreichen, waren ergebnislos geblieben. Sie hatte keine Ahnung, wo er sich aufhielt, bei wem er wohnte. Lornas Kolleginnen in London konnten auch nicht helfen. Sie sagten, daß Mr. Lannsen seit einigen Monaten nur eine offizielle Telefonnummer hatte, und das war die Nummer von Shilden Castle. Wenn er sich dort nicht aufhielt und keine Angaben über seinen Verbleib hinterlassen hatte, wollte er offenbar nicht, daß man Kontakt mit ihm aufnahm.

Elise weinte sich in den Schlaf, und tagsüber ging sie mit verweinten Augen ihrer Arbeit nach. Am vierten Tag kam Lorna in ihr Büro und stellte einen Becher Kaffee vor sie hin.

»Trink«, sagte Lorna. »Ich habe einen Schuß Whisky zugegeben.«

»Ich will nicht.«

»Trink«, sagte sie, »danach sage ich dir meine Neuigkeiten.«

»Hast du herausgefunden, wo Max ist?« fragte Elise voller Hoffnung.

»Nein«, antwortete Lorna. »Aber ich habe einen Verdacht.« Sie sah zu, wie Elise am Kaffee nippte. »Ich habe meine Kontakte spielen lassen. Das Paket, das Max an dem Morgen mit der Post erhielt, stammte von Petra Altham.«

Elise starrte sie mit großen Augen an. »Wie hast du das herausgefunden?«

»Das spielt doch keine Rolle«, sagte Lorna. »Das Paket kam jedenfalls von Petra. Und ich wette, was auch immer im Paket war, es bedeutet nichts Gutes für dich. Erinnerst du dich, daß ich dich gewarnt habe? Petra ist ein gemeines Luder. Sie hat sich auf die wirkungsvollste Weise gerächt, die ihr einfiel – sie will einen Keil zwischen dich und Max treiben.«

»Aber wie? Was könnte Petra ihm schicken, was mich in Max' Augen herabsetzen würde?«

»Ich habe absolut keine Ahnung«, sagte Lorna. Sie lächelte. »Vielleicht solltest du nach London fahren, um das selbst herauszufinden.«

Als sie am Abend in London eintraf, war Elise so angespannt vor Sorge und Verzweiflung, daß sie trotz der Erschöpfung von der langen Fahrt beschloß, gleich zu Petras Haus zu fahren. Es lag völlig im Dunkeln. Sie parkte ihren Wagen gegenüber und richtete sich auf ein längeres Warten ein.

Schließlich fuhr ein Taxi vor, aus dem Petra ausstieg. Sie trug ein figurbetontes Kleid und Schuhe mit hohen Absätzen. Ein breites Band glitzerte an ihrem Hals. Den Pelzmantel hatte sie locker um die Schultern gelegt. Auf dem Weg zur Treppe schien sie ein bißchen zu schwanken. Elise ließ ihr Zeit, drinnen das Licht einzuschalten, dann stieg sie aus, lief über die Straße und klingelte.

»Dixie, bist du das?« rief Petra von drinnen. Die Worte kamen schleppend heraus. »Baby, ich bin zu müde für irgendwelche Späße.« Sie öffnete die Tür und sah Elise vor sich. Einen Augenblick lang war sie verwirrt. Elise trat an ihr vorbei, stieß gegen Petra, die fast das Gleichgewicht verloren hätte, und war im nächsten Moment im Haus.

Petras grell geschminkter Mund verzog sich. »Verdammt, was willst du denn?«

»Eine Erklärung.«

Petra hatte sich rasch wieder gefangen. »Du bist diejenige, die einiges zu erklären hätte. Denn du hast dich wegen einer blöden Lappalie wie eine Jungfrau angestellt, und das hat mich den Job gekostet.«

»Du hast den Job nicht meinetwegen verloren«, gab Elise ebenso aggressiv zurück. »Du bist gefeuert worden, weil du ein bißchen zu geldgierig warst.« Sie trat auf Petra zu. »Ich will nur wissen, was du Max vor ein paar Tagen geschickt hast.«

»Oh, das ist es!« rief Petra schadenfroh und lachte rauh. »Maxie hat mein kleines Geschenk schon erhalten. Und wie hat es ihm gefallen?«

»Wenn ich wüßte, wo er wäre, würde ich ihn fragen«, sagte Elise.

»Ach? Er ist durchgebrannt?« Petra grinste anzüglich. »Na ja, das habe ich mir gedacht. Wenn er erst einmal entdeckt, was für ein durchtriebenes falsches Luder du bist, haut er in den Sack, habe ich mir gedacht.«

Elises Hand schnellte vor und packte Petras Kleid über den Brüsten. »Ich will wissen, was du ihm geschickt hast«, sagte sie, scheinbar ruhig, »sonst breche ich dir die Nase. Und das wäre nur der Anfang.«

»Du kommst dir wohl verdammt stark und tapfer vor, was?« sagte Petra voller Häme. »Wenn du mir auch nur ein Haar krümmst, werde ich einige meiner Freunde zu dir schicken, und die werden dir viel mehr brechen als nur die Nase, und darauf kannst du dich verlassen.« Sie grinste. »Diese Sache ist eine Nummer zu groß für dich. Warum gehst du nicht einfach nach Hause und vergißt das alles?«

Elise lockerte den Griff. Sie hatte das unbehagliche Gefühl, daß Petras Drohung nicht nur aus hohler Luft bestand. Das gedämpfte Licht glitzerte auf Petras diamantenem Halsband. Elise berührte es mit der Fingerspitze.

»Sehr hübsch«, sagte sie. »Du magst solche hübschen Sachen, nicht wahr? Ein gemütliches, kleines Haus, einen dicken Mercedes, Schmuck und elegante Kleider. Um sich solche hübschen Sachen erlauben zu können, braucht man Geld. Und um Geld zu verdienen, braucht man einen Job.«

Petra schaute sie verunsichert an. Sie wußte nicht, worauf Elise hinauswollte.

»Wir beide wissen, in welchem Gewerbe du tätig bist. Was geschieht wohl, wenn deine Kontaktpersonen plötzlich nicht mehr anrufen und zur Konkurrenz gehen?«

»Wenn diese hochnäsige Schlampe auf Shilden glaubt, daß sie mir die Kunden wegschnappen kann, hat sie sich in den Finger geschnitten«, sagte Petra, aber ihr Lächeln war gewichen. »Das kannst du ihr getrost ausrichten.«

Elise wußte, daß sie einen wunden Punkt angeschnitten hatte. Sie wollte die Kerbe vertiefen. »Was geschieht wohl, wenn sich herumspricht, daß es mit deiner Diskretion nicht sehr gut bestellt ist?« fragte sie.

»Ich bin verdammt diskret!« fauchte Petra.

»Gerüchte machen schnell die Runde«, sagte Elise. »Besonders die schlüpfrigen.«

»Wer würde dir schon glauben?« Petra lachte höhnisch. »Einer aufgedonnerten kleinen Designerin, die sich durch die Betten schläft?«

Aber Elise meinte, daß sie einen Anflug von Nervosität in Petras Stimme entdeckt hatte. »Kannst du es dir leisten, es darauf ankommen zu lassen?« fragte sie zuckersüß. »Auf Shilden hast du kaum Freunde zurückgelassen. Du hast mich ein falsches Luder genannt, und damit hast du den Nagel auf den Kopf getroffen. Ich kann das durchtriebenste Luder sein, das du dir vorstellen kannst. Man braucht mich nur zu reizen.«

»Ich habe es dir doch gerade gesagt, Darling«, sagte Petra. »Ich habe einige Freunde, denen du lieber nicht begegnen solltest. Willst du trotzdem wegen deines kaputten Freundes das Risiko eingehen?«

»Wenn mir etwas zustößt, wissen genug Freunde von mir, wo sie die Schuldige suchen müssen«, gab Elise zurück.

»Hör mir gut zu, kleine Miss Rühr-mich-nicht-an«, sagte Petra wütend. »Ich hab' mir nichts vorzuwerfen. Ich habe meinen Job auf Shilden ernst genommen, aber du hast ihn mir gründlich verdorben. Deshalb habe ich deinem kaputten Freund ein paar hübsche Bildchen geschickt. Laufende Bilder. Sie wurden im Fitneßraum aufgenommen. Erinnerst du dich daran?« Ihr Mund verzog sich zu einem bösen

Grinsen. »Ich hatte eine Kamera eingestellt, weil ich selbst einen kleinen Film machen wollte. Für einen Freund von mir. Ich hatte vergessen, den Film nach der Vorstellung abzuschalten, und auf der Kassette war noch genug Platz. Als ich sie zurückspulte, sah ich dich und deinen sexy Reitlehrer. He, ihr habt eine Menge Spaß gehabt, was?«

Deshalb hatte sich Petras Lehrstunde mit dem Mädchen so theatralisch angehört, dachte Elise. Sie wollte einen Pornofilm aufnehmen. Wahrscheinlich handelte es sich um einen Privatkunden von ihr, der ihr das Machwerk gut bezahlte.

»Ich dachte, es würde Maxie gefallen, dich in Aktion zu sehen«, schniefte Petra. »Obwohl ich nicht glaube, daß er darauf abfährt, sich Sexfilme anzuschauen. Was Frauen angeht, hat er einige wundersame Vorstellungen. Ich glaube, er hätte uns am liebsten mit Flügeln und Heiligenscheinen gesehen. Mein kleiner Film hat ihm wahrscheinlich gezeigt, daß du nicht ganz so vollkommen bist, wie er es gehofft hat. Du bist auch nur eine weitere Frau, die ihn hintergangen hat, genau wie seine Ex-Frau. Es überrascht mich also nicht, daß er abgehauen ist.«

Auf eine Art war Elise froh über Petras Erklärung. Ein Mißverständnis konnte zurechtgerückt werden – aber dafür mußte sie Max Lannsen finden. Sie wußte, daß er nicht auf Shilden Castle sein würde, solange er annehmen mußte, daß sie noch dort sei. Sie rief Lorna an und nahm sich ein paar Tage frei.

»Ich kann das schon arrangieren«, sagte Lorna. »Aber ich muß mich zuerst erkundigen.« Nach zwei Stunden rief Lorna sie an. »Alles geklärt«, sagte sie fröhlich. »Aber du mußt zu George Farrow gehen.«

»George?« fragte Elise verwundert. »Was soll ich denn bei ihm?«

»Bei Max' Abwesenheit ist er mehr oder weniger der

Boß«, klärte Lorna sie auf. »Zieh dich hübsch an, gehe zu ihm und sei lieb zu ihm. Vergiß nicht, daß er eine Schwäche für dich hat. Vielleicht gibt er dir noch ein paar Tage länger frei. Er hat ein Haus in der Nähe von London. Ich besorge dir seine Adresse.«

Elise borgte sich eines von Janines neuen Kostümen, eine graue, taillierte Jacke und einen engen Rock. Sie band ihre Haare im Nacken zu einem Knoten und bändigte die wirren Strähnen mit ein paar Klammern. Ein Paar von Janines grauen Schuhen mit mittelhohen Absätzen komplettierte ihren Auftritt, auch wenn sie eine Nummer zu groß waren – Elise behalf sich mit Watte, die sie in die Spitzen schob.

In ihrer Kleidung kam sie sich wie eine alte Schachtel vor, deshalb entschied sie sich im letzten Augenblick für einen sexy Slip, ein winziges Dreieck aus Seide und Spitze, das nur von schmalen Bändchen zusammengehalten wurde.

George Farrows Stadthaus in London war überraschend unauffällig. Es lag in einer ruhigen Wohngegend, ein ganzes Stück von der Straße entfernt. Eine freundliche junge Frau in einem einfachen schwarzen Kleid öffnete die Tür, nachdem Elise geklingelt hatte.

»Miss St. John? Bitte, kommen Sie herein.« Sie führte Elise in ein Zimmer, das geschmackvoll, aber langweilig eingerichtet war. Elise hatte den Eindruck, daß es wenig genutzt wurde. Das ganze Haus vermittelte ihr diesen Eindruck. »Ich gehe jetzt«, sagte das Mädchen, »aber jemand wird bald hiersein.«

Verwundert trat Elise ans Fenster und schaute hinaus. Der Garten war so ordentlich und adrett und langweilig wie das Haus, dachte sie. Im nächsten Moment hörte sie, wie sich hinter ihr eine Tür öffnete. Sie drehte sich um.

Max Lannsen betrat das Zimmer, eine dunkle Gestalt in einem dunklen Anzug – und so attraktiv wie immer. Einen Moment lang starrten sie sich an, beide gleichermaßen verdattert. Dann sagte Lannsen: »Was tust du denn hier?«

»Das könnte ich dich auch fragen«, gab Elise zurück.

»Ich bin hergekommen, weil George Farrow mich gebeten hat«, sagte er.

»So war's bei mir auch«, sagte Elise. Sie hörten beide, wie die Haustür zuschlug.

»Die Haushälterin ist jetzt weg«, sagte Lannsen verärgert. »Wir hätten sie fragen sollen, was hier eigentlich gespielt wird.« Er schaute auf seine Uhr. »Nun, ich gebe George noch fünf Minuten. Wenn er bis dahin nicht aufgetaucht ist, bin ich weg. Ich habe noch andere Sachen zu erledigen.«

»Max«, sagte Elise, »ich war bei Petra. Ich habe erfahren, daß sie dir das Video geschickt hat. Ich wußte nicht, daß es existiert, das habe ich erst von ihr erfahren.«

Er starrte sie eine volle Minute an, dann wandte er sich ab. »Ich bin sicher, daß du es nicht gewußt hast«, sagte er kalt. »Und wenn du nichts dagegen hast, würde ich lieber nicht darüber reden. Ich will mir deine Entschuldigungen nicht anhören. Ich habe in meinem Leben genug Entschuldigungen gehört. Frauen sind darin einfach großartig.«

»Ich will keine Entschuldigungen vorbringen. Ich habe keine Entschuldigungen nötig.« Seine Haltung forderte sie heraus, ihn zu verletzen. Sie wollte die eisige Hülle, die er um sich gelegt hatte, aufbrechen. Sie trat auf ihn zu. »Glaubst du nicht, daß du überreagiert hast? Du wußtest von meiner Affäre mit Blair Devlin. Und du wußtest auch, daß du mit mir keine Jungfrau bekommen würdest.«

»Das kann schon sein, daß ich das wußte«, sagte er. »Aber ich wußte nicht, daß ich eine weitere Schlampe bekommen würde.«

Sie schlug ihm ins Gesicht, noch bevor sie wußte, was sie getan hatte. Ihre Handfläche brannte. Er packte ihr Handgelenk und wirbelte sie herum. Sein Körper war vor

Wut verkrampft, aber als sich die beiden Körper berührten, spürte sie sofort den erotischen Thrill.

»Schlampe!« Er schob sie auf ein hell bezogenes Sofa zu.

»Bin ich nicht!« ächzte sie. »Und du tust mir weh!«

»Niemand schlägt mich ungestraft«, stieß er hervor. »Wenn du ein Mann wärst, hätte ich dich jetzt schon auf dem Boden.«

»Ich bin aber kein Mann.«

»Trotzdem wirst du nicht ungestraft davonkommen.«

Er stieß sie rücklings über den Seitenarm des Sofas und hielt sie mit einer Hand fest. Die andere Hand öffnete den Knopf an der Seite ihres Rocks und zog ihn über die Hüften, bis er auf dem Boden lag. Sie spürte, wie er die Bändchen des Seidenslips löste, und kurz darauf lag er neben dem Rock.

In der kurzen Pause, die dann folgte, sagte sie leise, weil das Gesicht in den Sofakissen lag und ihre Stimme gedämpft wurde: »Untersteh dich!«

Aber sie wußte, daß er es tun würde. Seine flache Hand klatschte auf ihren Hintern, und sie stieß einen Schrei aus und trat nach ihm.

»Hat es dir mit ihm mehr Spaß gemacht als mit mir?« fragte er. Seine Stimme kang verunsichert. »Hast du es deshalb mit ihm getan?«

»Sei kein Narr«, schalt sie. »Ich wußte nicht, wie es mit dir sein würde, als ich mit Blair Devlin zusammen war.«

»Ich weiß, wann die Kameras im Fitneßzimmer eingebaut worden sind«, sagte er. »Deshalb weiß ich auch, wann dieser Film entstanden ist.«

»Das glaubst du nur!« rief sie und bäumte sich gegen seinen Griff auf. »Ist dir schon mal der Gedanke gekommen, daß jemand mit der eigenen Kamera gefilmt haben könnte? Und daß dieser Jemand dich über den Zeitpunkt des Films belogen hat?«

»Warum sollte Petra lügen?«

»Um sich an mir zu rächen«, sagte sie. »Es wird dir vielleicht nicht aufgefallen sein, aber Petra und ich kamen nie gut miteinander aus – und nachdem sie wegen mir gefeuert worden war, hat sie mich gehaßt.«

»Ich mußte sie feuern«, sagte Max. »Wenn ich einen Anlaß gehabt hätte, wäre sie früher schon rausgeworfen worden. Sie hatte ihre Finger in einigen unsauberen Geschäften, und sie hat viel in die eigene Tasche gearbeitet.«

»Das hat sie auch getan, als sie uns mit ihrer eigenen Kamera gefilmt hat«, sagte Elise. »Sie hat eine Domina-Szene mit einer Freundin vorgeführt, wahrscheinlich die Auftragsarbeit für einen privaten Kunden.«

»Und dann hast du mit Devlin deine eigene Show abgezogen«, sagte er verbittert.

»Ja, aber ich war zu diesem Zeitpunkt ungebunden.«

»Und jetzt bist du das nicht?«

»Das weißt du selbst.«

Es entstand eine längere Pause. Sie wußte, daß er sie anschaute, und dieses Wissen erregte sie. Absichtlich spreizte sie die Beine ein bißchen mehr.

»Weißt du, was das Schlimmste von allem ist?« fragte er, die Stimme heiser vor Begierde. »Als ich mir das verdammte Band angesehen habe, als ich dich mit Devlin sah – da wollte ich dich haben. Es schmerzte, dich mit ihm sehen zu müssen, aber ich habe weiter zugeschaut, und ich begehrte dich trotzdem.« Seine Hand glitt zwischen ihre Schenkel. »Ich wollte dich haben«, wiederholte er. »So heftig, wie ich dich jetzt haben will.«

Er löste seinen Griff, half ihr auf die Beine, zog den Reißverschluß seiner Hose auf und drang so spontan in sie ein, daß sie einen spitzen Schrei ausstieß und dann für einen Moment die Luft anhielt. Aber sie war naß und entspannt, und sie zog die inneren Muskeln an, um ihn tiefer in sich hereinzuziehen. Sie spürte sie Hände auf ihren leicht brennenden Pobacken, und im nächsten Augenblick hob er sie mühelos an. Sie schlang die Beine um seine Mitte.

Er trug sie bis in die Zimmermitte, wo er sie, immer noch vereint, behutsam auf den dicken Teppich legte, und dann begann er mit kräftigen Stößen.

»Du kannst dir nicht vorstellen, was der Film in mir ausgelöst hat«, raunte er, die Lippen dicht an ihrem Ohr. Seine Bewegungen wurden immer intensiver. Er füllte sie ganz aus, und sie spürte, wie sie alles um sich herum vergaß. »Ich begehrte dich mehr denn je, ich wollte dich zur Vernunft bringen – und gleichzeitig mit dir Liebe machen.«

Sie fühlte ihren Orgasmus kommen und hoffte, daß Max gleichzeitig mit ihr kommen würde. Seine Stöße wurden kürzer und hektischer, sein Körper wurde geschüttelt. Sie klammerte sich an ihn.

»Jetzt«, keuchte sie, »jetzt, bitte ...«

Seine Klimax kam mit einer so gewaltigen Erschütterung, und ihre folgte so unmittelbar darauf, daß ihre Körper sich aneinanderklammerten und gemeinsam gerüttelt wurden, und gemeinsam beruhigten sie sich auch wieder. Elise fühlte sich danach vollkommen entspannt, vollkommen glücklich, vollkommen befriedigt. Er lag auf ihr, sie spürte das Gewicht, aber sie wollte nicht, daß er sich von ihr wegbewegte.

»Tu das nie wieder«, sagte er.

»Was?« neckte sie ihn. »Dich lieben?«

»Gib mir nie wieder einen Grund, dir zu mißtrauen«, sagte er. »Gut, ich habe überreagiert, als ich das Band angeschaut habe. Ich hätte mit dir reden und deine Erklärung anhören sollen. Aber du weißt nicht, was Jeanette mir angetan hat. Sie hatte immer eine Antwort auf meine zweifelnden Fragen. Sie hat mir Watte über die Augen gezogen. Und zum Schluß habe ich überhaupt nichts mehr geglaubt.«

»Ich werde dich nicht belügen«, sagte sie leise. »Du mußt mir vertrauen.«

»Ich bin lernfähig.«

Plötzlich setzte sie sich auf. »Wahnsinn! Max! Was ist mit George Farrow?«

Auch er richtete sich auf. »Was soll mit ihm sein?«

»Ich sollte ihn hier treffen.« Sie sprang auf die Füße und griff nach ihrem Rock. »Wir wälzen uns hier auf seinem Teppich herum! Er hätte uns erwischen können.«

Sie stieg in ihren Rock und bemühte sich, ihre Haare wieder in einem Knoten zu bändigen. »Himmel, Max«, sagte sie aufgeregt, »bring dich in Ordnung.«

Er sah an sich hinunter. »Es ist alles in Ordnung.«

»Deine Haare sehen aus, als hättest du gerade eine Frau auf dem Teppich geliebt, und deine Krawatte hängt schief.«

»Hör auf, dir Sorgen zu machen«, sagte er. »George wird nicht hereinplatzen.«

»Woher willst du das wissen?« Sie überprüfte den Sitz der Strumpfnähte.

»Er hat dich hergebeten, nicht wahr? Und mich auch. Warum, glaubst du wohl, hat er das getan?«

Sie stellte fest, daß sie über diesen scheinbaren Zufall noch nicht nachgedacht hatte. »Keine Ahnung.«

»Ich schätze, daß er von unserem kleinen Streit gehört hat«, sagte Max. »Und er wollte uns eine Gelegenheit geben, die Dinge wieder zurechtzurücken.«

»George Farrow weiß nichts über unser Privatleben« wandte sie ein. Aber dann dachte sie noch einmal über den Zufall ihrer Begegnung mit Max in Farrows Haus nach. »Oder doch?« murmelte sie und sah Max fragend an.

»Frage ihn selbst«, sagte er, nahm ihre Hand und führte sie zum Fenster. Draußen stand ihr Mini, daneben ein großer Daimler. »Das ist sein Auto. Eines seiner Autos. Ich bin mit dem Taxi gekommen.«

Sie gingen hinaus. George Farrow stieg gerade aus dem Daimler. »Hallo, meine Liebe«, begrüßte er Elise. »Ich bin entzückt, Sie wiederzusehen. Und Sie auch, Max.«

»Gratuliere, George«, sagte Max. »Was immer Sie beabsichtigt haben – es hat funktioniert.«

»Es freut mich, das zu hören«, antwortete der ältere Mann. »Wenn Liebende streiten, sind sie schlechte Gesprächs- und Geschäftspartner, deshalb mußte ich etwas unternehmen.« Er lächelte Elise zu. »Ich gehe davon aus, daß Sie es sind, die für seinen Stimmungsumschwung verantwortlich ist.«

»Das hoffe ich«, sagte Elise und erwiderte das Lächeln.

»Glücklicher Mann«, sagte George Farrow. Dann wieder zu Elise: »Und Sie haben auch Glück gehabt. Wenn Ihre Freundin Lorna mir nicht gesagt hätte, was zwischen Ihnen geschehen war, würden Sie sich immer noch aus dem Weg gehen. Und das wäre für Sie beide und auch für Shilden nicht gut gewesen.« Er wandte sich an Max. »Miss Chorley-Smythe ist ein Gewinn. Das genaue Gegenteil von Petra Altham.«

»Kann schon sein.« Max Lannsen schien nicht überzeugt zu sein.

»Kommen Sie schon, Max«, sagte George Farrow jovial. »Ich weiß, daß Sie Shilden viel lieber als eleganten Country-Club führen möchten, aber wenn Sie wirklich Geld damit machen wollen, müssen Sie außergewöhnlichen Service bieten. Und Geld wollen wir doch mit Shilden verdienen, oder?« Er klopfte Max gönnerhaft auf die Schulter.

»Da Sie nun wieder mit Ihrer Lady zusammen sind, sollten Sie sich ein paar Tage in London leisten, bevor Sie zurück in den Norden fahren«, sagte er. »Sie können weiterhin Phillips Wohnung benutzen, er hat nichts dagegen, wenn Elise auch dort einzieht. Im Grange gibt es eine Wohltätigkeitsveranstaltung, warum gehen Sie nicht hin? Ich sorge dafür, daß Sie Einladungen erhalten.« Er lächelte Elise zu. »Es wird Ihnen gefallen. Die Veranstaltung findet jedes Jahr statt, sie ist ein großer Jahrmarkt mit allem, was dazu gehört. Künstler und Theaterleute sind da und helfen aus. Vielleicht ergeben sich ein paar nützliche Kontakte für Sie.«

»Wir haben keine Zeit«, wandte Max ein.

»Doch, Max«, widersprach Elise. »Ich möchte gern hin. Hört sich doch nach Spaß an, oder?«

»Gehen Sie mit ihr hin, Max«, sagte George. »Das ist ein Befehl.«

»Dir ist nicht wirklich nach dieser Wohltätigkeitsveranstaltung, nicht wahr?« fragte Elise, während sie Max zuschaute, wie er einen cremefarbenen Polopullover über den Kopf zog. Sie liebte es, ihm beim Anziehen – und besonders beim Ausziehen – zuzuschauen. Dann fügte sie in Gedanken hinzu: Ich liebe es einfach immer, ihn anzuschauen.

»Ich bin kein Partylöwe«, sagte er. »Ich mag nicht dieses belanglose Geschwätz, und die Gerüchte, die auf solchen Parties in Umlauf gesetzt werden, interessieren mich nicht.« Er schaute sie an. »Ich habe von diesen Parties im Grange gehört. Sie können … nun ja, aus dem Ruder laufen.«

»Du meinst, wir gehen in Wirklichkeit zu einer Orgie?« fragte sie neckend.

»Würde dich das stören?«

»Oh, Max!« Sie hörte auf, ihre Seidenbluse zuzuknöpfen und ging auf ihn zu. »Ich habe keine Lust, dich mit irgendeiner anderen zu teilen.«

Er fuhr mit einer Hand in ihre Bluse und umfaßte eine Brust. Sie spürte, wie sich seine Finger schlossen. »Das ist gut so«, sagte er.

Sie legte ihre Finger auf seine Nippel, die unter dem Baumwollhemd gut sichtbar waren, und spürte, wie sie reagierten. Sie beugte sich vor und schloß ihre Lippen um eine Brustwarze, während ihre Finger die andere umkreisten.

»Geh rauf und zieh dich aus.«

»Max?« Sie hatte erwartet, daß er sie an Ort und Stelle lieben wollte, schnell, hart und spontan. »Wir haben keine Zeit.«

»Bitte …«

Sie ging hinauf ins Schlafzimmer und schälte sich im Gehen aus ihren Kleidern. Es dauerte nicht lange, denn sie hatte nicht viel am Leib getragen. Sie legte sich auf den Rücken und streckte sich auf dem Bett aus.

»Über was lächelst du?« Er war geräuschlos die Treppe hochgekommen.

»Es war nichts«, sagte sie. »Noch nicht. Ich übe schon mal, denn ich hoffe, daß du etwas mit mir anstellst, was mich lächeln läßt.«

Sie schaute ihm beim Ausziehen zu, und als er den Slip abstreifte, dachte sie zum wiederholten Male, daß er genauso attraktiv aussah, wie sie es sich in ihren Träumen und Phantasien vorgestellt hatte. Er hatte die Figur eines Läufers, schlank und muskulös, schmale Hüften und lange Beine.

Die schwarze Behaarung auf der Brust und zwischen den Schenkeln unterstrich seine naturdunkle Hautfarbe. Sein Penis war halb versteift und wippte von einer Seite zur anderen, als er zum Bett ging.

Sie drehte sich auf den Bauch, und er kniete sich hinter sie. Seine Hände langten unter ihre Hüften, bis er sie auf die Knie aufgerichtet hatte.

Die Hände glitten über ihren Bauch und umfaßten ihre schwingenden Brüste.

Sie spürte seinen steifen Schaft zwischen ihren Backen. Sie spreizte die Beine ein wenig, und er drang in sie ein. Er hielt sie an den Hüften fest und blieb tief in ihr verwurzelt, hielt lange inne, bevor er sich zurückzog, um dann erneut zuzustoßen. Langsam nahm die Geschwindigkeit seiner Stöße zu.

Ihren Orgasmus kündigte sie mit einem lauten Schrei

an, der Sekunden später von seinem Aufheulen begleitet wurde.

Als er aus ihr glitt, ließ sie sich flach auf den Bauch fallen. Sie fühlte sich tief befriedigt und schläfrig. Er lag neben ihr, und als sich sein Atem fast normalisiert hatte, strich er ihr liebevoll eine Strähne aus der Stirn.

»Ich hole dir einen Drink«, sagte er.

»Ja, aber nur, wenn du keinen nimmst«, sagte sie. »Du mußt fahren, ja?«

»Ach?«

Sie drehte sich auf den Rücken und schaute ihn an. »Ja, du fährst«, entschied sie.

Er stand an der Tür und sah sie lächelnd an. Da begriff sie.

»Max«, sagte sie mit gehobener Stimme, »hast du das getan, um mich von der Party abzulenken?«

»Ich habe es getan, weil es immer wieder großartig ist, mit dir Liebe zu machen«, sagte er. »Aber wenn wir nicht zur Party gehen, kann ich es wiederholen.«

»Du kannst es auch wiederholen, wenn wir zur Party gehen«, sagte sie. »Wenn wir zurück sind.«

The Grange war ein großes Haus in einem Londoner Außenbezirk. Es lag weit von der Straße zurück und war von hohen Bäumen umgeben. Sie bogen von der Straße ab, nahmen die Zufahrt und parkten hinter einem alten, aber gutgepflegten Rolls-Royce. Einige der anderen geparkten Autos waren weniger beeindruckend. Elise sah einen verbeulten Ford Escort und einen alten Mini, die nebeneinander parkten.

Das Haus stand offen, aber die meisten Aktivitäten schienen sich sowieso draußen abzuspielen. Musik scholl ihnen durch das Laubwerk der Bäume entgegen. Überall auf dem Rasen standen bunte Zelte. Schrillgekleidete Männer und Frauen bewegten sich von Gruppe zu

Gruppe und boten auf breiten Tabletts Getränke und Speisen an. Ein Jongleur kam Elise und Max entgegen und warf Bälle in die Luft.

»Verpaßt nicht den Unglaublichen Antonio«, rief er ihnen fröhlich zu. »Er ist ein außergewöhnlicher Zauberer. Im blauen Zelt.« Er wies auf Max. »Es wird Ihnen gefallen.« Und zu Elise sagte er: »Sie werden es auch mögen. Es ist für jeden etwas da.«

Elise zupfte an Max' Ärmel. »Komm«, sagte sie. »Ich bin versessen auf Magier-Shows.«

Ein paar Minuten später betraten sie das überfüllte Zelt. Der Unglaubliche Antonio in seinem Glitzeranzug und dem spitzzulaufenden Hut hatte seine Vorstellung schon begonnen. Auf dem Podium stand ein Schrank, dessen beiden Türen offenstanden und den Blick auf eine attraktive junge Dame im Abendkleid freigaben. Sie lächelte höflich.

»Nichts unter dem Schrank«, sagte Antonio und machte eine ausladende Armbewegung. »Nichts über dem Schrank. Nichts dahinter. Nur ein paar Worte von mir, und die Dame wird verschwinden.« Die Schranktüren schlossen sich. Der Unglaubliche Antonio murmelte etwas und machte wieder seine ausladende Armbewegung.

»Voilá!« rief er. Die Türen sprangen auf. Die Lady stand noch da, aber nicht mehr im Kleid. Sie trug sexy schwarze Unterwäsche und sah verdutzt drein. Die Zuschauer pfiffen und klatschten. Der Unglaubliche Antonio sah ebenso verdutzt drein wie die Lady. Er schlug rasch die Schranktüren zu.

»Das ist mir noch nie passiert«, entschuldigte er sich. »Gestatten Sie mir noch eine zweite Chance, um mich zu rehabilitieren.» Er wiederholte seine gemurmelten Worte und verbeugte sich tief vor dem Schrank. »Diesmal«, versprach er, »wird die Lady verschwunden sein.«

Die Türen sprangen auf. Die Frau im Schrank stieß

einen hohen Schrei aus. Sie war jetzt völlig nackt. Sie führte ein paar ungeschickte Versuche aus, ihre Blöße zu bedecken, während die Zuschauer fröhlich applaudierten.

Wieder schlug der Zauberer wütend die Türen zu. »Dieses Mal«, versprach er, wobei er sich imaginären Schweiß von der Stirn wischte, »wird sie verschwinden, ohne jeden Zweifel.«

Er gab sich offenbar mehr Mühe mit seinen Beschwörungen. Er verbeugte sich tiefer, und die Bewegungen beider Arme waren noch ausladender. Die Türen öffneten sich – und gaben den Blick frei auf einen jungen Mann in einem eleganten Abendanzug.

»Nun ja«, sagte der Unglaubliche Antonio, »jedenfalls besser als eine nackte Frau, nehme ich an.« Die Männer unter den Zuschauern widersprachen laut. Antonio lächelte. »Vielleicht habe ich mehr Erfolg, den Herrn verschwinden zu lassen.« Wieder die umständliche Beschwörungformel, dann öffneten sich die Türen und zeigten den jungen Mann nackt bis auf einen prallen Beutel um sein Geschlecht.

»Ich weiß, worauf die Damen warten«, sagte Antonio und knallte die Türen zu. »Aber ich muß Sie enttäuschen. Jetzt weiß ich wieder, wie es geht. Diesmal wird der Schrank leer sein!«

Sekunden später öffnete er mit übertriebener Geste die Türen. Jetzt zeigte der junge Mann ein charmantes Lächeln und eine erstaunliche Erektion.

Antonio schloß die Türen rasch. »Jetzt bin ich so verblüfft wie Sie«, behauptete er. »Was werden wir wohl als nächstes zu sehen bekommen?«

Er riß die Türen auf. Die Lady vom Anfang, immer noch nackt, genoß die Aufmerksamkeit des nackten Mannes. Die Zuschauer klatschten und grölten, als der Mann begeistert an den Brustwarzen der Lady saugte. Sie stöhnte laut, fuhr mit den Händen über seinen muskulösen Körper und zog ihn näher zu sich heran.

Antonio bemühte sich, scheinbar beschämt, die Türen zu schließen, hatte aber keinen Erfolg. Das Paar legte jetzt erst richtig los.

Der junge Mann gab vor, sich gegen die Tätigkeit der Lady zu wehren, er versuchte sie wegzudrücken und machte sie auf die vielen Zuschauer aufmerksam, aber sie hielt ihn fest im Griff.

Antonios Bemühungen, die Türen zu schließen, blieben auch erfolglos; erst als die Körper der beiden fest miteinander vereint waren, gaben die klemmenden Türen nach. Das Knallen der Türen und der Orgasmus des Mannes kamen gleichzeitig. Die Menge applaudierte, und der Unglaubliche Antonio verbeugte sich tief.

»Bitte, zeigen Sie mir den Beweis Ihrer Begeisterung, wenn Sie das Zelt verlassen«, sagte er. »Und ich spreche von Ihrer Begeisterung, die sich in Scheinen auszahlt. Ich brauche keine Dankesbriefe. Es ist alles für einen guten Zweck. Für Wohltätigkeiten in Ihrem Stadtteil. Seien Sie großzügig.«

»Ich möchte mal gern wissen, was die alten Damen im Vorstand des Wohltätigkeitsvereins sagen würden, wenn sie wüßten, auf welche Weise die Spenden erzielt wurden«, sagte Elise, als sie das Zelt verließen. Max grinste. »Vielleicht wünschten sie sich dann, daß sie dabeigewesen wären.«

Sie sah ihn an »He, du taust ja ein bißchen auf, was?«

Er blieb stehen und wandte sich ihr zu. »Ich bin nicht aus Eis, Elise«, sagte er. »Das ist die Hälfte meines verdammten Problems. Wenn ich weniger empfindlich wäre, hätte mich Jeanette nicht derart verletzen können.«

»Ich werde dich nicht verletzen«, sagte sie ernst. »Das mußt du mir glauben. Vertraue mir.«

»Das tue ich«, sagte er und lächelte. »Oder – ich sollte besser sagen – ich lerne, dir zu vertrauen.«

»Das genügt mir für den Anfang«, sagte sie. »Komm, wir gehen etwas essen.«

Sie schritten an mehreren Zelten vorbei und widerstanden der Versuchung, die Freuden einer Massage wahrzunehmen, eine exotische Tänzerin zu bestaunen oder eine Reihe von Tableaus von berühmten nachgestellten Szenen aus der Geschichte und Mythologie anzuschauen.

Dann entdeckte Elise ein Zelt, das mit Tarotkarten dekoriert war. Das Plakat, das draußen hing, versprach, daß Madam Khati die uralten und mystischen Tarotkarten legen und das Schicksal befragen würde, wenn sich jemand an einem Scheideweg befand oder frisch oder unglücklich verliebt sei.

»Eine Wahrsagerin!« rief Elise begeistert. »Genau darauf habe ich gewartet!«

»Das brauchst du doch nicht«, sagte Max. »Du bist doch nicht unglücklich verliebt.«

»Ich stehe an einem Scheideweg«, hielt sie ihm entgegen. »Ich könnte einen Rat gebrauchen. Was geschieht mit mir, wenn mein Auftrag auf Shilden beendet ist? Werde ich je eine feste Anstellung am Theater finden?« Sie schaute ihm in die Augen. »Werde ich Glück in der Liebe haben?«

»Das meiste kann ich beantworten«, sagte er.

»Aber du bist voreingenommen«, sagte sie. »Die Tarotkarten sind es nicht. Such dir was zu essen. Ich erkunde meine Zukunft.«

Im Zelt roch es angenehm nach Weihrauch. Madam Khati, die nicht in das übliche Klischee einer alten, hakennasigen Hexe mit goldenen Ohrringen und einem Tuch um den Kopf paßte, war eine gutaussehende Frau um die vierzig. Das glatte schwarze Haar fiel ihr auf die Schultern. Haare und das dunkle Make-up ließen sie wie eine Ägypterin aussehen. Um den Hals trug sie ein breites Silberband.

Sie saß hinter einem kleinen Tisch, hinter ihr stand eine Statue von Bast, der ägyptischen Katzengöttin. Die Zeltwände dämpften die Außengeräusche. Madam Khati starrte Elise lange und eindringlich an, dann nahm sie einen Stapel Karten auf, mischte sie und legte sie zugedeckt auf den Tisch.

»Heben Sie die Karten ab.« Ihre Stimme klang dunkel und artikuliert. »Drei Häufchen.«

Elise gehorchte, leicht eingeschüchtert. »Ich möchte wissen ...«, begann sie.

»Die Karten beantworten keine speziellen Fragen«, unterbrach Madam Khati sie und lächelte kurz. »Ich versichere Ihnen, daß Sie nicht die richtigen Losnummern der nächsten Lotterieausspielung erfahren werden. Tarotkarten führen, raten, schlagen vor. Die Karten werden Ihnen sagen, was Sie wissen müssen. Nicht mehr, aber auch nicht weniger. Ich benutze eine moderne Kartenversion. Die uralten Bilder passen nicht recht in die heutige Zeit.« Sie schaute zu Elise hoch. »Sie haben geteilt. Jetzt wählen sie.«

Elise deutete nervös auf ein Häufchen. Madam Khati hob die Karten auf und legte sie mit dem Gesicht nach unten auf den Tisch. Die ersten zwei Karten wurden aufeinandergelegt, die nächsten vier bildeten ein Kreuz, darunter lagen vier Karten, und eine lag für sich allein da.

»Das ist meine eigene Art, die Karten zu verteilen«, sagte Madam Khati. »Bei kurzen Sitzungen wende ich diese Methode an.« Sie schien sich einen Augenblick lang zu konzentrieren, dann begann sie, die Karten umzudrehen. Die Bilder waren modern und farbenfroh, aber nicht grell. Die Karten zeigten neben den Bildern auch Wörter. Madam Khati betrachtete sie lange.

»Interessant«, murmelte sie schließlich. »Diese«, sagte sie und fuhr mit einer Hand über das Kreuz und die vier Karten darunter, die sie in einem Quadrat abgelegt hatte, »zeigen mir Ihre Vergangenheit und Ihre gegenwärtige Situation. Sie werden sehen, daß die Symbole von Erde und Wasser bei diesen Karten überwiegen. Sie repräsentieren die materielle Welt und die Gefühle. In beiden Sphären haben sie in letzter Zeit Veränderungen durchlaufen. Aber dies«, sie tippte auf die Karte, die für sich allein lag und noch nicht umgedreht war, »ist der Schlüssel zu Ihrer unmittelbaren Zukunft.«

Sie drehte die Karte um. Elise sah eine dunkle, gesichtslose Gestalt, über der Flügel und Schlangen schwebten. Die Gestalt trug ein Kreuz, das dem ähnlich war, das Madam Khati um den Hals trug. Das Wort auf der Karte lautete ›Tod‹. Unwillkürlich hielt Elise die Luft an. Aber Madam Khati schien nicht im geringsten beunruhigt zu sein.

»Interessant«, sagte sie wieder. »Eine Karte aus dem großen Mysterium, die erste, die bisher aufgetaucht ist. Eine andere Entscheidung steht an. Eine Entscheidung, die Ihr Leben verändern könnte.«

»Aber da steht ›Tod‹«, sagte Elise gepreßt.

Madam Khati tippte mit einem langen Finger auf die Karte. »Aber da steht auch ›Transformation‹.«

Dieses Wort hatte Elise in ihrer Aufregung gar nicht gesehen. »Transformation?« murmelte sie.

»Im Tarot bedeutet die Karte des Todes nichts anderes als Veränderung.« Ihr Zeigefinger fuhr die Linie einer Schlange entlang. »Eine Schlange schüttelt die Haut ab, sie erneuert sich. Sehen Sie die Sprößlinge auf dem Boden? Wieder das Zeichen für Erneuerung.« Sie schaute Elise an. »Sie müssen eine Entscheidung treffen. Das steht auch in den anderen Karten. Eine Entscheidung, die Ihre Emotionen involvieren – und die Gefühle der Menschen um Sie herum.« Ihre dunklen Augen musterten Elise. »Es wird eine wichtige Entscheidung für Sie sein. Eine, die das Leben von mehreren Menschen beeinflussen wird. Fällen Sie eine kluge Entscheidung.«

Elise steckt Geld in die Spendendose und verließ das Zelt. Max wartete draußen mit einem Essenstablett.

»Und?« fragte er. »Hast du deine Zukunft geordnet?«

Sie erzähle ihm, was die Karten gesagt hatten. »Es

traf alles zu«, sagte sie, Verblüffung in Augen und Stimme.

Er lachte. »Veränderungen? Eine emotionale Entscheidung? Das hätte auf mich auch zugetroffen. Und auf drei Viertel der englischen Bevölkerung.«

Sie fanden einen Platz, wo sie sich hinsetzen und essen konnten. Eine Baumgruppe schützte sie vor den Blicken der anderen. »Ich war entsetzt, als ich die Karte des Todes sah«, gab sie zu.

»Vergiß es«, sagte er. Er beugte sich zu ihr und schob ihr einen Bissen Obst in den Mund. Sie kaute schweigend. Er betrachtete sie forschend und fragte: »Du wirst doch keine schlechten Träume deswegen haben?«

»Nein, ich glaube nicht.«

»Man braucht keine Tarotkarten, wenn man einer hübschen jungen Frau gegenübersitzt und prophezeit, daß sie bald eine Entscheidung über ihre Gefühle fällen muß«, sagte er. »Und außerdem sollst du solche Dinge nicht allzu ernst nehmen. In diesen Zelten soll Geld für wohltätige Zwecke gesammelt werden, das ist alles.«

»Ich weiß, ich weiß«, murmelte Elise. »Es ist nur, daß ich das Gefühl habe, daß Madam Khati so ernsthaft an die Sache herangegangen ist.«

»Geübte Schauspielerin«, sagte er. »Wenn du genug gegessen hast, gehen wir nach Hause, und dann erfährst du eine spezielle Therapie, die ich bis zur Vollkommenheit ausgearbeitet habe. Sie garantiert, daß du die Tarotkarten und die wahrsagende Zigeunerin vergißt.«

Manchmal dachte Elise, daß alles zu gut und zu schön war, um von Dauer zu sein.

Sie wickelte die Entwürfe für den Striptease im Weltall-Zimmer ab und gab sie dann an Lorna weiter, die mühelos die Aufgaben von Petra Altham übernommen hatte. Jetzt konzentrierte sie sich auf die Arbeiten für die Neugestaltung der Räume des alten Herrn von Shilden. Sie wußte, daß ihr die Arbeit an diesen Zimmern Spaß bereiten würde, obwohl es ihr beinahe körperliche Schmerzen bereitete, die alten Fotos von den Wänden zu nehmen, die Möbel beiseite zu rücken und die Teppiche aufzurollen. Es wurde ihr zunehmend bewußt, daß jemand jahrzehntelang in diesen Zimmern gewohnt hatte, und es kam ihr so vor, als beseitigte sie alle Spuren von ihm.

»Wenn es dir nicht behagt, die alten Sachen wegzuwerfen«, sagte Max, »dann benutze sie in der neuen Dekoration.« Sie hatte ihm gesagt, wie unglücklich sie sich fühlte, die Erinnerungsstücke zu vernichten. »Die Suiten müssen ja nicht wie die Zimmer im Ritz aussehen. Der Stil soll eher einfach sein. Wenn du willst, verwendest du die alte Fotos wieder, und meinetwegen kannst du auch die alten Möbel restaurieren lassen.«

»Aber was ist es, das deine Leute wollen?« fragte sie.

»Du bist die Designerin«, sagte er. »Du gibst ihnen, was *du* haben willst. Laß es ruhig altmodisch sein. Fang den Geist ein, der in diesen Räumen herrscht.«

Er hatte sich seit ihrer Rückkehr aus London so sehr verändert, daß sie ihm scherzhaft sagte, er sei die Wiedergeburt der Figur von Jekyll und Hyde.

»Eine gespaltene Persönlichkeit?« fragte er. »Kann sein, daß ich das bin – oder zumindest sein könnte. Jekyll ist charmant und tolerant – in anderen Worten – genau wie ich. Aber Hyde mag ein bißchen anspruchsvoller gewesen sein.« Er schaute sie forschend an. »Vielleicht würde dir das besser gefallen?«

»Vielleicht«, sagte sie.

Von diesem Abend an veränderte sich auch ihre sexuelle Beziehung.

Manchmal begnügten sie sich mit sanften, zärtlichen Liebesspielen, die dazu dienten, daß sie die Bedürfnisse ihrer Körper besser kennenlernten. Aber immer öfter schlug er neue Techniken vor oder wollte mit ihr bestimmte Phantasien ausleben, und er entzückte sie durch seinen Erfindungsreichtum.

Sie spürte, daß es viele sexuelle Spiele gab, die er gern mit ihr ausprobiert hätte, die er sich aber nicht vorzuschlagen getraute. Sie wußte bereits, daß es ihm Spaß machte, ihr auf den nackten Hintern zu klatschen, wenn er sie übers Knie gelegt hatte. Sie erwischte sich dabei, daß sie ihn während des Tages absichtlich neckte oder gar verärgerte.

Sie liebte das Gefühl, daß er die Kontrolle über sie hatte, und dieses Gefühl wurde nur noch übertroffen von dem Wissen, daß sie ihn ungeheuer erregen konnte. Manchmal saß er einfach in seinem Sessel und wartete darauf, daß sie ihn mit einem aufreizenden Striptease verführte. Ihre Belohnung bestand darin, daß er sie auf seinen Schoß zog oder aufhob und ins Schlafzimmer trug.

Bei anderen Gelegenheiten wies er sie an, für ihn nackt zu posieren, während sie auf dem Boden oder auf der Couch lag, und dann malte er sie.

Während dieser Sitzungen entwickelte sie ein Spiel, das darauf abzielte, ihn zur Liebe zu verführen, bevor er das Bild beendet hatte. Ihre beste Waffe war, mit ihm zu reden, ihm auszumalen, was sie mit ihm anstellen würde, wenn sie jetzt Gelegenheit dazu hätte. Und was sie sich von ihm wünschte, beschrieb sie ebenfalls in den anzüglichsten Worten.

Manchmal widerstand er ihr, aber oft genug warf er den Zeichenblock in die Ecke und nahm sie, hastig und ohne Vorspiel.

Er sagte oft, je unbehaglicher und erregter sie sich fühlte, desto besser würden die Bilder, die er von ihr malte oder zeichnete. Wenn sie die fertigen Werke von ihm sah, mußte sie ihm glauben. Für sie war es schwer zu begreifen, daß diese verführerisch junge Frau mit den gewagten Posen wirklich sie war.

»Du hast ein so überwältigendes Talent«, sagte sie ihm

eines Tages, »daß ich nicht verstehen kann, wie lange du es hast brachliegen lassen.«

»Ich brauche die Inspiration«, sagte er. »Jemanden wie dich, mein Schatz.«

Auch sie fühlte sich inspiriert in ihrer Arbeit, wenn sie wußte, daß er am Ende eines arbeitsreichen Tages auf sie wartete. Er wartete darauf, daß sie gemeinsam speisten und redeten. Und sich liebten.

Als sie die alten Schränke des letzten Herrn von Shilden durchwühlte, fand sie eine Schublade mit alten Einklebebüchern. Die meisten waren mit Fotos und Zeitungsausschnitten über die Erfolge der Kricketmannschaft gefüllt. Der alte Herr Bennett schien wirklich jede Zeile über das Team gesammelt zu haben, ob es nun in Shilden spielte oder auswärts.

Während sie sich eines der Bücher vornahm und Seite für Seite las, sprang ihr Blick auf einen Namen: Blair Devlin. Sie studierte die verschwommenen Gesichter auf der Fotografie und erkannte tatsächlich das Gesicht von Blair. Er mochte damals etwa vierzehn Jahre alt gewesen sein.

Sieh mal einer an, dachte sie vergnügt, er hat tatsächlich Kricket gespielt. Und ich hatte gedacht, er hätte jede freie Minute auf dem Rücken eines Pferdes zugebracht. Sie blätterte das Buch durch und stellte fest, daß Blair fast auf jedem Bild vertreten war.

Sie hätte gern gewußt, ob der gespielt hatte, um seinem Großvater gefällig zu sein, oder ob er das Spiel wirklich mochte. Vielleicht hatte er geglaubt, daß er das Spiel beherrschen mußte, wenn er Herr von Shilden werden wollte.

Während sie die Seiten umblätterte, fiel ein Papier auf den Boden. Ein Brief, dachte sie. Sie hob ihn hoch und wollte ihn schon achtlos zur Seite legen, als sie die erste Zeile las.

Ich, Arthur James Edward Bennett; vermache hiermit meinen Haus- und Grundbesitz an ...

Sie las die Wörter und konnte sie kaum glauben. Sie wollte sie nicht glauben. Ein ganz gewöhnliches Stück Papier, auf das er seinen letzten Willen geschrieben hatte. Geschrieben, unterschrieben und beglaubigt von ... Vorher las sie noch den Namen des Erben ... *Guy Arthur Blair Devlin. – ...*

Ihr erster Gedanke war: Wieso hatte niemand in diesen Büchern nachgeschaut? Gleich darauf gab sie sich die Antwort: Welchen Anlaß hätte jemand haben sollen, in diesen alten Sachen zu kramen? Ein verstaubtes Album mit eingeklebten Zeitungsausschnitten und vergilbten Fotos. Und außerdem war jeder davon ausgegangen, daß der alte Herr kein Testament hinterlassen hatte.

Sie starrte auf das Blatt Papier in ihrer Hand und wünschte, sie hätte es nie gesehen. Sie erinnerte sich an Madam Khatis Worte: Sie würde eine Entscheidung treffen müssen, die das Leben vieler verändern würde. Sie hatte geglaubt, daß sich die Prognose günstig für sie und Max auswirken würde. Statt dessen hatte das Schicksal ihr den Schlüssel in die Hand gegeben, mit dem Blair Devlin sich den größten Wunsch seines Lebens erfüllen konnte – Herr von Shilden zu werden. Und das würde gleichzeitig bedeuten, daß sie das Leben des Mannes ruinierte, den sie liebte.

Später an diesem Abend lag Elise auf dem Bett und starrte an die Decke. Auf eine solche Situation hätte ich wirklich verzichten können, dachte sie immer wieder. Warum hatte der alte Herr sein Testament nicht bei einem Notar hinterlegt? Dann wäre sie nicht in ein solches Dilemma geraten. Sie versuchte sich einzureden, daß es sich nicht um ein juristisch präzises Testament handelte, deshalb war es in Ordnung, wenn sie es einfach vernichtete. Aber dann meldete sich ihr schlechtes Gewissen und rief ihr in Erinnerung, daß es handgeschrieben, unterschrieben und beglaubigt und deshalb sehr wohl legal war.

Was sollte sie tun? Sollte sie dafür verantwortlich sein, daß Shilden Castle in Blair Devlins Hände überging? Dann war Max erledigt, seine Investoren würden ihn fallenlassen und vielleicht auch noch mit Schadensersatzansprüchen überziehen. Die beiden Männer, Max und Blair, haßten sich. Blair würde die Möglichkeit auskosten, Max zu vernichten.

Das Telefon klingelte. Sie zuckte nervös zusammen und richtete sich auf, schaute auf die Uhr neben dem Bett. Oh, Gott, schoß es ihr durch den Kopf, ich sollte Max vor einer halben Stunde treffen. Ich kann nicht zu ihm gehen. Nicht jetzt. Das Telefon klingelte unerbittlich weiter. Sie hob den Hörer ab.

»Ach, du bist noch da?« Selbst seine Stimme erregt mich, dachte sie. »Du wolltest zu mir kommen. Was ist passiert?«

»Es tut mir leid, Max«, improvisierte sie. »Ich habe schreckliche Magenkrämpfe, es geht mir wirklich nicht gut. Ich habe gerade ein paar Schmerztabletten genommen.« Sie wußte, daß es sich nach einer Ausrede anhörte, und sie vermutete, daß er ihr nicht glaubte.

»Du hättest trotzdem kommen können«, sagte er.

»Tut mir leid«, sagte sie wieder. »Ich bin eingeschlafen. Das muß die Wirkung der Tabletten sein.«

Er schwieg eine Weile, ehe er fragte: »Du willst also nicht kommen?«

»Ja, doch, ich möchte gern«, sagte sie. »Es ist nur so – ich glaube nicht, daß ich im Augenblick eine angenehme Gesellschafterin wäre.«

Diesmal war die Pause noch länger. »Mir würde es schon genügen, wenn ich einfach nur bei dir sitzen könnte«, sagte er, und seine Stimme klang enttäuscht.

Jetzt habe ich ihn beleidigt, weil ich unterstellt habe,

daß er immer nur Sex will, dachte sie und fühlte sich elend. »Du verstehst nicht …«, sagte sie.

»Ich glaube schon«, hielt er dagegen, und im nächsten Augenblick hatte er aufgelegt.

Unter normalen Umständen wäre sie aufgestanden und sofort zu ihm gegangen. Aber sie wußte, daß sie Zeit brauchte, um sich über ihre Entscheidung klarzuwerden. Wie hätte sie ihm erklären können, wie sie sich fühlte? Ich kann das Problem nicht einmal mit ihm besprechen, dachte sie, denn ich weiß doch, was er sagen wird. Er wird mich daran erinnern, daß er all sein Geld in Shilden investiert hat. Wenn Blair Devlin das Schloß übernimmt, ist Max finanziell ruiniert.

Und was war mit Blair? Sie erinnerte sich, daß er ihr gesagt hatte, sein Leben wäre völlig anders verlaufen, wenn er Shilden Castle geerbt hätte. Es hätte sein Leben in ganz andere Bahnen gelenkt. In welche Bahnen? Und was hatte er an seinem jetzigen Leben auszusetzen? Er war wohlhabend genug – oder? Er war Teilhaber einer Reitschule. Bedeutete das alte Schloß und ein ominöser Titel soviel mehr für ihn?

Ja, wußte sie. Und dem alten Herrn von Shilden hätte diese Erbregelung auch eine Menge bedeutet. Obwohl sie ihm nie begegnet war, fühle sie sich ihm sehr nahe, wahrscheinlich deshalb, weil sie sich so lange in seinen Räumen aufgehalten hatte. Daß sie sein Testament gefunden hatte, mochte kein Zufall sein – der alte Herr vertraute ihr. Sollte sie sein Vertrauen mißbrauchen? Er wollte, daß Blair der Herr von Shilden wurde. Das konnte und durfte sie nicht ignorieren.

Sie lag gekrümmt auf dem Bett. Ihre Sehnsucht nach Max Lannsen war so stark, daß es fast schmerzte. Sie wollte die Wärme seines Körpers neben ihrem fühlen, wollte seine Hände auf ihrem Körper spüren.

Sie fuhr mit den Händen über ihren Leib, hielt ihre Brüste umfaßt. Aber die eigene Berührung erregte sie nicht.

Ihre Gedanken wirbelten zu sehr. Ich werde mit ihm reden, dachte sie. Ich werde alles erklären. Er wird es verstehen. Wir müssen einen Plan ausarbeiten. Morgen.

Aber sie unternahm nichts wegen des Testaments. Sie fuhr mit ihrer Arbeit fort, und der Letzte Wille des letzten Herrn von Shilden blieb in ihrer Schublade. Das Wissen um das Testament und die möglichen Auswirkungen machten sie fertig. Sie konnte nicht entspannen. Sie war in einer fiebrigen Nervosität gefangen, und ihre Beziehung zu Max Lannsen zerbröselte, ohne daß sie etwas dagegen unternehmen konnte.

Wenn sie sich liebten, hoffte sie, daß der körperliche Akt die Qualen in ihrem Kopf auslöschte. Mit verzweifelter Intensität klammerte sie sich an ihm fest. Es konnte aber auch passieren, daß sie seine Umarmungen kaum ertragen konnte, daß jede Berührung sie daran erinnerte, wie nahe sie daran war, einen gemeinen Verrat zu begehen.

Wenn er die Veränderung in ihr bemerkte – und sie wußte nicht, wie er sie nicht bemerken konnte –, dann sagte er nichts. Aber sie spürte, wie er sich allmählich in sich selbst zurückzog und mißtrauisch wurde. Er erinnerte sie an eine Katze, die immer auf der Lauer lag und jeden Moment zuschnappen oder fliehen konnte. Wenn sie sich unterhielten, hörte es sich zunehmend gespreizt an. Sie redeten über ihre Arbeit, alle anderen Themen schienen ihnen ausgegangen zu sein.

Dann verebbten ihre abendlichen Begegnungen. Er rief sie nicht mehr an, und sie ging nicht mehr zu ihm. Wenn sie sich tagsüber trafen, sprachen sie nicht darüber. Sie waren höflich zu einander, aber mehr nicht. Es war so, als hätte es ihre körperliche Intimität nie gegeben. Eine Tür war geschlossen worden.

Elise verbrachte die meiste Zeit damit, die Räume des alten Herrn von Shilden neu zu gestalten. Wenn sie einmal

Abwechslung brauchte, fuhr sie hinaus in die Landschaft, blieb in ihrem Auto sitzen und hörte Musik.

Sie mied Lorna, die außerdem immer beschäftigt war. Lorna hatte versucht, sie über ihre Beziehung auszufragen, aber Elise hatte sich standhaft geweigert. Sie wußte auch, daß sie mit Lorna nicht über das Testament sprechen konnte, denn es stand fest, was sie sagen würde: Zerreiß es.

Als sie die Entwürfe für die Neugestaltung der Räume des alten Herrn beendet hatte, brachte sie ihre Entwürfe zu Lorna.

»Du solltest sie Max geben«, sagte Lorna. »Ich habe nichts damit zu tun.«

»Es wäre mir lieber, wenn du sie Max gibst«, sagte sie. »Bitte. Aber erst morgen früh.«

Lorna betrachtete sie lange. »Nun gut. Aber ich muß dir sagen, daß du schrecklich aussiehst. Ist dir das bewußt?«

Elise wischte sich eine rote Haarsträhne aus der Stirn und vom Auge. »Es ist wunderbar, wie es dir gelingt, mich immer wieder aufzubauen.«

»Niemand muß dich aufbauen«, sagte Lorna. »Das schaffst du schon allein mit deinem Selbstbewußtsein. Ich glaube eher, daß du mal eine lange Nacht voller Schlaf brauchst.« Sie legte den Kopf schief und sah sie forschend an. »Oder eine Nacht mit einem guten Mann?«

»Beides wäre falsch«, sagte Elise. »Ich weiß genau, was ich dringend brauche.«

Ich muß dringend von Shilden weg, sagte sich Elise, das ist alles. Danach wird es mir wieder gutgehen. Sie hatte begonnen, ihren Koffer zu packen. Ich muß diese ungeheure Last von meinen Schultern abladen. Ich muß an einen Ort gehen, wo ich absolut sicher bin, Max Lannsen nicht zu begegnen. Wenn ich ihn nicht sehe, wird der Schmerz vielleicht vorübergehen. Nach einiger Zeit.

Unterwegs auf der Landstraße bog sie in ein kleines Dorf ab und hielt vor der Post an. Sie warf den Umschlag in den Briefkasten, den sie an Mr. Blair Devlin, White Gates, Shilden, adressiert hatte. Dann stieg sie wieder ins Auto.

Am Abend war sie zurück in London.

Achtes Kapitel

»Ich kann es einfach nicht glauben«, sagte Janine. »Du hast ihn ruiniert und bist dann abgehauen? Ist dies meine beste Freundin, die mir alle diese Dinge erzählt? Die Liebe deines Lebens, und du tust ihr so etwas an?«

»Was hätte ich denn sonst tun können?« fragte Elise schwach.

»Also, wirklich!« Janine sprang auf und ging erregt im Zimmer auf und ab. »Du hättest es natürlich mit ihm besprechen müssen!«

»Aber ich wußte doch schon, was er sagen würde!«

»Ja, und zu Recht!« konterte Janine. »Verbrenne das verdammte Testament!« Sie setzte sich wieder und sah Elise ins Gesicht. »Schau mal, Liebling, ich glaube dir ja, daß Blair Devlin sexy wie die Hölle ist, du ein paar hinreißende Nummern mit ihm geschoben hast und er ganz wild auf den uralten Besitz ist und diesen komischen Titel unbedingt haben will. Aber was soll das schon? Er nagt doch nicht am Hungertuch, oder? Ich habe den Eindruck, daß er ein sorgenfreies Leben führt. Er ist anerkannt in seinem Dorf, und die jungfräulichen Schönen der Umgebung stehen Schlange, um bei ihm Reitstunden zu nehmen.«

Sie atmete geräuschvoll aus, dann legte sie ihre Hand auf Elises. »Was, zum Teufel, ist in dich gefahren, Baby? Mr. Devlin wird seinem Glück kaum trauen können, denn nun kann er den Mann vernichten, von dem du sagst, daß du ihn liebst.«

»Ich hatte das Gefühl, daß es für mich keine Alternative gab«, sagte Elise unglücklich.

»Keine Alternative?« brauste Janine auf. »Etwas Schlimmeres hättest du gar nicht tun können!«

»Nun, dann kann ich mich damit trösten, daß ich mich

wenigstens ehrenhaft verhalten habe«, sagte Elise kleinlaut.

»Ehrenhaft?« rief Janine. »Ich kann's kaum fassen! Wer schreibt deine Texte?«

Elise schaute zu Boden. »Eigentlich weiß ich auch nicht, warum ich es getan habe«, murmelte sie. »Ich weiß nur, wenn ich es nicht getan hätte, wäre ich mein ganzes Leben lang darüber unglücklich gewesen.«

»Und jetzt fühlst du dich nicht unglücklich?« bohrte Janine.

»Ich fühle mich miserabel«, sagte Elise. »Ich komme mir leer und verloren vor.«

»Schuldig wäre besser gewesen«, erwiderte Janine unerbittlich. »Deine Schuldgefühle hätten sich bei deinem nächsten Bettgeflüster mit Max gemindert, und beim übernächsten Mal hättest du sie vergessen. Und was hast du jetzt? Du mußt allein ins Bett, allein mit deinem Teddy-Schlafanzug und deinem ehrenhaften Verhalten. Hoffentlich hält es dich warm.«

Abgesehen von dem Auto, das sich Elise von dem Geld gekauft hatte, das sie mit ihrer Arbeit auf Shilden verdiente, hatte sie kaum etwas ausgegeben. Aber sie wollte wieder einen Job.

Es war deprimierend, die Zeit in Janines kleiner Wohnung totzuschlagen. Und noch deprimierender war die Erkenntnis, daß die meisten Freunde aus der Collegezeit arbeitslos waren oder sich in artfremden Berufen verdingten.

»Talent ist nicht genug«, sagte Janine. »Du brauchst Beziehungen, sonst bist du gar nichts wert.« Sie trug ein gewagtes Abendkleid und legte letzte Hand an die aufgetürmten blonden Haare. »Nimm mich zum Beispiel. Ich wäre nie zu dieser Snob-Chose heute abend eingeladen worden, wenn ich mich nicht einem von Lornas Bekannten aufgedrängt hätte. Lorna kennt wirklich hohe Tiere, und davon profitiere ich jetzt.«

»Nun ja, aber damit kommst du der Bühne auch nicht näher«, wandte Elise spitz ein.

»Aber ich verdiene Geld«, sagte Janine ungerührt. »Bald schon kann ich mir eine schönere Wohnung leisten. Und du könntest auf diesem Gebiet auch Geld verdienen. Du hast das Gesicht und die Figur, die man dazu braucht.«

»Aber nicht die Neigung«, sagte Elise und fügte hinzu: »Hast du was von Lorna gehört?« Sie hoffte, daß es sich wie ein nebensächlicher Gedanke anhörte.

»Wenn du wissen willst, ob ich weiß, wie es auf Shilden läuft oder was mit Max Lannsen geschehen ist, dann lautet die Antwort nein«, sagte Janine, die den Hintergrund von Elises Frage sofort begriffen hatte. »Warum sollte Lorna mich auch anrufen? Deine Handlungsweise hat sie wahrscheinlich den Job gekostet.« Sie sprühte ihre Haare mit einem Lackspray ein. »Steht das Taxi schon draußen?«

Elise schaute aus dem Fenster. »Es wartet.«

Janine ging zur Tür. »Viel Spaß beim Fernsehen«, sagte sie. »Und warte nicht auf mich, meine Liebe. Kann sein, daß es spät wird. Sehr spät.«

Nachdem Elise sich durch die Kanäle gezappt hatte, schaltete sie den Fernseher aus. Sie saß dösend in ihrem Sessel, als es an der Tür klingelte. Sie zuckte zusammen. Janines Wohnungstür war mit einem Spion ausgestattet, Elise drückte ein Auge dagegen und schaute hinaus.

Draußen standen zwei Männer, Anfang Dreißig, schätzte sie. Die Haare kurz geschnitten, beide in eleganten Mänteln. Könnten Versicherungsvertreter sein, dachte Elise. Oder Missionare von der Kirche der Letzten Tage. Aber irgendwie wußte Elise, daß die beiden Männer keine Hausierer oder Spendensammler waren.

Sie klingelten wieder.

Plötzlich fielen ihr Petras Warnungen ein. Ich werde

nicht öffnen, entschied Elise. Sie können mich nicht dazu zwingen. Vielleicht gehen sie bald wieder.

»Miss St. John?« Die Stimme klang angenehm. »Wir wissen, daß Sie da sind. Bitte, öffnen Sie die Tür.«

Sie schwieg.

Die Stimme fuhr fort: »Entweder kommen Sie heraus, oder wir kommen hinein und holen Sie.«

»Wenn Sie versuchen, sich gewaltsam Einlaß zu verschaffen, rufe ich die Polizei«, drohte sie. Wieso widerfahren mir solche Dinge? fragte sie sich.

»Ist das nicht ein bißchen übertrieben?« meinte die Stimme. »Ein Freund von Ihnen hat uns geschickt. Ein sehr guter Freund.«

»Ist es nicht auch ein bißchen übertrieben, mir mit Gewalt zu drohen?« erwiderte Elise. »Und ich kenne keine sehr guten Freunde, die zu solchen Aktionen greifen würden.«

Nach einem Schweigen sagte die Stimme: »Würden Sie Ihre Meinung ändern, wenn ich Ihnen sagte, daß es sich bei dem sehr guten Freund um Max Lannsen handelt?«

»Nein«, sagte sie. Sie überlegte kurz, ob es möglich sein könnte, daß Max die Männer geschickt hatte, aber sie verwarf diesen Gedanken. »Max würde nicht zwei Typen schicken, die mir die Tür eintreten wollen« sagte sie. »Wenn er mich wirklich sehen wollte, käme er selbst.«

Wieder ein längeres Schweigen. »Gut gekontert«, sagte die Stimme dann. »Es ist eigentlich auch so, daß *wir* wollen, daß Sie ihn treffen.«

»Ich will ihn aber nicht treffen«, log sie. »Ich will nur, daß Sie gehen.«

»Zu schade.« Der Mann lachte leise. »Denn wenn wir gehen, kommen Sie mit uns, ob Ihnen das gefällt oder nicht.«

Sie hörte, wie etwas im Schloß klickte. Dann dauerte es nur noch wenige Sekunden, ehe sie wie erstarrt zusehen mußte, wie die Tür aufschwang.

Die beiden Männer betraten lächelnd die Wohnung. Einer von ihnen schwenkte etwas in der Hand, das wie ein dünner Bleistift aussah. »Die Wunder der modernen Technologie«, sagte er. »Richten Sie Ihrer Freundin Janine aus, daß sie sich ein paar Riegel besorgen soll. Heutzutage laufen zu viele zwielichtige Gestalten durch die Stadt.«

»Ich komme nicht mit Ihnen«, sagte Elise.

»Aber natürlich tun Sie das«, sagte der Mann mit der angenehmen Stimme, immer noch höflich und lächelnd. »Sie wollen Max doch sehen, nicht wahr? Wenn Sie uns Schwierigkeiten bereiten, müssen wir Sie ein bißchen einschläfern, und dann tragen wir Sie hinaus. Aber das möchten wir eigentlich nicht, denn es ist ziemlich unzivilisiert. Es wäre gescheiter, wenn Sie freiwillig kommen. Sie müssen wissen, daß wir Ihre Freunde sind. Wollen Sie sich einen Mantel überziehen?«

»Ja«, sagte sie. Sie drehte sich um und wandte sich dem Schlafzimmer zu, und dabei schossen ihr wilde Gedanken einer Flucht durchs Fenster durch den Kopf, aber einer der beiden folgte ihr und blieb an der Tür stehen. Er ließ sie nicht aus den Augen, während sie einen Mantel aus dem Kleiderschrank nahm. Sie war sicher, daß er mit wenigen Schritten bei ihr sein und sie packen würde, noch bevor sie das Fenster erreicht hatte, das zudem noch geschlossen war.

Sie warf sich den Mantel über die Schultern. »Also gut«, sagte sie. »Ich bin fertig.«

»Sehr vernünftig«, sagte der Mann. Als sie die Wohnungstür ins Schloß zog, sagte er: »Schließen Sie gut ab. Der vielen Diebe wegen.«

»Abschließen hilft nicht, wenn die Verbrecher so gut ausgerüstet sind«, sagte Elise trocken.

Der Mann lachte. »Ja, die echten würden viel für ein solches Gerät zahlen.«

»Ach? Sie zählen sich nicht zu den echten?« fragte sie schnippisch.

»Wir sind keine Diebe«, sagte er knapp.

Neue Zweifel überfielen Elise, als sie auf einen großen Rover zugeschoben wurde. Aber selbst wenn sie hätte fliehen wollen, wäre sie keine Gegnerin für die beiden Männer gewesen. Trotz ihrer Höflichkeit schienen sie bereit zu sein, ihr Vorhaben mit bedrohlicher Entschlossenheit in die Tat umzusetzen. Genau wie Max, dachte sie plötzlich.

Das Auto fuhr zügig durch dunkle Londoner Straßen. Elise gab auf, die Richtung erkennen zu wollen, die sie einschlugen. Der eine Mann saß neben ihr auf der Rückbank, während der andere hinter dem Lenkrad saß. Als sie schließlich eine breite Straße in einem Vorort erreicht hatten, verlangsamte der Fahrer die Geschwindigkeit, nahm eine Auffahrt und hielt an.

Elise sah ein großes weißes Haus. Hinter einigen Fenstern brannte sanftgelbes Licht. Die Haustür war aus Kunstschmiedeeisen, und es gab einen schweren Türklopfer, aber die beiden Männer drückten die Tür einfach auf.

Ein leichter Druck auf ihrem Arm signalisierte Elise, welche Richtung sie in der großen Eingangshalle nehmen sollte, und im nächsten Moment befand sie sich in einem langgestreckten Zimmer, dessen dunkle Einrichtung ihr ebenso auffiel wie die orientalischen Teppiche auf dem glänzenden Parkettboden. Eine breite Schiebetür führte in den Garten, davor stand ein schlanker Mann in einem dunklen Anzug.

Sie wußte sofort, daß es Max Lannsen war. Sofort fiel ihr die erste Begegnung mit ihm ein. Auch damals hatte er am Fenster gestanden und ihr den Rücken zugekehrt.

»Besuch für dich, Max«, sagte der Mann, der Elise hereingeführt hatte. Seine Stimme klang fröhlich.

Max drehte sich um. Seine Überraschung war so überwältigend, daß Elise auf Anhieb wußte, daß er nichts mit der Beinahe-Entführung zu tun hatte. Sein erschreckter Blick wandte sich ab von ihr und richtete sich jetzt auf den Mann neben ihr. »Was, zum Teufel, soll das, Peter?«

Peter lächelte. »Das Begleichen einer Schuld«, sagte er. »Du hast mich mal davor bewahrt, mich wegen einer Frau unglücklich zu machen. Erinnerst du dich, Max? Ich war damals noch ein junger und leicht zu beeindruckender Lieutenant. Meine Karriere in der Armee wäre wahrscheinlich schon beendet gewesen, ehe sie richtig begonnen hatte, wenn du mich nicht zur Vernunft gebracht hättest. Und jetzt ergibt sich die Möglichkeit, mich zu revanchieren.«

»Das ist keine Begleichung einer Schuld«, sagte Max wütend. »Du hättest dich um deine eigenen Angelegenheiten kümmern sollen. Miss St. John und ich haben uns nichts zu sagen.« Dann kam ihm noch etwas in den Sinn. »Wer hat dich eigentlich auf diese Idee gebracht?«

»Niemand«, antwortete Peter. »Okay, deine Freundin Lorna hat so nebenbei erwähnt, daß du und deine Geliebte nicht mehr zusammen wärt. Wir begriffen, warum du neulich, als wir dich zu einem Drink eingeladen hatten, so fürchterlich schlecht gelaunt warst. Da wir beide wissen, was für ein halsstarriger Dickschädel du bist, nahmen wir an, daß du stumm leiden würdest – es sei denn, wir unternähmen etwas. Also haben wir uns einen Sonderurlaubstag genommen und diesen Plan ausgeheckt, um euch beide wieder zusammenzubringen.«

»Das hättet ihr euch sparen können«, sagte Max undankbar. »Ich bin sicher, daß Miss St. John nicht mit mir reden will.«

»Ich dachte, du würdest nicht mehr mit mir reden wollen«, warf Elise ein.

»Warum denn nicht?« fragte er. »Du hast mich im Stich gelassen, wenn du dich erinnerst. Bist ohne ein Wort gegangen. Nicht, daß mich das überrascht hätte. Du hast mich deutlich genug spüren lassen, daß du meine Gesellschaft nicht mehr wünschst.« Er stand plötzlich vor ihr. »Warum hast du mir nicht einfach gesagt, daß es vorbei ist? Und was hast du mit deinen Abenden gemacht? Wahrscheinlich hast du sie mit diesem Blair Devlin verbracht, oder?«

Sie bemerkte kaum, wie sich die beiden Männer zurückzogen und die Tür leise hinter sich schlossen.

»Nein, ich habe Blair nicht getroffen.« Ihre Wut half ihr bei der Erklärung. »Seit wir uns getrennt haben, habe ich ihn nicht mehr gesehen. Ich wollte für mich sein – um mit mir ins reine zu kommen.«

»Warum hast du mich nicht dabei helfen lassen? Bin ich so unnahbar?«

»Wie hätte ich dir gegenübertreten oder gar mit dir reden können?« Sie wandte sich von ihm ab. »Begreifst du denn nicht, wie schrecklich das für mich war? Schließlich wußte ich, daß ich dich in den Ruin treiben würde.«

»Mich in den Ruin treiben?« wiederholte er verständnislos. »Wie, zum Teufel, sollte das denn geschehen?«

»Das Testament«, sagte sie. »Ich habe es gefunden. Der Letzte Wille des Herrn von Shilden. Er hat Blair Devlin das Schloß vermacht.«

Er schwieg eine so lange Zeit, daß sie schon glaubte, er hätte sie nicht gehört. »Du hast das Testament gefunden?« fragte er dann. »Du warst es, die es Devlin geschickt hat?«

Es lag in einem alten Einklebebuch«, erklärte sie. »Ich wußte nicht, wie ich mich verhalten sollte. Ich wußte nicht einmal, ob es echt war. Mein erster Gedanke war, ich sollte es zerreißen, aber das brachte ich nicht fertig.«

»Warum nicht?« Seine Stimme klang kalt. »Wenn es sich als echt herausstellte, würde Blair Devlin das Schloß bekommen – das mußte dir bewußt gewesen sein.«

»Ja.«

»Und trotzdem hast du es ihm geschickt.«

»Ich mußte es tun«, sagte sie leise.

Er stand wieder vor ihr, sein Gesicht eine bleiche Maske. Sie erkannte, daß seine körperliche Wirkung auf sie nicht nachgelassen hatte. Sie spürte die aufsteigende Erregung in sich, hervorgerufen durch seine Nähe.

»Warum hast du es getan?« fragte er laut. »Weil du immer noch scharf auf Devlin bist?«

»Sei nicht so ... so albern!« Sie hätte lieber ein kräftigeres Wort benutzt, aber ihr fiel keins ein. »Wenn ich ihn haben wollte, scharf auf ihn wäre, wie du dich ausdrückst, warum sollte ich dann Shilden verlassen?« Plötzlich sprudelte es aus ihr heraus. »Es ging nicht darum, was ich wollte, es geht nur um das, was der alte Herr von Shilden wollte. Ich weiß, daß es sich vielleicht lächerlich anhört, aber ich fühlte mich verantwortlich dafür, daß sein Letzter Wille respektiert wurde. Ich habe es getan, weil ich es für das einzig Richtige hielt. Weil ... weil es eine Sache der Ehre war.«

Er starrte sie eine lange Zeit an. »Ehre?« sagte er dann leise und überraschend sanft. »Ich dachte, dieses Wort existiert gar nicht mehr in unserer Sprache.« Dann lachte er, und das verwirrte sie noch mehr. »Nun, du hast die Katze aus dem Sack gelassen. Devlin hat sich Zeit gelassen, bis er sicher war, daß das Testament echt war, dann erst hat er Kontakt zu mir aufgenommen. Aber Mrs. Stokes ist ihm zuvorgekommen. Ich bin sicher, daß es für sie der Höhepunkt ihres Lebens war, als sie mir sagen konnte, der wahre Herr von Shilden würde morgen nach Hause kommen.«

»Aber bist du nicht wütend auf mich?« fragte sie mit zitternder Stimme.

»Wütend auf dich?« wiederholte er. Er dachte einen Augenblick darüber nach. »Eigentlich sollte ich das. Dafür, daß du weggelaufen bist. Daß du mir nicht vertraut hast. Daß du die Sache mit dem Testament nicht mit mir besprochen hast.«

»Ich habe gedacht, du müßtest mich hassen«, sagte sie. »Du mußt doch das Gefühl haben, daß ich dich verraten habe.«

»Soll ich dir sagen, was ich fühle?« Er nahm ihre Hand und führte sie zu seiner pochenden Erektion. »Weißt du es jetzt? Immer, wenn du bei mir bist, ist es das einzige, was ich fühle.« Dann beugte er den Kopf und küßte sie.

»Aber ich habe dein Leben ruiniert«, sagte sie atemlos, als er ihren Mund wieder freigab.

»Du hast meine Selbstbeherrschung ruiniert«, sagte er.

Seine Finger begannen damit, die Knöpfe ihrer Bluse zu öffnen. Er küßte sie wieder und schob sie rückwärts zur breiten Couch. Sie spürte sein Gewicht, das ihr keine Möglichkeit zum Ausweichen ließ. Er massierte ihre Brüste und nahm abwechselnd die Warzen in den Mund, leckte und saugte und nagte an den steif aufgerichteten Kronen.

Aber er hielt sich nicht lange mit dem Vorspiel auf. Sein Atem kam ruckweise. Er packte den Bund ihrer Hose, riß die Knöpfe auf und zog sie hastig bis zu den Knien, ein weiterer Ruck, und sie lag auf dem Boden. Trotz der hastigen Art, in der er sie nahm, genoß sie die Wärme seines Körpers, der ihren bedeckte. Seine Hände hielten sie fest, als hätte er Angst, daß sie wieder davonlaufen könnte.

Sie spürte das Beben, das seinen Körper schüttelte, als der Höhepunkt einsetzte. Seine Finger gruben sich schmerzhaft in ihre Haut, aber sie spürte den Schmerz nicht, er wurde in der tiefen Befriedigung ertränkt, die Besitz von ihrem Denken und Fühlen ergriffen hatte.

Sie fühlte sich so glücklich, als hätte sie den schönsten Orgasmus ihres Lebens gehabt.

Er lag eine lange Zeit auf ihr, auch noch, als sein Körper wieder zur Ruhe gekommen war, und obwohl ihre Position nicht die bequemste war, fühlte sie Enttäuschung, als er sich von ihr löste.

»Ich erdrücke dich«, murmelte er, während er sich zur Seite rollte.

»Nein, überhaupt nicht.«

»Lügnerin.« Er fuhr mit einer Hand liebevoll über ihre Wange. »Richtig gut kann es für dich nicht gewesen sein.« Er lachte jungenhaft. »Aber für mich war es verdammt gut.«

Sie lagen nebeneinander. »Wessen Haus ist das?« fragte sie. »Ist es dein Haus?«

»Es gehört einem Freund.«

»Hat Blair Devlin dich aus dem Schloß geworfen?«

Er schaute sie einen Moment an, und sie sah Belustigung in seinen Augen. »Nein, das hat er nicht getan. Was hast du nur für eine geringe Meinung von Mr. Devlin.«

»Aber ihr wart nicht unbedingt Freunde«, erinnerte sie ihn.

»Jetzt kann er es sich erlauben, großzügig zu sein«, sagte Max. »Er hält alle Trümpfe in der Hand. Meine ganze Habe ist noch im Schloß.«

»Du mußt also noch einmal hin?«

»Ja«, sagte er, »und du auch.«

Elise wollte nicht nach Shilden zurückkehren. Sie befürchtete, Blair Devlin könnte die falschen Schlüsse aus ihrer Handlungsweise gezogen haben. Sie hatte Angst, daß er annehmen würde, sie wollte die Beziehung mit ihm fortsetzen. Angst, daß sie ihn noch einmal verletzen müßte.

Während Max' Mercedes die Meilen auf der Autobahn fraß, fragte sie sich, ob Blair sie wohl vorm Schloß erwartete. Aber es war Lorna, die sie begrüßte.

»Herrlich, dich zu sehen!« Lorna umarmte Elise mit echter Freude. »Was warst du für eine Närrin! Einfach wegzulaufen! Blair muß irgendwo in der Nähe sein, er kümmert sich um die Pferde. Er ist jetzt in seinem Element. Aber du wirst ihn später bestimmt noch sehen.«

Max nahm ihren Koffer aus dem Auto und ging vor ihnen die Treppe hoch.

»Er hat immer noch den prächtigsten Hintern, den ich je gesehen habe«, sagte Lorna. »Aber es sieht wohl so aus, als bliebe mir nichts anderes übrig, als von ihm zu träumen.«

»Lorna«, sagte Elise, »bist du nicht sauer auf mich?«

Lorna sah sie überrascht an. »Warum sollte ich?«

»Ich habe deinen Job in Gefahr gebracht.«

»Meinen Job hier?« Lorna lächelte. »Also, das kostet mich keine schlaflosen Nächte. Wenn ich weiter in jenem Gewerbe tätig sein wollte, würde ich zurück nach London gehen. Aber ich bleibe hier. Ich habe meinen alten Job wieder – diesmal spiele ich das Mädchen für alles für Blair Devlin.« Sie hakte sich bei Elise ein, und auf dem ersten Treppenabsatz setzten sie sich hin. »Es wird großartig sein. Ich werde Julia auch mit der Reitschule helfen.«

»In White Gates?« fragte Elise, die die Zusammenhänge immer noch nicht begriff.

»Und hier«, sagte Lorna. »Dev wird das Schloß auch als Hotel führen, obwohl ich glaube, daß er den Ostflügel nicht für die Öffentlichkeit öffnen wird.« Sie sah Elise von der Seite an und grinste breit. »Aber es kann sein, daß er dort seine Flitterwochen verbringt – mit Julia.«

»Er heiratet Julia?«

»Im nächsten Jahr«, bestätigte Lorna. »Siehst du, was du alles angerichtet hast? Durch dich sind hier eine Menge Veränderungen eingetreten.«

»Aber ich dachte, Blair sähe in Julia eine Art Ersatzschwester.«

»Das haben wir alle gedacht«, sagte Lorna. »Und du hast wahrscheinlich auch geglaubt, daß Blair ziemlich gut betucht ist, nicht wahr?«

»Ja, sicher«, sagte Elise. »Das muß man doch sein, wenn man einen Reitstall hat.«

»Ihm gehört White Gates nicht«, klärte Lorna sie auf. »White Gates ist der Besitz von Julias stinkreichem Daddy. Blair ist nur Angestellter. Er hat kein eigenes Geld, deshalb hat er sich damit abgefunden, daß Julia außer Reichweite für ihn ist, obwohl er sie immer schon angebetet hat. Nebenbei gesagt, ich glaube nicht, daß Julia oder ihr Daddy etwas an Blairs fehlenden Finanzmitteln auszusetzen gehabt hätten, aber Blair war zu stolz, um es zu versuchen. Aber jetzt spielt er mit ihnen in einer Liga – und das hat er dir zu verdanken.«

»Hat der alte Herr denn auch Geld hinterlassen?« fragte Elise überrascht. »Max hat immer gesagt, daß kein Geld da wäre.«

»Der alte Herr hatte keinen Penny«, sagte Lorna. »Aber Shilden wird viel Geld abwerfen, nachdem Blair die hochfliegenden Pläne realisiert hat. Die meisten Investoren bleiben, und diejenigen, die nur der fleischlichen Freuden wegen investiert haben, werden keinen öffentlichen Aufstand wagen. Julias Daddy redet davon, eine Pferdebahn anzulegen, und wenn Julia etwas will, dann wird Daddy es verwirklichen. Selbst der liebe George ist begeistert, er will sogar noch mehr Geld beisteuern. Bald wird Shilden Castle ein so ehrenwertes Haus sein, daß er sogar seine Ehefrau mitbringen kann.«

Elise hatte ein angenehmes Gespräch mit Blair Devlin. Sein Verhalten war zunächst ein bißchen förmlich, aber dann wurde deutlich, daß beide ihre kurze Affäre nur noch als schöne Erinnerung betrachteten.

»Ich kann dir gar nicht sagen, wieviel mir das bedeutet, was du für mich getan hast«, sagte er. »Du hast mir meine Selbstachtung zurückgegeben, meinen Platz in der Gesellschaft. Kannst du das begreifen?«

»Ich glaube ja.«

»Ich hoffe, daß du auf Shilden bleibst«, fuhr er fort. »Und Lannsen natürlich auch. Wir könnten seine Fähigkeit gut gebrauchen. Wir müssen einen klugen Geschäftsmann haben, der uns hilft, das Unternehmen so zu führen, damit es auf Dauer Gewinn abwirft.«

»Dann ist Max jetzt dein Freund?« fragte sie spöttisch.

»So weit würde ich nicht gehen«, antwortete Blair. »Sagen wir, daß wir uns gegenseitig respektieren, was vorher nicht der Fall war. Aber ich glaube, daß er jetzt, wo Shilden als normales, wenn auch erstklassiges Hotel geführt wird, glücklicher ist. Shilden braucht nicht die zusätzliche Attraktion eines Bordells, wie ungewöhnlich es auch sein mag. Ich schätze, ihm war dieser Aspekt des Unternehmens nie ganz geheuer. Einige seiner Investoren haben ihn zu dieser Nutzung gezwungen, und er sah keine Möglichkeit, sich ihnen zu widersetzen.«

»Ich kann mich aber auch nicht erinnern, daß du dich widersetzt hättest«, warf sie ein.

Sie war belustigt, als sie feststellte, daß er verlegen wurde und ihren Blick mied.

»Nun, vielleicht nicht«, gab er zu. »Aber das ist jetzt Geschichte.« Er lächelte. »Wir alle haben den Anspruch darauf, ein paar Irrwege zu gehen. Aber was mich selbst angeht, so hoffe ich, in ein paar Monaten ein verheirateter Mann zu sein.«

»Und der Herr von Shilden«, sagte sie.

»Das habe ich dir zu verdanken.«

Elise fand sich rasch zurecht in ihrem neuen Aufgabengebiet; sie fungierte als Lornas Assistentin. Es war nicht eben das, was sie sich vom Leben erträumt hatte, und manchmal erwischte sie sich dabei, vom Theater und von Bühnenbildern zu träumen, aber dann rief sie sich die wenigen Arbeitsplätze in Erinnerung, die es in der Theaterwelt gab. Sie mußte sich glücklich schätzen, daß sie diese Chance hatte – einen Job, eine Wohnung und den Mann, den sie liebte. Sie und Max bewohnten eine großzügige Suite und wurden ebenso großzügig entlohnt.

Sie wußte, daß sie eigentlich wunschlos glücklich sein müßte. Aber sie war es nicht. Mit ihren eigenen nagenden Zweifeln wäre sie vielleicht noch zurechtgekommen, aber ihre Frustration lag viel tiefer.

Ihr war bewußt, daß auch Max mit den Umständen nicht glücklich war. Er arbeitete hart als Manager von Shilden, und nachts schien er erschöpft und innerlich zurückgezogen zu sein. Wenn sie sich liebten, war es immer erfüllend für sie. Meistens erlangten sie gleichzeitig den Höhepunkt, und danach lagen sie sich befriedigt in den Armen.

Aber seine Phantasie schien versiegt zu sein. Er regte keine neuen Positionen oder Rollenspiele mehr an. Manchmal beschlich sie das beängstigende Gefühl, daß er nur noch aus Pflichtbewußtsein mit ihr Liebe machte, und nicht mehr aus der sexuellen Begeisterung, die ihn zu Beginn so entzückt hatte.

Sie ging davon aus, daß es für ihn eine beinahe unmenschliche Umstellung war, für Blair Devlin zu arbeiten. Es mußte so sein, daß er darunter viel mehr litt als sie. Wie lange würde er das durchhalten? Und würde ihre Liebe bis zu einer Lösung zerbrochen sein?

Sie lagen nebeneinander im Bett, nachdem sie sich geliebt hatten. Sie schaute ihn von der Seite an. Er wirkte so zurückgezogen und unnahbar wie ganz zu Anfang, als sie ihn in dem Haus in London das erste Mal gesehen hatte. Es wird immer schlimmer, dachte sie. Ich muß etwas unternehmen.

»Max?« Sie richtete sich auf die Ellenbogen auf und schaute hinunter auf sein regloses Gesicht. »Was bedrückt dich?«

»Nichts«, sagte er.

»Das ist eine Lüge«, behauptete sie.

Er brachte ein Lächeln zustande. »Sieht man es mir so deutlich an? Ich konnte mich noch nie gut verstellen.«

»Du hast mich einmal zurechtgewiesen«, sagte sie, »weil ich dir nicht vertraut habe. Daß wir unsere Sorgen für uns behalten haben, hat uns schon zweimal getrennt. Ich könnte ein drittes Mal nicht ertragen.«

Er schaute sie lange an, fast eine Minute lang. »Bist du glücklich hier?« fragte er dann.

»Nun ja«, sagte sie zögerlich. »Ja.«

»Völlig?«

»Kann man völlig glücklich sein?«

»Winde dich nicht raus«, mahnte er. Er hob die Arme

und verschränkte die Hände unter dem Kopf. »Was würde dich völlig glücklich machen?«

»Oh, Max«, rief sie, »was für eine Frage! Gibt es jemanden, der die Antwort darauf kennt?«

»Versuche, eine Antwort darauf zu finden«, sagte er leise.

Sie dachte über seine Frage nach, und dann kam die Antwort beinahe wie von selbst. »Ich wäre völlig glücklich, wenn ich einen überwältigenden Erfolg am Theater hätte. Die Kritiker müßten sich einig sein, daß das Bühnenbild einfach wunderbar und phantasiereich war. Ja, so etwa in diese Richtung.«

Er schwieg so lange, daß sie schon glaubte, er hätte das Thema für sich beendet. »Das habe ich mir gedacht«, sagte er schließlich. Er wandte den Kopf leicht zur Seite. Sein Blick wanderte von ihrem Gesicht zu den Brüsten. Seine Augen schafften es immer wieder, ihre Haut erwartungsvoll prickeln zu lassen, und die Brustwarzen versteiften sich. Aber er berührte sie nicht.

»Du weißt von meinem Treffen morgen mit George«, sagte er. »Aber du weißt nicht, was er mit mir besprechen will. Er wird mir ein Angebot machen.«

»Ich kann es mir denken«, sagte sie. »Er wird dich bitten, die geschäftliche Leitung des Reitsportzentrums einschließlich der geplanten Pferdebahn zu übernehmen. Das wirst du schaffen, Liebling.«

»Das stimmt«, sagte er. »Es wäre keine schwierige Aufgabe.« Er setzte sich plötzlich auf. »Steh auf. Geh im Zimmer herum. Schreite auf und ab.«

Völlig verwirrt folgte sie seinen Anweisungen. Er beobachtete jede ihrer Bewegungen.

»Komm her«, sagte er schließlich. Sie trat ans Bett. »Hierher zu mir.« Als sie sich neben ihm ausstreckte, schlug er die Decke zurück, und wieder einmal konnte sie seinen schlanken, muskulösen Körper bewundern, dessen Sonnenbräune mit den weißen Laken kontrastierte.

Überrascht sah sie, daß sein Penis fast steif war. Sie hatten früher oft mehrmals in der Nacht Liebe gemacht, aber nicht mehr, seit sie nach Shilden zurückgekehrt waren.

Sie faßte ihn an. »Ah, das gefällt mir viel, viel besser«, sagte sie. »Du magst mich noch.«

»Hast du das bezweifelt?«

»Ab und zu.«

Er schob sanft ihre Hand weg. »Knie dich über mich«, raunte er heiser. »Ich möchte dich verwöhnen und dich dabei beobachten. Ich möchte dir ins Gesicht sehen.« Sein Körper versteifte sich, als seine Lust anschwoll. Sie streichelte seine Hoden, nahm sie in eine Hand, drückte sie, erst behutsam, dann fester.

Er begann, tief in ihre Höhle hineinzustoßen. Sie war voller Freude ob ihres Gesprächs und ob seiner neu erwachten Lust. Es war das erste Mal seit Wochen, daß sie wieder die vertraute sexuelle Erregung bei ihm spürte. Es kam ihm plötzlich und unverhofft und mit einem heiseren Aufschrei, und sie hielt ganz still und wartete, bis er sich verströmt hatte.

»Gut?« fragte sie nach einer Weile.

»Ja.« Er lag auf dem Rücken und starrte an die Decke, und dann sagte er abrupt: »Ich mache es nicht.«

»Was machst du nicht?«

»Den Job«, sagte er. »Ich werde nicht Geschäftsführer des Reitsportzentrums. Ich bleibe auch nicht auf Shilden. Nächste Woche reise ich ab.«

»Hattest du Streit mit Blair?« fragte sie.

»Nein«, sagte er. »Devlin ist in allem sehr großzügig. Ich habe mich mit niemandem gestritten. Ich kann es hier nur nicht länger ertragen.«

»Max«, sagte sie, »du mußt mir das näher erklären.«

Er richtete sich auf. »Es gibt nicht mehr zu erklären als das, was du eben gesagt hast, als ich dich fragte, was dich völlig glücklich machen würde. Ich hatte gehofft, daß du irgend so etwas sagst, denn es heißt, daß du verstehst, was ich fühle. Es hat was mit Erfüllung zu tun. Ich will kein Geschäftsmann sein, kein Manager. Ich möchte wissen, ob ich wirklich ein guter Maler bin. Ich will es wissen, bevor es zu spät ist. Also gehe ich zurück nach London, um es herauszufinden. Es wird hart werden, aber ich will es tun.«

Er sah sie mit einem Lächeln an, das sie seit langem nicht mehr von ihm gesehen hatte. »Kommst du mit?«

»Aber natürlich!« rief sie.

»Verdammt, Max«, sagte George Farrow. »Sie können doch in Ihrer Freizeit malen!«

»Wenn ich das Reitsportzentrum, das hier entstehen soll, manage, bleibt mir nicht viel Freizeit.«

»Ich besorge Ihnen einen Assistenten«, versprach Georg. Als er darauf keine Antwort erhielt, fragte er lauernd: »Zwei Assistenten?« Max schüttelte den Kopf. »Mehr Geld?« Wieder Kopfschütteln. »Sie sind ein Narr, Max. Künstler leiden Hunger, selbst die besten. Was geschieht, wenn Ihre Ersparnisse aufgebraucht sind?«

»Elise arbeitet«, sagte Max.

»Sie wollen sich von einer Frau aushalten lassen?«

»Gewiß«, sagte Max grinsend. »In der leichtlebigen Künstlerwelt ist das ganz normal.«

George Farrow wandte sich an Elise. »Ich nehme an, daß Sie diesen Unsinn auch noch unterstützen?«

»Ja«, sagte sie, »denn ich kann ihn verstehen. Wir müssen uns beide beweisen. Je länger wir hier oben bleiben, desto härter wird für uns, einen klaren Schnitt zu ziehen. Und am Ende würden wir es nicht mehr schaffen – wir säßen wie in einer Falle.« Sie lächelte den älteren Mann an. »Ich weiß, daß es Ihnen schwerfällt, Verständnis dafür zu haben, aber wir brauchen die kreative Herausforderung. Wir müssen es versuchen, auch wenn sich herausstellen sollte, daß wir versagt haben.«

»Ihr seid beide völlig wahnsinnig«, sagte George Farrow. »Es hat ganz offensichtlich keinen Zweck, mit euch weiter darüber zu reden.« Plötzlich lächelte er. »Ich halte es mit dem Sprichwort ›Wenn du sie nicht schlagen kannst, stell dich auf die siegreiche Seite‹.« Er wandte sich an Elise. »Erinnern Sie sich, daß ich Ihnen meine Theaterkontakte angeboten habe? Das Versprechen steht immer noch. Ich kann niemanden zwingen, Sie einzustellen, aber wenn ich mir Ihre Arbeiten auf Shilden Castle ansehe, dann habe ich keinen Zweifel an Ihrem Talent und an Ihrer Kreativität. Sie haben den Erfolg verdient. Und was Sie angeht, Max, bin ich bereit, ein Jahr lang Ihr Förderer zu sein. Stellen Sie ein paar Bilder fertig, dann bieten wir sie den Galerien an.«

»Ich will keine Wohltätigkeit«, sagte Max.

»Ich biete keine Almosen an, verdammt«, fuhr George ihn an. »Dies ist ein geschäftlicher Vorgang mit einem entsprechenden Risiko. Wenn Sie Erfolg haben, will ich einen Teil des Kuchens für mich haben. Die Einzelheiten können wir später ausarbeiten.« Er setzte sich zurück und lächelte. »Na, wie hört sich das an?«

»Es hört sich großzügig an«, sagte Elise rasch.

»Sie waren großzügig«, hielt George Farrow dagegen. »Großzügig gegenüber mir und gegenüber Blair Devlin.« Er sah sie forschend an. »Das viktorianische Bad ist noch da«, sagte er. »Würden Sie noch einmal so großzügig sein, um einen alten Mann glücklich zu machen? Nur noch ein einziges Mal eine kleine Show?«

»Nein, das würde sie nicht«, schaltete sich Max ein. Seine dunklen Augen fixierten Elise. »Tut mir leid, George, aber von nun an wird meine zukünftige Frau nur noch für mich dasein. Und ich für sie.«

ENDE

Band 13 919
Juliet Hastings
Apassionata
Deutsche Erstveröffentlichung

Tess Challoner hat sich durchsetzen können: Sie spielt die Carmen in einer neuen Londoner Produktion, die so freizügig wie ungewöhnlich sein soll. Eine Gelegenheit, die die junge Sängerin nicht verpassen darf.
Aber Tess hat kaum Lebens- und Liebeserfahrung. Um die Carmen überzeugend spielen zu können, muß sie viel mehr über Sehnsucht und Leidenschaft wissen. Tony Varguez, der gutaussehende und eifersüchtige Tenor, übernimmt diese Aufgabe.
Die Verwicklungen beginnen, als Tess sich in ein neues Besetzungsmitglied verliebt …

BASTEI LÜBBE

Band 13 840

**Saskia Hope &
Georgia Angelis**

Strom der Geheimnisse

**Deutsche
Erstveröffentlichung**

Sie ist eine Karrierefrau aus Fleisch und Blut – Sydney Johnson, Reporterin bei einer großen Londoner Zeitung. Als ein männlicher Kollege ausfällt, muß sie eine Expedition zum Amazonas begleiten. Sie soll darüber täglich berichten – aber Sydney erfährt bald, daß nur wenig von dem, was im Urwald geschieht, zur Veröffentlichung geeignet ist…

BASTEI
LÜBBE

Band 13 945
Marie-Claire Villefranche
Amour Amour
Deutsche Erstveröffentlichung

Suzette Bernard arbeitet als Tänzerin in einem Pariser Nachtclub der 50er Jahre. Auf der Bühne ist sie eine von zwölf verführerisch posierenden Frauen, die, mit nichts als einem Federnstrauß bekleidet, die Hintergrundkulisse einer Sängerin abgeben. Suzette weiß, daß es nur ihr wohlgeformter Körper ist, der auf dieser Bühne zählt. Aber sie hat Ehrgeiz und träumt davon, eines Tages selbst als Künstlerin auftreten zu können.
Zum Glück ist Suzette viel zu lebenslustig, um sich vom Ehrgeiz verzehren zu lassen. In vollen Zügen genießt sie ihr aufregendes Leben im Montmarte-Viertel. Sie liebt das Abenteuer, und unter ihren zahlreichen Geliebten finden sich Musiker, Poeten ebenso wie Akrobaten und Tänzer. Manche dieser Männer allerdings interessieren sich mehr als ihr lieb ist für die blonde Gaby Demaine, mit der Suzette ihre Wohnung teilt . . .

BASTEI LÜBBE

Band 13 852

Roberta Latow

Laras Erwachen

Deutsche Erstveröffentlichung

Mit ihren siebzehn Jahren ist Lara Stanton schon eine ungewöhnlich hübsche Frau. Als Tochter einer vom Erfolg verwöhnten New Yorker Bankiersfamilie hat sie alles, was sie begehrt. Was ihr noch fehlt, spürt sie erst, als sie ihren Cousin David, den sie schon seit langem verstohlen anhimmelt, mit zwei exotischen Schönheiten im Bett erwischt: Sex.

Für ihr erstes Erlebnis empfiehlt ihr der rührige David ihren alten Schulfreund Sam Fayne: Er ist nett, kein Zweifel, aber wird er Lara auch die sinnliche Erfüllung bringen? Die Bankierstochter lernt bald, daß es viele Wege zu jenem Glück gibt, nach dem sie so schnell süchtig geworden ist...

BASTEI LÜBBE